Eleonore Dehnerdt

Das Gelübde der Kaiserin

Eleonore Dehnerdt

Das
Gelübde
der
Kaiserin

Ein historischer Roman
über die heilige Kunigunde

benno

Das Buch ist erstmals 2013 im Verlag SCM Hänssler erschienen.

Bibiografische Information der Deutschen Nationalbibliothek
Die Deutsche Nationalbibliothek verzeichnet diese Publikation
in der Deutschen Nationalbibliografie;
detaillierte bibliografische Daten sind im Internet unter
http://dnb.d-nb.de abrufbar.

Besuchen Sie uns im Internet:
www.st-benno.de

Gern informieren wir Sie unverbindlich und aktuell
auch in unserem Newsletter zum Verlagsprogramm,
zu Neuerscheiniungen und Aktionen.
Einfach anmelden unter www.st-benno.de

ISBN 978-3-7462-5267-4
© St. Benno Verlag GmbH, Leipzig
Umschlaggestaltung: Ulrike Vetter, Leipzig
Umschlagabbildung: © Dave Wall/arcangel
Gesamtherstellung: Kontext, Lemsel (A)

Inhalt

Kaufungen 1027:
Beginn meiner Nonnenzeit, Uta veranlasst mich, meine Biografie aufzuschreiben

Gemurmel und Gelächter quillt unter der dicken Türe hervor. Wie kann das sein? Etwas Schlimmes muss passiert sein, wenn unsere liebste Mutter, die Äbtissin, den Laudes fernbleibt. Ich öffne zögernd, da ich unsere liebste Mutter krank auf ihrem Bett liegend vermute. Aber meine Augen sehen, was die Ohren bereits schmerzlich vernommen haben: Uta, die Vorsteherin unseres Klosters, sitzt vergnügt mit zwei Vertrauten in ihrer Kammer. Sie haben Speisen vor sich ausgebreitet, und von fünf Karaffen Wein sind vier bereits zur Gänze geleert.

Schlagartig begreife ich, warum die Äbtissin gefehlt hat: Sie hat sich nach dem Nachtgebet nicht zur Ruhe gelegt, sondern sich mit zwei Nonnen wie Bauerntölpel zum Saufen in einer Schenke zusammengesetzt. Unzüchtigen Weibern gleich führen sie in der heiligen Kammer närrische Reden. Ich bin außer mir. *Wie kann man so furchtbar sündigen?*

Ich will trotzdem liebevoll fragen: »Liebste Uta, werte Mutter unserer Gemeinschaft, wo warst du während den Laudes?« Doch bevor ich meinen Mund dazu öffne, schlage ich Uta mitten ins Gesicht. Uta starrt mich ungläubig an. Als ich meine Hand sinken lasse, sehe ich, dass ihre Wange aufgerissen ist und Blut aus der Wunde rinnt.

Ich fliehe vor ihr, vor mir. In meiner Kammer lehne ich mich von innen gegen die Tür, damit ich nicht noch mehr Unheil sehe und anrichten kann. Ich bin entsetzt über meine Tat, die ungleich größer ist als die Verfehlungen meiner noch so jungen Nichte. Ich sinke zu Boden und weine in diese unseligen Hände, die die meinen sein sollen. An meinem Handballen haftet noch das Blut Utas. Es vermischt sich mit meinen Tränen und netzt den schönen Ring, der mir einst durch Gottes Willen zum Geschenk gemacht worden ist und den ich nun zur Unzeit trage.

Wie kann mir das passieren? Wie komme ich dazu, meine geliebte Nichte, die ich mit Gottes Willen als Äbtissin meines Klosters einsetzte, mitten ins Gesicht zu schlagen? Ich schaue auf meine Hände, als ob sie nicht die meinen seien, und finde an ihnen den Satan, der mich zu der Tat verleitet hat. *Ich selber ... ich selber habe den Teufel in meiner schwachen Stunde angezogen, weil ich meinen alten Glanz und die Macht nicht loslassen kann. Wie man die Hand des Liebsten im Schlaf umklammert hält, so drücke ich des Nachts Luzifer an mein Herz.*

Der Übeltäter umschließt meinen rechten Ringfinger. Mein wunderschöner Ring aus purem Gold und Edelsteinen. Ich habe ihn nach dem Nachtgebet aus meiner versteckten Truhe geholt und ihn zur Nachtruhe an meinen Finger gesteckt. Die Schmuckseite habe ich nach innen gedreht, damit ich den kühlen Edelstein an meine Wange legen und das goldene Metall riechen konnte. Wenn ich meine Hand schließe, erkennt keine meiner Mitschwestern, dass es nicht der Ring ist, den mir zwei Jahre zuvor der Erzbischof an den Finger gesteckt hat. Zum Zeichen, dass ich nun Gottes Braut bin.

Ich bin Nonne. Doch ich habe noch aus früheren Tagen einen Großteil meines Schmuckes. Den Schmuck, den ich zu der Zeit getragen habe, als ich die Königin und Kaiserin im Reich war. In den Nächten, wenn ich allein in meiner Kammer bin, stecke ich mir meist einen herrlichen Ring an meinen Finger – an den Finger, der tagsüber den schlichten Ring einer Nonne trägt.

Und nun habe ich durch meine verwerfliche Tat unserer Heiligen Mutter geschadet! Der Ring, den in den Schoß der Kirche zu legen ich nicht bereit war, hat ihr die Wange aufgeschlitzt. *Noch heute werde ich ihn in die Schatzkammer des Klosters geben!*

Ich will kein schlechtes Vorbild sein. Es wird mein Geheimnis bleiben, warum mein Handstreich eine solch tiefe Narbe in dem schönen Gesicht Utas hinterlassen hat. Niemand weiß von meiner törichten Art, mir des Nachts noch den schönsten Schmuck umzulegen, den Byzanz, die Goldschmieden Reichenaus, Echternachs und Triers herstellen. Für Uta und die Schwestern ist die tiefe Wunde ein Zeichen

Gottes zur Ermahnung an ihre Treue. Und für mich ist sie ein ständiges Mahnmal, wie weit ich noch davon entfernt bin, meiner Aufgabe als Nonne gerecht zu werden.

Wie sehr bin ich es gewohnt, zu wachen, zu herrschen und zu befehlen. Ein Blick, ein Wort haben früher genügt, dass sich alle vor mir beugten und meinem Willen untertan waren. Nun muss ich lernen, zu gehorchen und auch zu ertragen, was mir missfällt. Ich habe die Krone, ehe sie mir entrissen wurde, in Würde aus meinen Händen gegeben, um als Magd Gottes meine Bestimmung zu finden. Einzig Gott sollte mein Trost und die Liebe seines Sohnes meine Hilfe sein. Doch darüber, so scheint mir, will mein Herz zerspringen wie ein Glas, das auf das Pflaster einer Marktstraße geworfen wird.

Mir ist mit meinen bunten Gewändern mein Fleisch von den Knochen gefallen, und meine Haare im versiegelten Kasten der Klosterkammer schreien noch, als ob sie eben erst von meinem Kopf geschoren worden seien. *Heilige Jungfrau, hilf mir durch des Gerechten Blut, dass ich nicht der Dunkelheit anheimfalle und mich an dem heiligen Leib Christi vergehe.*

Ich ziehe den tückischen Ring vom Finger und weiß: *Ich will ihn nie wieder tragen. Mit leeren Händen komme ich zu dir.* Habe ich dies laut oder leise gesprochen? Ich weiß es nicht mehr. Deshalb sage ich nun laut: »Mit leeren Händen komme ich nun zu dir, mein Gott, wie ich es am Tag meines Gelübdes schon versprochen habe.« Es tut gut, diese Worte laut auszusprechen.

Ich gehe hinunter in den Garten. Am Brunnen steht wie immer ein Eimer voll frischen Wassers. Ich wasche mir das Gesicht, die Hände. Den Rest des Wassers gieße ich an die Weinsetzlinge, die immer durstig im steinigen Boden auf Sonne warten. Nie schmecken hier die Trauben, wie sie mir in meiner Heimat Trier mundeten. Nie werden sie so süß wie an den südlichen Hängen um Bamberg.

Die Glocke ruft zur Frühmesse. Wir Nonnen singen die Gebete, hören, wie der Priester die Worte der Heiligen Schrift liest. Er sieht sehr wohl das verbundene Gesicht Utas, und mir sind die Augen vom vielen Weinen noch gerötet. Aber er hält sich an seine Weisungen und fragt nicht weiter nach. Mit seinem Segen gehen wir in den Tag. Hirsebrei mit einem Löffel Butter und Honig ist unsere Morgenspeise. Gelobt sei die Hand, die dieses einfache Gericht mit so viel Liebe zubereitet hat.

Über den Tellern begegnet mein Blick den Augen Utas. Obwohl ich einen solch großen Fehler begangen habe, sehe ich, dass auch sie traurig ist, weil wir uns entzweit haben. »Heilige Mutter, ich bin es nicht wert, dass du meine Bitte um ein unterwürfiges Gespräch annimmst«, sage ich, als wir uns vom Tische erheben und unserem Tagwerk nachgehen.

Doch Uta will nicht, dass ich weiterspreche. Sie nimmt meine Hände in die ihren und zieht mich mit sich fort. Sie eilt mit mir durch den Garten, öffnet die Schreibstube und bittet mich einzutreten. Doch nicht genug, dass sie mit mir durch das Skriptorium geht. Sie führt mich in die Vorratskammer, in der Papyrus, Tinte, verschiedene farbige Pulver und andere kostbare Utensilien aufbewahrt werden, die für die Buchkunst gebraucht werden. »Schau, wir haben die Lieferung Papyrus erhalten. Gestern kam sie an, aber ich konnte dir nicht mehr erzählen, dass ich es für dich bestellt habe.«

Ich verstehe nicht, was sie mir damit sagen will. *Haben wir nicht etwas zu bereinigen?* Ich kann nicht anders und platze heraus: »Es tut mir so von Herzen leid, was ich dir angetan habe.« Mir stürzen die Tränen von Neuem aus den Augen.

»Ach«, wehrt Uta ab, »die Wange wird schon heilen. Wir haben es gestern ja auch übertrieben mit der Freude über den so sauber gearbeiteten Papyrus für dich. Ich konnte einfach mit meinem Auftrag und der Freude darüber nicht warten. So haben wir schon begossen, was wir mit dir feiern wollten.«

Ich sehe die Äbtissin verständnislos an. Da richtet sie ihre Kutte, streicht das Kreuz gerade und fragt mich: »Sitzt der Schleier richtig?«

Ich antworte: »Der Schleier sitzt hervorragend.« Von der verbundenen und geschwollenen Wange will ich nicht reden.

»Ich treffe dich nach der Terz in meiner Dienstkammer«, bestimmt sie fröhlich und geht fort.

Als die Glocke läutet, bin ich die Erste, die sich zur Terz, dem Vor-
mittagsgebet, einfindet. Ich bin neugierig, was mich in Utas Kammer
erwarten wird. *Welche Strafe hat sie sich wohl für mich ausgedacht?* Ich kann
mich kaum auf das Gebet konzentrieren.

Nach dem Gebet folge ich der Äbtissin. Wie es sich gehört, bleibe
ich an der Tür stehen. »Setz dich«, werde ich angewiesen. Ich tue, was
sie sagt, und halte die gefalteten Hände vor meinen Mund, denn ich
erwarte meine Strafe.

Uta beginnt mit ihrer viel zu forschen Art, Anweisungen zu geben.
»Da ich nun meine liebste kaiserliche Tante als unterwürfige Nonne
in meinem Chor habe, so nehme ich mir die Freiheit, ihr einen Auftrag zu erteilen, auf den noch kein Abt oder Bischof je gekommen
ist.«

Ich habe mich züchtig und ordentlich vor Uta hingehockt, aber
nun muss ich aufsehen, lasse meine Hände sinken und frage: »Worauf kam noch kein Abt oder Bischof, was doch Christus gebührt?«

Da lacht Uta laut. »Alle umgeben sich mit Schreibern und Lobsän-
gern. Auch ihr habt es so gehalten, um den eigenen Glanz zu mehren.
Thietmar von Merseburg schrieb eure Geschichte so ausführlich nieder, dass ihr nie mehr vergessen werdet. Von den Chronisten werden
die Tatsachen jedoch meist so beschrieben, dass es scheint, es gäbe
nur Heilige oder Gottlose. Ich beauftrage dich jedoch, selbst deine
Geschichte aufzuschreiben, wie sie durch Gottes Güte schon im Hause deiner Eltern in Luxemburg begann. Du sollst nichts dazuerfinden
oder vergessen.« Uta sieht mein verdutztes Gesicht und fährt fort:
»Dein Auftrag, zu schreiben, sollte dich nicht schrecken. Roswitha
von Gandersheim ließ sich auch nicht abhalten, ihre philosophischen
Gedanken auf Papyrus zu bringen. Du sollst jedoch nicht von Dich-
tern und Denkern sprechen, sondern dich einzig an die Tatsachen
halten, die dein Leben ausmachen. Dazu gebe ich dir drei Jahre Zeit.
Drei Stunden am Tag sollen dir genügen. Um nicht die Neugier der
Menschen auf uns zu laden, darf niemand die Zeilen lesen. Ich selbst
werde auch nicht hineinschauen. Die Blätter sollen versiegelt und von
dir an einem geheimen Ort begraben werden.« Dann zeigt sie mir

Tisch und Bank, wo ich mich jeden Werktag nach dem Morgenmahl einzufinden habe.

»Werte Mutter, verzeih mir meine törichte Frage. Warum soll ich aufschreiben, wie mein Leben war, und auch noch das, was geschah, ehe die Welt auf mich aufmerksam wurde? Und wozu mühevoll schreiben, was keiner liest?«

Da mustert mich Uta mit strengem Blick und spricht doch gütig wie eine Mutter: »Gott selbst wird dir nah sein und deine Worte lesen. Alles, woran du dich in Demut erinnerst, ist vor Gott wie ein Gebet, das er erhört und wodurch er dir Frieden schenkt. Darin wird Segen und Heil für alle liegen.« Dann nimmt Uta wieder meine Hände in die ihren und sagt eindringlich: »Ich kann nicht länger mit ansehen, wie du dich mühst, eine von uns zu sein, und doch keine wahre Freude damit erringst. Ich möchte, dass du dich darauf besinnst, wer du bist und was du losgelassen hast. Ich werde zu Gott beten, dass du dich in deinem auserwählten Zuhause auch geborgen fühlst und fröhlich bist. Schreib, geliebte Tante, schreib. Mit jedem Wort, das du in Wahrheit schreibst, werden diese Räume deine Heimat werden.«

Was sich meine Nichte nur dabei gedacht hat! Ich soll mich an all das erinnern, was ich doch mit dem Eintritt in mein Kloster begraben wollte! Diese Tortur, jeden Tag drei Stunden mit der Feder über den rauen Papyrus zu kratzen und niederzuschreiben, was längst vergangen ist. Mir kommen die Anweisungen meiner Nichte ausgesprochen merkwürdig vor; aber sie beschämt mich, weil sie immer wieder zu mir kommt und sagt: »Tante, ich brauche dich doch. Ich brauche dich so sehr!« Sie hätte gewiss in mir so viel mehr gehabt, wenn ich ihr keine Tante, sondern eine bessere Nonne gewesen wäre.

Ich schlafe nicht in der folgenden Nacht. Eine ohnmächtige Trauer hat sich meiner bemächtigt. Noch einmal wird mir das Liebste und Schönste entrissen. Die Luft in meinem Zimmer ist schwarz, und ich traue mich kaum, mich zu bewegen, als die Glocke zum Nachtgebet ruft, denn meine Gebeine sind aus trockenem Lehm, und meine Zunge ist kalt. Es ist Gottes Atem, der die Gebete singt und meine Beine lenkt. Gott selbst lässt mich beten und singen. Ich danke ihm dafür, und doch ist er mir so fern.

Am nächsten Tag sitze ich gleich nach der Terz an meinem Schreibpult. Obwohl meine Hände verkrampft sind, schaffe ich es, die Feder in die Tinte zu tauchen. Uta hat auf mich gewartet. Sie beobachtet mich genau. »Wenn du schreibst, bist du keine Nonne, liebe Kunigunde.« Sie legt mir zärtlich ihre Hand auf die Schulter. »Wie alt warst du damals? Warst du schon zwanzig?«

»Drei Jahre jünger«, gebe ich zur Antwort und wiederholt gedankenverloren: »Drei Jahre jünger und voller Tatendrang.«

»Ich weiß, du warst damals noch schlimmer und dickköpfiger als ich. Meine Mutter hat es mir erzählt. Das ist doch schön! Schreib, schreib auf, was war!«

So sitze ich nun vor den neu erworbenen Blättern und halte die Feder unschlüssig in meiner Hand. Wo soll ich beginnen? Die vergangene Zeit ist immer noch lebendig. Wenn ich die Augen schließe, fühle ich die Krone noch auf meinem Kopf. Und wenn ich manchmal von der Höhe des Klostergartens um mich blicke, dünkt mich, ich kann die Hand nach Corvey, Hildesheim und Goslar ausstrecken und in Gandersheim und Quedlinburg meine adligen Freundinnen, die Äbtissinnen Sophie und Adelheid, grüßen. In meinen Träumen schreite ich in Magdeburg und Merseburg immer noch die Stufen der Pfalzen hinauf, und zu meinen Seiten neigen die Herrschaften ihre Köpfe und verbeugen sich. Das Volk liegt mit gesenktem Blick auf dem Boden und schaut erst auf, wenn ich vorbeigeschritten bin. Weht der Wind aus Westen, so vernehme ich das Glockengeläut Paderborns, Mainz' und Triers. Ich fühle den kühlen Marmor der Kölner Säulen unter meinen Händen und sehe die hohen Bögen des Aachener Domes über mir. Wenn die Sonne golden am Horizont steht, so leuchten mir die Türme Bambergs, Regensburgs, Montecassinos und Roms zum Gruß. Wie einem Adler liegt mir die Welt von den Meeren des Nordens bis zu den Wassern des Südens immer noch zu Füßen.

Doch das bilde ich mir jetzt nur ein. Die Erinnerung gaukelt mir wieder die alten, ruhmreichen Zeiten vor. Die Menschen verneigen sich nun vor dem neuen Königspaar, und zu den Messen in Kaufungen sitze ich nicht mehr auf der Kaiserempore, sondern im Chor der Nonnen.

Ich werde mich nun mit allen meinen Kräften bemühen, den Anweisungen Utas zu folgen und wahrheitsgetreu aufzuschreiben, was geschah. Damals war ich weder Kaiserin noch Nonne.

Ich nehme die Feder vorsichtig in die Hand und setze an. Trier, im Jahre 997, beginne ich.

Als Tochter von Graf Siegfried hatte ich von Kindesbeinen an glücklich, wenn auch von der großen Welt unbeachtet, in unserer ehrwürdigen Stadt gelebt. Ein Tag in jenem Sommer genügte jedoch, um mein Leben in völlig andere Bahnen zu lenken.

An jenem Tag brachte mein Bruder Hezilo hohen Besuch auf das väterliche Anwesen, unter ihnen auch Herzog Heinrich von Bayern. Vater und Hezilo bestanden darauf, dass ich den edlen Herren Trier von der schönsten Seite zeige, und ich freute mich darauf.

Ich muss lachen, wenn ich nun daran denke, denn ich war ein glückliches Kind gewesen, das die Kunst und den Himmel liebte. Ich zähle die Jahre an meinen Fingern zurück. Und mein Herz wird froh. Siebzehn Jahre alt sein und nur die Kinderzeit kennen. Wie leicht und unbeschwert es mich macht!

Wie ich den Bayernherzog kennenlernte, Trier und meine Familie

Nachdem die Mosel uns im Frühjahr mit ihren wilden Wassern in Atem gehalten hatte, floss sie nun friedlich und träge in einem viel zu großen Kleid über die Steine. Gräser wiegten sich in der Sonne, und allerlei buntes Kraut hatte sich im neu ausgespülten Bachbett angesiedelt. Die kleinen Teiche um St. Marien konnten jedoch noch immer nicht begangen werden, da sich die Felder nach der Flut in sumpfige Wiesen verwandelt hatten.

Die anderen waren vorangegangen, und ich gab mir keine Mühe, ihnen zügig zu folgen. Die Gäste hatten im Kloster St. Maximin eine gute Unterkunft gefunden. Wie gut, dass mein Vater Vogt des Klosters war und die Adeligen und Reisenden stets gut versorgte. Mein Bruder Hezilo, der eigentlich Heinrich hieß, war mit anderen aus des Kaisers Gefolge von Italien zurückgekommen. Sie hatten in Nimwegen Weihnachten gefeiert, und Herzog Heinrich von Bayern, der zu dieser Schar gehörte, hatte eigentlich noch einige Monate in Aachen bleiben wollen. Mein Bruder jedoch war nach Trier zurückgekommen, und Herzog Heinrich war seiner Einladung gefolgt. Es war also hoher Besuch, den ich an diesem Tag durch die Stadt führen sollte.

Am meisten freute ich mich darauf, Herzog Heinrich all das zu zeigen, was mir selber doch so gefiel und worauf ich stolz war. Er war nicht wie viele übliche Besucher, die sich nur oberflächlich für die Dinge interessierten. Was er sah, weckte in ihm ebenfalls Empfindungen, er betrachtete alles genau und fragte auch bei Kleinigkeiten nach, damit er sich einen genauen Überblick verschaffen konnte.

Seine Neugier war schon seit Kindesbeinen auch die meine gewesen. Ich schlüpfte durch jede Tür, hinter der ich Bücher und Kunstwerke vermutete, und wenn die Glocke erklang, so feierte ich die Stunde und das Gebet mit einer größeren Freude, als mein Vater sie beim Genuss seines besten Weines hatte. Meine Mutter sagte mir, dass ich schon in ihrem Bauch gehüpft sei, als die Mönche des St.-Eucharius-Klosters beim Neubau die Gebeine des Heiligen Celsius, einem der ersten Bischöfe Triers, in ihren Mauern fanden. Deshalb wunderte sie sich nicht über meine Freude, im St.-Irminen-Kloster eine gute Ausbildung zu bekommen. Ich fand jedoch, dass mir die Schwestern viel zu wenige Antworten auf meine Fragen gaben, und so schlich ich mich, sobald es ging, in die Gesellschaft von Männern.

Zum Glück hatte ich genug Brüder, und mein Vater war der mächtige Graf vom Moselgau und regierte weit darüber hinaus. Er hatte die alte, verfallene Luxemburg gekauft und sprach davon, dass seine Nachfahren noch mächtigere Grafen werden würden. Doch je älter ich wurde, umso schwieriger war es, sich in Männergespräche einzumischen. Es konnte mir jedoch niemand nehmen, in allen Gebäuden ein- und auszugehen, denn ich war die Tochter meines Vaters.

Obwohl ich mich oft für Dinge interessierte, die Damen nicht anstanden, hatten doch meine Verwandtschaft und selbst die Lehrer der Adeligen mich gefragt, ob ihre Töchter einige Zeit bei uns wohnen könnten und ich diesen gute Manieren und nötiges politisches Wissen beibringen könnte. Das war eine so große Auszeichnung für mich, dass mir nichts anderes übrig blieb, als selber vorbildlich zu handeln und die Mädchen so zu unterrichten, dass ihnen eine gute, erfolgreiche Zukunft offenstand. Ich überwachte auch den Unterricht der Mädchen und drängte darauf, dass auch sie die Kunstfertigkeiten Triers zu Gesicht bekamen.

Meine Nichte Uta war erst sieben Jahre alt, als sie zu uns ins Haus kam. Ihr Kleid war von der Brust bis zum Bauch nass vor Tränen, als sie kam. Wie dauerte mich das Kind! Deshalb nahm ich sie die ersten Nächte zu mir ins Bett, damit sie sich nicht so allein fühlte. Das war nun bereits drei Jahre her.

Inzwischen war Uta zehn Jahre alt. Noch nie war ein Mädchen so lange bei mir geblieben. Ich hatte sie alles gelehrt, was ich in der Klosterschule gelernt hatte. Es wurde Zeit, dass sie in andere Hände kam; sie war so weit, dass man ihr Aufgaben übertragen konnte.

Drei Mädchen hatte ich zurzeit in Obhut. Uta war jetzt die Älteste, und als sie mich eindringlich bat, ob sie mitkommen dürfe, wenn ich die Herren führen würde, da begriff ich, dass ich mich von ihr trennen musste. Sie brauchte eine neue Herausforderung. Ich wusste auch, was ich zu tun hatte: Herzog Heinrich hatte verschiedene Ziehväter gehabt und war in Hildesheim und Bayern zur Klosterschule gegangen. Ihn würde ich fragen.

Ich war unglaublich stolz auf meine Heimatstadt. Obwohl ich noch nicht viel gereist war, konnte ich an den Blicken und Fragen der Gäste erkennen, dass Trier anderen Städten nicht nachstand. Wo sollte ich zu erzählen beginnen? In meinem Kopf fingen die Geschichten der Adeligen, der Baumeister und Heiligen an zu leben. Gleich einem Bienenstock summte es in mir und suchte sich einen Weg nach draußen. »Es gibt hier Altes, wie die Brücke, und Neues«, begann ich stockend. »Wobei das Neue mit Erzbischof Egbert begann, der den Auftrag Kaiser Ottos II. erfüllte und Trier zu neuer Macht verhalf. Mein Vater erzählt oft von dem prachtvollen Tag, als er in Rom der Hochzeit Ottos II. beiwohnte, der die wunderschöne byzantinische Prinzessin Theophanu heiratete ...«

»Otto II. ist der Vetter meines Vaters. Auch er war bei der Vermählung dabei«, ergänzte mich Herzog Heinrich. Ich sah nun den Herzog zum ersten Mal richtig an.

Alle Besucher wollten das mächtige Nordtor, die Porta Nigra, sehen und staunten über die Kunst der Römer, die vor Hunderten von Jahren Bauwerke schufen, die unzerstörbar blieben. Der Palast des Kaisers Konstantin streckte immer noch seine Mauern wie Türme in den Himmel, und selbst die mächtigsten Bäume reichten nicht an den unteren Fensterrand. Alle wunderten sich darüber, dass die Mauern des Palastes nicht wie üblich aus dicken Sandsteinblöcken gehauen waren, sondern mit Steinen aus gebackener Erde erbaut worden waren. Im Innern waren einige wundersame alte Gemälde zu erkennen. Der Fußboden war teilweise noch mit bunten Marmorplatten belegt und die Wände waren mit Marmor verkleidet. Inmitten des Raumes standen Säulen aus grauweißem Marmor. »Auf den frei stehenden

Säulen, oben auf den Kapitellen, ruhte einst eine Zwischendecke«, erklärte ich. »Aber daran kann sich niemand mehr erinnern, der heute noch lebt.«

Wie eine Schar entdeckungsfreudiger Kinder liefen wir in der großen, hellen Halle herum und erzählten uns begeistert, was wir entdeckten. An den Stellen, an denen der Fußboden zerbrochen war, konnte man sogar Luftkanäle sehen. Diese stiegen auch in Hohlräumen der Ziegel bis unter die Fenstersimse. Hezilo ließ es sich nicht nehmen, allen ganz genau zu erklären, wie diese Luftheizung funktioniert hatte. Ich musste mich dazu sogar als sinnbildlicher Ofen an die Wand stellen. »In Wirklichkeit müsste ich jetzt draußen an der Mauer stehen«, ergänzte ich Hezilos Erklärungsversuche, »denn geheizt wurden die großen Öfen immer von außen.« Die segensreichen Öfen waren jedoch schon längst zerstört, und in den Wintermonaten war der Palast so kalt wie das Wasser der Mosel. Und doch hatte in der erhöhten Apsis einst der Thron des Kaisers gestanden, das wusste ich, und während der Audienzen musste niemand frieren.

Die Trierer Bischöfe hatten immer im Kloster St. Marien gewohnt, aber nun bauten sie den verfallenen Kaiserpalast Konstantins zu ihrem neuen wehrhaften Wohnsitz um. Die obere Außenmauer der Apsis hatten sie bereits zu einem begehbaren Turm mit Zinnen gemacht, und in die großen Keller dort schleppten sie Unmengen von Waffen, Schätzen und Lebensmitteln. Stolz zeigte ich alles, was bereits gelagert war. Hezilo, der lange nicht mehr in Trier gewesen war, nickte anerkennend zur neuen Wohnstätte der Bischöfe. *Wenn Gott es fügt, so wird mein Bruder Adalbero hier einmal die Nachfolge des Bischofs antreten*, sinnierte ich beim Anblick der Mauern.

Neben den Goldschmieden Triers liebte ich die treuen, schweren Steine. Steine, die Wind und Wasser trotzten und selbst für den schlimmsten Feind unzerstörbar blieben. Die Hochwasser der Mosel konnten der großen Brücke nichts anhaben, die von den Römern gebaut worden war. »Noch nie habe ich eine derart mächtige Brücke gesehen«, rief Herzog Heinrich aus und riss mich damit aus meinen Gedanken. Er war stehen geblieben und schaute voller Bewunderung zur

Brücke hinüber. Auf ihr konnten die schwer beladenen Pferdegespanne aneinander vorbeifahren, ohne das Tempo zu verlangsamen oder sich ausweichen zu müssen. »Ich sah viele Brücken, die ebenfalls von den Römern gebaut worden sind, aber diese scheint mir ein wahres Meisterwerk zu sein.«

Ich versicherte: »Ihr werdet in den nächsten Tagen noch mehr prächtige Bauwerke kennenlernen. Heute werde ich euch jedoch zu den Goldschmiedewerkstätten Triers führen.«

Meine Brüder und Herzog Heinrich unterhielten sich angeregt. So konnte auch ich langsam gehen. Obwohl es sich nicht schickte: Ich trat an die Uferböschung und betrachtete, wie sich das Treibgut aufgetürmt hatte. Gerne hätte ich es berührt und von einer Seite auf die andere geworfen, wie es die Bauern taten, um zu sehen, was sich davon gebrauchen ließe. Aber meine Hände steckten in feinen Spitzenhandschuhen, um sie vor der Sonne zu schützen. *Wie schade, meine Kinderzeit ist leider vorbei,* seufzte ich innerlich.

Eine alte Magd hatte mir als Kind gesagt, dass jeder Mensch einer Pflanze oder einem Tier ähnelte und dies ein Leben lang so bleiben würde. Ich glaubte ihr, denn ich wusste, dass ich wie das Gras war. Zart war ich von Wuchs, aber meine Gedanken strebten zur Sonne, und in meinen Haaren sammelte ich gleich den Samenständen das Licht. So Gott sich erbarmte, fiel der Sonnenschein auf mich, und die Wiesen und Hänge waren überzogen vom schimmernden Goldglanz, der sich in den Rispen spiegelte. Daher kam auch meine Vorliebe für die Heiligen, die Goldschmieden und Schreibstuben. All dies war Licht aus der Ewigkeit, das unsere einfältigen Werke emporhob und unvergänglich machte. Meine Brüder und vor allem mein Vater hatten Herzog Heinrich und dem Kanzler des Kaisers, Meinwerk, gesagt, sie könnten keinen kundigeren Führer zu den Goldschmieden empfehlen als mich, denn ich hätte mich schon als Kind in den Werkstätten herumgetrieben, obwohl es sich für ein Mädchen nicht ziemt. »Überall steckt sie ihre kleine Nase hinein«, hatte mein Vater früher gesagt und ergänzt: »Aber sie hat auch das Köpfchen dazu.« Deshalb durfte ich als junge Frau die Gäste unseres Hauses durch Trier führen und ihnen in Echternach die vorzügliche Goldwerkstatt zeigen.

Ich würde heute den hohen Herren die Kunstschmieden zeigen und sie ins Kloster zu den Schreibstuben führen. Dort lagen die Arbeiten, die Kaiser Otto III. in Auftrag gegeben hatte. Ich hatte schon Tage zuvor den Meistern gesagt, sie sollten die prächtigsten Teile glänzend machen, selbst wenn sie noch mitten in der Arbeit seien.

Vielleicht waren dies die letzten ruhigen Tage im Leben meiner Brüder und meines Vaters. Wer wusste schon, ob ich sie wiedersehen würde? Es blieb niemandem verborgen, dass wieder aufgerüstet wurde. Meine Brüder, Herzog Heinrich ... alle rüsteten sich für den Italienfeldzug, um den Kaiser wieder im Kampf zu unterstützen. Mir blieb zu hoffen, dass mein werter Vater wenigstens dies eine Mal nicht mit in den Kampf zog, denn er war schon alt, und er wurde hier doch gebraucht. Sollten die Kirchen wieder ihren Bischof entbehren und die Klöster ihren Abt und Vogt? Selbst wenn die Kämpfer siegreich waren, wenn die Heerzüge aus dem Süden über die Alpen zurückkehrten, waren sie meist ein Schatten ihrer selbst. Tückische Krankheiten lauerten in den Sümpfen Italiens, und wehe dem, der im Winter über die Alpen zog! Ich war mir sicher, dass mein Vater einen neuen Feldzug nicht überleben würde. *Aber mich fragt ja niemand*, dachte ich, als mich mein Bruder Hezilo aus meinen Gedanken riss und fragte: »Wohin wollen wir zuerst gehen?«

»Zum Marktplatz, damit Herzog Heinrich das Marktkreuz sieht, das Bischof Heinrich von Babenberg 958 am Markt aufstellen ließ. Dann sieht er, wie vorzüglich sich die Marktgeschäfte und das heilige Lamm in Verbindung bringen lassen. Danach gehen wir in die Elfenbeinschnitzerei der deutschen Meister. Ihr geht mir einfach immer hurtig hinterher und lasst mich alles erklären«, antwortete ich Hezilo fröhlich.

Da mischte sich Herzog Heinrich ein und sagte zu Hezilo: »Du sagtest mir, dass deine kluge Schwester Kunigunde voller Tugenden sei, aber mir scheint, sie träumt gerne, und wenn sie spricht, so höre ich daraus keine Bescheidenheit.«

»Sie ist mit allen Tugenden begabt, aber nicht mit Bescheidenheit oder einem zaghaften Herzen. Mich dünkt sogar, ein anderer Bruder hätte ihr deswegen schon die Zunge herausgeschnitten.«

Hezilo redete in meinem Beisein so dermaßen launig über mich daher, dass mich der Hafer stach und ich keck erwiderte: »So schneide mir doch die Zunge heraus! Die wenigen Schritte bis zum Ofen des Schmieds könnte ich dann wohl noch gehen, um dir mit meinen beiden gesunden Händen dafür noch ein glühendes Eisen in den Leib zu rammen.«

Er war schließlich mein Bruder, egal, mit wem er seine Reden führte, und egal, ob er großen Ländereien befahl.

Überhaupt hatten die mächtigen Herren die Angewohnheit, einmal in völligem Ernst die Sachlagen zu erörtern und dann wieder wie halbwüchsige Knaben sich mit Streichen zu necken. Die Freunde Meinwerk und Herzog Heinrich hatten sich bereits als Knaben in der Klosterschule in Hildesheim getroffen, und mir schien, als ob sie sich ihrer gemeinsamen Kinderzeit immer wieder versichern müssten. Mein Bruder Hezilo stand ihnen in diesen dummen Späßen nicht nach. – Aber wehe, er machte sie mit mir. Das ließ ich mir nicht gefallen. Es war seine Idee gewesen, dass ich sie begleiten sollte, nun brauchte er nicht so dumm daherzureden.

Doch nach den nächsten Schritten hatte ich meinen Ärger vergessen. Wir waren im Kloster angekommen und wurden in die geheimen Stuben geführt. Hier wirkten die Meister, hier war jeder Pinselstrich, jeder Hammerschlag ein heiliges Gebet. Mir waren die Werke so vertraut wie Kindern ihr Spielzeug.

Herzog Heinrich verspürte die gleiche Freude an den meisterlichen Werken wie ich. »Kaiser müsste man sein!«, rief mein Bruder Adalbero begeistert aus. »Dann könnte ich auch solch schöne Arbeiten in Auftrag geben – oder noch besser, die Hohen der Welt und des Klerus würden sie mir freiwillig zu Füßen legen.«

»Mit solchen Sätzen ist nicht zu scherzen«, ermahnte Meinwerk.

Und Herzog Heinrich ergänzte: »Meinem Vater brachte das Bestreben, selbst König und Kaiser zu werden, die Gefangenschaft ein. Er hat, um sich Vorteile zu verschaffen, sogar den König entführt.«

Wie ehrlich Herzog Heinrich über seinen Vater sprach. Alle nannten seinen Vater »Heinrich den Zänker«, da er mit allen im Streit gelegen und keine Schandtat ausgelassen hatte, um die Krone an sich zu bringen. Meine Familie hatte nie gut über den Zänker geredet. Wir waren stets den gewählten Königen treu.

Hätte der junge Bayernherzog auch seinen Anspruch auf den Thron mit Waffengewalt unterstrichen, würden wir hier nicht so friedlich miteinander reden. Die Treue zum jungen Kaiser hatte uns in dieser Stunde zusammengeführt.

Wir sahen und redeten viel an dem Tag, und meine Wangen glühten, weil ich endlich preisgeben konnte, was mich begeisterte. So hätten alle meine weiteren Tage sein können, und ich wäre zufrieden gewesen. Die adeligen Frauen an den Höfen hörten und wussten so viel und waren viel zu selten an der Seite der Männer!

Nach der Führung kehrten wir nach Hause zurück. Die Männer zogen sich zurück. Ich nutzte die Gunst der Stunde und schlüpfte in den Saal, in dem ich meinen Vater vermutete. *Wusste ich's doch*, schmunzelte ich, als ich ihn wieder über seinen Papieren antraf. Als ich grüßte, hob er den Kopf. »Was gibt es, mein Kind?«, fragte er wohlwollend.

»Mir kam eben eine Idee, Vater. Aber ich brauche deine Hilfe dafür. Kannst du Herzog Heinrich und Kanzler Meinwerk um eine Stunde ihrer Zeit bitten? Ihrem Gastgeber werden sie das nicht abschlagen. Ich möchte ihnen so gern Uta vorstellen. Das Kind braucht mehr als das wenige Wissen, das ich ihm geben kann. Vielleicht kann der Herzog helfen.«

»Warum fragst du ihn nicht selbst?«, fragte er mich zurück.

»Ich denke, Uta wird besser versorgt sein, wenn du, werter Vater, für sie bittest. Alles Weitere werde ich dir abnehmen.«

Mein Vater nickte und hieß mich am Abend wiederkommen.

Eilig suchte ich Uta. Lange musste ich nicht rufen, da kam sie schon. Die wachen blauen Augen des Mädchens faszinierten mich jedes Mal. Nicht nur der Schalk blitzte daraus, auch eine Klugheit, die ihren jungen Jahren weit voraus war.

»Uta, mach dich rasch zurecht. Du darfst den Bayernherzog kennenlernen. Dafür musst du dich von deiner besten Seite zeigen«, wies ich sie an.

Uta strahlte, und beeilte sich, meiner Forderung nachzukommen. »Wie ist der Herzog, Kunigunde?«, wollte sie wissen.

»Das wirst du später mit eigenen Augen sehen. Sieh zu, dass du das Lied übst, das wir zuletzt gelernt haben.«

Als wir am Abend gemeinsam vor die Augen der beiden erfahrenen und mächtigen Männer traten, prüfte ich zunächst Utas Wissen. Danach spielte ich ein Lied auf der Harfe, und Uta sang dazu.

Das beeindruckte die beiden Männer sehr. Sie schauten Uta verwundert an. »Das Kind ist gescheit und lernt schnell, das ist klar. Welche Ausbildung kann man ihm noch angedeihen lassen?«, beriet sich Heinrich mit Meinwerk. Während des folgenden Gespräches rutschte Uta immer näher an mich heran und legte ihren Kopf auf meinen Arm.

»Du magst deine Tante wohl sehr«, sagte Herzog Heinrich zu Uta.

»Ja, am liebsten würde ich nur dahin gehen, wo sie auch hingeht.«

Da lachten die Männer, und ich stimmte ein, obwohl mir eine Trennung von Uta selbst sehr schwerfiel.

»Es muss ein gutes Frauenkloster sein, in dem Wissenschaften betrieben werden ... In Gandersheim wirkt Roswitha, die zu schreiben versteht, in Quedlinburg entsteht eine neue Schreibstube. Wo die Schwestern des Kaisers wirken, wird die Bildung und die klösterliche Reformation am besten vorangetrieben ...«, dachte Heinrich laut.

Uta wurde immer kleiner und kleiner an meiner Seite, und ich tröstete sie: »Was dir nun angeboten wird, liebe Uta, danach habe ich mich als Kind gesehnt. Und selbst, wenn wir uns trennen müssen, so ist der derbe Schlag so segensreich wie der Schwertschlag für den Ritter. Du sollst nun von einer Schülerin zur Meisterin werden. Und ich werde immer an dich denken und dich lieben.«

Herzog Heinrich sah mich über diesen Worten erstaunt an: »Werte

Kunigunde, den Ziehvätern, die an mir so handelten, wie du es nun tust, denen habe ich meine ganze Kraft zu verdanken. Welches Kind könnte ohne strenge Liebe gedeihen?«

Ich freute mich über die Worte des Herzogs, auch wenn mir mein Herz schwer war. Ich wusste, dass mit den freundlichen Worten Heinrichs und dem Wohlwollen des Kanzlers Meinwerk Uta nun eine gute Ausbildung bekommen würde. Ich konnte Uta entlassen, und mein Vater gesellte sich zu uns.

Mehr als die Kaisertreue verband meinen Vater und Herzog Heinrich der Wille zur Reform der Klöster. Schnell kamen die Herren auf dieses Thema zu sprechen. Mein Vater sprach laut aus, was er dachte: »Dem wilden Treiben und Machtstreben der Adeligen sollte Einhalt geboten werden. Die Güter sollten im bischöflichen und klösterlichen Besitz bleiben und von keinen adeligen Herren angetastet werden.«

Herzog Heinrich nickte, und auch Meinwerk bekräftigte, dass die kirchliche Macht nicht geschmälert werden solle, indem Adelige sich privat bereicherten. Heinrich sprach geradeheraus zu meinem Vater: »Graf Siegfried, du bist einer der wenigen, der so vorbildlich gehandelt hat und seine eigenen Ansprüche nicht geltend machte. Du hast als einer der ersten Adeligen freiwillig auf ein neues Amt als Laienabt im Kloster Echternach verzichtet, damit dort ein geistlicher Abt aus St. Maximin eingesetzt werden konnte, der eine Klosterreform durchführte. Das hat sich herumgesprochen und bei den Geistlichen Eindruck gemacht. Ich glaube aber, dass freiwillig kaum ein anderer Adeliger ein Amt ausschlagen wird.«

»Das fürchte ich auch«, gab ihm mein Vater recht. »Es darf nicht jedem freigestellt werden, wie die Güter verteilt werden. Die Gesetze dazu müssen von oben her erlassen werden. Den Adeligen, was den Adeligen gehört. Aber auch die Klöster sollen alles behalten können, was ihnen einmal geschenkt wurde. Das Gut der Kirche und der Klöster soll kein Adeliger mehr in seinen Besitz nehmen können.«

Heinrich bekräftigte den Willen meines Vaters, indem er mit der Faust auf den Tisch schlug und rief: »Das Kloster Cluny mit den strengen Regeln sollte allen ein Vorbild sein. Das Kloster will auch, dass die Frauen und Kinder der Geistlichen nach deren Tod nicht mehr von den Klöstern versorgt werden sollen, sondern dass die Herkunftsfamilien der Kleriker wirtschaftlich für sie verantwortlich sind. Noch besser wäre es, wenn die Geistlichen ein Keuschheitsgelübde ablegen würden, wie es schon bei den Nonnen und Mönchen üblich ist. Aber das hat in der Regel dazu geführt, dass sich die Mönche aller Frauen bemächtigten, derer sie habhaft werden konnten. Teilweise bezahlten sie die Frauen auch für ihre Dienste. Wie die Aasgeier sich um kranke Viecher scharen, so siedelten sich die Frauen in ihren bunten Gewändern bereits dicht bei den Klöstern an, um von den Mönchen wegen ihrer Liebesdienste versorgt zu werden.«

Mein Vater erwiderte: »Ein Mann, der für Frau und Kinder zu sorgen hat, ist ein besserer Mensch, und allein die Männer sind zu loben, die aus freien Stücken enthaltsam sind, so, wie es schon der Apostel Paulus empfahl.«

Ich hatte schon viele Gespräche zu diesem Thema mit angehört und verließ leise den Raum, um noch einmal nach Uta zu schauen.

Ich verabscheute abgrundtief die körperlichen Handlungen von Frau und Mann. Obwohl ich später verstand, was uns als Kindern angetragen wurde und welch verkehrte Lehren manche Leute uns unterbreitet hatten, verspürte ich keine Lust, wie meine Schwestern Kinder in die Welt zu setzen und einem untreuen Mann treu zu sein. Mit dem grausamen Tod meiner Spielgefährtin Adela war auch in mir alles gestorben, was mit meinem Geschlecht zu tun hatte.

Damals erzählte uns Kindern ein Mönch, er wolle uns zeigen, was er unter seiner Kutte trage. »Ich nehme euch Mädchen gern mit in meine kleine Hütte im Wald. Dort sage ich euch alles, was den Kindern von ihren Eltern verschwiegen wird.« Wie froh bin ich, dass ich meiner Mutter davon erzählte! Sie verbot mir, je wieder die Gärten der Mönche zu betreten. Damit hat sie mich vor einem Ende wie dem Adelas bewahrt.

Zwei Jahre danach suchte man Adela, weil sie verschwunden war. Es war der Tag, als in der Kloake wieder ein toter Säugling gefunden wurde. Aber erst viele Wochen später fand man Adela im nahen

Teich. Sie hatte große Steine in Tücher genäht und diese mit Schnüren um ihren Leib gebunden. So musste sie immer tiefer in den See gegangen sein und war nicht umgekehrt, obwohl sie schon lange keine Luft mehr bekam. Freiwillig ist sie ertrunken. Obwohl sie schwimmen konnte! Das konnten wir beide. Aber sie wollte weder schwimmen noch überhaupt leben. Wie man die schlimmsten Hexen und Mörder ersäuft, so hat sie sich selbst ersäuft. Mir hat es nie viel ausgemacht, wenn auf dem Markt oder in der Mosel jemand seiner gerechten Strafe zugeführt wurde und dabei zu Tode kam. – Aber ich hatte die Geschichte Adelas begriffen. Meine Mutter hatte mir, als ich 12 Jahre alt war, gesagt, wie die Kinder zur Welt kommen. Hätte ich nur mit Adela darüber geredet! Sie glaubte wohl, aus ihrem Bauch sei der Leibhaftige gekrochen, dabei war es doch nur ein Kindlein gewesen. Gewiss hatte sie das gedacht, denn wie sonst konnte man sich selbst ertränken?

Ich habe Adelas Körper gesehen, als sie ihn aus dem Teich, der nah bei St. Marien lag, zogen. Sie war bereits von Fischen angefressen, und ihre Lippen waren so dick wie Rettiche. Als ich sie so ansah, schnürten mir die Stricke um ihren Leib meinen Hals und meinen Oberkörper immer enger. Dann pressten sie mir den Bauch ein, und ich erbrach mich in die Wiese.

Ich konnte mich später nicht mehr daran erinnern, wie ich nach Hause gekommen war. Drei Wochen lang konnte ich nicht sprechen, und mein Bauch und die Beine waren wie tot. Meine Mutter weinte, weil ich nicht aufstehen konnte und wie ein kleines Kind das Bett nass machte. Während meine Mutter um mich weinte, hörte ich aus dem Gesindehaus die wilden Schreie unserer Magd, die den Tod Adelas nicht verwinden konnte. Ich musste einen Sud aus bitteren Wurzeln trinken und soll danach zwei Tage lang geschlafen haben. Als ich davon erwachte, konnte ich wieder sprechen und gehen.

Mein Vater jagte die Magd nicht vom Hof, wie es alle anderen getan hätten. Er versorgte die Familie mit Decken und Hausrat, und sie konnten auf dem neu erworbenen Berg wohnen, auf dem er die Saarburg erbaute. Er brauchte Leute, die seine Festungsburg bewohnten.

Dort ließ er auch ein Grab ausheben, in das Adela gelegt wurde. Niemand wusste, dass Adela eine Mörderin war, deshalb durfte sie dort liegen, und ihre Mutter konnte für sie beten.

Das war nun schon so lange her. Meine Mutter war selbst schon bei den Toten, und ich betete dreimal täglich für sie. Als Mutter starb, beschenkte mein Vater das Kloster Echternach überreich, denn für ihn und seine unverheiratete Tochter war sonst niemand da, der durch Gebete ihre Seelen in den Himmel tragen konnte. Mein Vater war schon fast siebzig und hatte alles erreicht, was er sich vorgenommen hatte. Besonders gefallen hatte es ihm, die verfallene Lützelburg zu kaufen und auszubauen.

Ich seufzte tief, denn ich spürte nur zu gut, dass nun alle darauf warteten, dass ich mich endlich wie meine Schwestern mit einem Grafen vermählen würde oder mein Vater mich in einem Kloster als Äbtissin einsetzen würde. Letzteres wäre mir am liebsten gewesen, denn ich hatte genug Wissen angehäuft, um den Aufgaben gerecht zu werden. Doch wie ich nun darüber nachdachte, erkannte ich schlagartig, was Hezilo und Meinwerk wohl mit meinem Vater besprochen haben könnten, bevor Herzog Heinrich zu Besuch kam. Herzog Heinrich hatte keine Frau, und ich war im heiratsfähigen Alter ... Ob der Besuch des Herzogs nicht nur wegen der Aufrüstung und des Sakramentars Kaiser Ottos III. stattfand? Hatte mein machttrunkener ältester Bruder etwa daran gedacht, eine Ehe für den Herzog anzubahnen, und sollte ich die Braut sein?

Ich malte mir aus, was mein Bruder zu Herzog Heinrich gesagt haben könnte: »Ich habe eine überaus gescheite, furchtlose Schwester, die zu Recht auf den Namen ihrer Großmutter Kunigunde getauft wurde, weil auch in ihr das Blut Karls des Großen fließt. Sie ist dazu geboren, zu herrschen und zu regieren. Wenn du sie siehst, wirst du es an ihrer aufrechten Haltung und ihren klaren Worten erkennen. Zudem ist sie so schön wie die aufgehende Sonne.« Ehrlicherweise hätte er auch noch sagen sollen: »Aber sie macht sich nicht viel aus einem schneidigen Mann.«

Ob es so war? Ich musste dringend zu meinem Vater gehen und

wissen, was hier gespielt wurde. Ich wartete, bis die Gäste zu Bett gegangen waren, um meinen Vater allein vorzufinden. Mein Herz pochte vor Wut bei dem Gedanken an das, was ich ihn fragen wollte, und ich zögerte, bevor ich klopfte.

Mein Vater hatte es mir immer leicht gemacht, mit all meinen Fragen zu ihm zu kommen, und nach dem Tod der Mutter zeigte er auch seine Freude darüber, wenn ich um ihn war. Auch jetzt schaute er mich beim Eintreten wohlwollend an.

Ich schluckte und fragte dann geradeheraus: »Vater, gibt es einen bestimmten Grund, warum Herzog Heinrich hier ist und ich ihn durch die Stadt führen soll? Hat Hezilo etwa die Absicht, ihn zu einer Heirat mit mir zu bewegen?«

Mein Vater hörte die Entrüstung aus meinen Worten und meinte ganz schlicht: »Weder lässt sich mit Herzog Heinrich über eine Ehe reden, noch kann jemand mit dir über einen möglichen Partner plaudern. Beide habt ihr nicht den Willen, aus eurem guten Stand eine erfolgreiche Ehe zu planen. Bei Herzog Heinrich mag es wohl an seinem Jagdunfall liegen. Seit ihm ein Keiler mit seinen Hauern den Unterleib traktierte, hinkt er und hält sich von Gelagen mit Weibern fern. Und dabei ist er doch einer der stattlichsten Kämpfer, hat den Kopf eines Gelehrten und das Herz eines Bischofs.« Dann lachte mein Vater lauthals: »Ja, dein Bruder Hezilo, und noch mehr Meinwerk, will euch gerne als Paar sehen. Und mich dünkt, meine Liebe, dass ihr beide in die Kirche, die Kunst und die Wissenschaften mehr vernarrt seid, als es andere sind. Vielleicht passt ein Mann, der keine Frau möchte, zu einer Frau, die am liebsten auf einen Mann in ihrem Leben verzichten würde?« Und mein Vater lachte weiter, weil er sich so einen schönen Reim auf uns gemacht hatte.

Aber ich war wütend! Hätten Hezilo und Vater mit mir darüber gesprochen, hätte ich ihnen eigenhändig das nächstbeste Geschirr an den Kopf geworfen! Aber noch mehr hätte ich mich in meine schönsten Kleider geworfen. Nicht, weil ich damit Herzog Heinrich bezwingen wollte, sondern, weil mir viel daran lag, nicht abgewiesen zu werden. Einen Sieg, den es zu erringen gab, wollte ich stets für mich verbuchen. Erst recht, wenn es darum ging, als Tochter eines Grafen einen Herzog zu gewinnen!

Es machte mir auch am nächsten Tag Freude, die Gäste zu führen, und auch meinen Brüdern konnte ich Neues zeigen. »Mehr als alles liebe ich die Goldschmiedewerkstätten«, verkündigte ich laut, als wir wieder durch die Straßen gingen.

»Somit sind wir schon zu zweit«, meinte Herzog Heinrich, der mir dann erzählte, dass auch er stundenlang in der Schmiede sitzen könne und jedes Mal eine Gänsehaut bekomme, wenn das flüssige Gold in Formen gegossen wurde.

»Ich zeige dir auch, wie die Mönche Blattgold herstellen und auf den Papyrus bringen«, versprach ich ihm.

Wahrlich, Herzog Heinrich und ich hatten die größte Freude an den neuen Schriftstücken und Goldschmiedearbeiten. Während die anderen flüchtig und gierig ihre Augen schweifen ließen, verspürte Heinrich dieselbe Hingabe an die Kostbarkeiten wie ich. Ich wollte das grobe, unbearbeitete Gold anfassen und mit meinen Fingern über die glatt gearbeiteten Goldflächen streichen. Ich wollte die Edelsteine in den Händen und gegen das Licht halten und in den reich verzierten Schriften lesen. So hatten wir unsere Freude miteinander, denn Herzog Heinrich erbat die Kleinodien, um sie in den Händen zu halten, und reichte sie dann an mich weiter, damit ich sie glückselig wieder zurücklegen konnte.

Die aufklärenden Worte meines Vaters, dass mein Bruder und Meinwerk mich gerne als Braut Heinrichs sehen wollten, machten, dass ich Heinrich auch immer wieder heimlich musterte. Ich musste mir eingestehen: *Herzog Heinrich ist größer als meine Brüder und schön anzuschauen.* Doch ich wollte mir deswegen noch lange keine Blöße geben und deshalb besonders nett zu ihm sein. Dass wir uns so gut verstanden, kam irgendwie ganz von allein. Wir freuten uns an den schönen Steinen und den zart geschnitzten Elfenbeintafeln, und darüber erschien mir auch Herzog Heinrich so köstlich wie ein Geschmeide. Ihm muss es so ähnlich ergangen sein, denn bald darauf sagte er:

»Die Kleinodien passen gut in deine Hände, Kunigunde, denn schöne und heilige Dinge sollten auch von einer schönen, reinen Frau getragen werden.«

Das war ein Kompliment, wie es mir gefiel! Ich war zutiefst zufrieden mit dem Benehmen des Herzogs, sodass mir alles, was ich tat und sagte, leichtfiel. Bald gingen wir abseits der Gruppe und wussten uns immer neue Dinge zu erzählen. Mir war, als ob ich einen Freund gefunden hätte, dem ich alles sagen wollte, was mir gerade in den Kopf kam. Heinrich war auch plötzlich nicht mehr der etwas steife feine Herr, sondern seine Wangen waren gerötet, und wenn wir eine Treppe zu überwinden hatten oder durch eine Türe traten, so fasste er nach meinem Arm und führte mich. Ich glaube, spätestens da begannen auch meine Wangen zu glühen. Mir war nun egal, ob wir, wie jetzt, bei schönstem Sonnenschein zur nächsten Werkstatt gingen oder tagelang durch den Regen liefen, Hauptsache, ich war in seiner Gesellschaft.

Unvermittelt sagte Heinrich zu mir: »Keine Frau hat mir jemals so viel Behagen bereitet wie du. Ich wäre der glücklichste Mann auf Erden, wenn ich dich stets an meiner Seite wüsste.«

Obwohl diese Unterredung ernst war, so erschien es mir leicht, zu erwidern: »Ich würde, ohne zu zögern, den heutigen Tag in deiner Gesellschaft bis an mein Lebensende ausdehnen.«

»Sprichst du im Scherz oder im Ernst?«, fragte Heinrich.

»Ich weiß es nicht«, sagte ich ehrlich. Dann fügte ich hinzu: »Ich spreche die Wahrheit, denn deine Gegenwart macht mich so froh. Mir ist, als ob wir vom selben Blut sind. Es muss ein gleiches Feuer in uns glühen.«

»Lass uns ein wenig abseitsgehen, damit uns die anderen nicht hören«, bat Herzog Heinrich.

Als wir weit genug entfernt waren, sagte er schlicht: »Dich hätte ich gerne zu meiner Frau, aber ich muss dir zuvor sagen, dass ich seit meinem Jagdunfall wenig Kraft in meinen Lenden spüre und nicht weiß, ob ich Nachkommen zeugen kann.«

»Das soll mir recht sein«, antwortete ich. »Ich halte nichts vom

Kindergebären. Deshalb wäre ich auch viel lieber ein Mann geworden.« Ich sah ihm trotzig und entschlossen ins Gesicht.

Was dann geschah, kann nur jemand erahnen, dem ein gleiches Wunder widerfuhr. Ich sah in ihm plötzlich einen Mann wie aus Sonnenlicht gemacht. Heinrich musste es ähnlich ergehen, so, wie er mich anstarrte. Mit jedem Augenblick wünschten wir uns mehr, uns anzufassen, zu halten und zu liebkosen. Wir standen im verwilderten, heruntergekommenen Garten des alten Palastes, aber für uns wurde der Garten zum Paradies. Ich legte meine Hand auf Heinrichs Arm, weil er mir in seiner Verwirrtheit leidtat und ich ihn trösten wollte. Zugleich erfüllte mich die Berührung selbst mit tiefem Frieden.

Niemandem kann ich erklären, was damals mit uns geschah und welche Hand ein Band um uns geschlungen hatte, beende ich den Satz auf dem Papyrus. Ich halte inne und fühle, wie mein Herz schwer geworden ist bei der Erinnerung an diese erste Begegnung mit meinem Heinrich. Einen Menschen zu lieben, bedeutet auch, sich so mit ihm zu verbinden, dass man für immer in den Erinnerungen und Gefühlen einsam bleibt. Seitdem ist weder Tag noch Nacht vergangen, auch nicht eine einzige Stunde, in der mein Herz nicht an Heinrich dachte. Auch Heinrich ging es bis zu seinem Tod so.

Kurz überlege ich, ob ich die Feder ganz aus der Hand legen soll, weil ich mich den Erinnerungen überlassen will, doch die Worte fließen wie von selbst:

Den ersten neuen Glockenschlag vernahmen wir gemeinsam im Garten. Und nun erinnerten wir uns bei allen Glockenschlägen an den anderen. Ob diese nun zum Gebet oder zum Essen riefen, ob von den Ästen die Blätter fielen oder an den Zweigen Knospen trieben, ob die Sonne schien oder wir vor Kälte zitterten; alles, alles verband uns tiefer und machte unsere Liebe inniger. Ja, selbst Niederlagen, Krankheit und Elend sollten unsere Namen dem anderen noch tiefer ins Fleisch brennen, als es glückliche Zeiten vermochten ...

Wie Heinrich nun immer aus vollem Galopp sein Pferd zügelte und anhielt, so war auch ich voller Energie. Ich wollte die Zukunft in die Hand nehmen. Wäre ich der Samen eines Baumes gewesen, so wäre ich in drei Tagen über die Türme der Kirchen hinausgewachsen. Wäre ich ein Fluss gewesen, hätte ich in meiner Wucht die Ländereien unter mir begraben und wäre bis in die Höhen der Weinberge angeschwollen.

Mit Heinrich plante ich, wie es zwei Strategen nicht besser tun könnten, unsere gemeinsame Zukunft. Wir wollten, ehe das Jahrtausend anbrach und die Erde untergehen und Christus die Toten wiedererwecken würde, einander ehelichen. Bis Heinrich vom Feldzug mit Kaiser Otto III. aus Italien wiederkäme, sollte ich mich auf meine Aufgaben vorbereiten. In Regensburg würde er alles für mich vorbereiten lassen. Ich könnte mit meinem Gefolge dort Wohnung nehmen. Heinrich hatte seine Heimat in Regensburg, aber noch mehr liebte er Bamberg, die Burg mit den starken Mauern und sonnenbeschienenen Weinhängen. Ich sollte in Regensburg auf ihn warten. Wir fragten niemanden um Rat. Wir taten, was uns die Stunde gebot und Gott befahl.

Heinrich ließ mir zur Verlobung als Mahlschatz ein wunderschönes Kreuz aus Gold und Silber anfertigen, das er mir wenige Tage nach unserem Erlebnis im Garten feierlich überreichte. Von diesem Tag an trug ich es immer in einem kleinen Stoffbeutel bei mir. Es war mit Edelsteinen besetzt und reich verziert. In der Mitte war der Gekreuzigte abgebildet, den ich fühlen konnte, wenn ich nach dem Kreuz fasste. Meine Hände griffen oft nach dem Kreuz, denn mir war, als ob der Gekreuzigte ein gerechter und weiser Richter war.

Zu meinen neuen Aufgaben würde bald gehören, die Schwestern von Kaiser Otto III. kennenzulernen, denn als zukünftige Äbtissinnen der Klöster von Quedlinburg und Gandersheim waren sie mit die wichtigsten persönlichen Verbündeten des Kaisers und hielten Fürsprache für die Landesherren. Sooft es ging, begleiteten die Frauen ihren Bruder. Sie schreckten nicht einmal davor zurück, mit ihrem Bruder auf Kriegszüge über die Alpen zu ziehen. Diese Frauen kannten sich aus. Ihnen war die Welt der Mächtigen so vertraut wie die Regeln des heiligen Benedikt. Sobald sich die Gelegenheit ergeben würde, könnte ich sie endlich sehen. Doch vorerst blieb dies das Vorrecht Hezilos und Heinrichs, die Seite an Seite mit den adeligen Schwestern ritten.

Als dann Herzog Heinrich und meine Brüder sich mit dem Gefolge Kaiser Ottos trafen und nach Italien aufbrachen, war mir nicht bange. Mein Vater konnte in Trier bleiben, den Bau der Burg beaufsichtigen und die Grenze gen Westen sichern. Er war es, der mich nun auf meine Aufgaben vorbereitete, wie er auch seine Söhne angehalten hatte, ihre Politik auf sichere Füße zu stellen. Mein Vater sandte seinen Aufruf, mich zu unterstützen, bis zur Insel Reichenau. Er unterwies mich in meinen Aufgaben als Herzogin. Dazu nahm er mich mit zur Rechtsprechung in Trier und ließ mich an den Planungen zu Bauvorhaben und an politischen Diskussionen teilhaben. »Du wirst es sein, die nun in ganz Bayern bei Gerichtsverhandlungen anwesend sein muss. Ebenso, liebste Kunigunde, werden sich Ratsuchende an dich wenden. Ob Adelige oder niederes Volk, sie werden sich an dich wenden, um Gehör und Hilfe zu finden. Kunigunde, dann musst du klug entscheiden, was du Heinrich zur Besiegelung und Förderung vorlegst.« Mein Vater bläute mir ein, dass ich nicht nur für einen Mann, sondern für ein ganzes Herzogtum Sorge zu tragen hätte. Den größten Schatz und Segen erteilte er mir dazu, als er mir die besten Schreiber überließ. Sie wussten, wie Dokumente angefertigt werden mussten, welche Formulierungen wichtig waren. Keine ungebildeten Handwerker stellte mein Vater für mich frei, sondern er suchte den besten Goldschmiedemeister, den weisesten geistlichen Berater und den tüchtigsten Arzt aus Trier aus. Sie mussten meinem Vater schwören, dass sie stets auf meine Anweisungen und zu meinem Wohlergehen handeln würden. Die Männer waren voller Ehrgeiz und Tatendrang an meiner Seite, weil sie ja auch zu noch größerem Ansehen und Ruhm gelangen wollten.

Als alle Vorbereitungen in Trier getroffen waren, kam endlich der Tag des Aufbruchs. Mit meinen treuen Gefolgsleuten und Mägden reiste ich nach Bayern, meiner zukünftigen Heimat. Dort hatte Heinrich alle veranlasst, mir treu zu dienen. »Meine Mägde sind die deinen, die Rösser in den Ställen stehen euch zur Verfügung, jeder Handwerker soll auch deinem Gefolge zu Diensten sein«, hatte er mir geschrieben. Aber uns erwartete noch mehr.

Schon als wir die Grenzen Bayerns erreichten, gesellten sich noch Heinrichs Wachtruppen zu den meinen. Selbst Geistliche ließen es sich nicht nehmen, uns willkommen zu heißen und auf dem Weg in die neue Heimat zu begleiten. Mir war, als ob Heinrich selbst zugegen sei, als ich voller Vertrauen empfangen wurde. Die Betten waren gewärmt, die Buchhalter führten mich in die Geschäfte ein. Heinrich hatte mir sogar aus Byzanz Kleider kommen lassen, und mehrere Ballen Seide warteten darauf, nach meinen Wünschen verarbeitet zu werden. Obwohl wir noch nicht den Bund der Ehe geschlossen hatten, waren durch Heinrichs und meines Vaters Fürsprache die Herzen der Bayern schon für mich gewonnen.

Es war mein Glück, dass Sophie, die Schwester des Kaisers, die sich dem Italienfeldzug angeschlossen hatte, im Jahr darauf zurückkam, da sie sich um die kranke Äbtissin in Gandersheim, Heinrichs Tante Gerberga, kümmern musste. Sophie reiste über Eschwege, weil sie dort ein Kanonissenstift gründen wollte. Heinrich begleitete Sophie, und so konnte ich darauf hoffen, dass unsere Hochzeit bald stattfinden würde.

Wie hatte ich diesem Tag entgegengefiebert! Und nun war er zum Greifen nah. An dem Tag, an dem ich Heinrichs Rückkehr erwartete, waren mein Vater und meine Brüder mit ihren Familien bereits angereist und staunten über die Vorbereitungen der Festlichkeiten. Ich war stolz auf meine Familie. Alle fünf Brüder waren gekommen, und sie brachten ihre Frauen und Kinder mit. Selbst meine Schwestern hatten ihre Männer überzeugt, und so sahen wir uns nach vielen Jahren alle wieder. Ich war glücklich, denn so fühlte ich mich an dem Tag, als ob ich noch in meiner Heimatstadt Trier sei und wir alle Kinder seien. Theoderich und Adalbero nutzten die Tage, um sich mit anderen Adeligen auszutauschen, die ebenfalls ein geistliches Amt anstrebten. Ich erzählte meinen Brüdern: »Alle Altäre Bayerns hat Herzog Heinrich schmücken lassen! Er will, dass das ganze Volk sich am Tag der Hochzeit freut und sich auch satt essen kann«, und ich fügte stolz hinzu: »Und denkt euch nur! Heinrich hat mir schon übermitteln lassen, was er mir als Morgengabe zugedacht hat.«

In den Blicken meiner Brüder konnte ich Neugier lesen. »Nun sag schon!«, drängten sie.

»Bamberg«, antwortete ich lächelnd.

Noch nie hatte ich meine Brüder so übermütig und glücklich erlebt. Bamberg mit der mächtigen Burg, an wichtigen Handelswegen gelegen. Für immer sollte sie mein Eigen sein, und alle Einnahmen der dazugehörigen Ländereien gehörten ebenfalls mir, solange ich auch immer mit meinen Nachkommen leben würde. Wenn meine Brüder mich nun küssten und mit mir scherzten, dann taten sie es, weil sie sich selbst als die Herren von Bamberg sahen. Ich hatte in ihren Augen einen dicken Fisch gefangen, von dem sie profitieren wollten.

Ach, wenn ihr wüsstet, dass Bamberg für mich nicht aus Stein, Untertanen und fruchtbaren Weinbergen besteht! Bamberg, das ist Liebe, weil diese Burg aus Liebe und Fürsorge verschenkt wurde, dachte ich bei mir, als ich sie so ausgelassen sah.

Die Familie Heinrichs hatte Bamberg als Trost und Ausgleich bekommen, weil die Krone an den älteren Sohn Otto fiel. Bamberg war für Heinrich das Pfand, dass Gott und die Menschen seine Familie nicht vergessen hatten. Und es sprach für Heinrichs große Liebe zu mir, dass er ausgerechnet sein geliebtes Bamberg als Morgengabe für mich auserkoren hatte.

Mein Vater war damit ebenfalls sehr zufrieden, weil es im Grunde nicht einmal Verhandlungen deshalb geben musste. »Aus freien Stücken und mehr, als nötig ist«, murmelte er und drückte mir erleichtert die Hand.

Ich freute mich mit und war doch auch schon ein wenig ungeduldig. Heinrich war noch nicht eingetroffen. Wie gern wäre ich ihm heute entgegengeritten! Doch er hatte ausrichten lassen, dass er mich erst empfangen wolle, wenn er gebadet worden sei, den Dreck der Reise abgewaschen habe und ihm ein Priester die heiligen Sakramente gegeben habe.

»Wir werden in unserem Stand immer in die Grobheiten der Welt eingebunden sein, aber meinem geliebten Weib will ich an Leib und Seele sauber entgegentreten.«

So musste ich also warten und warten – fünf Stunden lang. Längst war ich in die herrlichsten Kleider und duftende Öle gehüllt. Mit keiner Tätigkeit konnte ich mich ablenken. Immer weilten meine Gedanken bei Heinrich und wann er wohl endlich eintreffen würde.

Endlich lief meine Dienerin freudestrahlend herbei. »Herrin, Herzog Heinrich ist angekommen! Er ist auf dem Weg in den großen Saal und wäre erfreut, dich zu sehen.«

Ohne ein weiteres Wort zu der verdutzten Dienerin rannte ich los und raffte dabei die vielen Röcke, um nicht zu fallen. Wochenlang hatte ich auf diesen Moment gewartet und wollte nun keinen Augenblick mehr verlieren. Ich hastete die Stufen hinauf und die Gänge entlang.

Als ich im Saal ankam, traf ich auf Heinrich und stellte erstaunt fest, dass auch er die letzte Wegstrecke in Eile zurückgelegt hatte. Wir fielen uns in die Arme und weinten. *Gibt es ein höheres Glück, als sich für immer wiederzufinden?*, ging es mir durch den Kopf.

Als wir uns beruhigt hatten, sagte Heinrich mit belegter Stimme: »Ich möchte, dass du nie hungern, frieren oder irgendetwas entbehren sollst.« *Seltsame Worte! Warum ist ihm das gerade jetzt wichtig?*, fragte ich mich. Aber mich durchflutete dabei eine warme Woge. Das waren Worte aus einem liebenden Herzen gesprochen, von einem Mann, der wusste, dass es in der Welt mehr Menschen gibt, die hungern und das Nötigste entbehren, als solche, die satt und gut versorgt sind. Dann griff er nach meiner Hand und drückte sie gegen sein Herz. »Kunigunde, ich möchte für dich tun, was in meinen Kräften steht, aber dazu benötigst du auch noch den Schutz des Höchsten. Neben Bamberg soll dir noch eine andere Morgengabe zuteilwerden.«

Ich wunderte mich über diese Worte, denn Heinrich hatte doch wirklich alles getan, was nötig war. Er nahm Haltung an, und auch ich richtete meine Kleider. Als wir uns gefasst hatten und ruhig waren, klatschte er in die Hände und schickte die Türwache nach seinem Priester. »Sag ihm, er soll die geistliche Morgengabe bringen.«

Geistliche Morgengabe? Davon habe ich ja noch nie gehört – und ich kenne mich aus. Was hat Heinrich vor?

Der Priester kam und trug auf seiner rechten Hand ein Gefäß, das mit rotem Samt ausgeschlagen war. Heinrich bedeutete ihm, zu mir zu treten. Der Priester verbeugte sich vor mir und sagte: »Dies ist eine wertvolle Reliquie vom Kreuz Christi, in purem Golde eingelassen.« Heinrich nickte mir aufmunternd zu. So hielt ich meine leeren Hände gleich einer Schale vor meine Brust, und der Priester legte das goldene Reliquienkreuz, das an einer Goldkette befestigt war, in meine Hände. Der Priester segnete mich, verneigte sich und ging. Zurück blieb in meinen Händen der größte Schatz, den ich je besessen hatte.

Was waren Ländereien, Schlösser und Burgen, die doch so weit weg sein konnten? Dieses Kreuz jedoch war mir so nah wie mein eigenes Herz, stets würde ich danach fassen, mich daran halten können. Heinrich überreichte mir die Reliquie nicht vor Hunderten von jubelnden Zuschauern. Diese Stunde, in der nur wir zwei uns gegenüberstanden, hatte er dazu ausersehen.

Ganz still war es nun im Saal. Heinrich half mir, die Kette umzulegen. Wir fanden keine Worte. Als wir uns zum Abschied mit zitternden Lippen küssten, wusste ich, dass mich nichts auf der Welt je von Heinrich trennen konnte.

Tags darauf war unser Hochzeitstag endlich gekommen. Die Dienerinnen halfen mir in die prächtigen Gewänder und legten mir schimmernden Schmuck an. Auf dem Weg zur Kirche gingen zwei Priester, die ein Kreuz vorantrugen. Vier Kammerzofen trugen meine Schleppe. »Höher, haltet den Schleier höher«, riefen die Zofen, die hinten gingen, denn die Frauen an meiner Seite bemerkten wohl nicht, wenn der Stoff hinter ihnen auf der Erde schleifte. Mit klopfendem Herzen näherte ich mich der Kirche, vor der Heinrich mit seinem Geleit bereits auf mich wartete. Hunderte Gäste waren gekommen, um Zeugen unserer Vermählung zu werden.

Als ich in prächtigen Gewändern neben Heinrich das Sakrament der heiligen Ehe empfing, strahlten die Augen Heinrichs heller als die Sonne. Alle, die mit uns diese Stunde teilten, spürten, dass es nicht unsere Eltern oder Berater waren, die uns zusammengeführt hatten. Hohe und Niedrige waren gerührt, weil Heinrich und ich vom größten irdischen Glück gesegnet waren: den Partner ehelichen zu dürfen, den man schon im Herzen trägt. Während unsere Hände mit einem Band – zum Zeichen der Treue auch in Anfechtung und Not bis zum Tod – umschlungen wurden, begannen sich die Anwesenden sogar zu schnäuzen, und selbst der Priester war sichtlich gerührt.

Als die Zeremonie vorüber war und wir zum Auszug aus der Kirche vom Altar zum Ausgang schritten, neigten sich alle vor mir. Scharen von Mächtigen machten uns Geschenke. Nun begriff ich erst, was es bedeutete, in Zukunft als Herzogin durch die Straßen zu gehen. *Eine heilige Mutter will ich für dich sein, mein Bayern, weil du so treu zu mir stehst und mir keine Wünsche verwehrst,* schwor ich insgeheim.

An diesem Tag spürte ich: Die Untertanen waren uns wegen unserer Macht gehorsam, doch allein um unserer Liebe willen waren uns die Herzen der Menschen zugetan, beende ich den ersten Teil meiner Erzählung.

Ich überfliege, was ich zuletzt geschrieben habe. Ich hätte gewiss von all denen schreiben sollen, die anwesend waren. Ihren Geschenken und Huldigungen; die Namen der anwesenden Bischöfe nennen, fällt mir ein. Aber Uta sagte mir, ich solle nur das aufschreiben, das für mich wichtig war …

Für mich zählte die Zeremonie nicht so viel, wie sie für meinen Vater bedeutete. Er sah, wie seine Tochter sich vollkommen sicher bewegte, von den Mächtigen respektiert wurde und mit ihnen zu reden verstand. Mir war jedoch nur wichtig, dass Heinrich endlich da war und wir vor Gott und Menschen ein Paar wurden. Nichts würde mich je von seiner Seite reißen, dessen war ich mir zu der Stunde in meiner unbändigen Freude gewiss. Für mich wurden die Glockenschläge, die Huldigungen und der Segen der Kirche zu Wolken, auf denen ich immer höher ins göttliche Licht tauchte. Gegen alle Regeln fassten Heinrich und ich uns immer wieder bei den Händen. Ich spürte, dass er das Fieber noch nicht ganz überwunden hatte, das ihn seit seiner Rückreise plagte.

In der folgenden Nacht lagen wir erhitzt und schlaflos beieinander und wussten nicht aus noch ein mit dieser überwältigenden Kraft. Mir war, als ob ich Heinrichs Hände, seine Arme und Lenden zerdrücken und küssen und schlagen müsste und nie genug davon bekäme. Später, viel später erst wurde mir klar, dass sich dann Mann und Frau körperlich vereinen und damit die Erfüllung und ihren Frieden finden. Diesen Frieden fanden wir jedoch nie.

Ich überlege und erkenne: Bis zum heutigen Tage, wie ich hier sitze und diese Zeilen schreibe, weiß ich nicht, wie es sich anfühlt, den Samen eines Mannes zu empfangen und ein Kind in sich zu spüren. Meine Brüste füllten sich nie mit Milch. Deshalb wohl, so sagten Heinrich und meine Dienerinnen, wäre ich auch so schön wie ein Hirschkalb, welches zum ersten Mal ein Geweih auf dem Haupt trägt. Meine Haut ist noch heute glatt und geschmeidig, aber meine Tränen über das Unglück, keine Söhne und Töchter zu gebären, sah nur Gott allein. So viele Tränen auch in meinem Schmerz flossen – sie sind getrocknet. Ich lernte, Christus als mein größtes Kleinod anzusehen.

Von Anfang an wussten wir, dass wir keine Kinder haben würden. Wir wussten jedoch auch von den Wundern, die Gott tun kann und die er voller Güte in so reichem Maß an seinen Heiligen vollzog. Wir hatten nie Grund zu hoffen, und trotzdem haben wir gehofft. Keine Antwort bekamen wir auf unsere Fragen.

Ich glaubte bald, dass Heinrich, wenn ihn wieder seine Schmerzen niederrissen, lauter schrie und jammerte, als er es zuvor getan hatte. Sein Wille, in seinen Nachkommen weiterzuleben, war ihm verwehrt, und so fraß dieser giftige Wurm in ihm und ließ ihn, sobald er sein Schwert zückte oder auch nur jemanden vor sich hatte, der sich ungebührlich benahm, zu einem Tier werden, das blind um sich schlug. Mir schnitt es ins Herz wie einer Mutter, die ihr Kind schreien hört und nicht helfen kann. Ich konnte Heinrich nie von dem bösen Tier befreien. Aber ich tat alles, was in meiner Macht stand, um das Unheil, das er anrichtete, wiedergutzumachen. Darin war ich Heinrich gegenüber unbeugsam.

Wir glaubten doch beide auch an den Heiland, der die Sünden abwäscht und unsere Untaten vergibt! Wenn mich ein Leiden plagte oder mich mein Herz verklagte, so hielt ich mich, solange es ging, in dem Feuer gefangen, damit ich gleich dem Golde in der Glut rein würde.

Vielleicht bin ich dadurch auch hart geworden wie ein Schwert, das durchs Feuer muss, um seine Schlagkraft zu entfalten?, denke ich, denn stark muss man sein in höchstem Maß für die Liebe, das Volk, für Gott und die Hoffnung, um verzeihen zu können. Das war mir stets die schwerste Übung. Aber ich hielt mir vor Augen, wie ich es auch jetzt tue, dass Christus starb, damit er uns Vergebung bringt und uns dieselbe lehrt. Deshalb war es mein Wunsch, einmal ein Stück vom Kreuz Christi zu haben, um mich daran halten zu können. Ach, wie ein Nagel selbst soll mir das Kreuzeszeichen in die offene Wunde fahren, damit ich mich bis zum heutigen Tag – und täglich neu – nicht der Bitternis ergebe ...

Mein alter Vater schloss nur wenige Wochen nach unserer Hochzeit für immer die Augen. Ich erfuhr, dass er noch gut nach Trier zurückgekommen war. Er hatte geahnt, dass er schon bald im Reich des Todes sein würde, denn er hatte sich für alle Gebete den Mönchen angeschlossen, obwohl er als Vogt nicht gezwungen war, die Gebetszeiten einzuhalten. Wenige Tage später kam er nach dem Glockengeläut zu den Laudes nicht aus der Schlafstube. Zur Vigilie war er noch mit den anderen zur Kirche gegangen. So hatte sich der Tod kurz vor Sonnenaufgang seiner Seele bemächtigt. Ich wusste, dass ihm ein würdiges Grab bereitet wurde und die Klosterbrüder ihm im Jenseits einen Platz erbeteten. Die treuen Brüder würden der Seele meines Vaters zu jeder Totenmesse gedenken, und seine reichen Geschenke, die er mit frohem Herzen den Klöstern überlassen hatte, würden sich stets zwischen den Satan und die Seele meines Vaters stellen.

Mein Leben als Herzogin von Bayern: Erster Italienfeldzug und Freundschaft mit Adelheid und Sophie

Sosehr ich es mir wünschte, aber meine Wege führten nicht mehr nach Trier zurück. Ich wurde in Bayern gebraucht. Mein Gemahl musste schon bald erneut nach Italien aufbrechen, und es war so viel zu tun! Wir wollten zuvor unseren Lebensmittelpunkt nach Bamberg verlegen. Die strategisch wichtige, trutzige Burg mit den fruchtbaren Weinbergen an den südlichen Hängen war Heinrichs liebste Stadt. Kaiser Otto II. hatte Heinrichs Vater die Burg und Ländereien überlassen. Damit wollte er Heinrich den Zänker entschädigen und besänftigen, da dieser nicht König wurde. Otto II. wollte, dass Frieden sei in der Familie und sich mögliche Erben und deren Nachkommen nicht zu sehr benachteiligt fühlten, weil sie selbst nicht die Krone erringen konnten. Er wollte ebenso sicher sein, dass sie nicht nach der Krone trachteten und den regierenden König angriffen. Im großen Herzogtum Bayern konnte der Herzog somit residieren wie ein König.

Die Heinriche hatten Regensburg zu einer bedeutenden Stadt ausgebaut, und ich fand in Regensburg die gleichen alten römischen Zeugnisse wieder, wie ich sie in Trier als Kind schon gesehen hatte. Eine Porta war Zeuge der römischen Macht, und ich konnte auf den alten Steinbrücken trockenen Fußes die andere Uferseite erreichen. Mit der Burg Bamberg im Norden Bayerns und der befestigten Stadt Regensburg war das Herzogtum in seinen Grenzen durch deutliche Machtzentren gesichert.

Bevor er nach Italien aufbrach, verabschiedete sich Heinrich mit den Worten: »Bamberg wird dir gefallen, werte Kunigunde. Ich will dir immer nur mein Liebstes schenken, und dazu gehört diese herrliche Burg. Bamberg sei nun dein Eigen.« Mir war klar, was Heinrichs großzügiges Geschenk bedeutete: dass Bamberg mein zukünftiger Witwensitz sein sollte. Die Bischöfe Würzburgs wussten meine neue Heimat ebenfalls zu schätzen. Eine fromme Witwe würde ihnen keine weiteren Schwierigkeiten machen. Meine Brüder hofften natürlich darauf, die Festung auch für sich in Anspruch nehmen zu können. Sie brauchten mich, um selbst stark zu sein. Ich war jetzt durch Heinrichs Güte Herzogin von Bayern und sah mit Vergnügen, dass sich nun meine Brüder vor mir verneigen mussten. Ich war freundlich zu ihnen, aber ich entband sie nicht von ihrer Pflicht.

Heinrich ermunterte mich, sein ihm anvertrautes Reich als Herrin mitzugestalten. »Deinen wachen Verstand kannst du in Bayern gut zum Einsatz bringen. Ich werde oft unterwegs sein und brauche jemanden, der solange hier den Überblick behält. Dazu stelle ich dir den äußerst begabten Domherrn Walker aus Trier zur Seite.« Heinrich hätte mir keine bessere Nachricht geben können. Er sorgte dafür, dass meine engsten Berater auch wirklich Vertraute waren, auf die ich mich stützen konnte. Doch damit nicht genug. Er fuhr fort: »Des Weiteren steht es dir frei, über meine Berater zu verfügen, wie dir beliebt.«

Als erste Amtshandlung ordnete ich an, dass alle Sänger von den Landstraßen mir ihre Lieder zum Besten geben mussten. Sie wurden reichlich bewirtet und mit neuen Kleidern ausgestattet. Ich wollte doch so gern wissen, was das Volk dachte.

Dieselben Sänger waren es, die später Gutes von mir erzählten, beende ich den Satz lächelnd und lege die Feder beiseite. Der Kreis schließt sich dieser Tage. Habe ich zu Beginn meiner Amtszeit die Sänger unterstützt, so sind sie es nun, die die Erinnerung an mich hochhalten. Ja, ich hatte Glück mit den Sängern. Nachdem ich die Krone weitergereicht hatte, versuchten die neuen Mächtigen alles, um mich schnell in Vergessenheit zu bringen. Sie trachteten sogar danach, unser Lebenswerk Bamberg zum eigenen Ruhm zu nutzen. Es sind die fahrenden Sänger, die heute in den Gassen trotzig und mutig von mir singen!

Ein Rotkehlchen hat sich vor dem Fenster im Klostergarten niedergelassen und zwitschert mit meiner Erinnerung um die Wette. Es fällt mir nicht schwer, mir die alten Lieder ins Gedächtnis zu rufen. Am liebsten hörte ich die gesungenen Reime über die Kaiser. In Quedlinburg saß zu jener Zeit ein Sänger in den Gassen, der von meines geliebten Gatten Vorfahren Heinrich I. sang. Aber auch in Bamberg wurden die Lieder zum Besten gegeben:

Herr Heinrich saß am Vogelherd,
als man ihm bracht des Reiches Schwert.
Gern nahm er's mit der Krone an,
er wusst es ja, er sei der Mann,
das Reich zu schützen allezeit
in Kampf und Not und Zwist und Streit.
Drum huldigten dem neuen Herrn
des Reiches Fürsten alle gern.
Da war der König drauf bedacht,
was frei das Land von Ungarn macht,
dem einen Jahreszins man zahlte,
damit es Ruh und Frieden halte.
Er weigert diesen Zins: Da brechen
die Ungarn ein, um sich zu rächen.
Doch Heinrich kam und schlug die schwer
bei Keuschenberg mit des Reiches Heer.

Der Vogel draußen singt noch immer. Davon beflügelt greife ich wieder zur Feder.

Mich begeisterten die Lieder, die bald das ganze Volk singen konnte, und ich hörte sie mir immer wieder gern an. Sie erzählten von längst vergangenen Tagen …

König Heinrich I., der Urgroßvater meines Heinrichs, ruhte nun zu Quedlinburg. Nach seinem Tod hatte sich eine Kluft zwischen seinen Söhnen aufgetan. Die Krone ging an Otto I. und nicht an den zweitgeborenen Heinrich. Diese Linie zog sich weiter, und nun regierte bereits Otto III. Mir fiel es nicht schwer, mir auch die Lieder über Otto anzuhören, zumal Heinrich nicht zugegen war, der immer noch schwer daran trug, dass es seinem Vater nicht vergönnt war, König zu werden.

Ich musste deshalb die Sänger immer ermuntern, nicht zaghaft ihren Text daherzusingen, sondern mit der gleichen Gewalt laut und fröhlich die alten Kaiser zu preisen. Und sie taten es dann auch, wohl wissend, dass ein angenehmes Nachtlager auf sie wartete, solange sie am Hof waren.

Auf Heinrichs Sohn fiel nun die Wahl,
den sterbend noch der Held empfahl.
Und Otto war kein schlechter Mann:
Man sah ihm gleich »den Großen« an.
Er machte groß und stark das Reich,
warf dessen Feinde alle nieder
mit seines Heldenschwertes Streich,
darunter seine eigenen Brüder
und seinen Sohn und Schwiegersohn.
Er schlägt die Wenden, Böhmen, Dänen,
die keck sich gen das Reich auflehnen,
und holt sich dann die Kaiserkron
mitsamt der schönen Adelheid,
die er aus schwerer Not befreit.
Zuletzt brach er der Ungarn Macht
in der berühmten Lechfeldschlacht.

Während die Musikanten spielten und der Sänger sich an den strengen Text hielt, musste ich daran denken, dass Kaiser Heinrich recht gehandelt hatte, indem er sein Königreich nicht aufteilte, sondern einem Sohn die Verantwortung übertrug. Andere Regenten schwächten auf Dauer ihr Reich, weil sie ihre Ländereien teilten. Ich kannte jedoch keine Familie, in der es danach nicht Feindschaft und Streit mit den Zweit- und Drittgeborenen gab.

Ermutigt durch meinen Beifall stimmte der Musikant gleich noch das Lied vom nächsten Kaiser an:

Als Kind zum König schon erwählt,
Otto II. zwanzig zählt,
als ihn des Vaters jähes Ende
rief zu des Reiches Regimente.
Da wollte Frankreichs Fürst Lothar
dem jungen König Aar
Lothringen reißen aus dem Fang:
Doch Otto ihn zum Frieden zwang.
Dann zog er kühn und ohne Bangen,
der Gattin Erbe zu erlangen,
ins Land Italien – aber ach,
hier traf ihn schweres Ungemach:
In jenen bittern Unglückstagen
ward ihm sein ganzes Heer zerschlagen,
mit Mühe Otto selbst entrann.
Mit dreißig Jahren starb er dann.

Der Sänger und die Zuhörer dachten wohl, dass dies alles neu für mich war, deshalb stellte ich klar: »Mein Bruder Siegfried hielt am Totenbett Ottos II. Wache. Er war auch bei ihm, als er an der heimtückischen Krankheit starb.« Der Sänger war tief beeindruckt, und da er Geschichten sammelte, wollte er noch mehr erfahren. Ich wollte den Sänger nicht enttäuschen und sagte: »Meine Familie gab dem Kaiser auf dem Sterbebett das Versprechen, in allen Stücken den Frieden und die Macht des Kaiserhauses zu sichern und den erst dreijährigen Otto zu unterstützen, bis er regierungsfähig sein würde.« Nach einer kurzen Pause fügte ich hinzu: »Die Erfüllung dessen ist der klugen Kaisermutter Theophanu zu verdanken, die das Reich weiterregierte, bis Otto III. die Regierung antreten konnte. Ich hätte diese Kaiserin so gerne kennengelernt.«

»Ich habe sie leider auch nie gesehen«, räumte der Sänger ein. »Alle, die sie mit eigenen Augen sahen, rühmten ihre Schönheit und den stolzen Charakter der Kaiserin.« Der Sänger war beeindruckt von meinem Wissen um die politischen Zusammenhänge – wie auch all die anderen, die dachten, in mir eine Unwissende anzutreffen. Mich erfüllte dies mit Heiterkeit, denn mein Interesse galt stets den großen Dingen im Leben, und ein Tag hat viele Stunden, um sich kundig zu machen. Krieg und Frieden, das waren für mich so normale Ereignisse wie Tag und Nacht.

Auch wenn ich Theophanu nie begegnet war, Adelheid und Sophie, ihre Töchter, waren früher Kinder wie ich gewesen. Mein Vater und die Brüder hatten mir berichtet, wie unzertrennlich die Geschwister waren, sobald sie selbstständig reisen durften, und wie sie ihren jüngeren Bruder Otto immer umsorgt hatten. Bis heute begleiteten sie ihn, sofern es ging, auch auf den gefährlichen Italienzügen. Da sie nun jedoch erwachsen waren, waren sie als Äbtissinnen vorgesehen. Sie mussten ihre Ämter ausfüllen, um damit ihrem Bruder zu dienen. Für den Kaiser war Quedlinburg ein sicherer Hort zur östlichen Grenze hin und Gandersheim ein wichtiges königliches Bollwerk, das Sicherheit in Sachsen bedeutete.

Als ob vor Christi Wiederkunft sich die Alten in die Gräber legen wollten, um von den Trompeten des Jüngsten Tages geweckt zu werden, wurde auch die Äbtissin Gerberga in Gandersheim immer schwächer. Sophie musste nun an ihrer Stelle mehr Pflichten übernehmen. Da Gerberga die Tante Heinrichs war, reisten er und ich nach Gandersheim. In dem ehrwürdigen Kloster angekommen, suchten wir Gerberga in der Krankenstube auf. Sie sah schwach und gebrechlich aus, und doch breitete sich ein kraftvolles Lächeln über ihrem Gesicht aus, als wir eintraten. Auch Sophie war zugegen und freute sich aufrichtig, mich kennenzulernen. Ich war zunächst nervös in Anwesenheit der Schwester des Kaisers. Doch die sieche Gestalt auf dem Krankenlager forderte bald unsere ganze Aufmerksamkeit.

»So will ich dich segnen, wo dich doch Gott selbst zu mir schickt«, sagte die greise Äbtissin an mich gewandt. Als ob sie meine Mutter wäre und wir den Segen der Heiligen nicht nötig hätten, bat sie mich, vor ihrem Bett niederzuknien. Sie legte ihre leichte Hand auf meinen Kopf und sprach wie zu sich selbst: »Herr in den Himmeln, hier ist dein Kind, das dir einst, wie du es wünschst, das Gelübde geben wird.

Segne diese herrschaftliche Frau, dass sie untadelig zu deiner Ehre regiere und den Frieden über unser Land bringe.« Gerberga zeichnete das Kreuz auf meine Stirn und sagte: »Wie gut ist es, auf dem Krankenlager von frommen Frauen umgeben zu sein. Kunigunde, denke daran, wenn es Zeit ist: Gott will dich ganz!«

Ich wusste nicht wovon die kranke Frau sprach, also schwieg ich. *Vielleicht hat die Krankheit ihre Sinne bereits verwirrt*, dachte ich. *Offensichtlich glaubt sie, dass ich Nonne in ihrem Kloster werden möchte.*

Gerberga hatte jedoch noch mehr auf dem Herzen, und ich musste ihr versprechen, dass ich stets Sophie unterstützen würde und den größten Stern Gandersheims hochhalten sollte.

»Wen soll ich hochhalten?«, fragte ich nach.

Sophie, die auch zugegen war, gab mir ein Zeichen, dass dies eine dumme Frage war. Gerberga war über mein Unwissen verärgert. »Kennst du denn nicht die Schriften Roswithas?«, fragte sie mich.

Ich antwortete eifrig: »Natürlich habe ich schon viel von Roswitha gehört, und dies ist auch mit ein Grund meines Besuches hier.«

»Und kennst du ihre Schriften?«, bohrte sie weiter.

»Nein, weder in Trier noch in Bayern sind Abschriften von ihr zu finden.«

»Denke daran«, mahnte mich Gerberga. »Vergiss nicht, deinen Schreibern die Texte dieser Frau zu geben. Was wir in den Frauenklöstern von Gott empfangen, kann nur durch solche Verbreitung zu den Herzen und Ohren der Welt dringen.«

In den verbleibenden Tagen zeigte mir Sophie die Schriften Roswithas, die in Schönheit und Geist dem, was in Trierer Schreibstuben geschrieben wurde, nicht nachstanden. »Ach Kunigunde«, gestand mir Sophie, »wie gerne würde ich mit dir tauschen. Viel lieber hätte ich an meiner Seite einen Herzog, mit dem ich regieren könnte!« Mir tat Sophie leid, denn sie wäre gewiss eine gute Regentin gewesen. Mit Sicherheit wäre sie die bestgekleidete Frau bei festlichen Angelegenheiten. Ich sah auch immer wieder, dass sie sehnsuchtsvoll Meinwerk anschaute. Wenn sie mit Meinwerk zusammen sein konnte, war sie fröhlich, und alle wussten, dass sie ihn liebte.

Als ich mich während der Tage in Gandersheim einmal unbemerkt Sophie näherte, die in einer kleinen Kapelle kniete, wurde ich Zeuge, wie sie laut weinte und schluchzte. Ich kniete mich einfach neben sie, und auch mir kamen die Tränen, denn ihr Kummer zerriss mir mein Herz. Dann fasste ich ihre Hand und drückte sie an meine Brust: »Sophie, dein Leben ist schwer, aber ich möchte alles, was in meiner Macht steht, tun, damit es dir leichter wird.« Sophie lächelte ihr trauriges, schönes Lächeln. So nah ich Sophie auch von diesem Moment an war, blieb sie doch einsam.

In jenen Tagen starb die Tante Sophies und Adelheids, Äbtissin Mathilde, in Quedlinburg. Gemeinsam mit Sophie reisten wir dorthin. Mich beeindruckte das mächtige Kloster, das auf dem Berg gebaut war, sehr.

Kaum waren wir angekommen, fand auch schon die Trauerfeier statt. Mathilde wurde zu Häupten ihres Großvaters, König Heinrich I., beigesetzt. Es war eine würdevolle Zeremonie. *Ob wir bald auch schon Äbtissin Gerbergas Beisetzung erleben werden?*, fragte ich mich und versuchte dann schnell, an etwas anderes zu denken.

Adelheid wurde nun wie vorgesehen Äbtissin von Quedlinburg und damit zur mächtigsten Frau im Land. Sie regelte die Geschäfte so gut, wie ein Staatsmann es tat. War Gandersheim reich an Reliquien, so beeindruckte Quedlinburg durch seine Bauten und seine Geschichte alle Besucher.

Ich hatte es genossen, dass Heinrich und ich zusammen reisen konnten, doch die gemeinsamen Tage waren gezählt. Heinrich musste wieder nach Italien zurück. Er hatte die Erlaubnis, in seine Heimat zu reisen, nur erhalten, weil er Sophie begleitete. Voller Sorge um mich fragte er Adelheid, ob ich noch einige Zeit in Quedlinburg bleiben könnte, damit ich nicht so alleine wäre. »Aber von Herzen gerne«, antwortete Adelheid. Und mit einem schelmischen Lächeln fügte sie hinzu: »Kunigunde hat angesehene Geistliche und zwei hervorragende Schreiber um sich. Diese sind auch unserem Kloster eine große Bereicherung. Selbst die Näherinnen und Kammerfrauen können viel voneinander lernen. Heinrich, mache dich nur unbesorgt auf den Weg, denn der Kaiser wartet nicht gerne.«

Heinrich steckte das Reisen auch im Blut. Ich hatte schon gespürt, dass er unruhig wurde. Er würde sein langes Fortbleiben dem Kaiser erklären müssen. Meine Brüder und die neu zusammengezogenen Heere hatten sich bereits im Süden gesammelt. Heinrich musste sich beeilen, um mit ihnen gemeinsam über die Alpen zu gelangen.

»Kunigunde«, bat mich Heinrich beim Abschied, »am liebsten wollte ich dich immer in der Obhut Adelheids lassen, aber Bayern wird bald seine Herzogin vermissen.« Ich hörte diese Worte nur zu gerne, und damit wir uns nicht vor der Zeit trennen mussten, ritt ich den ganzen Tag neben Heinrich gen Süden. So wurde uns noch eine letzte gemeinsame Nacht in der Herberge geschenkt, und wir waren glücklich, als wir uns am Morgen trennten. Mit drei Wachleuten ritt ich wieder über die bewaldeten Hänge nach Quedlinburg zurück. *Gib Heinrich Glück*, betete ich. *Lass uns unsere Ämter kraftvoll ausführen.* Und ich fragte mich: *Wie schafft er es nur, sich so selbstverständlich dem Kaiser unterzuordnen? Doch wenn es so bleibt, haben wir ein friedliches Leben.*

Als Sophie drei Tage später nach Gandersheim reiste, entschloss ich mich, sie zu begleiten und danach wieder nach Bamberg zu reisen. »Wir dachten, wir hätten ein ruhiges Leben an deiner Seite«, scherzte mein Berater, »aber ich denke, eine Herrin, die gerne reitet, lässt auch ihre Begleiter nicht zur Ruhe kommen.«

Er hatte liebevoll gesprochen, und so antwortete ich ihm fröhlich: »Ich will nicht trödeln wie ein kleines Mädchen. Es gibt so viel zu tun.«

Sophie, die den Wortwechsel mitbekommen hatte, lachte: »Kunigunde, du wirst in deinem Leben gewiss noch viel erreichen, wenn du das tust, was dir gefällt. Und ich verrate dir, dass die Zeiten, in denen die Männer verreist sind, für die Frauen nicht die schlechtesten sein müssen.« Das waren Worte, die zu Sophie passten.

Auf dem unwegsamen Gelände durch den Harz mussten wir häufig absteigen und unsere Pferde auf schmalen Höhenwegen hinter uns herführen. Ich staunte, wie flink Sophie war. Während meinem Gaul öfter die Tannenäste ins Gesicht schlugen, huschte Sophie mit ihrem kleinen Pferd unter dem Geäst hindurch. »Selbst, wenn ich über die Alpen reite, nehme ich dazu drei kleine Pferde, denn sie sind wendiger und folgsamer.«

Ich wunderte mich, dass Sophie noch nicht, wie Adelheid, als Nonne eingekleidet war, und fragte sie nach dem Grund.

Trotzig sagte sie: »Ich dulde es als Schwester des Kaisers nicht, vom zuständigen Bischof aus Hildesheim eingekleidet zu werden. Es steht mir zu, dass ein einflussreicher Erzbischof die Handlung vornimmt.« Wenn Sophie etwas nicht wollte, dann tat sie es nicht. Das war jedem klar, der sie kannte. Sie würde lieber ihr Leben lang die Weihe verweigern, als sich durch die Einkleidung durch einen einfachen Bischof demütigen zu lassen.

Sophie warf ihren Kopf zurück.

Ich sagte ihr ganz sachlich: »Heinrich ist doch in Hildesheim zur Schule gegangen und wurde auch in anderen Klöstern ausgebildet – da wird es doch für ihn ein Leichtes sein, für dich ein gutes Wort einzulegen. Es wird Zeit, dass du in dein Amt eingeführt wirst.« Sophie schaute mich misstrauisch an, und ich beruhigte sie weiter: »Hab Geduld, Sophie, Heinrich ist doch mit den Hildesheimern befreundet. Er wird versuchen, das Amt einem Erzbischof zu überlassen. Aber das braucht Geduld. Die Gesetze der Kirche kann niemand so schnell umgehen.«

Sophie lachte bitter auf: »Aber weißt du denn nicht, dass Heinrich selbst am gründlichsten die Gesetze der Klöster missachtet und ihnen oft die Selbstbestimmung nimmt?«

Ich verstand wirklich nicht, was sie meinte. So unberechenbar und stolz Sophie auch war, sie war stets aufrichtig. Deshalb erschrak ich. »Sophie, bei unserer Freundschaft und unser beider Willen, unserem Land treu zu dienen, was ist es, das du weißt, mir aber verborgen blieb?«

»Keiner der Klosterbrüder wird je vergessen, wie Heinrich seine Zeit als Herzog begann ...« Sophie schwieg, und ich wartete.

Es fiel mir nicht leicht, mich in Geduld zu üben, denn an Sophies Schweigen konnte ich erkennen, dass es etwas von Gewicht gewesen sein musste, das sie mir verschwieg.

»Heinrich«, begann sie, »hat, nachdem er als Nachfahre seines Vaters zum Bayernherzog erhoben worden war, entgegen den geltenden Rechten der Kirchen und des Bürgertums eigenmächtig alle seine Bestimmungen durchgesetzt. So hat er zum Beispiel ohne Verhandlungen den alten Abt aus Niederalteich abgesetzt, weil er seinen geschätzten Godehard dort haben wollte, damit dieser das Kloster reformieren solle. Doch der wackere Godehard widersetzte sich dem Befehl, weil er die Rechte der Kirche achtete. Er sagte vor versammelter Gemeinde Heinrich endlich mitten ins Gesicht, was alle dachten.«

»Ja, was sagte er denn?«, fragte ich zaghaft nach.

Sophie musterte mich erneut, richtete sich auf und ahmte Godehards laute Stimme nach: »»Deine Befehle, Heinrich, von denen du auch noch sagst, sie dienen der Rechtsfindung, sind reine Willkür! Und wenn wir denen, die über das Recht wachen sollen, gestatten, ihre Willkür auszuleben, so wird bald nirgends mehr Recht gesprochen. Du, Heinrich, beanspruchst Recht ohne Beratung und ohne Gerichtsgemeinde. Am Ende wirst du überhaupt kein Recht mehr befolgen!«

Ich war erschrocken, doch mir wurde klar: Heinrich wollte wirklich alles am liebsten allein bestimmen. Selbst vor den Klosterordnungen machte er nicht halt. Im Grunde genügte es Heinrich nicht, nur mit Herzog angeredet zu werden. Heinrich war, obwohl er dem Kaiser treu untertan war, davon überzeugt, dass sein Vater und er noch mehr dazu berechtigt seien, die Krone zu tragen. Es gab genügend Überlieferungen und Legenden, die lieber die Heinriche auf dem Thron gesehen hätten. Heinrich wusste auch um die Prophezeiung, dass er es noch erleben sollte. Nach dieser Erkenntnis fasste ich im Stillen einen Entschluss. Es wurde höchste Zeit, dass jemand Heinrich sagte, wie er seinen Untertanen auch Gutes tun konnte. »Sophie, glaube mir, ich möchte Frieden halten. Was in meiner Kraft steht, möchte ich tun.« Ob Sophie verstand, was ich ihr damit sagen wollte?

Ob sie mir vertrauen würde? Ich sah sie an. Sie warf, während ich noch sprach, den Kopf zurück. Darüber fühlte ich Traurigkeit in mir aufsteigen. Doch dann sah sie mich endlich an und nickte mir kurz zu.

An dem Tag, und danach noch viele Male, griff ich nach dem Kreuz, das mir Heinrich zur Verlobung geschenkt hatte. Mir war, als ob er mich damit anflehte, sein Amt mit ihm zu teilen. Wollte er gottgleich regieren und strafen und schenken, so blieb mir das Amt, an Christi Gerechtigkeit und Liebe zu erinnern. Ich wusste nicht, ob mir das gelingen würde. Sobald mir ein Mensch sein Missgeschick klagte, war ich ganz Ohr, denn Gott hat uns geschaffen, damit wir Gut und Böse unterscheiden können und weise handeln. Bei all den vielen Gerichtsverhandlungen verließ ich mich auf meine Ohren, meinen Kopf und mein Herz. Meine Hand jedoch hielt das Kreuz mit dem Gekreuzigten umfasst, damit mir seine Hilfe zuteilwerde.

Ich reiste von Gandersheim nach Bamberg, da ich zur Jahrtausendwende in meiner Heimat sein sollte. Wie so viele erwartete ich, dass in diesem besonderen Jahr Christus wiederkommen würde. Schon auf dem Weg nach Bamberg begegneten mir Menschen, die außer sich vor Freude schrien: »Bald hat unser Elend ein Ende! Christus kommt und holt die Armen zu sich, wie er einst Lazarus in Abrahams Schoß legte.« Doch mich beschäftigten andere Gedanken: *Wie es wohl Heinrich jetzt geht? Ob das Heer ebenso von den Gedanken beherrscht wird, dass die Welt untergehen wird, wie die Menschen hier? Was ist, wenn ich Heinrich nicht mehr sehe, bevor Christus wiederkommt?*

Am späten Abend des Tages vor Neujahr versammelten wir uns im großen Saal. Jeder, der nicht allein sein wollte, durfte auf die Bamberger Burg kommen. So verbrachte ich mit den Geistlichen, meinen Mägden und dem Volk die ganze Nacht auf den Knien, denn wer konnte wissen, ob nicht schon am Neujahrstag der Herr wiederkam?

Schon seit Monaten hatten sich die Menschen darauf eingestellt, dass bald der letzte Tag in ihrem Leben anbrechen würde. Aber wie unterschiedlich die Menschen reagierten! Die meisten armen Leute nutzten die verbleibende Zeit, indem sie ihre Behausungen sauber putzten und sogar Vorräte beschafften, damit sie die Jünger Jesu bewirten konnten. Sie lebten untadelig und waren mit größtem Fleiß ihren Herren untertan. Die Adeligen hingegen lebten in Saus und Braus, da sie davon überzeugt waren, bald mit ihren Reichtümern nichts mehr anfangen zu können. Einige waren schon vor der Jahreswende gestorben, weil sie sich überfressen hatten und nach den Mengen an Wein, die sie noch dazu getrunken hatten, nicht mehr aufwachten. Viele Mönche begannen zu huren und wuschen sich nicht mehr.

Was mich jedoch berührte, war der Frieden und die Freude, die gerade die Siechen und Ärmsten ausstrahlten: Wie freuten sie sich auf den Himmel! In den dreckigsten Gassen und elendsten Winkeln war eine große Glückseligkeit über die Menschen gekommen. Hatten sie denn keine Angst, im Fegefeuer zu enden? Sie konnten doch nicht einmal, wie die Wohlhabenden, den Kirchen große Spenden zukommen lassen und die Heiligen damit milde stimmen! Während die einen alles weggaben, was sie hatten, rafften andere die weltlichen Güter an sich, damit sie nicht als arme Leute von dieser Welt scheiden sollten. In großem Putz und mit vollen Schatztruhen wollten sie dem Richter gegenüberstehen.

Es waren nur wenige, die es wie ich hielten. »Jederzeit kann der Herrgott wiederkommen. Kind, lebe immer so, dass du ein reines Gewissen hast, und denke daran, dass Gott jeden Gedanken und jede Tat von dir sieht. So kann er heute oder morgen kommen. Es ist Gottes Sache. Zu oft schon sagten falsche Propheten das Ende der Welt voraus. Aber es kam nicht.« Es waren die Worte meiner Eltern und der klugen, frommen Menschen, an die ich mich halten wollte. Deshalb wusste ich wirklich nicht: *Wird die Welt heute untergehen? Wird der Herrgott in dieser Nacht erscheinen?* Ich war angespannt. Seit Tagen konnte ich nicht mehr essen und sorgte mich um mein Volk, weil viele von ihnen all ihr Hab und Gut verschenkten. Was wäre, wenn nun die Welt nicht unterginge? Wir müssten Armenspeisungen einrichten und dafür sorgen, dass zurückgegeben würde, was in falscher Not weggegeben wurde. Ich musste einen klaren Kopf behalten. Ich war in der Nacht bereit, Gott gegenüberzutreten.

Als die Prim vorüber war, wollte ich jedoch nicht als ängstliche Herzogin ein Beispiel geben, sondern mit erhobenem Haupt und neuen Gewändern meinem Gott gegenüberstehen. Bis zur Terz stand ich drei Stunden in der kalten und doch so wunderschönen Morgenluft. Ich sah, wie die Dämmerung den Himmel färbte, und die Meisen flogen wie jeden Morgen auf der Suche nach Futter in die Wipfel der Fichten, die um die Kapelle standen. Der Tag brach an. Ein neues Jahr zog herauf. Während der Terz waren wir kaum in der Lage gewesen, das vorgesehene Ritual abzuhalten, ohne zu stolpern oder laut zu weinen, denn mit jedem Augenblick wuchs in uns der Wunsch, wir könnten unserem Erdenleben noch viele Tage und Stunden anhängen. Nun beschlich mich langsam die Vermutung, dass Gott uns tatsächlich einen weiteren Tag auf der Erde lassen wollte.

Einige Klosterbrüder hatten dem Herrn nackt entgegengehen wollen. Sie waren dazu schon in der Nacht, nur mit ihrem Gürtel bekleidet, gen Osten aufgebrochen. Wenn ich daran dachte, dass sie nun immer noch mit nackten Füßen in der kalten Luft standen! Wie groß würde ihre Enttäuschung sein, falls tatsächlich heute nicht das Ende der Welt anbräche! Sie hatten die Tage zuvor in großer Heiterkeit verbracht, weil sie direkt in Gottes offene Arme laufen wollten. Und wie viele von ihnen würden diese Strapaze gesund überstehen? Andere hatten sich schon Monate zuvor in Sack und Asche gehüllt und in äußerster Enthaltsamkeit gebetet, dass Gott noch nicht sein Strafgericht halten, sondern seine Wiederkunft hinauszögern möge.

Meine Hand schmerzt, und ich halte inne, um meine Finger vorsichtig aus ihrer verkrampften Haltung zu lösen. Meine Schreibzeit im Skriptorium ist für heute bald vorbei. Ich habe die ganze Zeit, ohne aufzusehen, geschrieben. Jedes Mal schmerzen mir nach der Schreiberei der Nacken und meine Schreibhand. Obwohl ich achtgebe, sind meine Finger von der Tinte blau geworden. Das Jahr 1000 – wie viel Angst wir davor hatten! Noch heute überfällt mich die Aufregung, denn jeder hatte andere und größere Erwartungen. Viele lagen deshalb schon Wochen zuvor im Streit ... Ich erinnere mich daran, dass an dem Tag sogar die Sonne schien. Ich sehe es noch vor mir: Die goldene Kuppel der Kirche leuchtete, und die Glocken waren von weit her zu vernehmen. Sie läuteten den ganzen Tag hindurch, damit jeder bereit sei. Es war seltsam: Die Glocken läuteten, weil der letzte Tag anbrechen sollte. Doch mir war, als ob alles Leben neu geboren werde. Die Natur erwachte, voran die Vögel, und dann begannen die Kühe zu brüllen, weil sie gemolken werden wollten. Selbst das Muhen und das wütende Gebell der Hunde sagten mir nur eines: *Kunigunde, es geht weiter! Ist das nicht schön für dich? Heinrich wird irgendwann kommen, vielleicht wirst du noch ein Kind empfangen! Freu dich, freu dich!* Ich stand doch auf der Seite derer, denen es schon auf Erden so gut ging. Was mich im Jenseits erwarten würde, war ungewiss.

Wie habe ich mich damals davor gefürchtet. Wir alle wissen, dass Christus wiederkommen wird. Die meisten dachten damals, dass es im Jahr 1000 sein würde. Denn vor Gott sind tausend Jahre wie ein Tag. Aber es steht auch über Christi Wiederkunft geschrieben: »Von dem Tage aber und von der Stunde weiß niemand, auch die Engel im Himmel nicht, auch der Sohn nicht, sondern allein der Vater.« Es könnte zu jeder Stunde geschehen. Das will ich mir für immer merken ...

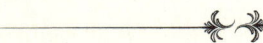

Christus kam nicht. Stattdessen kam ein Bote, der mir die Nachricht brachte, dass Heinrich nun mit Otto III. nach Gnesen aufbrechen würde, weil der Kaiser zum Grab eines Freundes reisen wolle. Dort wollte er das erste Erzbistum Polens gründen und den Polenherzog Boleslaw zum *patricius* erheben.

Mir wurde bei der Nachricht, dass Heinrich kommen würde, heiß. Als ich jedoch von des Kaisers Ansinnen hörte, konnte ich mich im

Zaum halten und schüttelte mit dem Kopf. Otto ließ dem Polenherzog eine Ehre zukommen, wie sie nur Königen gebührte. Ebenso wollte er nun auch den Polen eine große kirchliche Macht zukommen lassen. In seinem Willen zum Frieden nahm der Kaiser einen gefährlichen Weg in Kauf, denn politisch waren die Grenzen noch nie sicher gewesen. Der Kaiser behandelte Boleslaw wie einen Bruder. Er lobte Boleslaw sogar als vorbildlichen christlichen Herrscher. Es war auch in der Tat so, dass Boleslaw wie kein anderer die kirchlichen Gebote mit scharfer Hand überwachte. Sobald ein Kind stahl, Mann oder Frau die Ehe brach oder jemand die Fastenzeit nicht einhielt, schnitten sie dem Dieb danach die rechte Hand, der Ehebrecherin die Brust, dem Mann die Hoden und dem Fastenbrecher die Zunge ab.

Zur Jahreswende hatte Boleslaw zu einer Fastenwoche aufgerufen. Wenn Christus käme, wären somit alle für das Gericht bereit. Wenn Christus die Erde verschonen würde, sollten Tiere und Menschen, Ackerboden und Wälder neu unter den Segen Gottes gestellt werden. Alle sollten dann Prozessionen durch Wald und Flur führen.

Die Welt war nicht untergegangen. Nun galt es, die Freundschaft mit dem christlichen Polen zu festigen. Es gab mehr zu tun denn je. Für Heinrich an der Seite des Kaisers und für mich im eigenen Herzogtum, denn es musste wieder die alte Ordnung hergestellt werden.

Der frohen Hoffnung, die sich mit der Aussicht auf Jesu Erscheinen eingestellt hatte, war eine tiefe Enttäuschung gefolgt. Tagelang weinten die Menschen nun, weil sie weiter in ihrem bitteren Elend leben mussten. Es rührte mich zutiefst, und mit vielen anderen Verantwortlichen begann ich, in Bamberg und Bayern die Rechtsprechung gegen die Oberen strenger zu kontrollieren. Eine Armenspeisung wurde über viele Wochen eingeführt, doch wer Reichtum und Vorräte angehäuft hatte, wollte diese nicht ohne Gewinn abgeben. Da mir Heinrich die besten Berater zur Seite gestellt hatte und mir sein Vertrauen schenkte, konnte ich auch in seinem Sinne in Bayern Recht sprechen und Anweisungen geben.

Er ließ mir von seiner Reise immer wieder Nachrichten zukommen. So erfuhr ich, dass Otto III. seine Akzeptanz des Polenherzogs noch damit demonstrierte, dass er ihm seine eigene Krone aufs Haupt setzte, um ihm zu zeigen, dass er sein Reich und seine Macht anerkannte und ihn gar als König sehen wollte.

Heinrich sah dies mit großem Missmut. In einem Brief an mich grübelte er:

Ob dem Polenherzog diese Ehrerbietung nicht zu Kopf steigen wird? Am Ende vergisst er noch, dem Kaiser treu ergeben zu sein, wenn er sich selbst für so wichtig hält. Mit seiner Christianisierung macht er zwar ganze Sache, aber deshalb muss man ihn nicht gleich zum Verbündeten machen.

Wie groß war meine Freude, als Heinrich im nächsten Brief ankündigte, mit dem Kaiser nach Aachen weiterzureisen, wo ich ihn treffen könne:

Nimm deine Mägde, die Schreiber, den Mundschenk, die Ärzte und den ganzen Schutztross mit dir, und reite mir entgegen ... Sobald ich dich wiederhabe, will ich dich, mein verehrtes Weib, nie wieder lassen. Von nun an werden wir alle Straßen gemeinsam bereisen, es sei denn, unsere Pflicht verlangt es, dass wir an unterschiedlichen Orten weilen, und der Herr will, dass wir getrennte Wege gehen ...

Endlich würde ich wieder mit meinem Gemahl Seite an Seite reisen, und nichts sollte ohne den Willen des anderen geschehen! Und so es nötig war, würde ich mit ihm sogar nach Italien reisen! *Langsam, Kunigunde,* ermahnte ich mich selbst. *Zunächst treffen wir uns in Aachen.*

Ein freudiges Fieber bemächtigte sich meiner. Ich befal den Näherinnen, mir eine würdige Reisekleidung zu nähen. Ebenso brauchte ich nun festes Schuhwerk und einen wollenen Umhang, den ich mehrmals um mich schlingen konnte, wenn wir über die Alpen reisen oder unser Nachtlager nicht rechtzeitig erreichen würden. Meine Unterkleider waren aus feinster Baumwolle, und die Tunika wurde aus schimmerndem Brokat genäht. Selbst meine Umhänge waren mit Borten und Stickereien verziert.

Es machte mir große Freude, die Reise vorzubereiten, denn als Gattin war ich künftig mit dem Kämmerer für die gesamte Versorgung des Gefolges zuständig. Die Reise nach Aachen war zwar beschwerlich, doch der Gedanke an ein Wiedersehen mit Heinrich wog all meine Strapazen auf. Nach einigen Tagen fand sich unser Reisetrupp endlich vor den Toren Aachens wieder. Ich spornte mein Pferd an und ritt auf der Suche nach meinem Gatten durch das Stadttor. Vor dem imposanten Dom erspähte ich meinen Heinrich endlich. Ich konnte mir ein Juchzen nicht verkneifen. Wäre ich nicht die Herzogin gewesen, so wäre ich vom Pferd und meinem Ehemann in die Arme gesprungen. Aber so schickte Heinrich, der mich gesehen hatte, seinen Knappen zu mir, der mir vom Pferd half und mich ihm entgegenführte. Ich verneigte mich vor Heinrich, und als ich aufsah, leuchteten seine Augen wie die meinen.

Wir waren wieder zusammen! Wie sich die Vögel in die Lüfte schwingen, so füllten sich unsere Körper mit Kraft. Wir hatten so viele Pläne und wollten endlich miteinander alleine sein. Doch wir hatten hier eine Mission zu erfüllen und mussten unsere eigenen Wünsche in den Hintergrund stellen.

Noch nie zuvor hatte ich den Kaiser mit eigenen Augen gesehen. Ich war beeindruckt von seiner Haltung und den schimmernden Gewändern. Obwohl ich mich stets verneigte und die Augen gesenkt halten musste, konnte ich es doch nicht lassen, ihn genau zu studieren, sobald sich die Gelegenheit dazu ergab. Ich hätte es mir denken können, trotzdem war ich überrascht, wie ähnlich sich die Geschwister waren. Mir war, als ob ich Sophie vor mir sähe. »Die Ähnlichkeit kommt durch die Mutter«, raunte mir Heinrich zu, der meine Gedanken wohl erraten hatte. Wie jung und schön Otto III. war. Da er meist von wesentlich älteren Kanzlern und Geistlichen umgeben war, fiel mir das ins Auge.

Der Kaiser begrüßte mich ausgesprochen liebenswürdig: »Sei gegrüßt, Herzogin Kunigunde. Meine Schwestern lobten dich in ihren Berichten über alle Maßen.« Ich wurde ob seiner freundlichen Worte über und über rot. Wie glücklich war ich, so nahe beim Kaiser zu sein! Der Kaiser sah meine Verlegenheit, ließ sich jedoch davon nicht abhalten, Heinrich und mich noch näher zu sich zu winken. Zu Heinrich gewandt, sprach er: »Du hast mir so treu gedient, doch nun will ich dich für einen Tag aus allen Pflichten entlassen, damit du deinem Weib Gesellschaft leisten kannst.«

»Hab Dank«, sagte Heinrich und verneigte sich, und auch ich sah zu Otto auf und richtete ihm meinen Dank aus und entfernte mich, wie es sich gehörte, rückwärtsgehend vom Kaiser.

Als ich mit Heinrich wieder alleine war, gingen wir Hand in Hand durch die Straßen, und Heinrich zeigte mir eine Herrlichkeit nach der anderen.

»Und nun zeige ich dir das Größte, das der Mensch auf Erden schuf«, versprach mir Heinrich feierlich.

Ich war sehr darauf gespannt, was er meinte. Als er mich zum Dom führte, ahnte ich, was er meinte, und fragte zögernd: »Heinrich, dürfen wir da so einfach hinein, können wir ihn uns einfach so ansehen?«

»Du wirst sehen, meine Liebste, du wirst sehen ...« Er zog mich mit sich, und ich war erstaunt, dass die schweren Türen nicht verschlossen waren.

»Warum werden die Türen nicht bewacht, warum sind die Reliquien nicht eingeschlossen?«, flüsterte ich Heinrich zu.

»Weil der König seine Macht jedem, der in Aachen weilt, demonstrieren will. Ich zeige dir den Weg, den jeder aus dem Volk nehmen muss, wenn er in Königsnähe ist. Aber Kunigunde, ich verbiete dir, den Demutsgang zu gehen, denn wir selber sind aus dem Hause und der Familie des Herrschers. Freiwillig werden wir uns der Demutshaltung nicht unterziehen ...« Ich ahnte, was ich bald sehen würde. Und so war es:

Im Westteil des Domes, mit dem Blick nach Osten, von welcher Himmelsrichtung auch Christus einst wiederkommt, stand der mächtige Stuhl, der einen König erst zum wahren König werden ließ, wenn er darauf die Krone empfing und sich alle vor ihm neigten. Wer hier die Krone empfing, dem war die Kaiserkrone gewiss. Wir standen vor dem mächtigen Stuhl und blickten zu ihm empor. Zu Ehren Karls des Großen war der Stuhl errichtet worden. Obwohl nur die bronzenen Klammern am Stuhl schimmerten, war das Steingebilde so beeindruckend, dass ich nur schwer atmen konnte.

Heinrich hatte meine beiden Hände in die seinen genommen und küsste sie zart. »Die Steine der sechs Stufen, die zum Stuhl emporführen, wurden vor gut zweihundert Jahren aus der Grabeskirche zu Jerusalem entnommen. Ebenso die Marmorplatten, aus denen der Stuhl geschaffen ist. Alles, was du siehst, ist aus dem heiligen Jerusalem.«

Ich konnte es nicht lassen. Ich strich mit meinen Händen über die Steine. Und da Heinrich die Stufen emporging, ging ich ebenso mit. Der Sitzplatz war mit einem goldenen Band abgehängt. Doch wir berührten das Band, befühlten den kühlen Marmor. Schweigend gingen wir rückwärts wieder die Stufen hinunter.

Heinrich zeigte unter den Sitz: »Zwischen dem Marmorsitz und dem Eichenholz sind die Krönungsreliquien aufbewahrt.«

Ich staunte, denn wenn er es mir nicht gesagt hätte, wäre ich nicht darauf gekommen.

»Und nun schau, liebste Herzogin«, fuhr er fort. »Unter dem Krönungssitz ist eine Lücke zum Boden hin.«

»Oh ja, sie ist sogar groß genug, dass ich mich daruntersetzen kann.«

Da sah mich Heinrich streng an und sagte: »Tu das nicht, tu das niemals, denn inzwischen kriechen alle, die den Dom betreten, unter dem Stuhl hindurch, um dem Kaiser ihre Unterwürfigkeit zu demonstrieren.«

Meine Lust, zwischen den heiligen Steinen hindurchzukriechen, unterdrückte ich, weil ich verstand, was meinem Gatten daran missfiel. Er war eben im Herzen immer auch ein Sohn des Zänkers, der selber auf dem Thron sitzen wollte.

So viel ich auch von Aachen gehört hatte, so erstaunten mich doch die prunkvollen Gräber und die Altäre der Heiligen. Welche Liebe Heinrich zu seinen Vorvätern pflegte, erkannte ich daran, dass er für einen von ihnen aus Byzanz weiße Gewänder aus Seide bestellt hatte.

»Ich will dem Größten von uns allen einen heiligen Dienst erweisen«, sagte er mir und drückte dabei meine Hand gegen sein Herz. »Der Kaiser und ich werden das Grab Karls des Großen öffnen und ihn neu einkleiden.«

Die Idee war gewiss von Otto III. gekommen. Der junge Kaiser handelte in vielen Dingen gefühlvoll und außergewöhnlich. Es war jedoch mein Heinrich, der sich daranmachte, die Idee in die Tat umzusetzen. Er schwieg eine Weile und sagte dann: »Und nur die engsten Vertrauten sollen dabei sein.« Heinrich sah mich liebevoll an, und ich wusste, er hatte auch an mich gedacht.

»Ich werde mich deinem Anliegen würdig erweisen und möchte dir die neuen Stoffe zureichen.«

Heinrich schien zufrieden.

So betraten wir tags darauf mit dem Kaiser und zwei Geistlichen das Grab, in dem Karl der Große auf einem Stuhl saß. Das heißt, er hätte sitzen müssen, denn so war er vor zweihundert Jahren würdevoll zur letzten Ruhe hergerichtet worden. Er sollte, wie man ihn kannte, auf einem Stuhl sitzen, regieren und Recht sprechen. Doch sein umwickelter Kopf war ihm auf die Brust gesunken, und nur noch wenig war vom Körper Karls des Großen in den verrotteten Tüchern zu finden. Der Anblick ließ mich erschaudern, und doch spürte ich die Erhabenheit dieser Stunde.

Heinrich hob die Überreste sorgfältig auf und nahm sie in seine Arme, als ob er sein eigenes Kind in den Armen hielte. Er hatte sogar eine Schere dabei, damit er die Fingernägel Karls säubern konnte, aber wir konnten nur wenig ausrichten. Vorsichtig bewegten wir die brüchigen Gebeine. Sorgsam zog ihm Heinrich die alten Gewänder aus und reichte diese an uns weiter. Danach hoben wir den Schädel, die Schultern und die Arme des großen Kaisers vorsichtig an, damit Heinrich ihm das neue weiße Gewand umlegen konnte.

Als ob ein Engel durch den Raum gegangen wäre, so saß nun Karl der Große wieder voller Würde auf seinem Platz. Das weiße Gewand leuchtete in der Dunkelheit. Heinrich legte ihm aus Dankbarkeit noch goldenen Schmuck um, kniete sich vor ihm nieder und küsste unentwegt seine verdorrten Hände. Ich hatte ständig auf Heinrich geachtet, um ihm beizustehen, falls er mich bräuchte. Erst, als wir die Stätte verließen, wurde ich gewahr, dass mir unentwegt die Tränen aus den Augen rannen. Ich war Karl dem Großen begegnet, und mir war, als ob ich heute seinem Begräbnis beigewohnt hätte.

Ach, selbst jetzt, nach all den Jahren: Wenn ich an die Begegnung denke, rührt es mein Herz. Mehr, als mich der Tod meines Vaters erschütterte, ergriff es mich, Kaiser Karl den Großen im Totenreich besucht zu haben.

Was wir in großer Demut taten, sprach sich in allen Landen herum. Die Leute erzählten, wir hätten des Kaisers Haare gebürstet und seine Nägel geschnitten, die durch den Handschuh gewachsen seien. Dabei waren wir doch schon froh gewesen, seine Knochen zu berühren. Die Menschen glaubten, dass Karl der Große nun seinen Segen nicht nur auf Otto III., sondern ebenso auch auf Heinrich gelegt hatte.

Ich sitze nun so gemütlich und sicher in der Schreibstube, und doch muss ich darauf achten, dass meine Augen klar sehen und mir nicht die Tränen die Tinte verwischen. Die Erinnerungen an den Besuch des Grabs Karls des Großen wecken in mir mit aller Macht meine Sehnsucht nach Heinrich. Wie gerne würde ich mich nun zu Heinrichs Leichnam legen, zu dem Mann, mit dem ich fast dreißig Jahre mein Leben teilte, mit dem ich litt und mit dem ich mich freute. Noch einmal will ich über seine Stirn streichen, seine Kleider richten ...

Uta, die mich meist beim Schreiben beobachtet, hat eben gesehen, dass ich meine Feder nicht mehr über den Bogen Papyrus führe. Ich senke den Kopf, denn sie soll nicht merken, dass mich der Kummer so überwältigt.

Aber Uta kommt zu mir, tritt von hinten an mich heran und drückt meinen Kopf gegen ihren Bauch: »Weine ruhig, wenn du weinen musst. Du hast doch viel mehr erlebt als wir anderen zusammen. Weine ruhig, du hast mehr verloren als jede von uns.«

Und so weine ich an diesem Morgen mit dem Segen der Äbtissin. Ich schreibe nicht weiter, sondern weine, bis die Glocke zur Sext schlägt und es Zeit für das Gebet und Mittagessen ist.

Zur Zeit der Mittagsruhe gehe ich schweigend durch den Garten und berühre mit meinen Fingern die Blüten und Rispen der Blumen, die sich zur Sonne hinstrecken. Ihre Schönheit und Unschuld trösten mich. Dann ziehe ich einen Eimer frischen Wassers aus dem Brunnen. Ich setze das Gefäß am Rand ab und schöpfe mit der hohlen Hand das köstliche frische Wasser, lasse das leuchtende Nass durch meine Finger gleiten und werde zufrieden. Die Sonne und das Wasser machen mich sogar heiter. Zur Non bete ich mit klarer Stimme und singe zum Lobe Gottes, der diesen Tag erschuf.

Wie anders verlaufen nun die Tage im Kloster. Damals habe ich alles mit so großem Ernst und Sorge getragen. Rückblickend waren wir ein Herrscherpaar unter vielen. Aus entscheidenden Augenblicken sind Erinnerungen geworden. Aber damals hing so viel von uns ab; ich würde heute genau den gleichen Eifer einbringen müssen, wenn ich das Amt noch innehätte.

Am nächsten Morgen kann ich es kaum abwarten, an den Schreibplatz zu kommen. Ich weiß genau, was ich aufschreiben will. Uta schaut zufrieden, als ich eifrig die Feder nehme und schreibe: *Doch das war in jenen Tagen nicht das letzte Grab, an das wir traten …*

Waren wir in Aachen dem längst verstorbenen Kaiser begegnet, so war in Regensburg Heinrichs liebster Ziehvater, Abt Ramwold, hundertjährig gestorben. Mit neunzig Jahren war er nach Regensburg gekommen und konnte der Kirche noch zehn Jahre dienen. An ihm hatte Heinrich gehangen wie an einem Vater. Als Heinrich noch ein Kind war, hatte der Abt mit ihm Späße gemacht, und als er später Verantwortung trug, ihn stets zur Liebe ermahnt und täglich eine Messe für den Bayernherzog lesen lassen.

Es gab kein besseres Mittel gegen Heinrichs Trauer, als den Sarg auf den eigenen Schultern in die Gruft zu tragen. Niemand konnte für Heinrich nun diesen Platz einnehmen, den Abt Ramwold innegehabt hatte.

Heinrich klagte laut während der Zeremonie, und da ihn zu der Zeit auch wieder die Schmerzen im Leib heftig quälten, dachte er gar, er würde Ramwold bald selber ins Totenreich folgen. Ich kannte Heinrich inzwischen gut genug, um zu wissen, dass er in wenigen Tagen wieder zu Pferde sitzen und regieren würde.

Ich behielt recht. Bald nach der Trauerfeier stand Heinrich von seinem Lager auf und verkündete: »Wir haben noch eine wichtige Schlacht für den Kaiser in Italien zu schlagen!«

Zum Trost und um sich der Nähe Ramwolds zu versichern trug Heinrich den Schlüssel zum Grab des Abtes nun ständig bei sich. Wie mir mein Mahlschatz, das edle Kreuz, zur Kraftquelle wurde, so griff nun Heinrich oft in die Tasche seines Umhanges und hielt den Schlüssel umfangen.

Zum Trost über den Verlust Ramwolds beschloss Heinrich, mit mir einflussreiche Verwandte zu besuchen.

Auf dem Weg in den Süden machten wir auf dem Hohentwiel Rast, und Heinrich erinnerte sich an seine resolute Tante Hadwig, die dort noch lange als verwitwete Herzogin von Schwaben gelebt hatte: »Wenn Tante Hadwig noch leben würde, Kunigunde, Liebste, ich kann dir sagen, wie sie uns begrüßt hätte.«

»Was hätte sie denn gesagt?«, fragte ich nach.

Da stellte sich Heinrich aufrecht vor mich und sprach mit hoher Stimme energisch auf mich ein: »Jetzt erst, wo es euch so zufällig passt, kommt ihr vorbei, um der alten Tante einen Besuch zu machen! Eine schöne Frau hast du geheiratet, Heinrich, der es nicht einfiel, schon früher die erfahrene Herzogin von Schwaben um Rat zu ersuchen ...«

Ich sah Heinrich entsetzt an: »So hätte deine Tante mich begrüßt?«

»So ähnlich hätte sie dich begrüßt, da bin ich mir sicher«, bestätigte mir Heinrich und erklärte: »Ich konnte mich kaum richtig mit meiner Tante unterhalten. Sie wusste, wie wichtig der Bayernherzog ist, und konnte alle Besitzungen aufzählen. Doch jedes Thema beschloss sie mit den Worten: ›Heinrich, es mangelt dir noch an Verantwortung und Strategie.‹ Selbst, wenn wir ein Gespräch in guter Absicht begonnen hatten und ich mich tapfer geschlagen hatte.«

»Was hätte sie mir wohl zum Abschied gesagt?«, fragte ich Heinrich und wurde zunehmend heiter.

»Mich dünkt, Hadwig hätte dir zum Abschied zwei wertvolle Bücher in die Hände gedrückt, damit du während deiner Reise an meiner Seite nicht verblöden würdest.«

Erst sah ich Heinrich verdutzt an. Aber dann lachten wir laut über den Geist der wunderbaren Tante Hadwig.

Heinrich gestand mir aufrichtig: »Die vielen Ratschläge, die sie mir selbst während der Mahlzeiten erteilte, und ihre scharfe Beobachtungsgabe hatten Hand und Fuß. Im Grunde hätte sie als Ratgeberin an einem Hof dienen können und hätte die Strategen in der Kriegsführung beeindruckt.«

Ich war ausgesprochen zufrieden, dass Heinrich so gut über seine resolute Tante sprach.

Im Kloster Reichenau, wohin uns die Reise als Nächstes führte, konnten wir das Skriptorium besuchen und die meisterhaften Schriften, Skizzen und Gemälde bestaunen. Ich verstand meinen Vater und Heinrich, der diese Künstler im eigenen Hofstaat und der eigenen Stadt haben wollte. Und Bücher, diese vielen Bücher! Nahm ich eines in die Hände, so war ich ihm verfallen.

Heinrich sah mir meine Begeisterung an und handelte mit den Mönchen so lange, bis er mir drei Bücher zu Füßen legen konnte. »Kunigunde, meine Liebe, warte, bis du den Bücherschatz Ottos III. sehen kannst; da werden dir deine Augen übergehen! Die Reichenauer Mönche können von Glück sprechen, dass der Kaiser nicht mit uns nach Reichenau kam, denn einem Kaiser steht es zu, sich Bücher zu greifen, ohne sich um das Einverständnis der Besitzer zu kümmern. Meist verstecken die Klöster einige Bücher vor seiner Ankunft, damit sie ihnen erhalten bleiben. Sobald ein Kaiser sich die Bibliotheken zeigen lässt, müssen die Mönche später schweren Herzens Bücher aus der Bestandsauflistung streichen.«

»Einfach so kann ein Kaiser die Herausgabe eines Buches erzwingen?«

»Ein Kaiser muss die Herausgabe nicht erzwingen. Die Klöster werden dafür reichlich mit Gütern und Land entlohnt.«

In diesem Augenblick wünschte ich mir, Heinrich wäre der Kaiser. Dann würde ich auf dieses und jenes Buch zeigen, und es wäre mein Eigen.

Heinrich hatte das Feuer in meinen Augen gesehen und sagte mit klarer Stimme: »Die Herzogin von Bayern wird einer Kaiserin nicht nachstehen müssen.« Und dann gab er den Reichenauer Mönchen mehrere Aufträge, bei denen er meine Vorlieben genau zu kennen schien. So sagte er den Künstlern, dass ich die Gaukler verehrte, weil sie wie Vögel durch die Höfe zogen und Heiterkeit verbreiteten. Ebenso sei ich eine Verehrerin des Gesanges. Und was schufen die Reichenauer? Ein wunderbares kleines Evangeliar, auf dem ein Gaukler einen Baum erklimmt, und ein Tropar, das einen Männerchor zeigt, der auf den erhabenen Kantor schaut. Im Grunde gab Heinrich schon mehr Aufträge an die Werkstatt in Reichenau, als es der Kaiser tat. Mir waren die Kleinodien wie eigene Kinder, von denen ich mich nur mit Mühen trennen konnte.

Aber wie alle Herzoginnen und Königinnen musste ich mit Heinrich unsere Länder bereisen und für Recht und Ordnung sorgen. Und wie alle Königinnen und Kaiserinnen ihre Kinder deswegen schon bald nach der Geburt zur Erziehung anderen überlassen mussten, so konnten auch wir nicht mehr mitnehmen, als unser Tross befördern konnte. Die Kostbarkeiten, die mir so lieb waren, brachten wir ins sichere Bamberg oder vertrauten sie zur Aufbewahrung unseren Klöstern an.

Da der Kaiser zum erneuten Kriegszug aufrief, begaben sich die Mächtigen für kurze Zeit in ihre Provinzen und rüsteten ihre Heere auf. Auch Heinrich hatte in unserem Herzogtum angeordnet, dass alle entbehrlichen Männer, Pferde und Waffen in des Kaisers Dienst gestellt werden mussten. Ebenso heuerte er freie Ritter an. Alle sammelten sich in Regensburg für den Feldzug. Die Fürsten brachten ihren eigenen Hofstaat mit, um den Kaiser zu entlasten. Otto III. hatte immer seine Krone und die Reichsinsignien bei sich, denn nur so konnte er vor Ort seine Macht demonstrieren. Auch Heinrich und ich führten ständig unsere repräsentativen Gewänder und Schmuck mit uns. Ebenso begleiteten uns unsere engsten Vertrauten. So konnten wir die Verwaltung weiterführen, da wir Schreiber und Kanzler um uns hatten. Wo immer wir waren, konnte Heinrich Urkunden ausstellen. Wir hatten sogar immer einen Tragaltar dabei, den die Kleriker bei Gottesdiensten aufstellen konnten. Wir wurden wie der Kaiser von unseren Hofkaplänen und unserem Kanzler begleitet. Unabdingbar war auch das militärische Gefolge, die Botschafter, Soldaten, Spione ...

Es gab einen Gegenstand in unserer Reisetruppe, den ich besonders liebte: den Feuertopf. Das heißt, es waren meist mehrere Töpfe, die an eisernen Gestängen über dem Feuer hingen. In ihnen wurde Brei, Suppe und Fleisch gekocht. Mehr als der Kaiser verstanden es die Köche, die Mannschaft bei guter Laune und Kräften zu halten. Nur zu gerne befand ich mich in der Nähe des Feuers, um zu prüfen, ob auch alle satt werden würden. Ich trug die Verantwortung für die gesamte Wirtschaft und verwaltete die Lebensmittel. Ich musste dafür sorgen, dass wir während unserer Reisen genug Schweine, Mehl und Gemüse in den Orten vorfanden. Dazu konnte ich den adeligen Kämmerern bis hin zu den Stallknechten Befehle erteilen. Unsere Mägde, Kammerdiener und Dienerinnen, Wagenmacher, Schmiede, Schneider und Sattler, Jäger, Falkner, Hundeführer, Sänger und Narren, Schreiber und Kalligrafen – alle standen in meinem Dienst. Ich lernte, zu wirtschaften und zu planen, Güter einzufordern und entgegengenommene Dienste reichlich zu entlohnen. Ich lernte, die Versor gung mit dem Kämmerer abzusprechen und trotzdem nie eine Speise zu kosten, die nicht von unserem vertrauten Mundschenk geprüft worden war.

Wir warteten in Regensburg noch auf meinen Bruder Hezilo, der mit seinem Tross ebenfalls mit dem Kaiser nach Rom zog. Sophie und Adelheid begleiteten ihren Bruder auch diesmal wieder. Die Anwesenheit dieser beiden klugen Frauen bescherte mir eine Zeit voller Anregung und guter Unterhaltung.

Dann begann meine erste Italienreise! Wie all die Adeligen und das Kriegsvolk es schon Hunderte von Jahren zuvor getan hatten, zog ich für den Kaiser über die Alpen!

Wie einfach ist es für einen König, wenn er gewählt wurde und sein Reich überschaubar ist. Wie mühevoll jedoch, wenn sich seine Macht auf mehrere Reiche ausdehnt! Niemand unterwirft sich freiwillig einem König oder Kaiser. Die italienischen Landstriche mussten sich die Kaiser immer aufs Neue gefügig machen. Die Herrschaft bestand einzig darin, während der Kämpfe Sieger zu bleiben. Uns würde dasselbe erwarten wie unsere Vorfahren: Wir würden triumphal einziehen, während im Hinterhalt unsere gut ausgebildeten Kämpfer lauerten. Der Kaiser würde in den aufständischen Städten neue Regenten einsetzen – doch wie lange würden sie überleben, wenn die Schutztruppen abgezogen waren?

Während wir in Regensburg noch geschwitzt hatten, zogen wir nun über schneebedeckte Berge, die sich vor uns auftaten gleich unüberwindlichen Mauern. Welche Freude, auf dem Pferd zu sitzen, und welche Wonne, mit jedem Schritt, selbst wenn die Füße schmerzten, neue Täler und Berge zu entdecken! Es wuchsen Sträucher zwischen den Steinen, wie wir sie in Trier von den fahrenden Händlern zum Würzen der Speisen kauften. Pflanzen, die in den Klostergärten wohl gehütet wurden, wuchsen wie Gras auf Geröllhalden.

An einem Abend schlugen wir unsere Zelte inmitten von Thymian und Rosmarin auf. Die Knechte hatten zuvor die Wedel ausgerissen und den Innenraum der Zelte mit dünnen Strohmatten ausgelegt. Der Duft der Pflanzen erfüllte die Luft, und wir Frauen lachten, ohne zu wissen, warum. An diesen Abend erinnere ich mich besonders gut, denn die Sänger stimmten übermütige Lieder an, und wer immer ein Weib mit sich führte, freute sich darüber, begann, mit ihm zu scherzen, und suchte sich gemeinsam einen stillen Ort. Auch Heinrich und ich lagen lange wach und herzten uns, bis unsere Lippen geschwollen waren und mir meine Wangen von Heinrichs Bart glühten.

Die arme Sophie, dachte ich. Sie begleitet so treu ihren Bruder und sorgt für ihn, wie es eine Mutter oder ein Weib getan hätte. Sie selbst kann sich zu keinem der edlen Männer auf die Matte legen. Aber vielleicht empfindet sie wie ich, ehe ich auf Heinrich traf? Damals erschienen mir die Spiele zwischen Mann und Frau närrisch und abstoßend.

Die meiste Zeit fanden wir während der langen Reise feste Unterkünfte, Herbergen und Klöster, die uns Annehmlichkeiten boten und eine spannende Geschichte zu erzählen hatten. Mit jedem neuen Tag schätzte ich jedoch auch unsere Zelte mehr, die uns zu jeder Zeit und solange wir wollten vor bösem Wetter und wilden Tieren schützten. Mich begeisterten die Bergkuppen im Morgenlicht oder ein Pfad, der uns zwang, hintereinanderzugehen, weil er gerade mal so breit war wie ein Pferderücken.

Mich fesselten all die neuen Gerüche und fremdartigen Menschen, denen wir begegneten. Auf dieser langen Reise, als ich doch Hezilo, Heinrich, Sophie und so viele andere wunderbare Weggenossen bei mir hatte, vermisste ich unerklärlicherweise meine Mutter, meinen Vater und die Kinder, die man mir damals in Trier zur Erziehung in Obhut gegeben hatte. Ich sehnte mich nach dem Lachen meiner Mutter. Meist hatte sie mich damit aufgeregt, weil sie danach zu sagen pflegte: »Mein liebes Kleines ...«, und dann folgte eine Belehrung. Aber bei all den vielen Menschen mit ihren Anliegen und Sorgen hätte ich mir gewünscht, meine Mutter wäre hier oder mein Vater, den nichts, absolut gar nichts mehr aus der Ruhe bringen konnte, als er älter geworden war. Und die Mädchen, die mir meine Verwandten und andere Adelige in den letzten Jahren anvertraut hatten. Wie lange hatte ich nicht mehr an sie gedacht! Für einige Monate sollte ich ihnen eine gute Erziehung und feine Manieren beibringen. So hatte ich auch Uta kennen, ja, auch lieben gelernt. Uta, die ungestüme Tochter meiner Schwester. Sie war trotz ihrer Gelehrigkeit ein wildes Kind gewesen, und bis zuletzt war ihr Herz so geblieben. Ich kannte keinen Menschen, der mit so viel Herzensliebe begabt war und über eine solch robuste Gesundheit verfügte.

Uta hatte mit nur neun Jahren einen Betrunkenen aus der eiskalten Mosel gezogen. Zuschauer hatten hinterher erzählt, der Kerl habe sich verzweifelt an sie geklammert und sie ständig unter Wasser gedrückt. Aber sie hatte es geschafft, den schweren Mann an Land zu bringen. Weder nach ihrer Heldentat noch irgendwann sonst war Uta krank geworden. Sie konnte essen und trinken, was sie wollte, und nackt durch den Schnee gehen – sie blieb gesund. *Sie wäre eine ausgezeichnete Äbtissin*, dachte ich. *Eine tatkräftige Frau, die ihr Herz den Menschen verschrieben hat.* Wir ritten weiter, aber meine Gedanken waren nun wieder bei meiner Kindheit in Trier. *Ob ich mich damals nur so wohlerzogen benommen habe, damit ich ein gutes Vorbild war?* Ich kam ins Nachdenken. Die Mädchen brachten oft mehr gute Sitten mit, als meine Mutter mir anerzogen hatte. Ich hatte, als ich Heinrich kennenlernte, die anvertrauten Kinder so schnell in andere Hände übergeben, hatte sie so schnell vergessen und mich in meine neuen Aufgaben gestürzt. Dabei hatte ich doch für sie die Erziehung und Sorge übernommen. Obwohl ich sie in gute Hände gegeben hatte, schämte ich mich nun dafür, mit welch leichtem Herzen ich meine Verantwortung für sie abgegeben hatte. Auf unserer Reise nach Italien wurde mir schmerzlich bewusst, dass ich mich mit jedem Schritt weiter von ihnen entfernte.

Es war Sophie, die mich mit ihrer vorbildlichen Lebensweise auf den richtigen Weg brachte. Ich beobachtete, wie häufig sie schrieb und örtliche Reiter gegen ein gutes Entgelt beauftragte, die Zeilen an verschiedene Höfe und Klöster zu bringen. Sophie war doch da, um ihren Bruder zu stärken. Der hatte genug Boten. Ich fragte Sophie, warum sie eigene Boten habe, und sie antwortete erstaunt: »Aber wir müssen doch unsere eigenen Netze spannen, um stark zu sein; und wie könnte ich meine Schwestern und die uns anvertrauten Klöster, Dörfer und Geschäfte vergessen?«

Da merkte ich erst, dass ich etwas Wichtiges auf meiner Reise vergessen hatte: nicht nur die Kinder meiner Verwandten, nein, auch die Klöster, die mich des Lesens kundig gemacht hatten, und mein Herzogtum Bayern. Ich würde ständigen Kontakt halten müssen. Ich tat sofort, was mich Sophie lehrte.

Ich schrieb meinen Angehörigen und setzte mich bei Heinrich für unsere Untertanen ein, damit er ihnen huldvoll entgegenkam. Sophie lehrte mich, schon auf dem Pferderücken alles zu bedenken und alle anstehenden Aufgaben während der Reise genau zu planen. »Wir haben keine Zeit, zu träumen, Kunigunde«, ermahnte sie mich. Stieg ich am Abend müde vom Pferd, so hatte ich in meinem Kopf bereits ein fertiges Dokument, das Heinrich nur noch gutheißen, vom Schreiber verfassen lassen und unterzeichnen musste. Schließlich schrieb ich sogar einen Brief an Uta, den Sophie mit ihren Boten nach Gandersheim schickte, wo Uta inzwischen Gott diente. Ich wollte nicht mehr meine Liebsten vergessen, sondern auch aus der Ferne ihrer gedenken.

»Es tut so gut, mit dir über Uta zu reden, Sophie«, seufzte ich. »Wie konnte ich sie nur so lange vergessen? Erzähl mir von ihr! Du hast sie doch in Gandersheim erlebt.«

Sophie kam meiner Bitte nur zu gern nach. »Deine Nichte Uta gehört zu den gelehrigsten Schülerinnen im Kloster. Sie ist ein kluges Kind. Und gleich der berühmten Roswitha will sie täglich die Schreibfeder in Tinte tauchen.«

Ich lachte bei dem Gedanken an die eifrige Uta. »Genau, wie ich vermutet hatte ...«, murmelte ich. Der Gedanke, dass Uta nun glücklich war, machte mich froh.

Heinrich ritt, sooft es ging, in meiner Nähe. Er war ausgesprochen stolz, auf dem Rückweg nach Italien allen seine Gemahlin vorzustellen. Mir gefiel das gut, denn nicht nur Heinrich, auch ich war glücklich und stolz, nun eine rechtmäßige Ehefrau und Herzogin zu sein. Wir konnten jedoch nicht in erster Linie an uns denken, sondern waren auf dem Weg, den Kaiser zu unterstützen. Wir mussten nun Kaiser Otto finden und dabei noch strategisch klug agieren. Das war leichter gesagt als getan!

Der Kaiser war mit seinem Heer nach Rom gezogen, um Rom erneut zur Hauptstadt des Römischen Reiches zu machen. Doch anstatt ihn mit Jubel zu begrüßen, zettelte die Bevölkerung einen Aufstand an und setzte den Kaiser und Papst Silvester II. in Rom gefangen. Wir erschienen also gerade rechtzeitig! Nun bewiesen sich die Schlagkraft des bayerischen Herzogtums und die Luxemburger Streitmacht. In einer einzigen Schlacht befreiten sie Kaiser und Papst.

Zutiefst enttäuscht über die Feindseligkeit der römischen Bevölkerung zog Otto mit seinem ganzen Gefolge nach Ravenna. Dort angekommen, erneuerten Adelige und Geistliche ihren Treueschwur gegenüber dem jungen Kaiser. Mich berührte das Zeremoniell, denn Otto tat die Huldigung sichtlich wohl. Der Kaiser schöpfte neuen Mut und ersann sich einen Streich, der ihm ermöglichte, wenigstens wie angekündigt den Dogen von Venedig zu treffen und dort mit den versprochenen Abgesandten einzutreffen. Wir brauchten unbedingt unterzeichnete Schriftstücke, die den Frieden zwischen Venedig und unserem Land sicherstellten.

Der Doge war einem starken Herzog gleich und für den Kaiser ein wichtiger Verbündeter. Wie also die Mission erfüllen, ohne erneut in Gefangenschaft zu geraten?

Die Idee kam von meinem Bruder: Der Kaiser selbst reiste im April als Diener verkleidet nach Venedig. Mein Bruder Hezilo war mit von der Partie, denn er sollte als Gesandter auftreten. So machten sich die beiden in ihren falschen Rollen auf den Weg. Niemand behelligte sie, da sie für unwichtiges Fußvolk gehalten wurden. Verkleidet wurden sie im Hafen empfangen und in den Dogenpalast begleitet. Hier fand die Rückverwandlung statt: Der Kaiser wurde wieder zum Kaiser und mein Bruder, nun ebenfalls in seinen schönen Kleidern, sein Abgesandter. Die Venezianer staunten nicht schlecht über dieses geschickte Spiel.

Als der Kaiser und Hezilo wieder nach Ravenna zurückkamen, wollten wir unseren Ohren nicht trauen. Aber sie erzählten lebendig und hielten die frisch gesiegelten Dokumente aus Venedig in den Händen, sodass wir in große Freude gerieten und darüber die ablehnende Haltung Roms vergaßen.

Wir waren zum rechten Zeitpunkt gekommen. Wir hatten alles getan, um Papst und Kaiser zu schützen. Nicht mit billigen Reden und frommen Sprüchen, sondern mit Zittern und Zagen und dem Blick auf Gott waren wir gegen die Widersacher ins Feld gezogen. Worauf sollten wir nun noch warten?

Wir wurden in unseren eigenen Landen dringend gebraucht, und so entließ uns der Kaiser nach einem großen Dankesfest und vertraute uns noch Sophie an, die ebenfalls zurückkehren sollte. Lange würde es wohl nicht mehr dauern, bis sie die Nachfolgerin der Äbtissin Gerberga in Gandersheim würde.

Auf mich wirkte Sophie nie wie eine Heilige Mutter. Was immer geschah, sie war und blieb die Tochter eines erhabenen Kaisers und einer stolzen Kaiserin, auch wenn sie schon mit vier Jahren dem Kloster Gandersheim übergeben worden war. Sie erfüllte wie ihre Schwester die Pflicht, alles was in ihrer Macht stand, für das Kaiserhaus zu tun. Ihr Benehmen war vorzüglich, und in jeder ihrer Bewegungen zeigte sich ihr Stolz.

Ich streiche über meine müden Augen und sinniere: Damals konnte ich mir Sophie in einer Kutte nicht vorstellen. Doch ich habe mich geirrt. Uta und Sophie haben heute einen regen Austausch, denn beide tragen Sorge für adelige Mädchen und Frauen in ihren Klöstern. Sophie hat noch mehrere Klöster gegründet und hat damit auch die sichersten Unterkünfte für die Könige und Kaiser geschaffen. Das ehrwürdige Kloster Gandersheim wurde von Graf Luidolf von Gandersheim, dem Urvater der königlichen Heinriche und Ottos, gegründet. Es beherbergt die wertvollsten Reliquien und ist den Königen treu ergeben. Wenn ich daran denke, würde ich gerne noch einmal nach Gandersheim reisen und alles anschauen. Leider sind diese Zeiten vorbei. Wie angewachsen bin ich hier auf dem kleinen Flecken, mitten in den Wäldern, in denen Bären und Wölfe hausen. Das soll mir genug sein.

Erst die Hälfte meiner Schreibzeit ist vorbei. Und ich merke, es ist gar nicht so einfach, mich an alles der Reihe nach zu erinnern. Ich muss ja nun viele Jahre zurückgehen ...

Heinrich und ich hatten dazu unsere Memoirenschreiber, die es verstanden, immer das genaue Datum zu nennen und zusätzlich alles, was wir taten, zu loben und zu besingen. Der fleißigste aller Schreiber war Thietmar von Merseburg. Er wurde in Quedlinburg erzogen und mit fünfzehn Jahren im Magdeburger Stift in der Domschule aufgenommen.

Thietmar saß bald jeden Abend über den Papyrus gebeugt und kritzelte nieder, was geschehen war. Einmal kam sein Lockenkopf dabei den Kerzen so nah, dass die Haare, Augenbrauen und Wimpern gleichzeitig Feuer fingen. Zum Glück schlang er gleich ein Tuch um sein Haupt und erstickte die Flamme. Thietmar behauptete, dass ihn das Feuer geläutert habe und er nun schreiben könne, was er wolle, es müsse nur lauter und wahr sein. Er hielt sich nicht an die Regel, dass nur das Gute hervorgehoben werden und die Niederlagen keine Beachtung finden sollten. Dafür standen andere Chronisten bei uns in guter Bezahlung. Heinrich hatte keine Scheu davor, einem unfähigen Historienschreiber die Hände abhacken zu lassen, wenn ihm dessen Text missfiel.

Ich muss lachen und unterbreche mein Schreiben. Denn so, wie ich nun schreibe – oh weh! –, ich glaube, mir wäre zuerst die rechte und dann die linke Hand abgeschlagen worden. Wenn ich genau überlege, wäre es Heinrich nicht recht, dass ich so ehrlich schreibe. Aber Uta ist nun meine Herrin. Und sie sagt, ich soll alles so schlicht niederschreiben, wie es war. Gehört dann auch dazu, dass ich darüber berichte, dass Heinrich viel schwächer war, als er von allen Schreibern dargestellt wurde?

So groß und stark Heinrich auch war, sein Leib wurde von schlimmen Teufeln geplagt. Mit jedem Jahr, das er lebte, wurde es schlimmer. Die Säfte der Galle machten ihn zeitweise blass und grün im Gesicht.

»Du stehst auf«, befahl ich ihm oft, wenn er meinte, deswegen sterben zu müssen. Und er konnte dann auch einige Stunden regieren und sich zeigen, aber meist verlor er den Mut und sank wieder auf sein Lager. Die Rückreise von Italien dauerte deshalb länger als geplant.

Im Kloster Montecassino machten wir lange Rast, bis es Heinrich wieder besser ging. Ich konnte nicht unterscheiden, was für ihn schlimmer war: die Schmerzen oder seine Ohnmacht, die ihn aufs Lager zwang. Während Heinrich krank war, erteilte er Aufträge wie ein Besessener, und ich kam ihm lieber nicht allzu nah. Erst, wenn er wieder nach meiner Hand griff und sie an sich zog, wusste ich, dass ich sanft zu ihm reden konnte.

In Montecassino konnte sich niemand dem lebendigen Geist Benedikts entziehen, der fünfhundert Jahre zuvor das Kloster gegründet hatte. Sein Wahlspruch »ora et labora« lebte in den Klostermauern und bestimmte das Leben der Mönche. Betend und doch auch ständig bei der Arbeit waren die Brüder und Schwestern gleich einem Bienenschwarm, der emsig und mit Gesang süßen Honig in die Mauern trägt. Die Zeiten des Schweigens und der Stille trugen den schöpferischen Atem Gottes in sich. Dann hörte man das Fließen des Wassers, und selbst das Geräusch der Sichel, die das Gras niederstreckte, malte dem, der mit geschlossenen Augen dalag, ein Bild vor Augen. Der Wind rüttelte an den Läden, im Hof knirschten die Steine bei jedem Schritt. Wie sehr liebte ich in meinem Leben diese stillen Stunden, in denen nicht nur der Mund schwieg, sondern sich auch die Augen gleichsam nach innen kehrten und voller Dankbarkeit ihre Bilder malten. In diesen Zeiten klang auch das Wehklagen der Kreaturen doppelt so laut und alles erschien geheimnisvoll und mächtig. Der heilige Benedikt lebte in jedem Stein, und die Glocken schlugen mit Jubelschreien zum Himmel und riefen die Geistlichen zum Gebet.

Montecassino war nicht so verkommen wie die meisten anderen Klöster. In ihnen soffen viele Mönche schon am Morgen Wein, und die Äbte waren so bunt gekleidet wie Papageien und trugen an ihren Röcken Glöckchen. Sie erwarteten von den Umstehenden, dass sie beim Näherkommen das Klingeln hörten und sich vor ihnen in den Staub warfen. Die Mönche von Montecassino dagegen übten sich in Demut.

Während Heinrich daniederlag, wollte ich meinen Geist auf sinnvolle Weise erquicken. So ging ich zu einem der Mönche und bat ihn: »Ich habe von dem Buch gehört, in dem Benedikt das geistliche Leben von euch Mönchen anleitet. Wie gern würde ich die *Regula Benedicti* lesen. Kannst du mir das Buch verschaffen, guter Mönch?«

»Die Anleitungen des Benedikt werden in großen Ehren gehalten, und ich darf sie nicht von ihrem besonderen Platz in der Bibliothek nehmen.«

Es war für mich nicht einfach, die Regeln ausgehändigt zu bekommen, aber bald hatte ich doch einen Mönch gefunden, der sie mir würdevoll übergab.

Mit dem Buch in der Hand trat ich an Heinrichs Bett: »Schau, was ich hier habe! Die beste Erbauung, die es gibt! Damit du getröstet wirst und weißt, was du zu deiner Besserung tun kannst, werde ich dir daraus vorlesen.«

Heinrich verdrehte die Augen: »Wozu soll mir die Erbauung nützlich sein, wenn ich noch heute im Totenreich bin?«

»Wenn du heute noch im Totenreich bist, so ist es besonders nütze«, erwiderte ich schelmisch – und fügte noch besänftigend hinzu: »Vergiss nicht, liebster Gemahl, welcher Aufgabe wir getreu sein müssen, wenn wir als treue Haushalter unseren Klöstern dienen wollen. Die Regeln Benedikts, die wir zwar erlernt haben und die du mir doch nicht frei nennen kannst, müssen auch in uns brennen, denn wenn die Regierenden nicht die Gesetze kennen, befehlen sie in Klöstern vergeblich.«

Heinrich war wütend auf mich, weil ich ihn nicht schonte. Aber den Worten Benedikts zu lauschen, war gewiss für Heinrich besser, als ständig zu erzählen, wo überall die Teufel im Leib wüteten, und unablässig zu jammern. Außerdem war es doch unser Anliegen, nach der Reformbewegung Clunys auch die anderen Klöster zu der einfachen, geistlichen Lebensweise der Benediktiner zurückzubringen. Benedikt räumte in seinen Texten auch mit den faulen Mönchen auf, die nur herumzogen und bettelten. Sie sollten einem Kloster zugehörig sein für ihr ganzes Leben und an einem Ort des Friedens bauen oder, so sie die Gabe hatten, als Einsiedler oder missionarische Wandermönche unter Gottes Schutz stehen.

Und so las ich am Bette Heinrichs, was Benedikt aufgeschrieben hatte:

Stehen wir also endlich einmal auf! Die Schrift rüttelt uns wach und ruft: »Die Stunde ist da, vom Schlaf aufzustehen.« (Römer 13,11) Öffnen wir unsere Augen dem göttlichen Licht, und hören wir mit aufgeschrecktem Ohr, wozu uns die Stimme Gottes täglich mahnt und aufruft. »Heute, wenn ihr seine Stimme hört, verhärtet eure Herzen nicht!« ... Und was sagt er? »Kommt, ihr Söhne, hört auf mich! ... Lauft, solange ihr das Licht des Lebens habt, damit die Schatten des Todes euch nicht überwältigen.« ... Der Herr sucht Arbeiter für sich und sagt wieder: »Wer ist der Mensch, der das Leben liebt und gute Tage zu sehen wünscht?« Wenn du hörst und antwortest: »Ich«, dann sagt Gott zu dir: Willst du wahres und unvergängliches Leben, bewahre deine Zunge vor Bösem und deine Lippen vor falscher Rede! Meide das Böse und tue das Gute! Suche Frieden und jage ihm nach! Wenn ihr das tut, blicken meine Augen auf euch, und meine Ohren hören auf eure Gebete; und noch bevor ihr zu mir ruft, sage ich euch: »Seht, ich bin da.«

Ich schaute zu Heinrich und merkte, wie sehr er sich nach diesen Worten sehnte. Seine Augen wirkten schwermütig, aber auch sanfter. Es ging ihm nicht um die Regeln für die Mönche. Er selbst fühlte sich einsam und ängstlich; er meinte, nicht mehr regieren und das Schwert nicht mehr führen zu können. Mein Liebster brauchte Trost und Rat, und mir schien, Benedikt wusste, wessen der Mensch bedarf, um züchtig zu leben und Frieden zu verbreiten.

Die Regeln Benedikts hüllten uns mitsamt unseren Sorgen und Pläne in einen warmen, weiten Mantel. Die strengen und doch so liebevollen Anweisungen Benedikts an die Mönchsgemeinschaft gaben Tag und Nacht der Gegenwart Gottes Raum. In mir wuchs die Sehnsucht, auch wie die Mönche in der heiligen Litanei meinen Frieden zu finden.

Außerhalb der Klostermauern rief die Glocke nur drei Mal am Tag zum Gebet.

Beim Morgenläuten gedachten wir der Auferstehung Christi, die Mut macht, selbst zu erwachen und mit Christi Hilfe den rechten Weg zu gehen.

Das Mittagsläuten ließ uns im Alltagstreiben innehalten, damit wir Gott nicht vergaßen, sondern dankbar das Mittagsmahl zur Stärkung für den weiteren Tag zu uns nahmen.

Beim Abendläuten gedachten wir des Leidens und Sterbens Jesu, betrachteten unser eigenes Leben und hielten es Christus zur Reinigung hin.

Was mich schon als Kind erstaunte: Die drei Gebetszeiten galten für alle Menschen, egal, ob hoher Herr oder niedrige Magd. Alle, alle legten aus den Händen, was sie festgehalten hatten, falteten diese und verharrten einige Minuten in stiller Andacht. Das Treiben auf dem Markt verstummte, die ziehenden Händler hielten ihre Karren an und die Frauen ließen ihre Handarbeiten sinken. Mütter nahmen ihre kleinen Kinder an sich, strichen ihnen beruhigend über den Kopf und falteten ihre kleinen Hände. Auch meine Mutter war so mit mir verfahren, und wenn ich sie während des Gebetes ansah, konnte ich hinter ihren geschlossenen Lidern eine andere Welt entdecken. Keine Kuh wurde weitergemolken, der Suppentopf wurde vom Herdfeuer genommen, der Hirtenstab in gefalteten Händen gehalten ... Arme und Reiche gedachten der Größe und Hilfe unseres Schöpfers. Selbst die Kranken hörten auf zu wehklagen, und die Starken ließen für eine kurze Zeit ihre Fäuste sinken. Dieses Gebet veränderte jede Hütte, die Städte und das ganze Land. Ich lobte darüber unser Christenland, denn wo gäbe es sonst diese Zeiten, in denen Gottes Stimme in Gestalt einer Glocke von allen zu hören wäre?

Nun, da ich selbst Nonne bin, gilt auch für mich neben dem Morgen-, Mittag- und Abendläuten siebenmal der Glockenklang, der uns, zuerst in der Nacht und dann weiter bis zum Sonnenuntergang, zum Lob Gottes aufruft. Was Benedikt vor so vielen Jahren festgeschrieben hat, gilt immer noch:

Es gelte, was der Prophet sagt: (Psalm 119,164) »Siebenmal am Tag singe ich dein Lob.« Diese geheiligte Siebenzahl wird von uns dann erfüllt, wenn wir unseren schuldigen Dienst leisten zur Zeit von Laudes, Prim, Terz, Sext, Non, Vesper und Komplet; denn von diesen Gebetsstunden am Tag sagt der Prophet: »Siebenmal am Tag singe ich dein Lob.« Von den nächtlichen Vigilien sagt derselbe Prophet: (Psalm 119,62) »Um Mitternacht stehe ich auf, um dich zu preisen.« Zu diesen Zeiten lasst uns also unserem Schöpfer den Lobpreis darbringen wegen seiner gerechten Entscheide.

Jedes Mal, wenn ich heute die Glocke in unserem geliebten Kloster höre, denke ich nicht nur an das Lob Gottes, sondern auch an diese Zeit, die Heinrich und ich im Schutz des Benediktinerklosters verbrachten. Wie bestärkten uns doch die Gebete, die die Mönche dort für uns zum Himmel schickten. Doch ich schweife ab. Meine Finger greifen die Feder fester, und ich konzentriere mich auf die Erinnerung. *Montecassino erschien mir damals wie eine Insel der Ruhe, und doch lauerte dort das Schicksal ...*

»Wir wollen Gott danken, dass dein Körper nun frei ist von allem Bösen und wir unsere Pferde wieder satteln lassen können«, sagte Heinrichs Leibarzt, als er am neunten Tag nach meinem Gemahl schaute. Ich hatte an dem Morgen auch gehört, dass Heinrich wieder mit starker Stimme sprach, und gesehen, dass er auf dem Weg zum Abort aufrecht lief.

»Soll ich mich etwa heute schon in den Sattel schwingen?«, empörte sich Heinrich.

»Nicht heute, sondern morgen«, erwiderte der Arzt. Und er nannte uns auch den Grund der Eile: »In Paderborn, werter Herzog Heinrich, werte Herzogin, hat ein furchtbares Feuer gewütet. Die Stadt, die Kirchen, alles liegt in Asche. In der Nacht erhielten wir die Nachricht. Eure Freunde brauchen euch. Sie brauchen ein gutes Wort von euch und benötigen euren Segen.«

»Wie furchtbar!« Wie aus einem Munde klangen die Worte von mir und Heinrich.

»Worauf wartet ihr noch!«, empörte sich Heinrich, stand auf, zog sich das leinene Nachtkleid aus und stand nackt und von den Krankheitstagen abgemagert vor uns. »Wo bleiben meine Kleider, Gürtel, Schuhe!« Heinrich brüllte seinen Kammerdiener an, der sich zuvor nicht getraut hatte, auch nur zu husten, geschweige denn Heinrich in einen Schuh zu zwängen.

Niemand traute sich mehr, zu sagen, dass sich Heinrich wenigstens noch einen Tag schonen solle, und prüfen, ob er die Speisen schon vertrage. Aber so war mir Heinrich lieber, viel lieber.

»Wir reiten gleich heute los, und keiner soll sich schonen!«, rief er laut. Das war natürlich vollkommen unmöglich. Erst hatten wir unsere Begleiter beruhigen müssen, weil sie einige Tage in Montecassino bleiben mussten und sich ihre Heimreise dadurch verzögerte. Dann jedoch hatten sie die gute Versorgung durch die fleißigen Mönche genossen, sich auf ihre körperlichen Schwächen besonnen und sich pflegen lassen. Ebenso hatten sie sich schnell an die gute Küche und den Wein, der am Abend reichlich ausgeschenkt wurde, gewöhnt. Ach, wie schnell vergaßen die Männer ihre Familien zu Hause, wenn sie satt gemacht wurden und sich pflegen konnten! Befehl war Befehl, gewiss, aber mich dünkte, wir mussten unsere treuen Begleiter erst aus der Lethargie reißen, damit sie all ihre Kräfte sammelten.

Ich stand im Torbogen zum Kreuzgang, als wir aus allen Überlegungen gerissen wurden. Erst sah ich, wie Hühner über die Mauer stoben, dann erklangen fürchterliche Geräusche. Holz splitterte, es dröhnte dumpf und Metall schlug gegeneinander. Ehe ich auch nur meinen Kopf wenden konnte, galoppierte ein schwarzes, schweißüberströmtes Pferd direkt auf mich zu. Ich wich so unglücklich zurück, dass ich auf mein Unterkleid trat und fiel. Wohl nur, weil der Torbogen zu niedrig war, hatte der Gaul sich aufgebäumt und strampelte mit seinen Vorderhufen in der Luft. Dann wendete er laut schnaubend und rannte an der Mauer vorüber. Mir war der Schreck in die Glieder gefahren, ich hatte mich aber nicht ernsthaft verletzt. Nun wollte ich nach dem Rechten sehen. Doch wie ich mich in den Kapitelsaal wandte, sah ich, dass dort auch der Priester und Heinrich auf die Knie gegangen waren und sich hinter der Mauer verbargen. »Als ob das Jüngste Gericht hereinbräche!«, entfuhr es Heinrich. Und so war es.

Nicht nur Hühner und ein einzelnes Pferd, nein, ein gutes Dutzend aufgeschreckter Pferde galoppierte wild durch den heiligen Kreuzgang. Ihre Nüstern waren mit Schaum bedeckt und die Augen wie im Kampf weit geöffnet. Manche sprangen über die niedrigen Mauern und hatten sich in ihrer Panik sogar in die Klosterräume verlaufen. Heinrich und ich nahmen uns bei der Hand und liefen dicht beieinander weiter, um zu ergründen, was geschehen war. Es wäre unser Tod gewesen, wenn wir unter die wilden Hufe gekommen wären.

Aber dann rochen wir, ehe wir sahen, was geschehen war: Es

brannte – nicht hier im Kloster; die hellen Flammen schlugen aus dem Stall. Heinrich und ich hielten unsere Hände fest umklammert und rannten zu dem Gebäude. Immer mehr Menschen machten sich auf den Weg dorthin. Manche trugen Eimer voller Wasser, andere hatten sich mit Schippen ausgerüstet, um das Feuer zu erschlagen. Auch wenn uns unsere treuen Helfer unwirsch den Eintritt zum Stall verwehren wollten, wir ließen uns nicht aufhalten. Wir hatten beide auf unserem Weg gemerkt, dass unsere Pferde sich nicht unter den frei laufenden Gäulen befanden, oder sie mussten schon weit weg galoppiert sein. Wir wussten, wo unsere Pferde im Stall gestanden hatten, und die einstürzende Bretterwand gab uns den Weg frei.

»Es sind brennbare Schnüre, mit denen die Pferde festgebunden sind«, rief mir Heinrich zu, reichte mir eine brennende Holzlatte und riss sich eine nächste aus dem zersplitterten Holz. Manche unserer Rösser lagen schon am Boden. Ich suchte im Rauch nach den Schnüren und versuchte, sie mit dem brennenden Holz zu durchtrennen. Das erste Pferd blieb stehen, obwohl ich den Strick durchtrennt hatte. In meiner Not schlug ich ihm mit dem Brett gegen den Hals, damit es fortliefe. Das zweite Pferd sprang über mich hinweg und schlug mit dem Huf gegen meine Schulter. Dann hörten wir den Stallknecht rufen: »Heinrich, dein Gaul ist hier hinten!«

Natürlich wussten wir, wo Heinrichs Ross stand, aber so weit waren wir nicht gekommen. Ich stolperte zu der Stelle, von der die Stimme kam, und auch Heinrich sah, was ich sah: Unser Stallbursche lag unter einem dicken Holzbalken. Da reichte mir Heinrich seine Holzfackel, hob den Balken an und warf ihn beiseite. Wie einen Sack warf er den Jungen auf seine Schultern und wankte mit ihm durch den Rauch nach draußen.

Ich wollte mich zu unseren besten Pferden wenden, doch mir wurde so übel, dass ich die brennenden Fackeln wegwarf, meine Hände vor den Mund presste und einen Weg aus dem tosenden Stall suchte. Ich weiß noch, dass ich das Freie erreichte. Dann gaben meine Beine nach, und für einen kurzen Moment atmete ich die Brandluft tief ein, und sie erschien mir süß wie Wein.

Es kam mir vor, als wären Jahre vergangen, als ich die Stimme Heinrichs vernahm: »Es ist dein Glück gewesen, Kunigunde, dass dich unser Wagenführer straucheln sah und gleich auffing und in Sicherheit brachte, denn sonst hätten dich in kurzer Zeit die Pferde überrannt.« Er schluchzte tief auf und ergänzte: »Nie wieder werde ich dich solchen Gefahren aussetzen, nie wieder.«

Wir blieben noch drei Tage. In der Zeit begruben wir unseren Stallburschen, dem keine Medizin mehr hatte helfen können. Außerdem waren in der Krankenstation vier Männer von uns, die nicht reisefähig waren. Wohl dem, der eine wollene Kutte mit Kapuze getragen hatte. Mir waren, wie allen, die im Stall gewesen waren, die Wimpern und Brauen versengt. Da mein Schleier Feuer gefangen hatte, hatte ich ihn mir vom Kopf gerissen, und dadurch stanken meine angesengten Haare so dermaßen, dass ich sie mir schneiden lassen musste. Wie die anderen hatte auch ich Brandwunden an Händen und Armen, die wir mit einer übel riechenden grünen Salbe dick einschmierten.

»Das war das letzte Mal, dass ich dich so in Gefahr bringe«, schwor sich Heinrich. »Wie konnte ich dich auch nur an der Hand halten und mit dir ins Feuer rennen?«

»Es war so selbstverständlich, Heinrich. Mir war sogar, als ob ein Engel mit einem leuchtenden Schwert neben uns gegen das Feuer kämpfte.«

Doch Heinrich schüttelte den Kopf. »Soweit ich es vermeiden kann, wirst du keinen Gefahren mehr ausgesetzt. Ich habe gefehlt an meinem eigen Fleisch und Blut.« Heinrich grämte sich wirklich, und ich sah dies mit einem gewissen Wohlgefallen. Aber ich fand das alles ehrlich aufregend und verstand zum ersten Mal, wie die Männer im Kampfgetümmel jede Vorsicht verlieren und die Schmerzen so lange schweigen können, bis man sie anschaut und der Wunden gewahr wird.

Während unserer Reise in unser geliebtes Regensburg verging kaum eine Stunde, in der wir nicht des Feuers gedachten. Mal waren es die Sättel der Pferde, die den Brandgeruch ausströmten, dann hielten uns unsere eiternden Wunden wach. Jedes Mal dachten wir dabei an die niedergebrannte Stadt, die auf uns wartete. *Wie wird es wohl Paderborn ergangen sein?*

Die Feder noch in der Hand, starre ich ins Leere, überwältigt von der Erinnerung. Wenn jetzt in Kaufungen ein Feuer entzündet oder eine Kerze ausgeblasen wird, steigen die Erinnerungen an Paderborn wieder in mir auf. Ich sehe die eingestürzten schwarzen Holzbauten vor mir. Das Feuer hatte sich durch die Ställe und Häuser gefressen, und selbst die Kirchen waren ein Raub der Flammen geworden. Was mich zuvor in Paderborn beeindruckt und mir die Güte Gottes vor Augen gemalt hatte – im Jahr 1001 war nichts mehr davon übrig. Ich sah nicht Paderborn, sondern eine Hölle, in der das Feuer allen Lobpreis vernichtet hatte. Auch die Vorräte und Tiere wurden fast zur Gänze von dem Höllenhund verschlungen. Die Menschen klagten und hungerten. Wir halfen und trösteten, so gut wir konnten. Danach zogen wir nach Bamberg, und dort hatte ich endlich nach Wochen des Reisens saubere Kleidung, ausgewählte Speisen, und Heinrichs und meine Seele kamen zur Ruhe.

Doch lange währte diese Schonzeit für uns nicht ...

Als in Gandersheim die Äbtissin Gerberga starb, blieb Heinrich erstaunlich ruhig, obwohl sie seine Tante war und Sophie sich noch immer weigerte, von Bischof Bernward aus Hildesheim in ihr Amt eingesetzt zu werden. Sophie beanspruchte für sich nach wie vor die Weihe durch einen Erzbischof. Einer Kaisertochter stünde diese Würde schließlich zu. Ich hegte zärtliche Gefühle für Sophie, denn ich wusste, dass sie eine große Verantwortung trug und außerdem die Mutter verloren hatte, die sie geliebt und erzogen hatte. Sophie hatte gerade sprechen können, als sie nach Gandersheim gekommen war.

Ich hatte noch nie die Kinder der Könige beneidet. Sie hatten alle das gleiche Los wie Sophie, die als Kleinkind ihrer Tante Gerberga ins Kloster zur Erziehung übergeben wurde. Die Königseltern waren stets auf Reisen, da sie anstatt eines festen Wohnsitzes viele Königshöfe und Unterkünfte hatten. Ihre gesamte Regierungszeit verbrachten sie im Sattel und reisten von einem Ort zum anderen, um Recht und Ordnung zu schaffen. Für Kinder war ein solches Leben viel zu gefährlich. So kamen ihre Tanten und Onkel, Vögte und Äbtissinnen in den Genuss, ein kleines Menschenkind in ihre Obhut zu nehmen und trotz ihres Gelübdes ihre ganze Liebe einem Kind zukommen zu lassen. In den Kindern fanden sie später meist liebevolle und treue Beschützer, und deren reiche Familien machten den Klöstern wertvolle Geschenke. Waren dies nun Reliquien oder Ländereien, die Klöster wurden mächtig, und die Adeligen hatten Schutz und Unterstützung durch die Klöster. Sie stärkten sich gegenseitig und waren eng miteinander verflochten. So wurde auch Sophie bereits als kleines Kind in die Geschichte Gandersheims eingewebt. Ihr Zuhause war ein Kloster, und doch war sie als Schwester des Kaisers dem Adel verpflichtet.

Wie schön war es für mich, mit Heinrich wieder nach Regensburg zu reisen. Wir feierten dort Weihnachten, und dann brach das neue Jahr an. Ich war froh, bei meinem geliebten Mann zu sein und unserem Herzogtum vorzustehen.

Eines Tages überbrachte mir Heinrich eine interessante Neuigkeit: »Stell dir vor, Kunigunde, Kaiser Otto zieht wieder nach Rom.«

»Wie? Im kalten Januar reitet er samt Gefolge über die Alpen? Kann er mit dem Kämpfen nicht noch ein wenig warten?«

Er lachte. »Keine Sorge, meine Liebe. Nicht um zu kämpfen, reitet er fort. Nein, er zieht in vollem Putz und mit einer Heerschar von Dienern und Mägden in den Süden, um seine Auserwählte zu treffen.«

»Kaiser Otto hat eine Braut ausgewählt?« Diese Nachricht ließ mich vor Neugier gleich gerader auf meinem Stuhl sitzen. »Wer ist sie?«

»Sie stammt aus Byzanz und zieht Otto in diesem Moment bereits entgegen, um ihn in Rom zu treffen. Bald wird es eine glanzvolle Hochzeit geben.«

»Und später dann adelige Kinder«, murmelte ich vor mich hin. »Gewiss werden ihre Tanten Adelheid und Sophie die Kinder zu sich nehmen und gut versorgen.« *Auch ich würde mich von Herzen freuen, wenn ich einem Kind eine gute Mutter sein könnte*, meldete sich eine Stimme in mir. Doch ich dachte in meiner Unschuld zu weit. Ich träumte.

Kaiser Otto III. stirbt, Heinrich kämpft um die Macht und ich empfange die Königskrone

Mit der Nachricht, die uns nicht nur einer, sondern ein Dutzend Boten aus Italien überbrachten, begann sich unser Leben für immer zu verändern.

Wenn ich daran denke, so muss ich erst einmal aufstehen und durch die Räume gehen. Uta geht immer hinter mir her. Wie ein treuer Jagdhund seinen Herrn im Auge behält, so verhält sich Uta, die mich, sobald ich die Schreibstube betrete, nicht aus den Augen lässt. Als ob es keine wichtigere Aufgabe in den Morgenstunden für sie gäbe, achtet sie auf mich wie eine Mutter auf ihren Säugling. Welch vertauschte Rollen das sind! Ich bin schließlich ihre Tante, die ihr beibrachte, wie anständig gesprochen und gegessen wird. Ihre kleine Hand hat in der meinen gelegen, als Uta ihre ersten Worte schrieb.

Mich hält jedoch nichts mehr im Skriptorium. Ich muss Wasser aus dem Brunnen trinken und meine heiße Stirn kühlen. Ich weiß, dass ich als Erstes, wenn ich wieder die Feder in die Hand nehme, die Jahreszahl schreiben muss. Ich gehe zu meinen verwaisten Blättern zurück und will doch am liebsten wieder aufstehen oder endlich mit jemandem reden! Aber wir haben Schweigezeit.

Meine Güte, wer von den hier Anwesenden weiß schon, was es bedeutet, wenn ein Kaiser stirbt und die göttliche Vorsehung mit dem Finger auf dich zeigt? Du drehst dich um, aber da steht niemand hinter dir, der gemeint sein könnte. Gott meint dich. Es hilft nicht, in der Erde verschwinden zu wollen oder in einer Sänfte durch den Abend geschaukelt zu werden. Gottes Finger zeigt auf dich und durchbohrt alle eigenen Wünsche und Pläne. Ans Kreuz genagelt werden die Träume und alle Leichtfertigkeit.

Ich wollte doch mein liebstes Bamberg nicht mehr verlassen, um bei meinen gesammelten Schätzen zu weilen. Ebenso wollte ich um Heinrich die besten Ärzte scharen. Irgendjemand musste ihn doch von den ständig wiederkehrenden Leibschmerzen befreien können!

Und dann die Nachricht aus Italien. Dieser Stoß mitten in mein Herz, mit dem goldenen, heiligen Schwert aus dem Himmel.

Ich setze die Feder an. *Es war Ende Januar 1002 ...*

Ich ging über den Hof, um die Arbeiten an der Außenmauer zu kontrollieren. Es war nicht lang nach Mittag, und doch stand die Sonne schon wieder tief. Mit kritischem Blick prüfte ich gerade, ob die Männer gutes Baumaterial verwendeten, da hörte ich von Weitem Geschrei und Hufklappern auf dem steilen Pflaster zum Berg hochtönen. Wie eine Horde wilder Räuber sprengte eine Schar Reiter mit wilden Rufen in den Hof. Sie hatten ihre Pferde nicht geschont, es stand diesen der Schaum vor dem Maul, und die Lenden waren nass. »Der Kaiser ist tot, der Kaiser ist tot!«, riefen sie.

Voll Wut sprang ich auf den Brunnenrand. »Noch ein Wort und ich lass euch sofort im Brunnen ersäufen«, schrie ich die Männer an. Ich muss so dermaßen zornig ausgesehen haben, dass die Kerle den Anstand hatten, abzusteigen und sich vor mir niederzuwerfen. »Der Kaiser ist tot!«, wiederholten sie etwas zurückhaltender.

»Wenn noch einer von euch solcherart Gott lästert, so ersäufe ich ihn eigenhändig!« Ich wusste nicht, was in mich gefahren war. Am liebsten hätte ich, ohne mit der Wimper zu zucken, den Anführer der Reiter gepackt, seinen Kopf in den Eimer gesteckt und ihn in die Tiefe des Brunnens sausen lassen.

Doch immer mehr Leute eilten herbei, und ich riss mich am Riemen. Die berittenen Kerle heulten und riefen erneut: »Der Kaiser ist tot!«

Einige der Männer erkannte ich nun wieder. Mir dämmerte, dass ich mich getäuscht haben könnte. »Haltet den Mund, und kommt unverzüglich ins Vorzimmer«, wies ich die Schreienden an. *Wo ist Heinrich?* Ich hieß die kleine Jagdtrompete blasen, denn die konnte Heinrich hören, wo immer er war. Dann eilte ich ins Schloss, die Männer dicht auf meinen Fersen.

Als Heinrich angeritten und ins Haus gestürmt kam, fiel einer der Boten vor ihm nieder: »Schreckliche Nachrichten, mein Herzog: Kaiser Otto III. starb auf der Burg Paterno nahe Rom. Er trug die prächtigen Hochzeitskleider schon bei sich, als ihn eine heimtückische Krankheit niederstreckte. Erst einundzwanzig Jahre alt! Er konnte nicht einmal mehr seine Braut sehen ...« Und als ob er das Wichtigste vergessen hätte, wiederholte er den Singsang von vorn: »Der Kaiser ist tot ...« Alle anderen fielen ein.

»Haltet euren Mund!«, schrie nun Heinrich. Seltsamerweise wählte er dieselben Worte, die ich auch gewählt hatte. Aber er sprach sie aus einem anderen Grund. »Wem wurde die Nachricht überbracht?«

»Allen, die wir trafen. Wir bitten dich, weitere Boten zu entsenden, denn unsere Kräfte sind erschöpft.«

»Ich sehe sehr wohl, dass eure Kräfte erschöpft sind, deshalb werdet ihr zu niemandem mehr ein Wort sprechen und euch allesamt erst einmal einige Tage bei uns im Kerker ausruhen.«

Die Männer waren empört, als sie abgeführt wurden. Aber ich wusste sofort, warum Heinrich so sprach und sprechen musste.

Die Nachricht vom Tod des Kaisers würde nun mehrere Anwärter auf die Königskrone dazu bewegen, das Königsamt an sich bringen zu wollen.

Wir mussten nun allen anderen zuvorkommen, damit die Wahl auf Heinrich, den Bayernherzog, fiel.

Es lag nun an uns, das Amt auszuüben, das Heinrichs Vater und Großvater versagt geblieben war. Auch sie hatten ein Recht auf den Königsthron gehabt und hatten darauf verzichten müssen. Aber nun war der letzte Otto ohne Erben verstorben, und seine Schwestern konnten kein männliches Erbe antreten.

Heinrich und ich brauchten kein einziges Wort zu sprechen, denn wir wussten, dass Gott uns erwählen wollte. Schon immer lag es Heinrich im Blut, keinen Herrscher über sich zu haben, und fürwahr, er war ja zu der Zeit schon mächtiger als jeder andere Herzog im Land.

Wir erinnerten uns an die Weissagung, die Mathilde, die Frau Heinrichs I., gesprochen hatte, als dieser seinen Sohn Otto zum Erben bestimmte:

Wahrlich, es wird eine Zeit kommen, da hat Gott entschieden: Jetzt sind die Heinriche dran.

Ich glaube, seit der Todesnachricht Ottos III. hatte Heinrich keine größere Sorge als diese: die Prophezeiung zu erfüllen und seinen zukünftigen Aufgaben als König gerecht zu werden.

Heinrich wies den Kanzler an: »Mach alles bereit zum Aufbruch. Wir wollen dem Leichnam Ottos entgegenreiten.«

Dieser nickte und verschwand.

Dann wandte sich Heinrich an mich: »Lass uns keine Zeit verlieren, Kunigunde. Dies ist unser Schicksalstag.«

Mit klopfendem Herzen schlang ich meine Arme um meinen oft so schwachen Ehemann, der voller Tatendrang vor mir stand. Er presste mich kurz an sich, löste sich dann aber aus meiner Umarmung und eilte vor die Tür.

Heinrich musste einen Großteil seines Heeres für den Marsch rüsten, denn mit dem Tod des Kaisers würden in Italien neue Aufstände aufflackern und hinterhältige Truppen des Kaisers Zug angreifen. *Wie kann sich jemand erdreisten, dem verstorbenen Kaiser noch so in den Rücken zu fallen!*, empörte ich mich innerlich.

Heinrich wollte mich zunächst nicht mitnehmen. »Vor dir liegt viel Verantwortung. An der Seite des neuen Königs sollst du weise regieren. Aber noch ist es nicht so weit. Bleib hier, wo du in Sicherheit bist. Du kannst dich hier besser auf die vor dir liegenden Aufgaben vorbereiten. Außerdem wärst du eine große Ablenkung für mich.«

»Dann lass mich nicht als deine Gefährtin mit von der Partie sein. Kaiser Ottos Schwestern Adelheid und Sophie werden für meinen Beistand dankbar sein. Ihr Bruder ist auch mein Bruder.« Heinrich schaute noch nicht überzeugt. Darum fügte ich schnell hinzu: »Zudem sind meine Brüder Hezilo und Giselbert im Gefolge des toten Kaisers. Wie mag es ihnen gerade ergehen? Als gute Schwester sollte ich in dieser schweren Stunde bei ihnen sein.« Sollte Heinrich meinetwegen voranstürmen. Ich würde besonnen an unserer Landesgrenze dem Trauerzug entgegensehen und den Trauernden ein anständiges

Lager bereiten. Die Unglücklichen sollten versorgt und gestärkt werden.

»So sei es denn«, stimmte Heinrich nun endlich zu. »Ein Teil des Heeres soll mit dir im Kloster Polling auf den Zug warten. Der Rest zieht mit mir dem kaiserlichen Gefolge entgegen.«

Ich musste zwar nur wenige Tage warten und hatte dabei genug zu tun, trotzdem zogen die Stunden unerträglich langsam vorbei. Als Erstes schwatzte ich den Mönchen ihre warmen Umhänge ab. »Dem Herzog zieht ein durchnässter Trauerzug entgegen. Ihr könnt für diese kurze Zeit auf die Umhänge verzichten.« Und Heinrich wies ich an: »Zuerst sollen sich meine Brüder in die warmen Decken hüllen.«

Doch Heinrich hatte eine ganz andere Sache im Kopf. Dazu hatte er extra den zweirädrigen Karren hinter ein Pferd spannen und für den Fall des Kampfes die Schwerter schärfen lassen. Heinrich musste die Reichsinsignien an sich bringen. Nur mit den Reichsinsignien konnte er die Königswürde beanspruchen. Wir sprachen nicht darüber, aber ich wusste, dass ich, so Heinrich diese Mission überleben würde, bald das Heilige Kreuz mit seinen goldgefassten Perlen und Edelsteinen in Händen halten konnte. Dazu das Zepter, den Apfel, die Krone, das Schwert und die Heilige Lanze. Dies alles waren die sichtbaren Zeichen der Herrschaft. Ich ertappte mich dabei, in Gedanken schon durchzuspielen, was geschehen würde, sobald wir die Insignien hätten. *Wir werden die Heiligtümer gleich von den besten Goldschmieden ausbessern und polieren lassen und sie fortan mit uns führen. Werden dann nicht die Ansprüche aller anderen Königsthronanwärter schweigen müssen? Dann werden auch die Bischöfe und Rom vor Heinrichs Machtanspruch die Knie beugen müssen!*

Ich wartete schon einige Tage ungeduldig, als endlich der Trauerzug im Kloster Polling eintraf. Die Männer fanden nach entbehrungsreichen Tagen endlich eine warme Herberge. Sie trugen den toten Kaiser auf ihren Schultern. Heinrich hatte sich, ohne den Kopf in der kalten Luft zu bedecken, an die Kopfseite Ottos III. gestellt. Ich eilte dem

Zug entgegen. Endlich hatte ich meinen geliebten Heinrich wieder und sah, dass der ehrwürdige Leichnam Kaiser Ottos wohlbehalten eingetroffen war.

Ich konnte nicht fassen, was ich außerdem sah: »Warum, um Himmels willen, führt ihr Erzbischof Heribert von Köln als Gefangenen mit euch?«

Auf meine bestürzte Frage schnaubte Heinrich nur: »Heribert misstraute wohl dem Willen Gottes. Er hat die Heilige Lanze entwendet und ließ sie heimlich nach Köln vorausschicken. Er will wohl einen anderen König und möchte die Sache hinauszögern.« Heinrich erklärte wütend: »Alle Reichsinsignien konnte ich an mich bringen, aber die Heilige Lanze fehlt mir nun, um die Königswürde zu erringen.« Ehe ich etwas erwidern konnte, fügte er hinzu: »Solange ich die Lanze nicht in Händen halte, soll er mein Gefangener bleiben. Heribert oder die Heilige Lanze. Er hat die Wahl.«

Das blieb nicht das einzige Druckmittel Heinrichs, um die Königswürde zu erlangen. Alle Bischöfe und Fürsten, die mit dem toten Kaiser zurückgekehrt waren, hatten sich in den nächsten Tagen für Heinrich zu entscheiden. Heinrich erklärte jeden, der sich nicht hinter ihn stellte, zum Feind. Dabei wollten viele nur in Ehren den Kaiser zur letzten Ruhe geleiten und eine gerechte Königswahl.

Erzbischof Willigis von Mainz und ich beschworen Heinrich, Erzbischof Heribert unverzüglich freizulassen. »Wenn es in meiner Macht steht, Heinrich, so werde ich dir die Krone in Mainz mit eigenen Händen auf den Kopf setzen«, versprach Willigis, »aber ich möchte kein Blutvergießen unter meinen heiligen Brüdern. Du musst die Mächtigen mit Vertrauen für dich gewinnen, wenn du in Frieden regieren willst.«

Heinrich ließ Heribert frei, aber nicht ohne Gegenpfand. Er nahm stattdessen Heriberts Bruder, Bischof Heinrich von Würzburg, als Geisel. Für diese Tat sollten wir später noch teuer bezahlen. Aber damals war das noch nicht von Belang. Die Anhänger des verstorbenen Kaisers wollten in Herzog Heinrich noch lange nicht den rechtmäßigen Nachfolger sehen. Erzbischof Heribert schürte mit seinem Verhalten den Zweifel an Heinrich und bestärkte die Konkurrenten Heinrichs in ihrem Königsanspruch.

»Liebster Heinrich, ich möchte gern die Reichsinsignien sehen!« Ich wollte endlich mit meinen eigenen Augen sehen und mit meinen Händen betasten, wovon immer gesprochen wurde. Wir waren nun endlich unter uns, und die Gelegenheit schien mir günstig.

Heinrich wickelte eigenhändig die gewichtigen Zeichen der Macht aus dem schweren roten Samt und reichte sie mir. Zuvor hatte ich sie nur von Weitem gesehen, aber nun hielt ich sie in Händen.

Der Reichsapfel wog in meiner Hand so schwer wie mein eigenes Leben. Fürwahr, wer ihn umfasst hielt, dem war die ganze Welt in die Hände gelegt. Das mit Edelsteinen verzierte Kreuz auf dem Reichsapfel spannte sich über das Kleinod, wie der Himmel die Erde umspannte.

»Zieh das Schwert ruhig aus der Scheide«, wies mich Heinrich an, als ich es in Händen hielt. So griff ich also mit beiden Händen zu und zog es wie ein Mann heraus. Ich erschrak, als ich die Klinge sah, denn sie war scharf und lechzte danach, in einen Körper gestoßen zu werden. Ich schob die Klinge vorsichtig wieder in die Scheide zurück und strich mit den Fingern zärtlich über die eingeprägten Figuren und aus Edelsteinen hergestellten Mosaike.

Dann zögerte ich nicht länger und gab sie Heinrich. »Dies ist nicht für mich bestimmt«, sagte ich. »Aber dir möge es dienen.«

Heinrich gefiel, was ich gesprochen hatte, denn für eine Frau ziemte es sich auch nicht, das Schwert zu führen.

Hatten wir nun so vieles, und funkelte die Krone in unseren Händen noch so hell, so fehlte uns doch, die Heilige Lanze. Sie war die ehrwürdigste aller Lanzen, denn an ihrer Spitze war ein Nagel vom Kreuz Christi eingefügt. Einst hatte er die Hand Christi durchbohrt. Wer die Lanze besaß, konnte an Christi Stelle die Königsherrschaft ausüben. König Heinrich I., der Urgroßvater meines Mannes, hatte einst die Lanze vom König von Burgund erhalten. Seitdem verband die Lanze alles Irdische mit dem Himmel. Sie war es, die den Sieg bei der Lechfeldschlacht herbeigezwungen hatte. Erst im vorigen Jahr hatte sie Bischof Bernward von Hildesheim in die Höhe gehalten, als unsere Männer gegen die Römer anritten. Die Geschichtsschreiber berichteten darüber: *Sie zogen hinaus in den Kampf, in vorderster Reihe der Bischof selbst. Schreckenerregend funkelte die Heilige Lanze in seiner Hand ...* Otto III. hatte die Lanze bei allen Feldzügen mit sich geführt, denn mit ihr hatten schon seine Vorfahren die Schlachten für sich gewonnen.

Ich musste zugeben, dass ich die Reichsinsignien nicht mehr aus den Händen geben wollte. Doch es erging mir nicht wie Heinrich, der gnadenlos sein Ziel verfolgte, König zu werden. Bereits hier im Kloster zettelte er Intrigen an und versuchte, die Adeligen zu bestechen. Dabei war es mir, als ob er den Verstand verlieren würde.

Der Kanzler und ich redeten auf ihn ein, dass er doch Geduld haben müsse und keine Blutspur ziehen, sondern mit geschickten, zuverlässigen Verhandlungen Vertrauen schaffen und Einfluss gewinnen solle. Heinrich tat so, als ob er unsere Mahnungen annehmen würde, aber ich wusste: Wenn ich nun Heinrich nicht bremsen konnte, so würde er wegen seiner Angst, nicht die Königswürde zu erringen, um sich schlagen und in seinem Eifer seine besten Freunde treffen. Am schlimmsten trieb er es, wenn er zu viel Wein getrunken hatte.

Heinrich musste wieder zur Besinnung kommen, denn allein Christi Blut war es wert, vergossen zu werden, und nicht das Blut unserer eigenen Landsleute. Ich wollte Heinrich nicht schwächen, sondern ihn stärken zum Guten und zur Macht. Aber dazu durfte er auf keinen Fall an diesem Abend zum Gelage gehen und von dem klaren Brand trinken. Er würde gewiss in seinem Rausch einen Streit anfangen und damit nichts gewinnen. Ich wusste, dass Heinrich nur über mich lachen würde, wenn ich ihm erklärte, warum ich ihn zurückhalten wollte. Und so ersann ich mir eine List.

Ich wusste, dass er sich von mir in unserer Kammer verabschieden musste, ehe er ging, wenn ich darinnen war. Also hatte ich mir am Tage ein Unterkleid und eine Tunika in der Mitte von oben bis unten aufgeschnitten. Diese hielt ich unauffällig zusammen, als sich Heinrich wie üblich von mir verabschiedete, indem er mich fragte: »Sitzt mein Gewand vortrefflich?«

Ich lächelte stets heimlich über diese Frage, denn kein Kammerdiener wollte sein Leben verwirken, indem er seinen Herrn nicht vortrefflich kleidete. Aber Heinrich wollte immer noch von mir wissen, ob er gut aussah. Ich blieb ernst und lobte ihn. Ich lobte ihn so über die Maßen, dass sich sein Gesicht erhellte und die Augen leuchteten. »Ihr seid so schön, schöner als die Sonne und wie es dem Manne einer edlen Herzogin gebührt«, flötete ich. Dann zog ich mit meinen beiden Händen meine Kleider beiseite, und Heinrich war so vollkommen erschrocken über meine plötzliche Nacktheit, dass er vor mir auf die Knie fiel. Er hielt meine Füße umklammert.

»Wie konnte ich vergessen, wo die Gottheit wohnt?«, stammelte er. »Diese Füße, kein Marmor so rein und keine Taube so treu.« Er netzte meine Füße mit Küssen und Tränen. Sein Kopf schob sich höher und höher, und seine Worte waren süß wie Honigmilch. Zart wiegte er mich hin und her, wie der sanfte Wind die Äste bewegt. Ich spürte, wie er sich erhob und mich dicht an sich hielt. Heinrich streichelte mit seiner Nase meinen Hals. »Wie die Blüten der Pfirsiche in ...«, hörte ich ihn noch sagen. Dann spürte ich meine Beine nicht mehr, und mir wurde schwarz vor Augen.

Als ich wieder zu mir kam, beugten sich meine Kammerdienerin und der Arzt über mich. Ich musste in einer langen Ohnmacht gelegen haben. Heinrich hatte mich noch im Fall aufgefangen. Das war nicht Teil meines Plans gewesen. Ich wurde mit stark riechenden Wassern besprengt, damit ich wieder ganz zu mir käme. Heinrich, der auf meiner anderen Seite stand, war aufgewühlt und fassungslos. »Die Liebe, unsere Liebe ist zu stark. Gott hat uns zu viel der Liebe gegeben«, murmelte er immer wieder.

Das war ein Gerede am nächsten Tag! Mit einem einzigen Handgriff habe mir Heinrich in wilder Liebe die Kleider zerteilt, und in göttlicher Vorsehung seien wir ein Fleisch geworden, wobei ich fast mein Leben verloren hätte. »Sie wird wohl ein Kind in sich tragen«, sagten andere, »und wurde deshalb rasch von der Ohnmacht heimgesucht.« Ich wusste, dass nichts dergleichen war. Dummerweise hatte ich gerade in dem Moment die Sinne verloren, als ich doch Heinrich unter meine Kontrolle bringen wollte. Aber ich hatte auch so meine Mission erfüllt. Heinrich dachte nicht mehr nur an die Krone und raste nicht länger vor Missgunst. Er war wieder ein Herzog mit menschlichen Zügen. Ein umsichtiger Herzog sogar, denn er verbot am nächsten Tag allen, von der rasenden Liebe zwischen uns zu erzählen, was die unschuldigen Gemüter natürlich noch mehr anheizte.

Zum Beweis, dass nicht ein einziger Handstreich Heinrichs meine Kleider zerteilt hatte, sondern ich in stundenlanger Mühe den festen Stoff zerschnitten hatte, zeugten meine aufgerissenen und blasenübersäten Hände. Ich dachte erst, dass ich sie verstecken sollte, aber meine Kammerdienerin, die, noch während ich in Ohnmacht lag, meine Hände gesehen hatte, erzählte allen Mägden, dass Heinrich in seiner Liebe so heiß geworden wäre, dass mir davon meine Hände verbrannt seien. So sah ich in den nächsten Tagen oft die heimlichen Blicke auf meine Hände.

Doch dies eine ist wahr: Meine List hat mehr Frieden gestiftet, als es ein Gebot des Bischofs bewirkt hätte. Heinrich ging mit seinen Widersachern endlich etwas diplomatischer um, und ein offener Kampf wurde verhindert. Hinterher beschloss ich dennoch, nie wieder ein Gewand zu zerschneiden. Welch törichte Tat! Ich war eben noch jung und unerfahren.

Heinrich war wieder zu Verstand gekommen. Er hielt Frieden. Es schien nun sein einziger Wunsch zu sein, dem Kaiser alle Ehre angedeihen zu lassen, wie sie ihm ein eigener Vater erweisen würde. Heinrich wollte das Seelenheil Ottos III. bis in alle Ewigkeit sicherstellen.

Dazu reisten wir nach Augsburg, wo wir mit dem Geleit der Bischöfe die Eingeweide des Kaisers feierlich im Kloster St. Afra beisetzten. Die segensreiche Kapelle des heiligen Ulrich sollte Otto einen starken Schutz gegen alles Böse geben. Heinrich schenkte dem Kloster außerdem 100 Hufen von seinem Erbbesitz. Heinrich handelte an Otto III., wie es ein Vater für den Sohn getan hätte. Somit war jedem

unmissverständlich klar, dass Heinrich seinem Kaiser ein ewig während-
rendes Denkmal setzte.

Die Schwestern Ottos wussten das zu schätzen. »Heinrich, du hast
dich unserer Familie würdig erwiesen. Wir werden darum unserer-
seits alles dafür tun, um dir bei der Königswahl zu helfen«, sicherten
sie uns mit würdevollem Kopfnicken zu.

Ich jubelte. Mit den einflussreichen Schwestern auf unserer Seite
würde ganz Sachsen hinter uns stehen. Denn Sophie und Adelheid
würden den sächsischen Herzog Ekkehard von Meißen, der ebenso
einen Anspruch auf den Königstuhl erheben würde, nicht unterstützen. Auch mein ältester Bruder, Graf Siegfried, der ebenfalls in Sachsen, nämlich in Northeim, regierte, würde uns keine Steine in den
Weg legen. Andere hielten jedoch Ekkehard von Meißen für geeigneter. Wir mussten uns also noch gegen ihn durchsetzen.

Die anderen Bischöfe und Fürsten, die den Feierlichkeiten in Augsburg beigewohnt hatten, ließen sich jedoch von Heinrichs Tat nicht
überzeugen. Sie pochten darauf, dass Heinrich seinen Machtanspruch
loslassen und den Leichnam endlich freigeben solle, damit dieser zu
seiner letzten Ruhestätte geleitet werden konnte. Hatte Heinrich doch
das Herz und die Innereien in Augsburg in Ehren begraben, so solle
er nun endlich Ruhe geben. Der Zug machte sich also auf nach Aachen, dem Ort, den sich Otto III. für sein Begräbnis ausgesucht hatte.
Er wollte neben seinem Vorbild, Karl dem Großen, beigesetzt werden.
Heinrich ließ es sich jedoch nicht nehmen, den Kaiser auf den eigenen Schultern bis zu seiner Landesgrenze zu tragen. In Neuburg an
der Donau überließ er den toten Kaiser endlich den Schultern anderer. Mein Bruder Hezilo wusste jedoch, was zu tun war: Er nahm den
Platz Heinrichs ein.

Am Ostersonntag wurde Otto III. im Aachener Dom beigesetzt. Alle
Mächtigen waren gekommen. Ich war dankbar, Sophie und Adelheid
neben mir zu haben. Erzbischof Heribert von Köln stellte sich dreist
vor den Dom und rief allen zu: »Ich warne euch, ich warne euch,
wählt nicht Heinrich. Er ist rücksichtslos und missachtet eure Wahl!

Wollt ihr einen König, der eigenmächtig die Krone an sich reißt?« So schrie er wie ein Bettler vor dem Tempel Jerusalems. Es war eine unglaubliche Frechheit und Schande. Tage zuvor hatte er allen erzählt, dass er von Heinrich gefangen genommen und nur gegen eine Geisel ausgetauscht worden sei. Das war ein schlechtes Zeugnis für Heinrich. Ich hatte Angst, dass es einen offenen Konflikt geben würde, denn Heinrich hätte Heribert am liebsten tot gesehen. Das Schlimmste war: Heribert war mit seiner Überzeugung nicht allein.

Außer dem Bischof von Augsburg gab es keine einflussreichen Geistlichen in Bayern, die hinter Heinrich standen, da er die Klosterreformen durchgeführt hatte, ohne die Selbstbestimmung der Klöster zu achten. Doch nicht nur die Geistlichen wurden von Heinrich bevormundet; Heinrichs jüngerer Bruder Brun hatte sich ebenso mit Heinrich überworfen, da er sich im Erbe benachteiligt fühlte. Er hatte sich aus Zorn von ihm abgewandt und hielt sich in Ungarn auf. Er war gegangen, weil er nicht mit dem Schwert gegen seinen eigenen Bruder anrennen wollte. Heinrich vergaß ihn lieber, als ihn mit einem wichtigeren geistlichen Amt zu betrauen. Wegen seiner Treue zum Kaiser war selbst Brun zur Trauerfeier gekommen. Aber er sprach weder mit seinem Bruder noch mit mir. Da er die geistliche Laufbahn eingeschlagen hatte, hielt er sich bei den Geistlichen auf, die sich gegen Heinrich gestellt hatten. Es war eine Schande, als ausgerechnet Brun und Heribert nach der Zeremonie nicht aus dem Dom gingen, sondern demonstrativ mit dem Gesicht auf dem Boden liegen blieben und so laut den Tod des Kaisers beklagten. Sie jammerten und schrien, als ob sie auf einem brennenden Scheiterhaufen lägen. Welch unsägliche Demütigung für Heinrich! Sie taten, als ob mit dem Ableben des Kaisers für sie nun aller Schutz gestorben wäre. Ich konnte hören, wie Heinrich neben mir mit den Zähnen knirschte. Ich warf meinen Kopf in den Nacken und tat, als ob mich das alles nichts anginge. Was hätte ich denn tun können?

»Komm mit nach Gandersheim oder Quedlinburg«, bat mich Sophie.

»Nun muss Heinrich alles aufbieten, was in seiner Macht steht, aber du, Kunigunde, sollst deshalb nicht in Gefahr geraten«, ergänzte Adelheid.

Ich wusste nicht, was ich tun sollte. Bei Heinrich bleiben? Nach Bamberg zurückkehren? Oder doch der Einladung der Schwestern folgen?

Es war Erzbischof Willigis von Mainz, der alle meine Bedenken zerstreute. Er stellte sich zu uns Frauen und sagte: »Was kann ich euch hochwohlgeborenen Töchtern Gottes nur Gutes tun?«

Er sprach so voller Anteilnahme, dass Sophie, die schon immer Willigis' Nähe gesucht hatte, sagte: »Da wir Frauen den Segen nur schwer mit Geschenken erkaufen können, hilfst du uns, wenn du uns deinen Segen nicht vorenthältst.«

Er antwortete: »So wahr ich hier stehe, werde ich zur Stelle sein, wenn ihr mich braucht. Mir wäre es eine Freude, dich, Sophie, endlich einzukleiden und dir, Kunigunde, die Krone zu reichen.«

Willigis wollte mich als Königin sehen! Er stand also Seite an Seite mit Heinrich und mir. Ich fragte Willigis geradeheraus, was ich jetzt tun solle.

Seine Anweisungen waren klar und deutlich. »Du musst wissen, wer für und wer gegen euch ist, und es muss mit dem Kanzler besprochen werden, welche Wege wir einschlagen. Du musst klug handeln, Kunigunde. Wenn wir einen Plan erstellt haben, ist es besser, du hältst dich so lange in Quedlinburg auf, bis Heinrich die Sache für sich entscheiden kann.«

Sophie wollte an meiner Seite bleiben, und ich sollte dann mit ihr zusammen nach Gandersheim reisen und später zu Adelheid nach Quedlinburg.

Allein die Nähe zu den Schwestern Kaiser Ottos war für alle ein sicheres Zeichen, dass uns die Familie des ehemaligen Kaisers der Krone würdig erachtete.

Als ich mit Sophie alleine war, konnte ich mich nicht zurückhalten und lobte Willigis. »Sophie, ist es nicht wunderbar, dass Erzbischof Willigis so viel Sorge für uns trägt?« Und ich freute mich weiter: »Mir ist, als ob mein eigener Vater seine Hand über mich hielte.«

Da lachte Sophie nur und sagte: »Dein Vater musste nicht mit Gütern und Versprechungen dazu gebracht werden, dich zu schützen. Bei Erzbischof Willigis ist das anders.«

»Was ist anders?«

»Nun, Heinrich hat ihm zugesichert, dass er seine Spitzenstellung im weltlichen und kirchlichen Bereich weiter ausbauen könne, sobald er Heinrich als König unterstützt.«

»So handelte der Erzbischof nicht nach seinem Herzen, als er uns seinen Schutz versprach?«

»Das Herz Willigis' hängt an seinen Truppen und Schlachtrössern. Die Pferde brauchen Futter und die Männer ein Dach über dem Kopf. Sein Herz hängt an Reliquien, die Mainz unter anderen Städten hervorhebt, und an Ländereien mit Wein und Kohl und satten Wiesen.«

»Also meint es Willigis nicht ernst mit uns?«

»Oh doch, er meint es sehr ernst. Mit jeder Hufe Land, mit jedem Gaul und jeder noch so kleinen Hütte wird er euch immer treuer zur Seite stehen.«

Ich lernte viel in jenen Tagen. Wer auf Macht verzichtete, musste reich belohnt werden. Dabei kamen die größten Feinde aus der eigenen Familie, denn sie konnten durch unseren Tod an unser Erbe kommen.

Als ich mich von Hezilo verabschiedete, nahm ich ihn in den Arm und wünschte ihm Gottes Geleit. Hezilo beugte sich zu mir und raunte mir zu: »Wenn ich schon eine Schwester habe, die Königin werden könnte, so will ich alles, was in meiner Macht steht, tun, um ihr die Krone aufzusetzen.«

Ach, mein lieber Bruder! Ihm habe ich Heinrich zu verdanken, und nun wird er für uns streiten, dachte ich.

Mit der Kraft seiner Schultern trug er den Leichnam weiter. Ich schaute ihm lange zärtlich nach, bis er mit seinen Mitreisenden meinen Blicken entschwand.

Beim Schreiben dieser Zeilen spüre ich noch immer einen Stich in meinem Herzen. Es war das letzte Mal, dass ich Hezilo, meinen geliebten Bruder, der Heinrich und mich erst zusammengeführt hatte, im Frieden sah.

Wie schwer er mir das Leben später machte! Und ich durfte mir meinen tiefen Kummer nicht anmerken lassen, durfte nicht klagen und weinen. Wer die Macht in Händen hält, darf nicht auf seine persönlichen Wünsche hören, damit er nicht den klaren Blick für das Amt verliert.

Ich sehe auf meine Hände und die Ärmel meiner Nonnenkutte. An einem solchen Ärmel lassen sich mit Gottes Segen Tränen abwischen. Vor meinem himmlischen Vater muss ich mich weder verstecken noch schämen. Ich kann mit seiner Hilfe vergeben. Damals waren meine Ärmel jedoch mit edlen Borten und Perlen verziert. Solche Ärmel verboten mir jeden Kummer und alle Schwächen. Selbst in Zeiten der Trauer ...

Wir Frauen reisten mit sicherer Begleitung über Paderborn, Kassel, Grone und Pöhlde nach Quedlinburg. Die Gegenwart der selbstsicheren Schwestern machte mir Mut, ebenfalls die Dienste der Königspfalzen zu genießen. Sophie und Adelheid waren es gewohnt zu herrschen, und wenn sie Menschen begegneten, so warfen diese sich vor ihnen zu Boden. Die Adeligen und Geistlichen saßen nie höher als die beiden Schwestern zu Tisch. Die Ehre, die dem Kaiser zukam, hatte sich auf die Schwestern übertragen. Sophie und Adelheid waren die Stellvertreterinnen des neuen Königs. Sie waren unsere wichtigsten Verbündeten. An der Seite dieser Frauen lernte ich nun die Königspfalzen mit ihren weitläufigen Wirtschaftsanlagen kennen.

Im April versammelten sich die sächsischen Adeligen und die Kirchenvertreter Sachsens in der Königspfalz Werla bei Goslar. Dort wollten sie über die Königswahl beraten. Adelheid sagte mir, dass ich gut beraten sei, derweil in Quedlinburg zu bleiben, denn Sachsen sei in viele Stämme untergliedert, die noch nie einen fremden König akzeptieren wollten. Zu sehr pochten sie auf eigene Stammesrechte, die ein König nicht akzeptieren könne. »Du wirst merken, Kunigunde, dass sie meist geschlossen einer großen Königswahl und selbst der Krönung fernbleiben. Die sächsischen Großen haben sich im März schon in Frohse getroffen, und da sie sich nicht einig wurden und nicht einmal geschlossen hinter Ekkehard von Meißen stehen, schworen sie sich gegenseitig, weder geschlossen noch einzeln einen König zu wählen.«

»Nicht einmal einem König aus den eigenen Reihen würden sie trauen?«

Adelheid sah mich voller Mitleid an: »Ein König ist erst sicher, wenn er schon König ist und sich ihm auch die unterworfen haben, die sich zuvor nicht freiwillig in seine Dienste stellten.«

Da begriff ich, dass die Sachsen noch weit davon entfernt waren, überhaupt einen Herrscher über sich zu dulden. Ihre eigenen, oft grausamen und blutrünstigen Gesetze waren ihnen mehr wert als Frieden untereinander.

»Verzage nicht«, ermunterte mich Adelheid. »In unseren Klöstern Quedlinburg und Gandersheim seid ihr, Heinrich und du, keine Fremden. Die Bayernherzöge haben sich hier einen guten Stand geschaffen. Aber selbst dein Bruder Siegfried, der mit seinen Nachkommen in Northeim und Katlenburg wohnt, wird sich nicht für Heinrich aussprechen können. Obwohl er auch noch Graf im Rittigau nahe Kaufungen ist, muss er sich doch an die sächsischen Gepflogenheiten halten und kann euch nicht mit offenen Armen empfangen.«

»Ich weiß«, antwortete ich kleinlaut. »Mein Bruder Siegfried muss sich in Sachsen noch vieles aufbauen. Er handelt möglichst selbstständig. Ich gestehe, dass auch ich ihn oft nicht einschätzen kann. Er war schon in Northeim, als ich erst geboren wurde. Und er war nie im Heer des Kaisers zu finden.«

Adelheid tröstete mich: »Die Sachsen, das musst du wissen, werden immer ein ungesitteter Haufen bleiben. Die Feindseligkeiten zwischen selbstständigen Rittern und dem Klerus sind groß. Sobald ein ungeschützter Geistlicher den Berittenen in die Hände fällt, verstümmeln sie den Gottesmann so sehr, dass er oft nicht einmal mit dem Leben davonkommt. Deshalb halten die Geistlichen ihre Heere immer größer als die der Adeligen. Nur so können sie unbehelligt im eigenen Land reisen oder wenigstens Vergeltung üben. Einzig die Königspfalzen und die von uns geführten Klöster bieten in Sachsen einem König die nötige Sicherheit.« Adelheid wusste, wovon sie sprach. Und mir wurde deutlich, welch wichtige Aufgaben die Schwestern für ihren Bruder all die Jahre erfüllt hatten.

Adelheid hatte mit Quedlinburg einen Ruheplatz für die Könige übernommen und weiter ausgebaut. Ich verstand auch, wie wichtig es war, dass die Gebeine von Heinrichs Vaters und seiner Tante in Gandersheim lagen. So waren auch wir in Sachsen keine Fremden.

Adelheid und Sophie verabschiedeten sich von mir mit einem Kuss. »Sobald ich in Bayern alles gut vorbereitet habe, komme ich nach Quedlinburg«, versprach ich Adelheid. Sie trug wie immer, wenn sie reiste, keine Kutte, sondern prächtige Gewänder und hatte einen großen Hof um sich. Der Quedlinburger Chronist war wie immer mit von der Partie. Es war, als ob er die Gegenwart Adelheids mehr schätzte als seine wunderbar ausgestattete Schreibstube. Selbst wenn Adelheid verhindert war, stürzte er sich in das Zeitgeschehen, um danach zu berichten. Wurde damals ein neuer König in Sachsen nicht gelitten, so wurden die Schwestern hier jedoch immer verehrt und geschützt. Die Frauen brauchten keine Geschütze; allein ihre edle Herkunft und ihre wichtigen Ämter verschafften ihnen Respekt und Vertrauen. Wer den würdevollen Umgang mit den Schwestern nicht einhielt, schnitt sich ins eigene Fleisch. Das konnte ich bald selbst erleben.

So blieb ich in Quedlinburg und sah am frühen Morgen, wenn ich aus dem Fenster blickte, weit über das Land. Die Berge waren mit Wäldern bedeckt, und in den frühen Stunden lagen oft noch die Nebel im Tal. Ich dachte an Adelheid und Sophie, die nun noch weiter in den nördlichen Wald ritten. Auf den Höhen des Harzes reisten sie zur Königspfalz Werla. Welche Entscheidungen dort von den Adeligen und Geistlichen wohl getroffen werden würden? Und wie könnten sich die Sachsen, die sich doch gar nicht entscheiden wollten, der Königsfrage stellen? Sicher würde Markgraf Ekkehard von Meißen alle auf seine Seite ziehen, denn er war von seiner Herkunft her auch ein möglicher Königsthronanwärter. Hatte Ekkehard nicht schon vorsorglich den Herzog Bernhard von Sachsen für sich gewonnen?

Ich verbrachte viel Zeit im Gebet, und das machte meine Seele ruhig. Ich musste warten. Warten, was Heinrich erreichte, und warten auf Sophie und Adelheid. Wie sich mein Leben entscheiden würde, lag nicht in meiner Hand.

Es waren gute Tage in Quedlinburg. Als ob ich in meine Kindertage zurückversetzt worden sei, so konnte ich gedankenverloren und wissbegierig die Straßen Quedlinburgs mit gerafftem Rock hoch- und hinuntersteigen. Ich war in den Klostermauern sicher.

Die ersten Spielleute versuchten nun, ein Lied auf Otto III. anzustimmen. Mit dem Lied zogen sie durch das Land und berichteten vom Schicksal des verstorbenen jungen Kaisers. Die Sänger versammelten sich auf dem Marktplatz und hoben zum Wettstreit gegeneinander an. Wer den gewinnen würde, dessen Lied sollte auch von allen weitergetragen werden. Nach meinem Geschmack waren die Lieder nicht, aber sie wurden ja für die Straße gemacht, das durfte ich nicht vergessen. Als das Lied des glücklichen Siegers noch einmal unter großem Beifall vorgeführt wurde und später in den Gassen erklang, da waren auch meine Bedenken zerstreut, und ich sang leise mit. Ich dachte dabei an Kaiser Otto III. und daran, dass Heinrichs Vater durch ihn eine bittere Lektion erteilt worden war.

Mit drei Jahren König schon
bestieg Herr Otto Deutschlands Thron.
Da gab's im Innern Zwist und Streit
und außen Feinde kampfbereit:
Heinrich »der Zänker« machte gern
sich selber zu des Reiches Herrn,

Lothar von Frankreich streckt die Hand
aufs Neu' nach dem Lothringer Land,
im Osten aber wollen Czechen
und Polen in das Land einbrechen.
In solcher Zeit zum jungen Mann
der Kaiserknabe wuchs heran.
Da, wie den Vater, zog's auch ihn
zum schönen Land Italien hin,
doch nur, um dorten schnell zu sterben,
als Jüngling, ohne Sohn und Erben.

Mit der Rückkehr der beiden Schwestern wurde ich aus meinem be-
schaulichen Leben gerissen. Adelheid und Sophie, die sich immer
mit den feinsten Manieren zeigten, zogen auf dem Hof ein und grüß-
ten kurz in die Runde. Dann aber, als wir allein waren, polterten sie
los, ehe sie die Reisekleidung abgelegt hatten: »Eine solche Unver-
schämtheit! Eine größere Gotteslästerung gibt es nicht!« Die beiden
waren so wütend, dass es schwer war, sie nach dem Grund zu befra-
gen. So erfuhr ich erst nach und nach, was sich abgespielt hatte.

Als die beiden mit ihrem Hof zum verabredeten Zeitpunkt in Werla
eingetroffen waren und sich auch die anderen Herren eingefunden
hatten, mussten sie feststellen, dass sich Ekkehard von Meißen und
Herzog Bernhard von Sachsen erdreistet hatten, auf den erhabenen
Stühlen Sophies und Adelheids zu sitzen, und schon begonnen hatten
zu speisen.

»Sie saßen auf euren Stühlen?«, fragte ich entsetzt nach.

»Ja, und nicht nur das. Sie gaben uns zu verstehen, dass wir hier
nichts mehr zu suchen hätten, denn Sachsen habe nun das Recht auf
die Königswürde, und er, Ekkehard von Meißen, gelte in Sachsen
mehr als ein dahergelaufener Bayernherzog.«

»Das sagten sie?«

»So wahr wir hier stehen!«

»Aber was geschah dann? Erzählt mir die ganze Geschichte!«

Adelheid war es wieder, die sich als Erste fasste und berichtete, dass keiner der Anwesenden mit diesem Verhalten einverstanden gewesen sei. Bestürzt hatten die anderen Ekkehard und Bernhard bewegen wollen, sofort die Plätze für sie zu räumen. Aber die beiden stellten sich stur. Obwohl Ekkehard von niemandem als König bestätigt wurde, verhöhnte er die Frauen.

Sophie gab zu: »Ich hatte Angst, Kunigunde. Obwohl niemand das Vorgehen Ekkehards guthieß, fürchtete ich, die Anwesenden könnten Ekkehard folgen und uns ein Leid antun.«

»Aber so weit kam es nicht«, schaltete sich Adelheid ein. »Als Ekkehard nicht weichen wollte, zogen unsere treuen Begleiter die Schwerter. Sie gingen Ekkehard und den Herzog an. Zwar verloren drei ihrer Begleiter das Leben, aber Ekkehard und Bernhard flohen aus Werla und warteten abseits auf ihre Leute.«

»So konntet ihr in Werla nichts ausrichten?«

Da endlich lachte Adelheid: »Ausrichten konnten wir nichts, aber wir nahmen wieder unsere Plätze ein. Nachdem Ekkehard verschwunden war, bekräftigten alle Anwesenden uns ihre Treue und Unterstützung. Ekkehard hat es sich selbst zuzuschreiben, dass er von den Anwesenden nicht bestätigt wurde. Denn so, wie er sich benahm, hätte es nur einem gewählten König zugestanden.«

War ich erleichtert! War ich froh! »Ich kann nicht sagen, wie dankbar ich euch bin. Ich bin so erleichtert, weil ihr eure Ehre hochhaltet und so unerschrocken seid!«

Die beiden sahen mich verwundert an. So verwöhnt sie sich auch manchmal gebärdeten, wenn es um ihre Ehre und ihre Pflichten ging, handelten sie ohne Furcht und Wehleidigkeit. Die Schwestern waren wohlbehalten zurück, und in dem ganzen Streit hatten sie an Ansehen gewonnen.

»Wo ist der Quedlinburger Chronist, Adelheid? Warum habt ihr ihn nicht mitgebracht, damit er niederschreiben kann, was geschah?«

Die Antwort gab mir Sophie, erneut verbittert über das, was weiter geschehen war: »Dazu komme ich gleich. Die Geschichte ist noch nicht ganz zu Ende. Ekkehard wartete nicht nur auf seine eigenen Begleiter. Er wartete auch auf Bischof Bernward aus Hildesheim. Ekkehard will nun nämlich nach Duisburg reisen, wo er sich von der dortigen Zusammenkunft die Erhebung zum König erhofft.«

Ich war fassungslos. Hatte nicht eben die sächsische Zusammenkunft Ekkehard vertrieben? Und nun reiste er in der Begleitung Bischof Bernwards gleich zum nächsten Treffen?

»Verstehst du nun, warum mir am Segen und der Zusammenarbeit des Hildesheimer Bischofs nichts liegt?«, fragte mich Sophie. »Noch nie haben die Hildesheimer Bischöfe uns Gandersheimer geschätzt und unterstützt. Wir mussten uns immer gegen sie wehren, weil sie von uns lieber die Steuern eintrieben, als uns Achtung entgegenzubringen. So ist der Bischof von Hildesheim. Ekkehard setzt sich auf meinen Stuhl, und als ob nichts gewesen wäre, findet er in ihm einen treuen Begleiter, der mit ihm reist!«

Sophie war gekränkt und wütend. Ich verstand nun, wie wichtig es für sie war, dass wenigstens Heinrich noch im vorigen Jahr nach Gandersheim gereist war und sie mit Würde in ihr Amt gebracht hatte. Auch wenn sich Sophie noch immer weigerte, den kirchlichen Segen vom Hildesheimer Bischof zu empfangen, mein Heinrich hatte alles getan, was er konnte. Durch ihn gelangten auch neue Reliquien nach Gandersheim, von denen die Hildesheimer nur träumen konnten.

»So geht nun der ganze Streit weiter, und wir wissen nicht, was weiter passiert«, stellte ich resigniert fest.

»Ja, der Kampf geht weiter, aber wir werden erfahren, was passiert, denn ich habe unseren Chronisten mitgeschickt, und der weiß alles besser zu erzählen, als wenn wir selbst dabei gewesen wären.« Adelheid gab sich zufrieden. Sie war froh, wieder in Quedlinburg zu sein, und ich spürte auch die Zuneigung der Nonnen, die ihre Äbtissin liebten und sie brauchten.

»Dann werde ich ein weiteres Mal auf Nachrichten warten«, sagte ich zu den Schwestern.

»Du wirst nicht ein weiteres Mal fruchtlos warten, Kunigunde. Ich werde dir die Zeit verkürzen, indem ich dich lehre, eine Königin zu sein. Und da sich der Kampf um die Krone schneller entscheiden kann, als wir denken, sollten wir königliche Kleider schneidern lassen.«

Ich sah die beiden erstaunt an und antwortete kleinlaut: »Aber es könnte ja auch anders kommen. Vielleicht überbringt der nächste Bote schon die Nachricht von Heinrichs Tod.«

»Was ist dir lieber, Kunigunde: der Leichnam Heinrichs oder mit der Krone auf deinem Haupt an seiner Seite zu herrschen?«

Ich konnte nicht laut aussprechen, was ich mir wünschte.

Und so sagte Adelheid schlicht: »Wir bereiten alles vor, was nötig ist für eine Krönung.« Sie klatschte in die Hände und wies die Diener an: »Wir brauchen eine anständige Garderobe für Herzogin Kunigunde. Edle Stoffe sollen es sein, wie sie selbst meine Mutter, die ehrenwerte Theophanu, nicht getragen hat.« Zu mir gewandt, sprach sie: »Ich will dir auch die besten Lehrer kommen lassen, die dich in das königliche Verhalten einführen sollen.« Mit diesem Auftrag war sie wieder bei bester Laune, und die Reisestrapazen waren vergessen.

Ich wunderte mich, welch edle Stoffe in den Truhen Adelheids aufbewahrt wurden. Die Stickerinnen mussten sofort ihre Arbeiten aus den Händen legen und Borten für mich weben.

Adelheid erklärte mir, wie ich mich bei Tisch und in der Schreibstube benehmen sollte und worauf ich sonst achten musste. Denn eine Königin durfte sich nicht mehr selber um Kleinigkeiten bemühen, sondern musste damit ihre Dienstboten beauftragen.

»Zunächst einmal musst du dir bewusst machen, dass du immer die wichtigste Person im Raum bist. Das muss schon deine Haltung ausdrücken. Genau so, meine Liebe. Du willst etwas Bestimmtes haben? Dann holst du es dir nicht selbst, sondern lässt eine Dienerin kommen und es bringen.«

Ich nickte so anmutig, wie es mir in meiner »Herrscherhaltung« möglich war. Es würde einiger Gewöhnung bedürfen, doch erschien mir diese Etikette einleuchtend.

»Des Weiteren lerne aus unserer Geschichte. Keiner darf sich das Recht herausnehmen, sich über dich zu stellen. Setzt sich also jemand auf einen höheren Platz als du selbst, was tust du dann?«

»Ich ... ich selber setzte mich nie höher als der König«, antwortete ich verwirrt. Adelheid ließ nicht locker: »Was machst du, wenn sich jemand höher setzt als du oder spricht, ehe er gefragt wurde?«

»Ich weise ihn zurecht?«

»Nein, Kunigunde. Du brauchst nichts zu sagen. Es reicht ein missbilligender Blick. Probier es nur einmal aus.«

Ich musste nun üben, mit meinem Blick so viel auszusagen wie mit Worten. Erstaunlicherweise merkte ich, dass mir diese Übungen Spaß bereiteten. Ich nahm mir vor, mein neues Auftreten sogleich zu erproben.

Welch eine Freude hatten Sophie, Adelheid und ich, als wir sahen, wie anders sich nun Nonnen, Handwerker, Bauersfrauen und Adelige in meiner Gegenwart benahmen. Dienstbeflissen hielten sie mir die Türen auf, reichten mir mit Ehrerbietung die Speisen und erfüllten mir jeden Wunsch.

»Siehst du, Kunigunde?«, wisperte mir Sophie zu. »Du wirst so behandelt, wie du dich gibst. Und dabei bist du noch nicht einmal Königin.« Adelheid lächelte voller Genugtuung.

So wurde ich in Quedlinburg durch die Hilfe der beiden Kaisertöchter zur Königin, obwohl die Sache noch längst nicht entschieden war. Den beiden Frauen verdankte ich mein weiteres Leben.

Die Zeit verging, und erst die Heimkehr des Chronisten brachte wieder Aufregung in mein Leben. Was uns der Chronist berichtete, war schlimm.

Ich musste nach Anweisung Adelheids in vollkommen königlicher Haltung dem Bericht beiwohnen. Ihre Worte klangen noch deutlich in mir: »Eine Königin darf nie ihre Gefühle zeigen, wenn sie informiert wird. Lediglich danach soll sie in allem huldvoll und besonnen reagieren. Denn wer heute noch ein Feind ist, kann morgen einer der wichtigsten Verbündeten werden.«

Ich war dankbar über den Schleier, den ich trug und der mein Gesicht verbergen konnte. Ebenso hielt ich meine unruhigen Hände in den weiten Ärmeln der Tunika versteckt, als der Erzähler so wortreich berichtete, was geschehen war.

Auf Anweisung Adelheids war der Chronist nicht von der Seite Ekkehards gewichen. Er hatte den Bischof und Ekkehard nach Hildesheim begleitet. »Und dort«, so erzählte er, »haben die Hildesheimer Ekkehard für den neuen König gehalten und ihn in Ehren empfangen.«

»Ekkehard wird nun als König gefeiert?«, entfuhr es mir.

»Langsam, langsam, schöne, weise Kunigunde«, tadelte Adelheid.

Der Chronist fuhr fort: »Wir erklärten den Hildesheimern, dass die Sache noch nicht entschieden sei. Ekkehard sagte aber allen, dass er auf dem Weg nach Duisburg sei, wo beschlossen würde, wem die Königskrone zustünde. Ihr könnt euch denken, dass ich Ekkehard anbot, ihn zu begleiten und alles zu Protokoll zu bringen. Ekkehard war frohen Mutes, und wir fürchteten uns nicht.«

Uns Frauen war sichtlich unwohl, als wir merkten, mit welchem Vergnügen der Chronist von der gemeinsamen Zeit mit unserem Widersacher Ekkehard von Meißen sprach.

»Nun, wir kamen über Paderborn und wollten von dort aus weiter. Aber die Vorsehung hielt uns auf.«

»Welche Vorsehung hielt euch auf?«, bohrte ich nach, weil es mir mit der Erzählung zu langsam ging.

»Bischof Rethar von Paderborn sagte uns, dass der Hoftag in Duisburg nicht stattfinden würde. Wir sollten wieder umkehren und auf neue Nachrichten warten.«

Auch ich muss hier ständig auf Nachrichten warten, dachte ich. Warten, warten. Das war ich nicht gewohnt.

»Ich bin noch lange nicht fertig mit meinem Bericht«, beschwerte sich der Chronist, als er merkte, dass wir Frauen schon begannen, uns zu langweilen.

»Ja, dann erzähl weiter. Wo ist Ekkehard jetzt?«, fragte Sophie ungeduldig.

»Jedenfalls sitzt sein Kopf nicht mehr auf dem Hals, denn diesen schlugen Kunigundes Bruder Siegfried und sein Neffe Benno von Katlenburg fein säuberlich vom Leib des Markgrafen.«

Ich saß ganz still. Sophie und Adelheid taten es mir gleich. Wir hielten still, weil uns der Erzähler, dieser Schuft, nur so häppchenweise erzählte und ich selber nun keinen Fehler machen durfte.

Es war dann jedoch Sophie, die scharf sagte: »Bezahlt dich meine Schwester, damit du frech daherredest und weder vollständig noch demütig berichtest?« Es war Sophie zu viel geworden, nicht zu wissen, auf welcher Seite der Chronist stand. Gewiss hatte er Ekkehard nicht aus den Augen lassen sollen, aber das doch nur, um Adelheid zu dienen.

Adelheid ergriff nun das Wort: »So berichte, was geschah, und das der Wahrheit entsprechend und der Reihe nach!«

Der Chronist fasste sich und berichtete: »Ich ritt mit Ekkehards Trupp von Paderborn zurück. Wir hatten ja schließlich den gleichen Weg und kamen auch über Northeim. Dort warnte die Gräfin Adelhind Ekkehard eindrücklich, dass Siegfried von Northeim und Benno sowie die Katlenburger Heinrich und Udo einen Anschlag auf ihn planten. Sie sagte wörtlich: ›Ekkehard, sieh dich vor, dass du heil in deine Ländereien kommst. Mein Sohn sieht sich schon im Erbe eines Königreiches stehen. Er spricht davon, einmal in die Fußstapfen Heinrichs und Kunigundes zu treten und das Herzogtum Bayern zu regieren. Ekkehard, sei vorsichtig!‹ Ja, so sprach Adelhind zu Ekkehard. Auf unserer Weiterreise mussten deshalb stets zwei bewaffnete Männer vorausgehen, und selbst zur linken Seite von Ekkehards Ross ging ein umsichtiger Kämpfer.« Der Chronist erzählte nun so eindringlich und schlicht, dass wir Frauen ihm aufmerksam lauschten. »Als wir in der Königspfalz in Pöhlde ankamen, dachten alle, dass wir nun nichts mehr zu befürchten hätten, denn wir hatten das Gebiet der Northeimer und Katlenburger unbehelligt durchquert. Alle waren entspannt. Wir tranken Wein und genossen die Gastfreundschaft. In der Nacht erwachte ich, weil ich überraschenden Lärm vernahm. Ich hatte, wie Ekkehard, ein Zimmer, das zur ebenen Erde hinausging. Arglos öffnete ich die Fensterläden, um zu sehen, was den Aufruhr verursachte. Ekkehard hatte genauso gedacht und gehandelt. Darauf hatten die Übeltäter wohl gehofft. Sie sprangen ins Fenster und schlugen auf Ekkehard ein. Der wehrte sich tapfer, denn ein Mann wie Ekkehard schläft nur mit einem Schwert in der Hand.« Der Chronist sah uns an, zuckte mit den Schultern und berichtete weiter: »Was soll ich sagen? Die Bande hatte sich nicht nur von außen genähert. Einige von ihnen waren zur gleichen Zeit leise ins Haus geschlichen und drangen durch die unverschlossene Tür des Markgrafen ein. Sie erschlugen beide Wachen, die vor der Tür gelegen hatten. Ekkehard hatte nun niemanden mehr zur Seite und sah sich gut vier Angreifern gegenüber. Ich weiß nicht, wer die Lanze in der Dunkelheit warf und dabei das Genick des Grafen brach. Doch dabei beließen es die Angreifer nicht. Um sicher zu sein, dass Ekkehard tot ist, schlugen sie ihm noch den Kopf ab.«

Wir sahen den Chronisten entgeistert an. »So wahr ich hier stehe, sah ich mit eigenen Augen, dass Ekkehards Kopf gut zwei Schritte von ihm in seiner Kammer lag. Und ihr könnt mir glauben, dass es nicht nur Siegfried und sein Sohn waren, die sich zu der Tat zusammengefunden hatten; die Katlenburger waren mit von der Partie. Sie wurden verfolgt und gestellt. Nun werden sie sich für ihre Taten verantworten müssen.«

Adelheid fasste sich: »Du kannst gehen und aufschreiben, was du gesagt hast. Falls du dich an wichtige Details erinnern solltest, die du uns nicht mitgeteilt hast, so erstatte mir darüber Bericht.«

Als wir Frauen alleine waren, zeigten die Schwestern ihre wahren Gefühle. »Wie furchtbar, dass Ekkehard so grausam zu Tode kam.«

Und ich fügte kleinlaut hinzu: »Es wäre nicht verwunderlich, wenn gesagt würde, Heinrich oder ich hätten den Auftrag zur Ermordung Ekkehards gegeben.«

»Ja«, sagte Adelheid. »Doch bedenke, die beiden handelten nur in ihrem eigenen Interesse. Sie waren dabei jedoch so dumm, sich erwischen zu lassen.«

Sophie fügte hinzu: »Siehst du, Kunigunde, dein Bruder Siegfried hat gehandelt, wie es ein richtiger Sachse tut. Er setzt nicht auf Verhandlungen und feines Benehmen. Er sitzt anderen zu Gericht, wann immer es ihm gefällt.«

Ich nickte traurig: »Mein ältester Bruder wurde schon als kleines

Kind in die Heimat meiner Mutter gegeben. Das ehrbare Benehmen hat ihm wohl niemand richtig beigebracht.«

Obwohl ich Siegfried und seine Familie kaum kannte, war er doch mein Bruder. Ich wusste jedoch, dass wir ihn nun nicht schützen durften, damit nicht Heinrich die Bluttat angerechnet wurde.

Als ob Adelheid meine Gedanken erraten hatte, tröstete sie mich: »Kunigunde, meine liebe Schwester, du darfst dir nie etwas zu Herzen nehmen, bei dem du nichts auszurichten vermagst. Die Sachsen haben ihre eigenen Gesetze. Bedenke weiter: Nur weil Ekkehard nicht mehr am Leben ist, heißt es noch lange nicht, dass ihr die Schlacht in Sachsen für euch entschieden habt. Du weißt doch, dass die Sachsen ohnehin weder König noch Kaiser über sich wollen. Im Übrigen wissen die wenigsten Sachsen, dass Siegfried dein Bruder ist. Für sie ist und war er schon immer ein Northeimer.«

Der Tod des Markgrafen Ekkehard hatte sich herumgesprochen, und der Polenherzog nutzte die Stunde und drang in die Lausitz ein. Er drang bis zur Elbe vor und besetzte Bautzen, Strehla und Meißen. Dies war verwerflich von dem einst so kaisertreuen Herzog. Es wurde geredet, Heinrich hätte dazu den Auftrag erteilt, aber Heinrich wurde von der Nachricht vom Wüten des Polenherzogs genauso überrascht wie ich. Hatte nicht Otto III. eine innige Freundschaft mit Boleslaw aufgebaut? Warum drang er nun über die Grenze, sobald die Stärke des Markgrafen wegbrach? Warum übertrug er nicht seine Freundschaft auf das gesamte Reich, das einst seinem Freund Otto unterstellt gewesen war?

In der folgenden Nacht konnte ich kaum schlafen. *Wie kommt es, dass ein von Gott gewolltes Amt so viel Blutvergießen und Streitereien nach sich zieht? Sind wir nicht auf der Welt, um Frieden zu bringen und das lebendige Licht Gottes leuchten zu lassen?*, grübelte ich. Wenn ich an dem Tag Erleichterung über den Tod des Markgrafen verspürte, würde ich dann noch viel öfter über den Tod meiner Feinde triumphieren? Ich wälzte mich von einer Seite auf die andere und wünschte mir, dass Heinrich nun bei mir sei. Mit Heinrich an meiner Seite waren mir Grübeleien fern. Dann gab es immer so viel zu bedenken und zu entscheiden. Ich trug die Verantwortung für die mir anvertrauten Ländereien. Zu lange war ich Bayern schon fern. Ich wünschte mir, Heinrich endlich wiederzusehen! Wenn wir beieinanderlagen, mussten alle Fragen schweigen, denn er war die Ursache meines Handelns.

Ich stand auf und wusste, dass Heinrich nun auch wach liegen würde. Es wurde höchste Zeit, dass wir uns wiederhatten. Er brauchte mich. Ich spürte es. Die Menschen brauchten mich auch an seiner Seite, damit sie in Heinrich Vertrauen fassen konnten. Ich hatte es immer wieder in den Gesichtern der Untertanen und Geistlichen gesehen: Kam Heinrich, so erwiesen sie ihm Ehrerbietung. War ich an Heinrichs Seite, so zeigten sie ebenso ihre Achtung, aber sie lachten auch und waren froher Dinge.

Es war furchtbar, in Quedlinburg zu sitzen und nichts tun zu können. Die Boten mussten sich durch die Wälder kämpfen, und ich wusste nicht, was von ihren Berichten stimmte. Adelheid bestand darauf, dass ich den Boten nicht entgegenlaufen dürfe. So saß ich immer würdevoll auf einem erhöhten Stuhl, und die Boten berichteten mit gesenktem Kopf. Den ersten Boten kannte ich und konnte ihm glauben. Ich gab mir solche Mühe, nicht von meinem Sessel aufzuspringen, als ich ihn so erschöpft eintreten sah. »Sei willkommen, treuer Reiter, und berichte ...«

»Der werte Herzog Heinrich hat es geschafft, die bayerischen und fränkischen Adeligen und Geistlichen hinter sich zu bringen. Ebenso hat er dem Markgrafen von Schweinfurt das Herzogtum Bayern in Aussicht gestellt, sobald er König sei. Desgleichen beschenkte er Bischof Heinrich von Würzburg und den Bischof von Straßburg. Er hat die Großen hinter sich gebracht und zieht mit ihnen nach Worms, um von dort über den Rhein zu setzen und dann nach Mainz zu gelangen.«

Mir stieg über den Worten des Mannes das Blut in den Kopf. So war Heinrich drauf und dran, die Krone zu nehmen! »Ich danke dir für deinen Bericht. Du kannst dich zurückziehen, und ich erwarte dich heute Abend aufs Neue, damit ich noch genauere Hintergründe erfahren kann.«

Auch von einem höhergestellten Stuhl aus kann man freundlich sein. Das jedenfalls wollte ich mir ebenso merken wie den unseligen Umstand, dass ein guter Bote recht knapp berichtet. Da ich die Nachrichten gemessen entgegennehmen musste, wollte ich am Abend den Boten noch mal sehen. Vielleicht wusste er auch, wie es um Heinrichs Gesundheit stand? Konnte er gut schlafen? Wie sicher war Heinrich wirklich?

Adelheid musste alle meine Gedanken gelesen haben. »Es schickt sich nicht, einen Boten nach den Träumen eines Herzogs zu fragen«, ermahnte sie mich.

»Wenn du mehr wissen willst, so frage ihn nach der Truppenstärke, den ärztlichen Berichten, seinen Begleitern.« Dann sah sie mich verschmitzt an: »Wenn dir das nicht genügt: Ich habe eine freundliche Kammerdienerin, die ihm das Bett richtet und mehr erfahren kann.«

Ich gestand hastig: »Liebe Adelheid, das wäre eine gute Idee.«

»Warte erst einmal ab, was euer nächster Austausch einbringt«, ermunterte sie mich. »Vielleicht brauchst du meine Kammerdienerin dann gar nicht mehr.«

Und tatsächlich erfuhr ich im nächsten Gespräch mit dem Boten mehr über Heinrichs Zustand. Ich war ausgesprochen zufrieden. Dennoch schrieb ich noch in der Nacht einen Brief, den Heinrich in wenigen Tagen erhalten sollte.

Ich bete Tag und Nacht um deinen Leib und deine Seele, schrieb ich. Am meisten plagte mich die Vorstellung, dass Hermann von Schwaben, der ebenso ein Anrecht auf die Krone hatte und mehr Freunde hinter sich vereinigte, Heinrich schlagen und vernichten könnte.

Ich hatte vergessen, dass Heinrich ein wunderbarer Stratege war. So, wie er mir per Bote seine Reiseroute mitteilte, ließ er sie auch in alle Richtungen verbreiten. So berichtete mir der nächste Bote: »Auf dem geplanten Weg versperrte Hermann von Schwaben Heinrich den Weg und forderte ihn zum gerechten Kampf heraus. Heinrich zog es vor umzukehren und entkam dadurch der Auseinandersetzung.«

»So hat Heinrich von seinem Plan, nach Mainz zu reisen, Abstand genommen?«, fragte ich ungläubig.

»Nein, ganz im Gegenteil: Er hat Hermann damit nur getäuscht. Heinrich wählte nur eine andere Route. Über Lorsch zogen sie nach Mainz.«

Ich konnte kaum fassen, was mir der Bote sagte: Heinrich war bereits in Mainz! So musste sich doch bald entscheiden, wer die Krone tragen würde.

Adelheid wies alle im Kloster an, für Heinrich zu beten. Tag und Nacht sollten die Kerzen in der Kirche nicht verlöschen, während ununterbrochen drei Schwestern im Gebet vereint auf Knien liegend für Heinrich beteten. Dazu erstellte sie einen genauen Plan und riet mir: »Wenn du unruhig wirst, Kunigunde, geh nur zu den Betenden. Du wirst sehen, welche Ruhe dir das verschafft.«

Gott hatte ein Einsehen, und wir mussten nicht lange auf Nachricht von Heinrich warten. Die jungen Amseln, die in einer Eibe vor meiner Kammer ihr Nest hatten, begannen eben zu schlüpfen, als die Boten kamen.

Am Morgen hatte ich noch zugeschaut, wie die Eltern emsig hin- und herflogen. Nun, als die Amseln ihre Jungen das erste Mal fütterten, kam endlich die wichtigste Nachricht und befreite uns von der schlimmen Anspannung.

Drei Boten kamen und erzählten, was sie selbst miterlebt hatten: »In einer formellen Wahl wurde Heinrich von den weltlichen und geistlichen Fürsten am 6. Juni zum König gewählt. Er erhielt die Heilige Lanze und wurde in allen Ehren vom Erzbischof Willigis gesalbt und gekrönt.«

Adelheid glaubte sofort, was die Boten berichteten. Sie befahl den Dienern, die Gäste aufgrund ihrer guten Nachrichten wie Fürsten zu bewirten. Ich konnte jedoch nicht begreifen, was geschah. Einzig Heinrichs Brief mit der Schrift seiner eigenen Hand, den mir einer der Boten übergab, machte mir die neue Lage begreiflich:

... Wie Moses seinem Volke mit Gesetzen vorstand und Christus für sein Volk sein Leben opferte, so bin ich nun durch den Willen der Menschen und die Kraft Gottes berufen, dem Reich als weltlicher und geistlicher Herrscher vorzustehen. Ich fühle die Krone auf meinem Haupt als Zeichen, zu regieren, und das Öl der Salbung durch die Bischöfe haftet noch an meinem Körper und macht mich zum Gefäß für Gottes Eingebung.

Meine geliebte Kunigunde, noch sind nicht alle Schlachten geschlagen, und mancher muss sich mir noch unterwerfen, aber wer Augen hat zu sehen und ein empfängliches Herz, den wird die Macht Gottes, die nun in mir wirkt, in den Staub werfen ... Doch nicht nur ich soll das Regiment führen. Du mein geliebtes, von Gott anvertrautes Weib, sollst ebenfalls die Krone empfangen und mit dem heiligen Öl in die Geheimnisse des Himmels aufgenommen werden. Ich möchte dich nicht nur als Frau an meiner Seite, sondern dich begabt wissen zur Mitregentin.

So bitte ich dich herzlichst, bereite mit den Frauen alles für eine Krönung vor, spare nicht an Stoffen und all den Annehmlichkeiten, die deiner würdig sind. Ich bitte dich, mache dich wieder auf nach Bamberg. Warte aber mit deiner Reise, bis mein Begleittrupp bei euch eingetroffen ist, denn du musst wissen, dass unsere Füße zwar in Bayern sicher stehen, aber solange Hermann von Schwaben sein Unwesen treibt, können wir uns weder unseres Lebens noch der zu unterwerfenden Ländereien sicher sein. Warte in Bamberg auf mich, denn ich weiß nicht, welcher Feind sich mir noch in den Weg stellt, und ich habe viel zu ordnen. Sage auch Sophie, dass sie in Gandersheim alles ordnen soll, denn so wahr uns Gott beisteht, treffen wir dann Sophie später in Grone und reisen zusammen mit ihr nach Paderborn, wo du die Königskrone empfangen sollst und Sophie durch den Erzbischof zur Äbtissin geweiht werden soll. Es wird höchste Zeit, dass ich nun in diesem Streit ein Machtwort spreche und Sophie der Segen zuteilwird, nach dem sie sich sehnt.

Ich aber verzehre mich nach dir, mein Fleisch und Blut, meine geliebte Bettgenossin. In deinem Sinne gab ich die schönsten Kunstarbeiten in Auftrag. Alle sollen sehen, dass unser Reich einen großen König hat. Meine zukünftige Königin, ich liege dir zu Füßen, wie es nun bei mir jeder zu tun pflegt, der vor mich tritt, und bitte dich inständig um deine Güte und Treue. Eile, eile ... Doch schone deinen schwachen Körper und dein zartes Gemüt ...

Wie seltsam von Heinrich, von meinem schwachen Körper und meinem zarten Gemüt zu sprechen.

Beides kannte ich nicht und wollte darauf auch in Zukunft gerne verzichten, um den Anforderungen, die man an eine Königin stellt, gerecht zu werden. Mein Herz klopfte wild, und ich vermochte nicht zu sprechen. *Ich soll Königin sein? Tatsächlich Königin? Und an der Seite Heinrichs regieren?*

Meine Füße trugen mich, ohne dass mein Kopf es merkte, zu Adelheid und Sophie. Als ob ich schlafwandelte, trat ich zu ihnen und zeigte ihnen den Brief. Eine seltsame Atmosphäre griff um sich. Sophie und Adelheid hatten keine Männer, sie machten Politik und ordneten die Geschäfte in den Klöstern. Mir aber schlug mein Herz bis zum Hals, wenn ich die Worte Heinrichs las. Es waren nicht nur die Macht und der Erfolg, die mich leiteten. Ich fühlte mich für Heinrich und seine Taten verantwortlich.

Adelheid entlastete mich, indem sie zu mir sagte: »Als mein Bruder Otto III. noch lebte, unterstützte ich ihn, wo immer es ging. Ich habe mich darauf eingestellt, der Frau meines Bruders eine gute Schwägerin zu sein und ihr das Heimweh zu nehmen. Nun, denke ich, ist es an der Zeit, dass ich dir beistehe und an deiner Seite bleibe, bis die Krone dein Haupt ziert. Denn was die Heilige Lanze für Heinrich bedeutet, ist für dich meine Nähe. So sieht jeder, dass du durch deine Heirat der Königskrone würdig bist.«

Sie machte eine kleine Pause. »Ich wünsche nur, du vergisst nicht, dass auch Hermann von Schwaben zu Recht um den Titel kämpft. Und für die meisten schien er der geeignetere Kandidat zu sein, denn er ist gerecht und mild.«

»Ich weiß, Adelheid, wie es um uns steht, denn ich sehe unsere Lage klar. Ich will alles, was in meiner Macht steht, tun, um den Aufgaben gerecht zu werden und auch unsere Widersacher zu versöhnen.«

Adelheid bekräftigte meine Worte, indem sie sagte: »Unsere Mütter haben es verstanden, Seite an Seite mit den Männern zu regieren. Nutze auch du deine Gaben, um im Land Frieden zu stiften.«

Adelheid und ich warteten auf den Schutztrupp, der uns nach Bamberg begleiten sollte. Sophie sollte jedoch nach Gandersheim, um dort das Kloster auf die neue Herausforderung vorzubereiten. Denn wer wusste schon, ob wir vielleicht dort bald als Königspaar Rast machen würden?

Adelheid ermahnte sie vor der Abreise: »Ich weiß, du bist nicht davon angetan, in das Klosterleben einzutauchen. Doch du bist jetzt die Domina in Gandersheim und kein Kind mehr! Wann lernst du es endlich, die Verantwortung zu übernehmen und deine von Gott gegebene Macht und Güte auszuüben?«

Ich hörte Sophies Antwort nicht mehr, da ich rasch den Raum verließ. Ich mischte mich nicht in die Konflikte der Schwestern ein, zumal mir bewusst war, dass Sophie zur guten Äbtissin noch einiges fehlte.

Aber ich vertraute darauf, dass sie es mit der Einsegnung erhalten würde – mit dem Segen, den sie seit Jahren verhindert hatte, weil sie nicht vom Hildesheimer Bischof eingesetzt werden wollte.

Auf dem Weg nach Bamberg gab mir Adelheid immer wieder gute Ratschläge: »Für dieses Land bist du verantwortlich. Sei gerecht und milde, denn wer sein Haupt vor uns beugt, den darf man nicht mit Strenge strafen.« Oder sie sagte: »Reite wie ich. Reite wie ein Mann im Sattel, und setze dich erst wie eine Frau aufs Pferd, wenn du Häuser siehst, denn sonst ist dir danach jeder Schritt, den du tust, und jeder Stuhl ein Folterwerkzeug.«

Bei meinen zwei Beinen: Ich tat, was Adelheid mir riet. Sie ermunterte mich auch, während der Reisen nicht nur brav auf meinem vorbestimmten Platz zu reiten, sondern auch gelegentlich vorauszupreschen oder während des Rittes einen Gesprächspartner zu suchen. »Vergiss nicht, der Sattel eines Pferdes ist ein guter Arbeitsplatz. Dein Geist soll nie träge oder müde werden.«

Der Chronist war natürlich mitgekommen. Er spekulierte wohl darauf, in unseren Dienst genommen zu werden. Aber wir hatten schon unsere Schreiber, und Heinrich hatte mir auch berichtet, dass er einen vertrauenswürdigen Kanzler habe und dessen Bruder als Mundschenk eingestellt habe.

Es dauerte einige Tage, bis wir in Bamberg waren. Wir wurden mit tausend Ehren empfangen. Die Bediensteten weinten vor Freude, und ich war glücklich.

»Haltung!«, rief mir Adelheid immer wieder leise zu, wenn ich wie früher zu jemandem ging oder mich zu einem Kind beugen wollte. »Die Menschen kommen zu dir. Du brauchst ihnen nur einen Wink zu geben, und die Kinder werden zu dir hochgehoben. Kunigunde, du wirst nun nie wieder deinen Oberkörper beugen oder deinen Hals verrenken, es sei denn, du bist auf dem Pferd. Dann ist es nützlich, behände zu sein und, wenn es sein muss, auch auf dem Pferderücken zu schlafen.« Ja, auch das lernte ich von Adelheid. Jedenfalls, wie man halb schläft und sich dabei vollkommen ausruhen kann, ohne vom Pferd zu fallen. Manchmal tat mir zwar nach einem solchen Ritt die Brust weh, weil ich mich auf den Pferdehals gelegt hatte, aber das war schnell wieder vergessen. Ich konnte auch auf dem Pferd schlafen, wenn das Tier von jemandem am Zaumzeug geführt wurde. Wichtig war, dass ich nach einem Ritt stets erfrischt war, denn dann warteten jedes Mal mehrere Dutzend Menschen mit ihren Anliegen. Sie brauchten meine Unterstützung, wir saßen über sie zu Gericht, wir feierten mit ihnen die Messe und beteten zu den Heiligen.

Dann kam Heinrich. Welch ein Tag, als Heinrich mit dem herrschaftlichen Trupp in Bamberg einzog! Mir sprang mein Herz. Mir zitterten die Knie. Heinrich hatte es sich nicht nehmen lassen, für die letzte Strecke die Heilige Lanze selbst in Händen zu halten. Ich eilte ihm auf dem Burghof entgegen. Er hielt das Pferd an und gab mir ein Zeichen, dieses Juwel zu halten, während er vom Pferd stieg. Ich stand aufrecht in schönen Gewändern und hielt die Lanze an meiner Seite, während Heinrich abstieg und mir vor allem Volk einen Kuss auf den Mund gab. Dann zog er mich an sich und rief laut: »Nicht mehr lange und ihr habt neben dem König eine weise Königin!«

Da stand ich mit der Lanze in der Hand wie ein erhabener Ritter, und mein Herz freute sich wie ein kleines Kind, dem ein Schaukelpferd geschenkt wurde. *Haltung, Kunigunde! Würde und Gleichmut, das ist das Einzige, was du nun zeigen darfst*, sagte ich zu mir. *Und zudem denke an alle Regeln, die dir Adelheid eingebläut hat!* Die Konzentration auf meine standesgemäße Haltung führte aber dazu, dass ich wie angenagelt stehen blieb, weil niemand auf die Idee kam, mir die Lanze abzunehmen.

Heinrich hatte sich mit den andern schon auf den Weg in die Burg gemacht, als er sich zum Glück noch einmal umdrehte und bemerkte, dass ich ihm nicht gefolgt war. »Kunigunde, mein Herz, warum begleitest du uns nicht?«, fragte er mich.

»Ich kann doch nicht wie ein Knappe die Lanze neben dir hertragen«, flüsterte ich. »Mein Kleid ist so lang, dass ich sonst stolpern könnte.«

Da ergriff Heinrich mit nur einer Hand die Heilige Lanze, und die andere Hand hielt er mir geöffnet wie zum Tanz entgegen. Als ich meine Hand in die seine gelegt hatte, rief er laut: »Auf die Knie! Macht eine Gasse vor dem König und eurer zukünftigen Königin.«

So schritten wir gemeinsam durch die Gassen, durch den Hof und selbst im Haus beugten alle ihre Knie und Häupter vor uns. An diesem Tag wie auch an allen weiteren Tagen.

Ab sofort stritten sich die Kammerfrauen, wer meine Schleppen halten durfte, denn auch sie kamen, wenn sie hinter mir herschritten, in den Genuss, dass sich alle Mächtigen, selbst Sophie und Adelheid, vor ihnen neigten.

Adelheid, die alles genau beobachtete, sagte zu mir: »So wichtig wie die Heilige Lanze und die Krone bist auch du, Kunigunde, für Heinrich. Du wirst es noch merken. Ich bin gespannt, wie du in den nächsten Tagen handeln wirst.«

Was Adelheid wusste und ich selber bald erfuhr: Hermann von Schwaben hatte in seiner Wut mehrere Gebiete angegriffen, um Heinrichs Macht zu schmälern. Er hatte Straßburg in Schutt und Asche gelegt, weil sich der Bischof dort gegen ihn ausgesprochen hatte. Der Schwabenherzog hatte sich in seiner Ohnmacht mit dem Polenherzog verbündet, um gegen Heinrich aufzubegehren.

Genauso hatte Heinrich, während ich in Quedlinburg war, in Schwaben gewütet, um seinen Unmut gegen Hermann auszuleben. Viele von Heinrichs Leuten waren dabei ums Leben gekommen. Hatte Otto III. mit dem Polenherzog Frieden geschlossen, ja, ihm sogar sehr viel Macht gegeben und mit den Christen Frieden geschlossen, so hatte sich das Blatt nun gewendet.

Boleslaw hatte darauf gehofft, dass auch Heinrich ihn in seinen Ansprüchen anhören und ihn wie einen König behandeln würde. Zu gerne hätte der Polenherzog Meißen als Lehen gehabt. Aber seine Wünsche stießen bei Heinrich auf taube Ohren. Das kam Hermann von Schwaben gerade recht.

In den folgenden Tagen erfuhren wir mit Schrecken, dass der einzige Bruder Heinrichs, Brun, sich ebenfalls auf die Seite des Polenherzogs schlug. Ihm folgte noch der Markgraf Heinrich von Schweinfurt, dem Heinrich das Herzogtum Bayern versprochen hatte. Dieses Versprechen hatte Heinrich nicht einhalten können, da das Herzogtum auch von der Wahl des gesamten Adels und Volkes abhing. Wir hätten die Wahl für den Markgrafen vorantreiben sollen. Aber Heinrich und ich zögerten damit, denn zu gerne wollten wir unser Herzogtum behalten, zumal es uns nun als Unterpfand diente. Der Babenberger Ernst von Österreich sah sich ebenfalls betrogen und kämpfte deswegen auch auf der Seite des Polenherzogs.

Nun begann endgültig eine neue Zeit für uns: Wir begannen, wie alle Könige zuvor, durch unser Land zu reisen, um die Geschäfte zu ordnen und das Volk hinter uns zu bringen. Mehr noch, wir brauchten noch die Huldigung der Thüringer und Sachsen. Außerdem mussten wir auch noch nach Friesland und Lothringen. Wir benötigten nicht nur die Zustimmung und Unterstützung der Adeligen und Bischöfe; das ganze Volk musste hinter uns stehen!

Erschöpft lege ich die Feder aus der Hand. Heute plage ich mich beim Schreiben womöglich ein wenig zu sehr. Wenn ich jetzt daran denke, dass wir damals fast täglich in den Sätteln saßen und gleich nach unserer Ankunft in den Orten unsere Reisekleidung gegen unsere königlichen Gewänder tauschten und Audienzen abhielten, so weiß ich heute nicht mehr, woher mir die Kraft dazu kam. Ganz selbstverständlich stand ich bei Morgengrauen auf, und da wir immer genug Kerzen und Fackeln hatten, diktierten wir oft am Abend den Schreibern bis in die Mitternachtsstunde hinein. Heute bin ich schon müde, wenn ich in großer Hitze in Kaufungen durch die Gassen gehe. Damals jedoch war mein Körper gelenkig und mein Geist frisch und begierig, alles zu erfassen und zu verstehen. Ich bin alt geworden. Jetzt brennen mir die Augen schon, wenn ich nur zwei Stunden geschrieben habe. Dabei fällt heute das Sonnenlicht angenehm auf den Papyrus. Ich schließe die Augen. Auch auf mein Gesicht fällt der wärmende Sonnenstrahl und schenkt mir Kraft. Wie damals ...

Es war im Spätsommer, als ich mit Heinrich den Umritt begann. Die Sonne schien von frühmorgens bis zum Untergang mit brachialer Gewalt auf unser Heer. Mehr als des Essens bedurften wir jeder Quelle, die auf dem Weg lag, um unseren Durst zu löschen und das Vieh zu tränken. Ich war froh, dass ich einen Schleier trug. Den Männern versengte die Sonne den Kopf, und manch einer fieberte am Abend, weil ihm die Sonne das Gehirn erhitzt hatte.

Wir hatten einen großen Vorteil: Heinrich war bereits zum König gekrönt worden, und er handelte auch danach. Er konnte Versprechungen und Schenkungen machen, was er ohne die Reichsinsignien in seinen Händen und seine Krönung nicht hätte tun können.

Adelheid stand nach wie vor an unserer Seite. Als wir in Kirchberg die Huldigung durch die Thüringer erhielten, war sie es, die den Großen dafür dankte. Ich bat sie, nun nach Quedlinburg zurückzukehren, denn wir reisten sofort weiter nach Sachsen, wo wir in Merseburg auf die dortigen Großen treffen würden. Ihnen voran Herzog Bernhard von Sachsen, der sich mit Ekkehard so frech auf ihren Platz gesetzt hatte. Ich fürchtete um das Leben Adelheids – an die Gefahr für unser Leben wollte ich gar nicht denken, denn wer Macht in Händen hält, auf den sind auch immer die Messer gerichtet.

Aber Adelheid lachte über meine Ängstlichkeit. »Nur wer sich mit dem Schwert vor sein Haus stellt, wird dieses auch behalten«, sagte sie. Adelheid besaß inzwischen die Größe, sich auf ihre Redekunst und ihr Gebetsbuch zu verlassen. »Meine Leibwachen sind für meinen Körper zuständig, ich will mich nicht mehr darum sorgen«, sagte sie lächelnd zu mir.

Und so zogen wir gemeinsam mit der Hofkapelle, dem großen Heer und Adelheid an unserer Seite in Merseburg ein. Wir wurden von den Geistlichen und Adeligen höflich empfangen und durften uns als Erstes den Staub und den Schweiß vom Leib wischen. Wie gut das tat nach der beschwerlichen Reise! Als meine Dienerin mir danach in die königlichen Gewänder half, fühlte ich mich wie ein neuer Mensch.

Heinrich, ebenfalls erfrischt und wieder wohlriechend, nahm nun auf seinem königlichen Stuhl Platz, den er stets mit auf Reisen nahm. Er hielt die Insignien in Händen. Seine Kanzler und die Schreiber scharten sich um ihn.

Der Herzog von Sachsen und seine Großen verhandelten lange mit Heinrich. Sie lehnten die Gerichtsbarkeit durch einen König ab und wollten den König nur anerkennen, wenn er ihre Gesetze achtete und nicht dagegen einschritte. Dann, so versicherten sie, würden sie auch die Grenzen mit ihm wahren und mit ihm in den Kampf ziehen.

Ich glaubte trotz aller Versicherungen nicht, was der Sachsenherzog hervorbrachte. Aber als Heinrich ihnen alle Freiheiten in der Rechtsprechung und Lebensführung versprach und schriftlich niederlegen ließ, da griff Bernhard von Sachsen nach der Heiligen Lanze, nahm sie Heinrich aus der Hand und hielt sie in die Höhe. Er rief: »So wollen auch wir unserem König dienen und ihm huldigen.« Er sah sich um und rief: »Zum sichtbaren Zeichen, dass Heinrich der rechtmäßige König ist, reiche ich ihm die Heilige Lanze!« Ein großes Gejohle brach aus, und ein üppiges, ausgelassenes Fest begann.

Das musste man den Sachsen lassen: Wenn auch niemand so barbarische Urteile vollstreckte wie sie, bei ihren Festen flossen Bier und Wein in Strömen, und sie waren gastfrei. Wären wir nicht als Königspaar zu ihnen gekommen, so hätten sie uns in ihrer wilden Art umarmt und, wie es ihre Sitte war, obendrein noch auf den Mund geküsst. So wichtig das Treffen auch war, ich trank nur wenig Wein und war auf der Hut, bis wir Sachsen verlassen hatten. Die Northeimer und Katlenburger waren wie viele andere nicht mit dabei. Dazu waren sie auch nicht bedeutend genug. Ich war froh, dass niemand über den Mord an Ekkehard von Meißen sprach. Für Adelheid und uns war es nur gut so. Die Lücke, die er jedoch hinterließ, wurde von vielen nur allzu gerne mit eigenen Machtansprüchen gefüllt.

Auch der Polenherzog Boleslaw hatte Teilgebiete Ekkehards unter seine Regentschaft gebracht. Das ärgerte Heinrich mehr als alles andere. Doch Boleslaw traf bald in Merseburg ein, um uns zu huldigen. Diese Gelegenheit nutzte Heinrich.

»Gegrüßt seist du, König«, sprach Boleslaw und verneigte sich kurz. Er war älter als Heinrich und wirkte kraftvoll und selbstsicher. Sein Äußeres war angenehm, doch umgab ihn eine Spur von Überheblichkeit, die er auch in Gegenwart des neuen Königs nicht ablegen konnte.

Heinrich machte höfliche Konversation mit dem Herzog, bis die beiden auf die kürzlich erfolgte Ausdehnung des polnischen Gebiets zu sprechen kamen.

»Wie ich höre, bezeichnest du dich seit Kurzem als Herrscher über einige der Gebiete, die deinem Spießgesellen Ekkehard gehörten.« Heinrich konnte kaum seine Verachtung für Ekkehard verbergen. »Als König stehen mir jedoch diese Gebiete zu.«

Boleslaws feuriger Blick traf Heinrich. »Ich weiß von keinem Anspruch.«

»Die Mark Meißen hat hohen Stellenwert für mich«, fuhr Heinrich fort. »Dieses Opfer wirst du deinem König gewiss gern bringen. Zumal du dafür Ländereien in der Lausitz und bei Bautzen belehnen darfst.«

Boleslaw entgegnete scharf: »Ein wahrer König weiß freiwillige Geschenke von erzwungenen zu unterscheiden. Der ist kein starker König, der seine Leute mit Gewalt kleinhält, anstatt sie durch Vertrauen für sich zu gewinnen.«

Ich erschrak über diese anmaßenden Worte. Mir war klar, dass dies Heinrich noch mehr zur Weißglut bringen würde. Auf die Mark Meißen mit der strategisch wichtigen Burg würde er nicht verzichten, auch wenn er Gewalt anwenden müsste. Jedoch war auch klar, dass Boleslaw Heinrich nicht untertan sein wollte. Er forderte mehr, als ihm zustand, und war nicht bereit, Heinrich zu huldigen.

Als der Polenherzog schließlich nachgeben musste und die Mark Meißen aufgab, verließ er erbost den Raum und ließ sein Pferd satteln. Heinrich störte sich nicht weiter daran.

Am nächsten Morgen eilte ein Bote mit einer erschreckenden Nachricht herein. »Guter König«, sprach er. »Bei der Abreise des Polenherzogs hat sich ein Teil unseres Heeres unaufgefordert Boleslaw heimlich an die Fersen geheftet, um ihm zu schaden. Noch in Merseburg geriet Boleslaw in einen Hinterhalt, der vielen seiner Gefolgsleute das Leben kostete. Er selbst konnte gerade noch entrinnen.«

Heinrich zuckte nur mit den Schultern, und ein zufriedenes Lächeln huschte über sein Gesicht. *Hat er davon gewusst?*, fragte ich mich. Doch ich wagte nicht, Heinrich diese Frage zu stellen.

Heinrich musste jedoch für seine Genugtuung bezahlen. Auf seiner Heimreise rief Boleslaw alle Menschen dazu auf, von Heinrich abzufallen. Dann brannte er die Burg Strehla aus. Ich war entsetzt darüber, in welch kurzer Zeit aus Boleslaw und Heinrich Feinde geworden waren.

Dies war der Beginn eines großen Konfliktes.

Doch die Reise führte uns weiter, und mein großer Tag nahte. Wir begaben uns zur Pfalz Grone bei Göttingen. In Grone versorgten wir uns mit den besten Rössern, die in den Ställen standen, und erhielten die Nachricht, dass Sophie bereits in Paderborn auf uns wartete.

»Heinrich, ich weiß, das haben wir deinem Vermittlungsgeschick zu danken, dass sich die Bischöfe auf dich als König einigen konnten!«, sagte ich erleichtert.

Heinrich antwortete darauf: »Wenn nun all die Großen versammelt sind und wir unsere Macht demonstrieren, ist es einfach, die einzelnen Gegner auch noch umzustimmen.« Er sollte recht behalten.

Bereits als wir über das Kloster Corvey reisten, schloss sich uns ein großer Trupp an und schwor, uns untergeben zu sein. Inzwischen auf ein Gefolge von gut tausend Mannen angewachsen, reisten wir weiter nach Paderborn. Dort, so hatte mir Heinrich versichert, wäre alles für meine Krönung bereit. Auch die Krone, die er von Goldschmieden neu hatte überarbeiten lassen, sollte dort auf mich warten.

Als wir endlich in Paderborn ankamen, hatte Bischof Rethar schon alles für die Krönung vorbereitet. Wenig später, am Tag des heiligen Laurentius, sollte ich die Krone feierlich empfangen. Noch nie zuvor hatte eine Königin alleine die Krone empfangen – so, wie es einem König gebührt. Dies erfüllte mich mit großem Stolz. Heinrich wollte, dass ich wie die Königinnen vor mir zur Mitregentin erklärt wurde.

Es waren sogar noch mehr Adelige und Bischöfe anwesend als bei Heinrichs Krönung, denn nun standen noch mehr auf unserer Seite.

War ich die Tage zuvor noch voller Aufregung, und teilweise hatten sich sogar leise Zweifel in meine Freude gemischt, so war ich nun die Ruhe selbst. In wenigen Stunden würde ich Königin sein. Es lag nicht an meinem guten Willen. Einzig die Gebete, die Zeremonie und die Krone als sichtbares Zeichen machten nun aus mir eine Königin.

Als wir durch die Gassen gingen, neigten sich bereits alle vor uns und riefen uns mit gesenktem Kopf gute Wünsche zu. Ich hatte die große Zustimmung der meisten Mächtigen erhalten. Ich brauchte keinen Aufstand zu befürchten.

Heinrich und ich wurden mit unseren Dienern in der Kapelle untergebracht, wo wir uns umkleiden konnten und einen kurzen Weg zum Dom hatten.

Nun lag alles in den Händen der Bischöfe. Jedes Wort der Liturgie, jede Silbe der Gebete wurde seit Jahrhunderten in der Krönungszeremonie wiederholt. *Jedem Wort will ich lauschen, weil es mich in allen Stücken befähigen wird, eine weise Herrscherin zu sein,* dachte ich.

Es war wirklich, und doch war auch alles wie ein Traum. Bereits bei meinem Einzug in die Kirche sprach der Erzbischof das erste zeremonielle Gebet allein für mich:

Allmächtiger und ewiger Gott, Quelle und Ursprung alles Guten, der du das weibliche Geschlecht in seiner Schwäche nicht tadelnd zurückweist, es vielmehr durch deine Gnade ausgewählt hast und beschlossen hast, die Schwachen und Starken dieser Welt auf jede nur erdenkliche Weise zu vereinigen; ... segne deine Tochter, die wir in aller Demut zur Königin gewählt haben. Umgib sie immer und überall mit der Kraft deiner Rechten ... damit die Frucht ihres Leibes gesegnet sein möge zur Zierde des ganzen Reiches und der heiligen Kirche, die gelenkt und beschützt werden muss. ... Der mit dir, oh Gott, in Einheit des Heiligen Geistes lebt, der wird gerühmt werden in alle Ewigkeit. Amen.

Die Worte berührten nicht nur mein Herz und bewegten meinen Verstand. Sie machten einen anderen Menschen aus mir. Ich spürte, wie etwas in mir zu wachsen begann. Ja, ich wuchs über alles hinaus, was mein ehemaliges Leben ausmachte. Ich wurde aufgenommen in den Kreis der biblischen Frauengestalten, der Herrscherinnen und Königinnen. Ich war mir sicher, dass die Krone, wenn sie meinen Kopf berühren würde, nur ein äußeres Zeichen sein würde. Die ganze Würde jedoch lag im Segen der Geistlichen und der Unterwürfigkeit des gesamten Volkes. Hatte ich beim Einzug noch Heinrich an meiner Seite, und konnten wir uns beide auf die erhobenen Stühle setzen, so war nun der große Augenblick gekommen. Ich erhob mich langsam und trat voller Freude vor den Altar. Diese wunderbaren Worte drangen zu Gottes Ohr und meinem Herzen:

Gott, der du allein unsterblich bist und das unerreichbare Licht besitzt, deine unermessliche Gnade rufen wir an, dass deine Magd durch die Weihe unserer Demut und für das Heil der ganzen Christenheit eintritt in das würdige Eheband mit unserem König und in die Teilhabe an seiner Herrschaft, und damit sie über al-

lem nach dir strebt, dir, dem Lebendigen, zu gefallen, möge sie durch deine Inspiration mit ganzem Herzen dein Werk tun.

Während des Gebetes musste ich tief atmen, weil ich deutlich die Last spürte, die auf mich gelegt wurde. Aber dann kamen die Priester mit dem Salböl. Adelheid und Sophie hatten Tränen in den Augen, und ich wusste, dass sie mir am liebsten selber das Öl über Haupt und Schultern gegossen hätten. Ich fühlte und roch das Öl, und gleich einer sanften himmlischen Hand gaben mir die Worte des Priesters all das, wovon sie sprachen. Ich spürte Wellen der Wärme und des Vertrauens, der Kraft und Klarheit durch mich hindurchfließen. Wie von ferne hörte ich:

Möge die Gnade des Heiligen Geistes reichlich auf dich herabfließen, damit du durch seine spirituelle Salbung mögest lernen, Besudelungen und Unerlaubtem stets und ständig mit der Kraft deines Geistes zu widerstehen. Stattdessen mögest du danach streben, die guten und nützlichen Seiten deines Herzens beständig zu erkennen, zu wünschen und auszuführen.

Ich war ein trockener Schwamm, ein offenes Buch, ich sehnte jedes Wort herbei und gab mich ganz in den Klang der Worte hinein.

Mithilfe unseres Herrn Jesus Christus, der mit Gott Vater und dem Heiligen Geist lebt und herrscht in Ewigkeit. Amen.

Nun wurde mein Herz ruhig. Zufrieden wie ein sattes Kind in den Armen der Mutter wurde ich mit Gottes Beistand, Trost und Nähe beschenkt.

So glückselig und ruhig war ich geworden, dass ich nicht mehr daran dachte, dass das Wichtigste ja noch kam. Auf einem goldenen Teller mit purpursamtenem Tuch wurde meine Krone hereingetragen. Sie funkelte wie der güldene Himmel mit all seinen Sternen. Erzbischof Willigis nahm die Krone vom Teller, hielt sie über mein Haupt und sprach:

Empfange die Krone der königlichen Würde; mögest du, so wie du äußerlich von Gold und Edelsteinen strahlst, dich auch bemühen, innerlich mit dem Gold der Weisheit und den Juwelen der Tugenden geschmückt zu werden, damit du Jesu Christo würdig das königliche Tor des himmlischen Palastes durchschreitest.

Ich spürte, wie die Krone auf mein Haupt gesetzt wurde, und eine Welle der Freude und Wärme durchströmte meinen ganzen Körper. Jetzt war ich Königin! Am liebsten wäre ich nun ausgelassen durch die Kirche getanzt und hätte meiner Freude und Erleichterung freien Lauf gelassen. Aber ich beherrschte mich und lächelte nur Heinrich kurz zu, damit er sich mit mir freuen konnte.

Von nun an war ich durch Gottes Gnade Königin, und ich fühlte, ging und handelte so.

Als ich nach der Krönung aus der Kirche schritt, nahm ich erst wahr, dass die Auswirkungen des Brandes noch an allen anderen Gebäuden sichtbar waren. Von den Holzbauten waren nur noch die Grundmauern übrig geblieben. So mussten unser Heer und viele der Angestellten in mitgebrachten Zelten schlafen. Auch die angereisten Großen mussten sich mit eher kärglichen Unterkünften zufriedengeben.

Wir hatten an diesem Tag allerdings andere Sorgen als die Unterbringung der Gäste und unseres eigenen Heeres. Ich hatte gedacht, dass der Bischof von Paderborn alles zum Besten regeln würde. Aber ich hatte mich getäuscht.

Paderborn war von dem Brand, der zwei Jahre zuvor gewütet hatte, noch sehr geschwächt. Der Bischof hatte zwar Vorsorge für die Verköstigung der Adeligen und Geistlichen getroffen. An unser hungriges Heer hatte er jedoch nicht gedacht.

Während wir im Dom am Nachmittag allen Feierlichkeiten nachkamen, murrten die Bayern in ihren Zelten über den Fraß, den der Koch im Feuertopf zubereitete. Weder Fleisch noch Rüben schmorten in der Dinkelsuppe. »Wir haben ein Fressen, als ob wir in Gefangenschaft wären, dabei sind wir die Vasallen des Königs!«, riefen sie. Und dann strömten einige unserer Getreuen aus und gingen, ohne anzuklopfen und zu fragen, in die Ställe der armen Bauern. Dort schlugen sie den Hühnern die Köpfe ab und banden sie mit Schnüren an ihren Leib. Sie trieben Schweine mit sich fort, und da sie noch immer nicht genug hatten, gingen sie in die Gärten der armen Leute und auf die Felder und plünderten die halb reife Ernte. Die Bauern wehrten sich, aber wer das tat, wurde von unseren kampferprobten Leuten einfach niedergemetzelt.

Wir bekamen von der ganzen Sache nichts mit. Erst, als wir am Abend beim Festmahl saßen, stürmten einige aufgebrachte Bauern in den Saal. Sie hatten eine Höllenwut auf die Bayern. Nach Sachsenart zogen sie gleich ihre Messer und Schwerter. Ehe ich wusste, was geschah, hatte einer unserem Mundschenk, der hinter Heinrich stand, den Kopf abgeschlagen. Ich wich entsetzt zurück, denn es war der Bruder unseres Kanzlers, und außerdem hätte der Hieb genauso gut Heinrichs Hals treffen können. Der Kanzler und Heinrich waren überrascht, aber nicht überrascht genug, um nicht sofort Rache an dem Übeltäter zu nehmen. Alle, die sich in den Festsaal gewagt hatten, wurden auf der Stelle getötet und draußen zur Warnung zur Rechten und Linken der Tür gelegt. So war der Tag meiner Krönung zum Todestag für viele Paderborner Bauern geworden. Deshalb schrieb der Chronist Thietmar über diesen Tag:

Die Habgier der Bayern hat das Fest verdorben. Zu Hause müssen sie sich wohl immer mit wenigem begnügen, in der Fremde sind sie jedoch unersättlich.

Ich war erleichtert, als wir tags darauf weiterreisten. Der Schrecken über die wütenden Bauern saß mir jedoch noch lange in den Gliedern.

Das Leben als Königspaar: Auseinandersetzungen mit Polen, König von Italien und erste Gebetsverbrüderungen •

Heinrich und ich zogen weiter nach Erwitte und Duisburg, wo uns die lothringischen Bischöfe huldigten. Wir reisten nach Nimwegen, Utrecht, Elsloo und Lüttich. Endlich war auch Erzbischof Heribert von Köln bereit, auf unserer Seite zu stehen. Als auch die Großen Lothringens dem Königtum zustimmten, wurde beschlossen, dass Heinrich zum Zeichen seines Amtes nun in Aachen auf dem Thron Karls des Großen seine Krönungsherrschaft feiern sollte.

Das Krönungszeremoniell war wie zu Zeiten Karls des Großen. Ich ließ mir vom Chronisten den Text von der Krönung Ottos I. geben und las ihn schon einige Tage vorher genau durch, damit ich wusste, wie die Abläufe waren, und ich für Heinrichs Krönung gut gerüstet war. So, wie bei König Otto I. das Protokoll lautete, wurde es auch für Heinrich eingehalten:

Die Herzöge, obersten Grafen und Ritter versammelten sich im Säulenhof, der mit der Basilika Karls des Großen verbunden ist. Sie setzten den König auf den Thron und huldigten ihm, gelobten ihm Treue und Unterstützung gegen alle seine Feinde. Während draußen die Herzöge und Beamten dem neuen König noch huldigten, wartete der Erzbischof mit der gesamten Priesterschaft und dem Volk im Innern der Basilika auf den Auftritt des neuen Königs. Als er erschien, ging ihm der Erzbischof entgegen, berührte mit seiner Linken die Rechte des Königs, während er selbst in der Rechten den Krummstab trug, bekleidet mit einer Albe, geschmückt mit Stola und Messgewand. So schritt er vor bis zur Mitte des Heiligtums und blieb stehen. Er wandte sich dann um und sprach zum Volk, das sich in der Aula und auf den Säulengängen drängte: »Seht, ich bringe euch den von Gott erwählten König. Wenn euch die Wahl gefällt, zeigt dies an, indem ihr die rechte Hand zum Himmel emporhebt.« Da streckte das ganze Volk die Rechte in die Höhe und wünschte unter lautem Rufen dem neuen Herrscher viel Glück. Dann schritt der Erzbischof mit dem König, der nach fränkischer Sitte mit einem eng anliegenden Gewand gekleidet war, hinter den Altar, auf dem die königlichen Insignien lagen:

das Schwert mit dem Wehrgehänge, der Mantel mit den Spangen, der Stab mit dem Zepter und das Diadem. Der Erzbischof ging zum Altar, nahm von dort das Schwert mit dem Wehrgehänge auf, wandte sich zum König und sprach: »Nimm dieses Schwert, auf dass du alle Feinde Christi verjagst, die Heiden und schlechten Christen, da durch Gottes Willen dir alle Macht im Frankenreich übertragen ist, zum unerschütterlichen Frieden für alle Christen.«

Dann nahm er die Spangen, legte ihm den Mantel um und sagte: »Durch die bis auf den Boden herabreichenden Zipfel des Mantels seist du daran erinnert, mit welchem Eifer du im Glauben entbrennen und bis zum Tod für die Sicherung des Friedens eintreten sollst.« Darauf nahm er Zepter und Stab und sprach: »Durch diese Abzeichen bist du aufgefordert, mit väterlicher Zucht deine Untertanen zu leiten und in erster Linie den Dienern Gottes, den Witwen und Waisen die Hand des Erbarmens zu reichen; und niemals möge dein Haupt ohne das Öl der Barmherzigkeit sein, auf dass du jetzt und in Zukunft mit ewigem Lohn gekrönt werdest.« Auf der Stelle wurde er mit dem heiligen Öl gesalbt und mit dem goldenen Diadem gekrönt.

Nachdem die rechtmäßige Weihe vollzogen war, wurde er zum Thron geführt, zu dem man über eine Wendeltreppe hinaufstieg, und er war zwischen zwei Marmorsäulen von wunderbarer Schönheit so aufgestellt, dass der König von da aus alle sehen konnte und selbst von allen gesehen werden konnte.

Ich las diese Zeilen immer wieder, und dann wurden sie Wirklichkeit an Heinrich und an mir. Auch Heinrich wurde zum Stuhl emporgeführt, dem Kaiserstuhl Ottos des Großen, den ich das erste Mal gesehen hatte, als uns Otto III. einen Nachmittag in Aachen freigegeben hatte. Der Stuhl, den mir Heinrich gezeigt und unter dem hindurchzukriechen er mir verboten hatte, auf diesem Stuhl nahm er nun Platz. Sobald Heinrich sich setzte und die Reichsinsignien in Händen hielt, brach ein solcher Jubel aus, dass ich mich erst erschreckte, weil ich dachte, es wäre ein Tumult ausgebrochen. Ich konnte es kaum fassen: Alle jubelten Heinrich zu, und einer überbot den anderen an Lobpreisungen.

Am Abend waren Heinrich und ich erschöpft und übermütig. Niemand konnte uns nun mehr die Krone streitig machen.

Die Zeit des Wartens und der Unsicherheit war für mich vorbei. Ich fühlte den Segen Gottes auf mir, und es war wohl nur noch eine Frage der Zeit, bis wir unser Land geordnet hinter uns hätten.

Ich merke, dass ich nun so schnell nicht weiterschreiben kann. Ich sitze im Skriptorium, und auch heute habe ich das Glück, dass die Sonne auf mich scheint. Ich schaue zu Uta hin, und wir lächeln uns an. Uta und mich verbindet nun ein starkes Band. Zwei Frauen, die sich schätzen, so unterschiedlich wir auch sind. Zur Zeit meiner Königsherrschaft hätte das nie so sein können. Ich bin mit der Krönung ein anderer Mensch geworden. Es war nicht nur das Herzogtum Bayern zu regieren, das uns zugetan war. Wir mussten uns im Land zeigen, Recht sprechen, für Ordnung sorgen und sämtliche Grenzen sichern. Ich fühlte dazu die Kraft. Allein, wenn ich nun daran denke, kommt mein Blut in Wallung. Ich spüre, wie mein Herz stärker schlägt, wie ich tief atme und handeln will ...

Es gab so viel zu tun. Mein größtes Anliegen war es nun, den reibungslosen Ablauf unserer Reisen zu planen. Ich wollte die Königspfalzen gut ausgestattet wissen, und sämtliche Klöster sollten uns gerne aufnehmen. Wir reisten meist mit gut vierhundert Leuten durch das Land. Allein unsere nahen Vertrauten und die Hofkapelle zählten an die achtzig Leute. Dazu kamen andere Bedienstete, und je nachdem, wie groß unser mitgeführtes Heer war, konnten es über tausend Mannen werden. Für das Gepäck brauchten wir meist dreißig Mannen und vierundzwanzig Ochsenkarren. Wir hatten drei Wagen für die Köche voller Feuertöpfe und Geschirr. Eine besonders gut geschützte Truppe schleppte den Tragaltar, eine andere die Kiste mit den Reichsinsignien. In dieser lagen auch meine Krone und mein Schmuck.

Zwei heilkundige Ärzte reisten mit; sie waren unsere besten Freunde. Für alle Leiden hatten sie ein Mittel bei sich oder besorgten es vor

Ort. An Tagen, die uns schwächten, bereiteten sie für Heinrich und mich am Abend einen Schädeltrunk, der uns erquickte. Die Schädel der Gerechtfertigten wurden in samtenen Tüchern verwahrt, und ehe wir daraus tranken, wurden sie gesegnet. Die heilkräftigen Kräuter wurden in Wein gesotten und waren aus den Schädeln getrunken außerordentlich wirksam.

Mein Leibarzt sagte eines Abends zu mir: »Ehrwürdige Königin, gegen eine stattliche Summe kann ich den Schädel einer untadeligen christlichen Jungfrau kaufen. Ich würde dir gerne darin den Sud heilkräftiger Kräuter verabreichen, damit sich ein Erbe einstellen kann.«

Ich erschrak über seinen Worten. Auch Heinrich, der mitgehört hatte, sah auf. »Es soll nicht an den Kosten für den Schädel scheitern, dass wir keinen Erben haben. Kaufe ihn ruhig, und ich will den Sud auch trinken. Doch bedenke, dass es in Gottes Hand liegt, ob ich je einen Sohn gebären kann.«

Heinrich war über meine Antwort erleichtert. Und zum Dank kaufte er für mich den Umhang des schnellsten Boten, dem noch nie ein Unheil geschehen war. Ich zog den Umhang über meine Kleidung und spürte sofort den starken Schutz und die Kraft, die von dem Mantel ausgingen. Ich wollte ihn nicht mehr missen. Er sollte mich auf allen Wegen begleiten und mir auch als Decke dienen.

Wenige Abende später brachte mir der Arzt einen dampfenden Trunk in dem neu erworbenen Schädel. Ein Geistlicher sprach noch segnende Worte über der grünlichen Flüssigkeit, dann schluckte ich das Gebräu rasch hinunter. »Trink bis zum letzten Tropfen, meine Königin«, forderte mich der Arzt auf. Ich gehorchte.

»Wann wird der Trank seine Wirkung zeigen?«, wollte ich wissen. Ich wusste nicht so recht, ob ich wirklich an eine Wirkung glauben sollte. Trotzdem wollte ich nichts von vornherein ausschließen. Nun, da wir das Königspaar waren, war ein Thronfolger für Heinrich und mich wichtiger denn je.

»Schon bald, so hoffe ich«, versicherte der Arzt.

Ich seufzte. *Ich gebe die Hoffnung nicht auf!*, sprach ich mir selbst Mut zu.

Da wir täglich in den Sätteln saßen und jede Nacht eine neue Herberge aufsuchten, war ich zum Glück von der Sorge um einen Erben abgelenkt. Trotzdem begann sich eine große Trauer in mir auszubreiten, denn meine Aufgabe war es, wenigstens einen männlichen Nachkommen zu gebären.

Meist fanden wir eine wohnliche Unterkunft in den Königspfalzen oder Klöstern. Dort konnten wir unser Werkzeug reparieren und Vorräte für die nächsten Tage mitnehmen. Die großen Klöster verfügten über Eisen- und Edelschmieden, Schreibstuben, Bibliotheken, Lederarbeiter, Stellmacher, Schildmacher, Fischer, Seifensieder, Bauern, Bäcker, Falkner und was immer auch ein ziehender Hof benötigte. Wie sehr freute ich mich über die Großzügigkeit und Gastfreundschaft der Klöster. Die meisten Bischöfe hatten auch ein eigenes starkes Kriegsheer, mit dem sie Seite an Seite mit uns in den Krieg zogen und die Grenzen sicherten.

Hatten sich meine Augen zuvor an Gold und Edelsteinen sattsehen wollen, so lagen sie nun eher prüfend auf den Rädern der Karren und der Brauchbarkeit der Sättel. Ich sorgte mich, ob die Kisten, in denen das Mehl lag, auch wasserdicht waren. Der größte Feind der Kämpfer ist nicht ein starker Gegner, der sie zu Höchstleistungen anspornt, sondern eine schlechte Versorgung. Die Nahrhaftigkeit und Frische der Speisen ist wichtig. Ein Brei aus feuchtem Mehl kann den einfachen Mann selbst gegen den eigenen Herrn aufbegehren lassen. Ein Braten am Spieß oder auf dem Rost hingegen gibt den Männern Zuversicht, und sie wollen nicht einmal mehr zu ihren Familien zurück. Ich sorgte dafür, dass die wichtigen Würzkräuter sowie Honig, Senf und Sellerie nicht ausgingen. Täglich prüfte ich die Vorräte und wies den Kämmerer an, genau Buch zu führen. Der Umritt von Otto III. war wesentlich einfacher gewesen, da es selbstverständlich gewesen war, dass er als König das Erbe seines Vaters antreten würde. Wir mussten das Land jedoch erst noch vollkommen hinter uns bringen. Wir würden noch lange in den Sätteln sitzen oder zu Fuß von einem Ort zum anderen ziehen müssen, um uns zu zeigen.

Die Annalen verzeichneten nun landauf, landab:

Bayern jubelt im Triumph, das tapfere Franken muss dienen, nach nieder-
gedrückter Untreue beugt Schwaben den Hals, die Hand reicht Lothringen, auch
Thüringen ist treu, kriegerisch eilt Sachsen herbei, um sich zu unterwerfen.

Überall erblühten frühlingshaft an heiligen Orten farbenfrohe Bilder.
Es wurden Bücher geschrieben, Altäre gebaut und geweiht. Heinrich
ließ, nachdem er zum König bestimmt worden war, für viele Kirchen
wertvolle Kunstarbeiten anfertigen. So stiftete er nach der Thron-
besteigung in Aachen der heiligen Maria eine reich verzierte goldene
Kanzel. Darauf stand:

Dieses Werk des Ambo, schillernd von Gold und Edelsteinen, gibt der fromme Kö-
nig Heinrich, begierig nach himmlischer Ehre, mit allem reichlich versehen, dir,
allerheiligste Jungfrau, damit ihm durch deine Bitte der allerhöchste Lohn zuteil-
werde.

Doch bei all dem Erblühen, bei all den Zeichen des Aufbruchs, die wir
um uns herum wahrnahmen, konnte ich eines doch nicht vergessen:
Der Trank aus dem Schädel der Jungfrau hatte keine Wirkung gezeigt.
All die begleitenden Gebete verhallten ungehört. Noch immer trug ich
kein Kind in mir.

Wie ich nun an diesem ruhigen Schreibpult in Kaufungen sitze und
mich zurückerinnere, ergreift mich zum einen Wehmut, weil ich nun
nicht mehr mit so viel Glanz die Feste begehen und Geschicke lenken
kann. Ich spüre aber auch eine große Erleichterung. So schlicht wir
hier nun feiern und essen und unsere Einflussnahme sich auf das Seelenheil und die Speisung der Bevölkerung bezieht, umso größer ist
auch der Frieden, der sich in meinem Herzen ausbreitet. Es ist, als
ob ich nun gleich einem Vögelchen von Tag zu Tag und von Augen-

blick zu Augenblick ganz in Gottes Händen bin. Ich kann mich allem, was ich tue, voll und ganz hingeben. Lege ich mich schlafen, so schlafe ich ruhig, denn die Glocke wird mich zur rechten Zeit wecken. Bete ich, so wiegen mich die Regeln in tiefe Andacht. Esse ich, so bin ich dankbar, weil geschickte Hände die Speisen zubereitet haben. Ich habe gelernt, für ein ganzes Heer Fürsorge zu tragen, aber ich stand noch nie hinter einem Herd. In der freien Zeit gehe ich jetzt manchmal in die Küche zu den Frauen. Die Freude, die sie bei der Arbeit haben, und den Stolz auf ein saftiges Stück Fleisch, das den halben Topf ausfüllt, habe ich nie empfunden.

Mir wird nun erst bewusst, wie gut es ist, hier in Kaufungen zu sein. Wenn ich krank bin, werde ich mit einer großen Liebe gepflegt und lese in den Augen meiner Schwestern einzig die Zuversicht auf bessere Tage. Eine kranke Königin und Kaiserin wird jedoch immer von aufgeregten Ärzten und sich ständig verneigenden Dienerinnen umsorgt. Heute frage ich mich, wie man so wieder gesund werden kann. Der einzige Trost waren die Gebete der Geistlichen. Nun befinde ich mich in einer ganz anderen Welt, und sie tut mir gut.

Ich werde heute meine Schreibarbeit eher beenden und noch zu Uta gehen. Ich will Uta sagen, dass ich ihr für die Fürsorge danke. Und ich will nun auch täglich für sie und das Kloster beten, damit wir es weiter so gut haben. Als ich noch Kaiserin war, war es mir ein Leichtes, das Kloster reich zu beschenken. Nun liegt der Wohlstand des Klosters nicht mehr in meinen Händen, zumal ich als Nonne so ein ganz anderes Leben führe.

Die ersten Monate, als ich hier eintrat, fiel mir nur all das Ärmliche auf. Und ich habe mich auch daran gestoßen, dass die Schwestern und die Äbtissin nicht fromm genug waren. Ich wollte als Kaiserin unter »kaiserlichen« Nonnen leben. Sie sollten die Besten und Edelsten sein. Habe ich denn in all den Jahren als Kaiserin meine Augen vor der Wirklichkeit verschlossen? Habe ich Gott in seiner Pracht und Heiligkeit nur in prächtigen menschengemachten Gegenständen wahrgenommen? Dabei wohnt er doch auch hier! Er baut sich seine Tempel selber mit jedem Spross, der sich aus der Erde hebt, und mit jedem Atemzug, der ein Tier durchströmt. Ich spüre es bei jedem Schritt, und wenn ich meine Augen hebe, sehe ich die Wunder Gottes auch in all den unscheinbaren Dingen: dem Blattwerk, den flinken Mäusen und gefiederten Sängern. Ich staune auch über Gottes Werk, wenn ich die ausgetretenen Eingangsstufen der Georgskapelle betrachte. Wie viele Füße müssen schon über die alten Schwellen gegangen sein? Unzählige Bitten und Dankgebete wurden in der Kapelle schon gesprochen! Ich habe nur die Mauern und das Dach neu errichten lassen. Doch lange bevor meine Gebeine im Leib meiner Mutter wuchsen, waren schon irische Mönche hier, um fern von der Heimat die Nachricht von Christus zu verbreiten. Bei ihrer Bekehrung hatten sie Christus versprochen, in heidnische Länder aufzubrechen und nie wieder in ihr Heimatland zurückzukehren. Viele von ihnen gingen dahin, und ihre Knochen wurden nicht in einen heiligen Schrein gelegt wie die Karls des Großen oder anderer Heiliger. Manche wurden auf ihren heiligen Wegen von Wölfen zerrissen oder von wütenden Wildschweinen aufgespießt und zertrampelt.

In der Bibel steht, dass Gott uns ein neues Herz gibt und einen mutigen Geist. Das tut er auch. Ich erfahre am eigenen Leib, wie uns jedes Amt andere Augen gibt. Nun sehe ich, was ich vorher nicht sah. Ich sehe wieder das Gras. Ich höre den Wind, der mal in den Bäumen spielt und dann wieder des Nachts drohend um die Mauern heult. Gott spricht darin zu mir, und am nächsten Tag schreibe ich von Ereignissen aus der vergangenen Zeit. Ich schreibe darüber aber anders als damals, als es geschah und es nie eine zweite Wahl gab oder einen Ausweg. Wie ein Adler aus der Höhe eine Landschaft weit überblicken kann, so sehe ich nun mein Leben vor mir ausgebreitet. Ich bin nur eine von vielen, die ihre Spuren hinterließ ...

Nach Heinrichs Bestätigung in Aachen wurden wir überall in Ehren aufgenommen. In Frankfurt begingen wir das Weihnachtsfest. Ich liebte schon immer das Weihnachtsfest über allen Festen. So ernst die Geistlichen auch waren, so kalt die Kirchen und Kapellen zur Winterzeit blieben – wenn nur eine Kerze brannte und die Geschichte von Christi Geburt verkündet wurde, leuchteten die Augen, und die Ängste mussten schweigen.

Vielleicht hatten wir an den Festtagen zu viel Fettes und Süßes gegessen? Heinrich fühlte sich nicht wohl, und es half ihm keine Medizin. »Nun beginnen wieder die Teufel zu spotten«, sagte er zu mir.

»Die Teufel spotten dir nicht«, besänftigte ich ihn. »Aber du musst dich nun legen und stündlich heiße Wickel bekommen.«

Es dauerte zwei Wochen, bis Heinrich wieder essen und gehen konnte. Wie gut, dass Heinrich zum 1. Todestag von Otto III. gesund war, wir nach Aachen reisen und dem Gedenktag beiwohnen konnten.

Mir lag schon eine Weile schwer auf der Seele, dass wir keinen Frieden mit dem Schwabenherzog hatten. Es musste doch eine Lösung geben. Wie sollten wir unser Land regieren, die Klöster reformieren, wenn wir ständig in kriegerische Auseinandersetzungen verwickelt waren?

Die eigenen Grenzen wurden brüchig. Unsere Truppen boten nach einigen Monaten Herzog Hermann zwar die Stirn und wiesen ihn in seine Schranken. Heinrich, der ihm bereits sein Herzogtum genommen hatte, wollte ihn aber am liebsten töten oder verbannen lassen und ihn ein für alle Mal aus seinem Reich wissen. Heinrich war es nicht wohl dabei, einen Thronanwärter neben sich zu wissen – selbst wenn die Gefahr nicht mehr zu bestehen schien.

Wie hätte ich mit diesem Vorhaben leben können? Den Herzog schätzten doch alle! Ich beschwor Heinrich, Hermann wieder in sein Land einzusetzen.

»Bist du, mein liebstes Weib, etwa gegen mich?«, fuhr mich Heinrich an.

Aber ich beschwor ihn: »Du weißt, dass dein Leben mein eigenes ist und du mir das größte Kleinod auf Erden bist. Gedenke jedoch der Güte, die der Kaiser deinem Vater zugutekommen ließ. Der Kaiser verzieh deinem Vater mehr, als wir Hermann zu verzeihen haben.«

»Wie kannst du den Hund mit uns vergleichen! Sag, Kunigunde, auf welcher Seite stehst du?«

»Auf der Seite unseres barmherzigen Gottes!«

Ich wusste, dass es keinen Zweck hatte, weiter für Hermann zu sprechen. Trotzdem malte ich mir das Schicksal Herzog Hermanns und seiner Familie stets vor Augen. Ich musste etwas tun, damit Frieden einkehrte. Heinrich konnte nicht einfach das Land seiner Feinde an seine eigenen Leute übergeben. Ich wusste sehr wohl, dass auch sein Vater, Heinrich der Zänker, der noch viel übler gehandelt hatte, sich dem Kaiser unterworfen und Treue geschworen hatte. Und der Kaiser hatte ihn daraufhin wieder über das Herzogtum Bayern gesetzt.

Schließlich unterbreitete der Kanzler auf meine vielen Bitten hin Heinrich einen Vorschlag, wie er zu größeren Ehren kommen könne als je zuvor. Wie so oft war Heinrich nur auf meine Fürbitte hin großzügig und barmherzig. »So sei es denn«, willigte er ein, wenn auch zunächst missmutig.

In einer großen Zeremonie fanden wir uns auf den Vorschlag des Kanzlers hin in Bruchsal ein. Heinrich saß auf einem hohen Stuhl. Er hatte die Krone auf dem Haupt und die Reichsinsignien in Händen. Um seinen Körper war der Reichsmantel gebreitet, der zwölf Glöckchen am Saum hatte wie bei den Hohepriestern im Alten Testament und bei Karl dem Großen. Vor Heinrich war der Platz mit Asche bestreut.

Nun musste der stolze Herzog von Schwaben, nackt an Füßen, Haupt und seinem ganzen Körper, auf den Knien die Straßen emporrutschen. Als er zu Heinrichs Füßen im Aschehaufen lag, flehte er um Gnade: »Großer König, ich habe dein Erbarmen nicht verdient. Ich habe Unrecht an dir getan. Und doch bitte ich: sei mir gnädig.«

Heinrich ließ Hermann lange liegen, und ich fürchtete schon, er würde sich nicht erbarmen, was unserem eigenen Ansehen geschadet hätte. Doch endlich nickte Heinrich mit dem Kopf und machte das Kreuzzeichen über Hermann.

Nach dem vorgeschriebenen Ritual schwor Hermann seine Treue

und Unterwürfigkeit. Die Edlen und Bischöfe waren als Zeugen zugegen. Dann endlich wurde ihm ein Mantel gereicht, und Heinrich selbst zog seinen eigenen Gürtel vom Gewand und band ihn dem Gedemütigten um den Leib.

Als ob Hermann noch nie der Herzog der Schwaben gewesen wäre, übergab ihm Heinrich bei einer zweiten Feier das Herzogtum Schwaben. Vorher war sein Regierungsgebiet jedoch größer gewesen. Er verlor Straßburg an den Bischof, da er diesen zuvor bekämpft hatte, weil dieser auf Heinrichs Seite stand. An einem solchen Tag aber würde Hermann nicht aufbegehren. Das wussten wir.

An Tagen wie diesem, an denen ich meine Ziele erreichte, schlief ich in den Nächten gut, egal, welches Nachtlager wir auch fanden. Meist träumte ich von himmlischen Wesen, die vom Himmel herabstiegen und mich mit ihren Fingerspitzen zart an der Stirn berührten.

Heinrich hatte dem Markgrafen Heinrich von Schweinfurt das Herzogtum Bayern versprochen. Der Markgraf, der noch nie ein Freund Heinrichs gewesen war, verlor jedoch vollends die Geduld, als die Monate verstrichen und Heinrich ihn immer noch nicht zum neuen Bayernherzog gemacht hatte. Jetzt war der Zeitpunkt gekommen, da Heinrich ihm zu verstehen geben musste, dass er wohl von niemandem der verantwortlichen Adeligen und Geistlichen zum Herzog gewählt werden würde.

Nun überwarf sich der Markgraf endgültig mit Heinrich. Er verbündete sich erneut mit dem Polenherzog Boleslaw und mit Heinrichs Bruder Brun. Der Polenherzog war nun auch noch Herzog von Prag geworden und hatte dadurch an Macht dazugewonnen.

Im Jahr 1003 kam es zu großen Kämpfen. Ich blieb in Bamberg, aber Heinrich und alle seine Getreuen zogen in den Kampf. Sie griffen die Ländereien des Markgrafen Heinrich an und zerstörten alles, was ihnen in die Hände kam, sodass die Bewohner und der Markgraf selbst schwer verwundet um Gnade flehten.

Die kriegerischen Auseinandersetzungen waren damit aber noch längst nicht vorbei. Heinrich musste in Prag wieder an Boden gewinnen und verhandelte direkt mit der Stadt. Als der Polenherzog jedoch unser königliches Gesuch, die eroberten Gebiete belehnen zu lassen, ablehnte, ergriff Heinrich eine Maßnahme, die ich selbst nicht gutheißen konnte.

Um schlagkräftiger zu sein, verbündete sich Heinrich mit den Heiden, den Nordslawen, den Liutizen und Redariern gegen den christlichen Polenherzog. Hatte zuvor jeder deutsche König den Missionsauftrag Christi ernst genommen und es als seine Pflicht angesehen, die Heiden zu unterwerfen, so beendete Heinrich nun die Christianisierung der Nordslawen. Er erhielt die Oberhoheit über ihr Gebiet nur, weil er auf jede Missionstätigkeit verzichtete. Das brachte uns von allen Seiten viel Kritik ein. Wie konnte ein gottgewollter König gegen den christlichen Polenherzog kämpfen, indem er sich mit Heiden zusammentat? Unser Heer wurde ja auch mit von den bischöflichen Streitkräften gestellt!

Wir wussten jedoch nicht, wie wir sonst dem Polenherzog hätten trotzen können. Als ich einige Jahre später, während Heinrich in Italien sein musste, den Kampfzug begleitete und für das Heer Unterkunft und Verpflegung besorgte, da zogen die Unseren mit erhobenen Kreuzen in den Kampf, die uns siegen helfen sollten. Die Heiden kämpften mit uns Seite an Seite und hatten sich mit Masken von Dämonen und heidnischen Zeichen geschmückt. Unsere Truppen rannten gegen die Kreuze des Polenherzogs. Hatten sie diese erbeutet, so brachten sie die Trophäen mit und legten sie mir zu Füßen. Es waren polnische Christen, die zuvor das Kreuz in die Höhe gehalten und gebetet hatten. Sie hatten es als heilige Pflicht angesehen, ihr Land zu verteidigen und die Heiden auszulöschen. Beim Anblick der Kreuze zu meinen Füßen ergriff mich das Entsetzen, denn es waren Christen, die durch Heiden gestorben waren. Um mich zu beruhigen, sagte ich mir: *Das musst du in Kauf nehmen, denn ein König muss sein Reich verteidigen.*

Wenn unsere Heere gesiegt hatten, so versuchten wir, ihnen nach den Kämpfen einige Tage Ruhe zu gönnen. »Dein Werk, das du an den Kriegern tust, ist mit keinem Sold aufzuwiegen«, sagte Heinrich anerkennend zu mir. In der Tat spürte ich es selbst: Wenn ich zu den

Verwundeten ging und mit den Kämpfern sprach, so fassten sie neuen Mut.

»Lasst die Männer einige Zeit nach Hause gehen, zu ihren Frauen und Kindern«, bat ich Heinrich, sobald Ruhe eingekehrt war. Ich lobte unsere tapferen Kämpfer und beschenkte sie reichlich für ihren Einsatz, ob es die bischöflichen Kämpfer waren oder unsere verbündeten Landsleute, deren Grenzen wir sicherten. Ich beschenkte auch die heidnischen Kämpfer, denn sie halfen uns, die Grenzen zu wahren. Jedes Mal war ich jedoch erleichtert, wenn ich sie entlassen konnte. In ihrer Gegenwart fühlte ich mich unsicher, denn ich verstand ihre Tänze und das heidnische Gemurmel nicht. Wenn ich vor sie trat, sah ich in gleichgültige Gesichter.

»Mir graust vor ihnen«, gestand ich unserem Kanzler.

»Auch mir graust vor ihnen, aber sie dienen uns trotzdem.«

Ich bat Heinrich, dass er die Geistlichen nicht alleine zwischen die Barbaren stellte. Wer wusste, was sie im Schilde führten?

»Kunigunde, sei gewiss, dass Gott seinem König zur Seite steht und die Königin beschützt«, tröstete er mich. Wenn uns des Nachts die Angst überkam, so fassten wir nach der Hand des andern. *Solange wir beide uns haben, kann uns nichts geschehen*, dachte ich.

Ich ritt mit Heinrich durch das Land und stand ihm zur Seite, wo immer er mich brauchte. Wir waren auf Kriegszügen oder schöpften Kraft in der Stille der Klosterkirchen und bei den Gebeinen der Heiligen. Wir sprachen Recht, wir verurteilten die Übeltäter, wir begaben uns in den Schmutz der Straßen und ordneten bald darauf unsere Gewänder, um Adelige und Geistliche zu empfangen. Hatte ich zu Beginn unserer Reisetätigkeit oft das Verlangen nach Bamberg gespürt und gedacht, dass auch Heinrich nur dort von seinen elenden wiederkehrenden Koliken geheilt werden konnte, so erfuhr ich nun, wie treu unsere Hofkapelle hinter uns stand und dass Heinrich und ich zärtlich geliebt und treu beschützt wurden.

Es gab noch einen Helfer, der mit uns reiste, weil ich mich nicht von ihm trennen konnte, weil ich mit ihm Heinrich und all den anderen

Kranken dienen konnte. Es war das Arzneibuch aus dem Kloster Lorsch. Karl der Große hatte schon in diesem Kloster gewirkt, und auf seinen Auftrag hin, um das Jahr 800, schrieb ein begnadeter heilkundiger Arzt in schönsten Lettern alles nieder, was er über die Heilungen Jesu, Gesundheit und Krankheiten wusste. Das Buch war voller Rezepte für alle Krankheiten, es zeigte Bilder von Heilpflanzen und führte heilsame Pflanzen und gesundmachende Dinge auf. Ich hatte versprochen, das Buch nur für einige Monate mit mir zu führen und es dann wieder der königlichen Bibliothek anzuvertrauen. Das Buch hatte ich Kaiser Otto III. zu verdanken oder seinen Vorfahren, die es aus dem Kloster Lorsch mitgenommen hatten.

Als ich es wieder einmal in Händen hielt, da Heinrich gerade unpässlich war, musste ich lachen.

»Wie kannst du lachen, wenn du ein Buch aufschlägst, das von den Leiden der Menschen spricht«, maulte Heinrich. Seine Krankheit schlug ihm wieder aufs Gemüt.

»Ich lache nicht über die Krankheiten, ich lache darüber, wie dieses Kleinod in die Hände der Könige gelangte.«

»Ich jedenfalls habe keine Ahnung davon, wie das Buch in deine Hände gelangte.«

»Ganz einfach, Heinrich. Als wir das erste Mal in Lorsch waren, erbat ich mir einen Blick in das Verzeichnis der Bibliothek. Da stand verzeichnet, dass Otto sich die Bibliothek angeschaut hatte und mehr Bücher mit sich forttrug, als dem Abt Ekkehard lieb war. Nun, da wir seine Erben sind, darf ich nach Herzenslust darin blättern. Wie hatte ich mir das früher gewünscht, weißt du noch?«

Heinrich bemerkte richtig: »Ich denke, Otto hat damit ganz in deinem Sinne gehandelt.« Er schmunzelte.

»Ich gestehe unumwunden, wenn wir wieder in Lorsch sind, würde ich gerne schauen, was Otto vergessen hat.« Ich lachte fröhlich. So viele Schriften warteten noch darauf, entdeckt zu werden.

»So gefällst du mir, liebste Kunigunde, wenn du es verstehst, auch die angenehme Seite unseres Königsamtes auszuführen.« Heinrich war zufrieden mit mir.

Als ich ins Freie trat, sah ich, dass der Falkner mit einem berittenen Trupp und Jagdhunden in die Felder ritt. So liebte ich die Tage, so könnten sie immer sein. Ich wandte mich nach Heinrich um, der noch im Zelt lag. »Heinrich, ich möchte auch einmal mit auf die Jagd reiten, kannst du es mir möglich machen?«

»Diesen Wunsch kann ich dir schon morgen erfüllen, du musst nur auf meine Begleitung verzichten, da ich befürchte, die Steine in meinem Bauch nehmen es mir übel.«

So ritt ich am nächsten Tag noch vor dem Morgengrauen zwischen den Männern mit zur Jagd. Ich schoss zwar selber nichts, aber hinterher präsentierte ich Heinrich dennoch stolz zwei Fasane. In dem köstlichen Arzneibuch konnte ich sogar nachlesen, wie wunderbar ein gekochter Fasan einen schwachen Körper stärkte. Ich streichelte über die glänzenden Federn, ehe ich sie der Küche übergab. Heinrichs Fasan wurde also gesotten, und den meinen verspeiste ich gebraten mit Pastinaken und Fenchel. Die Pfeffersoße, die darüber gegossen war, wärmte meinen ganzen Körper.

»Wie geht es dir, Heinrich?«, fragte ich nach dem Mahl.

»Es geht mir etwas besser, Kunigunde. Vielleicht wäre ich von zwei Fasanen ganz gesundet?«

Ich las, wann immer ich konnte, in dem Arzneibuch und lernte die Rezepte auswendig, derer Heinrich bedurfte, wenn ihm wieder die Teufel den Bauch zerschnitten.

Als ich die einleitenden Worte des Arztes las, liefen mir Tränen über die Wangen, weil mir bewusst wurde, dass Jesus mit allen Kranken und Siechen solch großes Erbarmen hatte, dass er seine heilende Wunderhand segnend ausstreckte. Und er wollte auch heute noch, obwohl er in den Himmel aufgefahren war, dieselben Wunder tun. Jesus war es egal, ob es sich dabei um Kinder oder Herzöge handelte. Für ihn waren alle Wunden und Schmerzen, egal, ob beim armen Mann oder beim reichen Adeligen, der Ansporn, zu heilen.

Ich lernte viele Rezepte auswendig und ließ für die wichtigsten stets alle Zutaten mitnehmen. Ich wollte immer gewappnet sein, wenn

Heinrich von Leibschmerzen geplagt wurde. Ich achtete darauf, dass unser Leibarzt die wichtigen Zutaten mit sich führte, und hatte alle Pfalzen angewiesen, das ganze Sortiment an Gewürzpflanzen vorzuhalten. Die Klöster mit ihren eingezäunten Gärten waren meist mit allen heilenden Kräutern ausgestattet. Wenn wir in unseren Quartieren ankamen, erkundigte ich mich, wo Fledermäuse ihr Nachtquartier hatten und ob in den hellen Kellern auch frischer Schnittlauch zur Verfügung stand. Denn wer wusste, was Heinrich plagte? In den Rezepten hieß es:

Gegen Darmverschlingung

Die gefährlichste Krankheit im Bauch heißt Darmverschlingung. Dagegen hilft das Blut einer zerrupften Fledermaus, das man auf den Bauch streicht.

Gegen Lendenschmerzen

Wer 2 Skrupel Pulver aus Alantblättern oder -wurzeln in 6 Schalen Wein trinkt, wird geheilt.

Desgleichen: 4 Skrupel Möhren oder Möhrensamen, in Wassermet gekocht und dann getrunken, heilen Krankheiten der Lende und der Nieren.

Desgleichen: 2 Schalen Schnittlauchsaft, in zwei Schalen Wein getrunken, heilen unverzüglich.

Desgleichen: 3 Schalen Selleriewurzeln, als Trank eingenommen, helfen.

All das prägte ich mir gut ein. Ich hätte mir die Rezepte ja nicht merken müssen, denn wir hatten immer Ärzte und Heiler bei uns. Aber ich wollte es auch selber wissen, damit ich alles kontrollieren konnte.

Wie ich nun hier in Kaufungen sitze, denke ich, dass ich das Arzneibuch jetzt nicht mehr zurate ziehen muss. Es ist in meinen Kopf alles hineingeschrieben. Wäre es nicht wunderbar, wenn ich für das Kloster hier die Rezepte aufschreiben könnte? Ich schaue zu Uta, sie steht auf und kommt zu mir. »Liebste Mutter, ich schrieb eben über das

Lorscher Rezeptbuch. Möchtest du, dass ich aus meinem Gedächtnis niederschreibe, was ich noch weiß? Ich weiß auch noch alles, was zum Verzehr von Fleisch und Gemüse gesagt wurde, und all die vielen Rezepte!«

Uta freut sich über meinen Vorschlag: »Wunderbar, Kunigunde, schreibe die Rezepte nieder, und entwirf am besten auch noch eine Anleitung für die Küche, damit sie noch bekömmlicher kochen.«

»Gut wäre es auch, wenn wir den Kräutergarten ergänzen könnten ...«

Uta beruhigt mich: »Das alles soll mir mehr als recht sein. Jetzt aber bleibe mit deinem Kopf und der Feder bei dem, was vor vielen Jahren geschah.«

Sie hat leider recht. Ich sollte mit dem Kopf bei der Sache bleiben. Aber das ist an sonnigen Tagen schwer, denn dann wandern meine Gedanken nach draußen zu den Gärten, den Vorräten, dem Gesinde ... Ich kann die Verantwortung für die Menschen, die mich umgeben, noch nicht richtig abgeben. Immerzu vergleiche ich den Handel und die Geschäfte Kaufungens mit den vielen Orten, die ich kenne. Hier fehlt mir der süße Wein, den ich aus Trier kannte. Der wahre Reichtum Kaufungens war das Holz, das sie zur Herstellung des Glases brauchten. Überall brannten die Feuer der Glasmacher, die es verstanden, aus verschiedenen Erden klares Glas zu brennen.

Es ist gut, dass das Kaufunger Kloster im Moselgau und im Süden des Reiches Besitztümer hat, in denen süßer Wein wächst. Selbst, als ich die Krone abgeben musste, konnte sich das Kloster alle eigenen Güter erhalten, denn Heinrich hatte die Besitzungen besiegelt und gut abgesichert. Kaufungen liegt an viel befahrenen Handelsstraßen. Wir werden gut versorgt und erfahren von den Durchreisenden die neuesten Nachrichten. Weil der Kaufunger Wald genug Holz liefert, sind mehrere Glashütten angesiedelt, und sobald ein Glas zerbricht, bekommen wir für wenig Geld ein neues. Hatte ich bei meinem Eintritt ins Kloster noch die Nase über das einfache Glas gerümpft, so weiß ich es durch die Frau des Glasmachers neu zu schätzen. Diese Frau hat sich einen Umhang genäht, auf den sie viele kleine Taschen gearbeitet hat. So geht sie zum Markt, in jedem der Stofftäschchen ein Glas. Wenn sie den kostbaren Mantel abnimmt, erscheinen darunter zuerst ihr meist dicker Bauch und dann noch drei, vier kleine Kinder. Der Mantel wird an zwei Latten gehängt, die am oberen Ende einen Haken haben, und damit hat die Frau ihren Verkaufsstand eröffnet. Die Kinder schwärmen aus und tragen mit ihren kleinen Händen Stroh und Blätter zusammen. Die Mutter hat in der Zeit aus mitgebrachten Rinden kleine Körbe zusammengesteckt, die dann mit dem Stroh gepolstert werden. Mir ist die Familie so lieb geworden, dass ich mich über jedes Glas freue, das im Kloster zerbricht, weil dann die Glasmachersfrau ihr Geschäft mit der Kellermeisterin abwickeln kann.

Denke ich jetzt wieder, wie es sich für eine Nonne nicht ziemt? Ich denke jetzt ja wieder über Alltägliches nach, und darüber soll ich ja gar nicht schreiben. Ich setze mich entschlossen vor den Papyrus, und all meine Gedanken sind wieder in den Tagen, als wir mit den Truppen unterwegs waren ...

Als sich das Jahr neigte, war unsere Reisetruppe müde, und wir entließen alle, die wir entbehren konnten. Mit der Hofkapelle zogen wir nach Pöhlde, um dort das Weihnachtsfest zu begehen. Wie viel Frieden lag über diesen Tagen! Nach all den Monaten, in denen wir von einem Ort zum anderen gezogen waren, konnten wir endlich mehrere Tage an einem Platz bleiben.

In der Pfalz in Pöhlde konnten sogar die Kammern geheizt werden! Ich wies das Gesinde an, auch in den Nächten die Feuer nicht ausgehen zu lassen. In unseren Betten lagen angewärmte Steine, und die Fenster waren mit dicken Bärenfellen verhängt. Heinrich und ich lagen in den Betten, als ob wir Kinder wären, und erzählten uns von den vergangenen Wochen, als ob wir nie wieder unser Schlafgemach verlassen müssten.

Niemand kam, um vorzusprechen, keiner beklagte sich, weil es an

Essen mangelte. Und als der Schnee nicht aufhören wollte zu fallen, erreichten uns keine Nachrichten mehr.

Als wir in der Kapelle der Botschaft von Jesu Geburt lauschten und dem Priester hinterhergingen, während er die Botschaft sang, wurden unsere Füße zwar kalt, aber unsere Herzen brannten in unserem Leib wie die Fackeln an der Eingangstür. Der Priester zeichnete uns das Kreuzeszeichen auf die Stirn und küsste unsere Hände, als wir die Kapelle verließen.

Draußen nahm Heinrich meine Hände und schwang mich im Kreis um sich herum. Meine Füße flogen immer höher. Mein Mantel zeichnete einen Kreis in den Schnee, und die weiße Pracht fiel glitzernd über mein Gesicht. Als Heinrich erschöpft war, warf er sich neben mich in den Schnee, und dann umarmten und küssten wir uns, sodass selbst meine kalten Zehenspitzen heiß wurden. Und dann wurde alles so still und froh um mich, dass ich meinte, im Himmel zu sein. Als ich die Augen öffnete, sah ich in Heinrichs glückliches Gesicht. Ich wischte ihm den Schnee aus den Haaren und küsste seinen Bart so lange, bis aus den Haaren der Schnee getaut war und Heinrich mit geschlossenen Augen meine Liebkosungen genoss. »So viel Liebe ist in uns, dass ich nicht verstehe, wie es nicht augenblicklich Frühling wird und Christus auch in mich ein Kind pflanzt«, murmelte ich.

Da schlug Heinrich seine Augen auf und sagte mit fester Stimme: »Deine Stärke, deine Liebe, Kunigunde, liebes Weib, ist mir ein solch großes Kleinod, dass ich mir nicht mehr zu wünschen wage.« Heinrich hatte so schön gesprochen, dass ich ihm nicht widersprechen wollte, aber heimlich würde ich doch noch eine Kerze anzünden und bei den Heiligen um ein Wunder bitten.

Die Kälte hatte den großen See in der Nähe von Pöhlde zufrieren lassen. Die Bediensteten hatten jedoch im Bach eine Strecke vom Eis befreit und fütterten dort die Entenvögel. Wenn sie nun einen Vogel braten wollten, gingen sie den Bach entlang und scheuchten die Wasservögel auf. Diese flatterten erschrocken davon und landeten doch zur Überzahl in den Netzen, die zuvor bachaufwärts aufgespannt worden waren. Wir verspeisten schon am Morgen gebratene, Enten und am Abend gab es fetten Braten vom Wildschwein.

Es waren nur zwei Wochen, die wir in Pöhlde weilten, aber in der Erinnerung wünschte ich, es wäre ein ganzes Jahr daraus geworden. Die Situation zwang Heinrich und mich jedoch, bereits im Januar 1004 getrennte Wege zu gehen.

Ich musste nach Magdeburg reisen, um dort eine ständige Heergemeinschaft aufrechtzuerhalten. Viele Machthaber Sachsens sympathisierten mit dem Polenherzog, den sich Heinrich nun zum dauerhaften Feind gemacht hatte. Ich wurde in Magdeburg gebraucht, dort sollte ich residieren und die Grenzen im Auge behalten.

Heinrich hingegen musste nach Italien aufbrechen. Die lombardischen Bischöfe hatten Heinrich zu Hilfe gerufen, da der neu erwählte König Italiens ihnen Schwierigkeiten bereitete. Zuvor war es Heinrich nicht wichtig gewesen, auch in Italien das Königsamt auszuüben, wie es seine Vorgänger getan hatten. Doch der Markgraf Arduin von Ivrea war nur drei Wochen nach Kaiser Ottos Tod zum König von Italien erhoben worden. Und das, obwohl er vor dem Jahrtausendwechsel im Beisein von Otto III. und des Papstes exkommuniziert worden war, weil er einen Bischof ermordet hatte. Es waren jedoch genug Bischöfe da, die ihm diese verwerfliche Tat nicht mehr anrechneten und ihn als neuen König wählten.

Als der verzweifelte Bischof von Verona in seinen Bitten um Unterstützung an Heinrich nicht nachließ, beschloss der königliche Rat, dass sie nach Italien aufbrechen mussten.

Heinrich sammelte die Truppen der bayerischen Geistlichen in Augsburg. Sie zogen über den Brenner nach Trient. Alle Schlachten, die sie schlagen mussten, gingen mit großen eigenen Verlusten einher. Zum Glück stieß ein Großteil des italienischen Klerus zu Heinrichs Heer hinzu und kämpfte mit ihm Seite an Seite.

Die Kämpfe waren erbittert, und ich erfuhr immer erst Tage später von deren Ausgang. Dazwischen blieb viel zu viel Zeit, um mir Sorgen zu machen. Doch an einem schönen Frühlingstag brachte ein Bote wunderbare Kunde: »Heinrich ist König von Italien!«

Allen Widersachern zum Trotz hat Heinrich es geschafft! Ich überlegte gleich fieberhaft, wie wir dies feiern konnten. Unser ganzes Reich sollte sich darüber freuen. Doch ich musste mich mit den Planungen noch eine Weile gedulden, denn der Bote begann nun, die Namen der wichtigsten Gefallenen vorzulesen. Wie ich diesen Teil fürchtete! Immer bangte ich, ob ich die Namen mir bekannter und geliebter Personen vernehmen würde. Heinrich war ja wohlauf, und so atmete ich schon tief aus und zwang mich, ruhig zu sein. Doch dann traf mich der Schlag in den Magen mit Wucht. Scharf zog ich die Luft ein und fragte den Boten: »Welchen Namen hast du da soeben genannt?«

»Giselbert, Graf im Moselgau, meine Herrin«, antwortete der Bote. »Er fiel im Sturm auf Pavia.«

Mein Bruder Giselbert!, durchzuckte es mich. *So musste er sterben, damit mein geliebter Mann seine Macht sichern konnte.* Ich bemühte mich um Fassung. »Mein lieber Bruder starb, als er für Heinrichs Krone kämpfte«, sagte ich bedrückt. Die anwesenden Kämmerer und Schreiber waren ebenso bestürzt, und die Kammerdienerin reichte mir, ohne dass ich sie auffordern musste, ein feuchtes Tuch, auf das sie zur Beruhigung Lavendelöl getropft hatte. Ich tupfte mir mit dem Tuch über die Stirn und rang um Haltung. »Lies die Liste weiter vor«, wies ich den Boten an. *Für die Familie meines verstorbenen Bruders muss ich nun auch sorgen*, dachte ich. Ich wurde immer trauriger, als ich weitere Namen von Verstorbenen vernahm, die so jung und mutig aufgebrochen waren. Um die Schwermut, die über mich gekommen war, abzustreifen, forderte ich den Boten auf: »Berichte mehr von Heinrichs Krönung zum König von Italien!«

»Sehr wohl, meine Herrin. Nach den letzten Kämpfen hatte sich der Erzbischof Arnulf II. hinter Heinrich gestellt und alles dafür vorbereitet, ihn für seine treuen Dienste in Pavia zum neuen König über Italien zu wählen. So geschah es vor wenigen Tagen. Doch in der darauffolgenden Nacht kam es zu einem schrecklichen Blutbad. Die Bevölkerung Pavias wollte Heinrich nicht zum König. Sie drangen mit Waffengewalt in die Kirche San Michele ein, in der Heinrich die Königskrone empfangen hatte, und forderten den Klerus auf, Heinrich und die Krone unverzüglich herauszugeben. Die Kanzler hatten jedoch Vorkehrungen für den Fall eines Aufstands getroffen. Sie öffneten Heinrichs Truppen, die vor der Stadt ihr Lager aufgeschlagen hatten, die Tore. Die Kämpfer stürmten die Stadt. Der größte Teil Pavias brannte nieder, alle Bewohner, die aufgefunden wurden, wurden getötet, die Leichen und Häuser geplündert.«

Wie wohl Giselbert ums Leben kam? Ob ihn eine Waffe traf oder er im Feuer eingeschlossen wurde? Diese Fragen beschäftigten mich, bis die gefallenen Adeligen unter großem Aufgebot über die Alpen in ihre Heimat gebracht wurden. Mein Bruder war nicht unter ihnen. Niemand konnte mir nähere Auskunft geben, was mit ihm geschehen war. Nichts blieb mir von ihm.

Ich hielt es nicht länger in Magdeburg aus und hatte dank der Treue des neuen Erzbischofs von Magdeburg, Tagino, den Mut, einige Tage nach Bayern zu reisen. Ich hatte alles in meiner Macht Stehende getan und die besten mir zur Verfügung stehenden Heerführer in Magdeburg gelassen.

In Bayern feierten wir die Krönung Heinrichs in seiner Abwesenheit. Das Volk ersuchte um Audienzen bei mir, und die Gerichtsbarkeit bat um meine Gegenwart bei Verhandlungen. Sie liebten mich und brauchten mich als ihre Herzogin. Doch noch mehr bewegten mein Herz die Heerzüge, die aus Italien zurückkehrten. Ich reiste zu den Hängen der Alpenstraße und nahm jedem Leichnam das Tuch vom Gesicht, um zu ergründen, ob mein Bruder dabei wäre. Ich wusste, dass dies sinnlos war, zumal jeder Tote mit einem Namen versehen war.

Aber ich sah ihnen in ihre zerschundenen, stinkenden Gesichter, weil ich den Schmerz nicht von mir halten wollte.

Heinrich, so wurde mir berichtet, sei wohlauf und werde behütet wie die Schätze Roms. Ach, was nützte es denn Heinrich, wenn er behütet wurde und ihn der Wurm seines Leibes wieder angriff und auf ein Krankenlager zwang? Heinrich musste weiter in Italien ausharren, bis er die Huldigung der restlichen Lombarden auf einem Hoftag entgegennehmen konnte.

Endlich kam Heinrich wieder. Er wirkte müde, und um seine Mundwinkel spielte ein bitterer Zug.

Als wir alleine waren, fragte ich: »Heinrich, was bedrückt dich so? Du bist doch nun endlich zu Hause und solltest wenigstens für eine kurze Zeit die Last von dir werfen.«

»In welches Zuhause bin ich denn gekommen? Schau dir doch das eigenmächtige Treiben in den Klöstern an. Es ist so schlimm wie in Italien, wo sich jeder nur bereichern möchte, aber die Regeln des heiligen Benedikt nicht mehr gelten.«

»Du siehst es gar zu streng! Du hast selbst erlebt, dass uns alle Klöster und Bischöfe stets freundlich aufnahmen und unterstützten, zudem erteilen sie Arm und Reich die Sakramente und tun gute Werke.« So viel gute Worte ich auch den Klöstern zukommen ließ, es stieß bei Heinrich auf taube Ohren.

Anstatt sich auszuruhen, galt sein größter Eifer nun der Reformation der Klöster. Dazu traf er sich mit dem erfolgreichen Mönch Godehard, der bereits Niederaltaich und Tegernsee reformiert hatte. Dort galten wieder die strengen Regeln des Benedikt. Wer nicht bereit war, ein strenges Mönchsleben zu führen und dem König sowie Gott selbst untertan zu sein, der wurde entlassen.

Heinrich versprach Godehard, dass er in allen Stücken hinter ihm stünde, und gab dem Mönch für seine Mission nicht nur gewandte Schreiber, sondern auch Leibschützen und heilige Reliquien mit, damit er in den Klöstern sowohl willkommen als auch gefürchtet sei.

Die Klöster Hersfeld, Fulda, Corvey, Stablo, Prüm und Reichenau waren Orte, die strenger reformiert werden sollten. Davon war Heinrich überzeugt. Die Mönche und ihre Äbte sahen es jedoch anders. Heinrich nahm es nicht hin, dass sich die Klöster gegen die Reform wehrten. So beschlagnahmte er einen Großteil der Klostergüter, um jene Klöster zu schwächen. Fulda verlor dadurch seine Machtstellung. Es wurde nun von Poppo, der dem Kloster Lorsch vorstand, als Abt mitvertreten.

Ein Kloster nach dem anderen wurde der Reform unterworfen. Fast alle Mönche, die beim Beginn der Reform aus Protest ihr Kloster verlassen hatten, kamen doch wieder zurück, und das, obwohl ihre unwilligen Äbte gegen Äbte nach Heinrichs Wahl ausgetauscht worden waren. Am widerspenstigsten waren dabei die Corveyer Klosterbrüder. Sie zettelten einen Aufstand an, wehrten sich mit Waffengewalt und Drohungen, sich an den Papst zu wenden. Viele Jahre währte ihr erbitterter Kampf gegen die Reformierung. Erst, als Heinrich dort ebenfalls den Abt abgesetzt und als neuen Abt den Mönch Druthmar aus dem Kloster Lorsch eingesetzt hatte, waren die Mönche so entmutigt, dass sie abwanderten. Den Konvent, wie er einst gewesen war, gab es nicht mehr.

Jetzt, da Heinrich wieder aus Italien zurück war, drängten meine Brüder meinen Mann, ihnen mehr Macht zuzuweisen. *Du weißt, Heinrich, dass wir dir schließlich stets treu zur Seite gestanden sind. Unser Bruder Giselbert hat sogar sein Leben für dich geopfert,* drängten sie in ihren Briefen. Hezilo schrieb gar: *Vergesst nicht, König Heinrich und meine liebe Schwester, wer es war, der eure glückliche Ehe gestiftet hat. Wäre es nicht auch in eurem Sinne, wenn dieser Helfer eures Glücks ganz in eurer Nähe wäre? Auch seid ihr ständig auf Reisen. Würde ich das Herzogtum verwalten, so sähe ich es als meine Pflicht, Bayern ganz in eurem Sinne zu regieren.*

Heinrich las mir den Brief vor und holte dann den Kanzler hinzu, um sich mit ihm und mir zu beraten. Heinrich hatte die Aussicht auf das Herzogtum Bayern bereits anderen versprochen gehabt und das Versprechen nicht eingehalten. Er sprach offen aus, was ich auch dachte: »So lieb ich dich habe, meine treueste Kunigunde, gilt mein Vertrauen nicht in gleichem Maße deinen Brüdern, die nun nach neuen Ämtern und Macht streben. Sie geben vor, dich schützen zu wollen, aber ich weiß, dass sich das nur zu schnell umkehren kann. Manchmal sehe ich dich sogar in Gefahr, denn der Wille zur Macht entzweit Brüder und Schwestern. Einzig die Nachkommen genießen den Schutz eines Herrschers. Mir ist von Gott gesagt: Niemand liebt dich mehr als ich. Du bist mir meine Mutter, meine Schwester, meine geliebte Frau und würdevolle Königin.«

Wie glücklich machten mich seine Worte! Heinrich war nicht wie viele andere Männer, die ihre Frauen nur aus strategischen Gründen geheiratet hatten. Wir hatten uns von niemandem sagen lassen, was wir zu tun hatten. Uns hatte Gott zusammengefügt, und dieser Glaube war ein goldenes Band; es erfüllte unsere Herzen und ließ unsere Lippen übergehen.

Wir handelten in allen Stücken so klug es ging. Ich war bei allen Entscheidungen zugegen und vermittelte, so gut es möglich war, zwischen Heinrich und meiner Familie. Ich verdanke es jedoch Heinrichs Misstrauen, dass er mich so gut absicherte und schützte. Von dem großen Herzogtum hatte Heinrich schon den Teilbereich Kärnten an den Salier Otto übergeben, weil dieser auf die Königskandidatur verzichtet hatte. Nun übertrug er mir, Kunigunde, seiner großen Liebe, wichtige Pfalzen, Ländereien und Klöster. Sie sollten für immer mir gehören, und niemand sollte sie mir mehr aus meinen Händen und dem Herzen reißen.

Dann übertrug Heinrich meinem Bruder Hezilo nach langer Überlegung doch das Herzogtum Bayern. Hezilo war mehr als zufrieden, als ihn Heinrich in jenem Jahr zum Herzog über Bayern einsetzte. Das Volk akzeptierte meinen Bruder, da sie mich kannten und mir vertrauten. Sie konnten sich sicher sein, dass ich allezeit mit meinen Fürsprachen für sie eintreten und mitregieren würde.

Ich freute mich mit meinem Bruder, dass er nun das Herzogtum innehatte, und fühlte mich sicher. Doch damit war die Aufteilung des Reiches noch lange nicht beendet. Mein Bruder Friedrich, der Graf im Ardennen- und Moselgau war, fragte offen, welche Grafschaften er noch übernehmen könne. Er bekam eine Grafschaft bei Kassel, nahe bei Kaufungen. Meine zwei anderen Brüder, Theoderich und Adalbero, hatten hingegen die geistliche Laufbahn eingeschlagen und warteten auf die Gelegenheit, der Stelle eines Abtes oder Bischofs habhaft zu werden. Ich wusste, dass Heinrich sie nicht als Äbte einsetzen würde, da sie sich noch nie für die Klosterreform starkgemacht hatten und Heinrich diese wichtigen Stellen lieber mit Kanzlern aus seiner eigenen Hofkapelle besetzte. So kam es, dass meine Verwandtschaft eigenmächtig zu handeln begann.

Als im Jahr darauf Bischof Adalbero II. von Metz überraschend starb, nutzte mein Bruder die Gelegenheit, seinen noch unmündigen Sohn, der ebenfalls Adalbero hieß, als neuen Bischof zu bestimmen. Als Vormund bestellte er unseren Bruder Theoderich, der jedoch diese Zeit nutzte, um für sich zu werben und sich selbst zum Bischof von Metz wählen ließ. Diese eigenmächtige Vorgehensweise versetzte Heinrich in große Wut. Ich hatte alle Hände voll zu tun, ihn davon abzuhalten, dass er nicht einen Tross entsandte, der es verstand, in seinem Namen Theoderich aus dem Amt zu entlassen. »Wenn du Theoderich machen lässt, hält er doch wenigstens Frieden«, beschwor ich Heinrich. Schließlich ließ er sich überzeugen.

Theoderich gab ich die strengste Anweisung, die Metzer Künstler mit mehreren Kunstwerken für Heinrich zu beauftragen, sodass es wenigstens im Nachhinein so aussehe, als ob er durch Heinrichs Willen eingesetzt worden sei. Er solle um Himmels willen nicht den Anschein erwecken, eigene Wege zu gehen.

Wie konnten sich meine Brüder gegen die Hoheit des Königs so eigenmächtig verhalten? Meine Worte und flehentlichen Bitten an meine Brüder verhallten jedoch. Anstatt die Grenzen im Westen zu sichern, unterstützten sie Graf Balduin IV. von Flandern, der zudem noch meine Nichte Otgiva heiraten sollte. Mit diesem eroberten sie Gent und Valenciennes. Sie verleibten sich Gebiete unseres Reiches ein! Als ich dies erfuhr, wusste ich, dass meine Familie nicht auf unserer Seite der heiligen und gerechten Sache stand, sondern nur darauf aus war, sich selbst die Taschen zu füllen, unser gottgegebenes Amt zu missachten und unsere Machtbefugnisse zu schmälern.

Ich muss mich nun zwingen, an damals zu denken, als sich meine Familie gegen uns wandte, obwohl sie alles annahmen, was wir ihnen zukommen ließen. *Meine Brüder intrigierten gegen mich. Auch Brun, der Bruder Heinrichs, stellte sich im Kampf gegen uns. Bruder gegen Bruder. Wir behielten die Oberhand. Brun floh nach Ungarn zu seiner Schwester Gisela, die dort*

Königin war. Dort war er sicher, und ich wusste, dass es nun an mir lag, zu Gisela Kontakt aufzunehmen und zu vermitteln.

Wie schwer fällt es mir, von diesen Streitigkeiten zu berichten. Hier, im stillen Skriptorium werden die Brüder wieder zu meinen Brüdern. Sie sind nicht länger Gegner oder Verbündete. Wie sehr sehne ich mich danach, wieder ein Kind zu sein, das sich vertrauensvoll in die Arme der Brüder werfen kann. *Ob vielleicht im Himmel einmal alle Feinde friedlich nebeneinanderliegen werden? So, wie es von Löwen und Schafen berichtet wird? ...*

Ich war keine ängstliche Frau und brach auch nicht schnell in Tränen aus, wenn mir eine rührselige Geschichte erzählt wurde. Aber in jenen Tagen legte sich eine kalte Hand um mein Herz und schreckte mich aus dem Traum, der sich für mich nicht bewahrheiten würde. Durch die offene Feindschaft meiner Brüder wurde mir schmerzlich bewusst, dass wir selber nie Nachkommen haben würden, die unser Ansehen vor der Welt und bei Gott in Ehren hielten. Selbst die Gebete und Opfer vieler Geistlicher um Kinder wurden nicht erhört. Ich musste einsehen, dass Heinrich und ich kinderlos bleiben würden. Unsere innige Liebe zueinander und der Auftrag, mit Christus das Reich zu regieren, hatten uns allezeit getröstet.

Doch der Trost reichte nicht mehr aus, als ich meinen eigenen Tod bedachte.

Für mich war es so selbstverständlich gewesen, dass meine Familie nach meinem Hinscheiden für mich beten und mich dadurch in den Himmel tragen würde. Ich konnte nicht mehr die Augen davor verschließen, dass meine Familie mich lieber aus ihren Gebeten ausschließen würde, um ihre Macht zu mehren. Wer würde dann für mich beten? Wer würde bei den Heiligen für uns eintreten? Wer vor Gottes Richterstuhl vorsprechen? Heinrich und ich würden verloren gehen und wären allen erbärmlichen Höllenqualen ausgesetzt. Niemand würde sich unser nach unserem Tod erbarmen. Ich konnte nicht mehr schlafen. Kalter Schweiß stand auf meiner Stirn, und in mir wimmerte meine Seele wie ein verloren gegangenes Kind.

Heinrich, der sich ausnahmsweise bei guter Gesundheit befand und nach einer Karaffe Wein bald in den Schlaf fand, bemerkte trotzdem meinen großen Kummer. Er fragte mich voller Sorge: »Was bedrückt dich, geliebte Kunigunde? Ich merke doch, dass du nicht du selbst bist.«

Obwohl ich mir keine Blöße geben und lieber meine Angst verbergen wollte, brach es doch aus mir heraus: »Wer, geliebter Heinrich, wird unser Andenken zur Stunde unseres Todes hochhalten? Wer wird für uns um Gnade bitten, wenn wir im Fegefeuer schmoren? Wer unser vor den Altären gedenken? Dein Bruder zürnt uns, und meine Brüder und Schwestern wenden sich von meinem Wohl ab. Ich fürchte, o Heinrich, ich fürchte, unser Fleisch und unsere Gebeine werden vom Feuer verzehrt, denn niemand ist da, um für uns einzustehen.«

Heinrich erschrak so dermaßen über meinen Kummer, dass er mich ganz dicht an sich zog. »Ich verspreche, ich werde für dich sorgen, meine Liebste!«

Nur wenige Tage später hatte Heinrich jedoch noch größere Angst, als ich sie empfunden hatte. So wachte er in der Nacht schweißgebadet auf. Während ich ihn mit einem trockenen Tuch abrieb und ihm ein neues Hemd reichte, erzählte er schlotternd, was ihn so geängstigt hatte: »Im Traum, schlimmer, als es auf Erden sein kann, erschien Luzifer und zog mir mit einer langen Gabel die Seele aus dem Leib. Eh ich mich recht besinnen konnte, zog er meine Seele gleich einem feuchten Tuch mit sich fort. Gleichzeitig kam eine große Schar Krähen und Geier, die den Himmel verdunkelten. Diese pickten in mein Fleisch, und ich spürte jeden Schnabelhieb. Gleichzeitig fror meine Seele in dem kalten Wind, der mich zur Hölle hinabzog. Ich dachte, ich könnte verschnaufen, aber da ertönten die Stimmen deiner Brüder, meines Vaters, der Mutter, von Brun … sie bezichtigten mich großer Vergehen. Da packte mich die Gabel aufs Neue mit stechendem

Schmerz und zog mich auf eine Halde voller glühender Kohlen ... Ach Kunigunde, ich spürte jedes Kohlenstück meine Seele verbrennen, und es begann, schrecklich zu stinken ...«

»Ist ja gut«, beruhigte ich Heinrich, obwohl mich die Erzählung seines Traums selbst schaudern ließ.

»Es war ja nur ein Traum. Schau, nun sitzen wir beide wohlbehalten auf dem Bett. Die Laken sind frisch, und ein Krug Wasser steht zur Erfrischung auf dem Tisch. Trink einen Schluck, damit es dir besser geht.«

Heinrich trank zwei Becher Wasser und rief entsetzt aus: »Kunigunde, du hattest recht! Wir haben niemanden, der bei den Heiligen für uns eintritt, wenn wir ins Fegefeuer stürzen. Wir sind allen Feinden schutzlos ausgeliefert.« Ich musste ihn mit meiner Furcht vor dem Jenseits angesteckt haben.

Ab diesem Abend taten wir alles, was in unseren Kräften stand, um Gebetsbrüder für unser Seelenheil zu gewinnen.

Wenige Wochen später trafen wir uns in Dortmund mit Bernhard von Sachsen und fünfzehn Bischöfen. Alle plagten die gleichen Sorgen um unser Leben im ewigen Reich. Bernhard von Sachsen ergriff das Wort: »Wir sind hier beisammen aus Sorge um das ewige Leben unserer verehrten Herrscher. Nun lasst uns diese Sorge ernst nehmen und nicht einfach die üblichen Versprechungen machen, denen oft zu wenig Taten folgen. Wir machen einen Totenbund, der uns alles abverlangt, was wir geben können.«

»Einen Totenbund?«, ließ sich einer der Bischöfe vernehmen. »Bevor wir einen Bund eingehen, lasst uns hören, was das Bündnis umfasst.«

»Der Bund schützt uns alle. Denn wir alle, die wir hier sitzen«, er zeigte in die Runde, »werden wohl ohne Kinder bleiben. Das Königspaar möge davon ausgenommen sein, doch nehmen wir sie vorsorglich in den Bund auf. Wir wollen uns dazu verpflichten, gegenseitig füreinander nicht nur zu beten, sondern auch Totenmessen abzuhalten, zu fasten und die Armen zu speisen, sobald einer aus dem Bund stirbt – und dann zu jedem Todestag wieder. Auf diese Weise stehen wir vor dem Allmächtigen füreinander ein, wie es die Nachkommen für ihre Vorväter tun.«

Alle nickten dazu. Auch die Bischöfe mussten ja jemanden finden, der für sie betete. Die meisten sorgten deshalb schon zu Lebzeiten für ein mächtiges Grabmal und setzten alles daran, unter einem Altar die letzte Ruhe zu finden. So, meinten sie, konnte ihnen das Fegefeuer nicht schaden.

»Wie Brüder wollen wir zusammenstehen. Wie ein Weib zu ihrem Mann hält und die Kinder die Gebeine ihrer Ahnen hochhalten, so wollen wir füreinander einstehen«, bekräftigte auch Heinrich. Alle Anwesenden wussten die Worte ihres Königs zu schätzen.

Wir einigten uns nun noch auf genaue Regeln, wie zum Beispiel die Anzahl der Armen, die gesättigt werden sollten: Heinrich und ich sollten tausendfünfhundert Arme speisen, Herzog Bernhard fünfhundert und die Bischöfe dreihundert.

Nach der Gebetsverbrüderung war ich sehr erleichtert. Ich stellte mir vor, dass am Tag meines Todes fünftausend Arme gespeist werden würden und meine Freunde im Verzicht auf Essen und Trinken unser gedachten. Alle wussten, dass auch ich meine Verpflichtungen einhalten würde. Sie erinnerten sich gewiss an den Tag, da sie mir die Königskrone aufs Haupt gesetzt und mir ihre Unterwürfigkeit und Treue gelobt hatten.

Doch wir waren willens, noch mehr für unser Seelenheil zu tun. Im Laufe der Jahre machten wir gut dreihundert Schenkungen, an die wir Gebetsverpflichtungen knüpften. Viele Institutionen erhielten ihr Diplom erst, wenn sie die Gebetsverpflichtungen einhielten. Wir schenkten reichlich Kreuze, Weihrauchgefäße, Bildnisse, Kelche, Schriften und wertvolle seidene Gewänder, die an uns erinnern sollten.

Gleichsam als unser größtes Opfer brachten wir Bamberg in den ewigen Besitz der Kirche. Unser Bamberg sollte Christus gehören, wie wir für immer zu ihm gehören wollten.

Doch ich eile nun mit der Feder in meiner Hand der Zeit voraus. Ich gönne mir eine kleine Schreibpause, um meine Gedanken zu ordnen. Damals überstürzten sich immer die Ereignisse, alle Aufgaben mussten wir auf dem Weg erledigen. Welche Ruhe ich hingegen heute habe! Nur, was durch die Klostermauern an unsere Ohren dringt, findet Einlass in unsere Herzen. Manchmal, wenn ich in die Stille des Morgens horche, frage ich mich, ob überhaupt etwas wichtig ist außer dem, was meine Ohren vernehmen und meine Augen sehen. Nur der Augenblick liegt in unserer Hand, wie klein oder groß er auch sei.

Damals jedoch gab es keinen dieser stillen Augenblicke. Jederzeit mussten wir schnell entscheiden, weil drängende Probleme zu bewältigen waren. Wir konnten uns auch keinen Umweg von Dortmund aus leisten. Wir mussten erneut das Heer zusammenrufen, denn die Boten brachten Nachricht, dass Boleslaw die Grenzgebiete plünderte. Warum nur konnten Boleslaw und wir nicht Frieden finden? Das frage ich mich heute noch oft und finde keine Antwort ...

Als der Sommer zu Ende ging und die Bauern bereits mit Sicheln die Garben einbrachten, sammelte sich unser Heer in Leitzkau, rechts der Elbe. Ich begleitete Heinrich und begrüßte die einrückenden Kämpfer. Wir lagen mit dem Heer unweit von Magdeburg, und so konnte ich unter sicherer Begleitung dort Erzbischof Tagino besuchen. Nicht ohne ein Anliegen kam ich zu ihm.

»Ehrenwerter Bischof, ich sorge mich um unsere politische Situation. Ich weiß nicht, wie dieser Kampf mit dem Polenherzog ausgehen wird. Gibt es nicht etwas, das du tun kannst?«, bat ich ihn.

»Meine Königin, ich werde alles tun, was in meiner Macht steht. Sobald sich die Gelegenheit auftut, werde ich zwischen Boleslaw und meinem König vermitteln.« Tagino sah mir meinen Kummer an und erklärte mir: »Werte Königin, die du den Frieden herbeisehnst: Wie kann ich, der sich mal mit seinem Heer gegen Boleslaw wenden muss und dann wieder den Frieden einfordert, allem gerecht werden?

Glaube mir, auch meine Seele ist betrübt, da ich mich zwischen zwei rivalisierenden Herren befinde, die jedoch beide Christenmenschen sind.« Ich wusste, dass es keinen einfachen Weg gab, und war Tagino dankbar, weil er sich dieser schweren Aufgabe stellte.

Erleichtert verließ ich den Erzbischof und kurz darauf auch Heinrich. Ich musste mich wieder einmal von ihm trennen. Unser Abschied war kurz und doch wehmütig, lebte ich doch in der ständigen Ungewissheit, ob ich ihn je lebend wiedersehen würde.

»Versprich mir, dass du in Sachsen bleibst«, sagte er. »Ich werde dich über jede Einzelheit der Kämpfe auf dem Laufenden halten.«

So zog Heinrich mit dem Heer an die Oder. Er ließ mir von blutigen Schlachten berichten, die viele unserer Kämpfer mit dem Leben bezahlten. In der Lausitz konnte er sich endlich mit dem Aufgebot von Bayern und Böhmen verbinden. Als an der Oder noch die Abordnung der heidnischen Liutizen zur Verstärkung hinzukam, waren sie endlich stark genug, dem Polenherzog die Stirn zu bieten.

Boleslaw floh, und unser Heer plünderte das Gebiet zwischen Oder und Posen, bis Boleslaw bereit war, Verhandlungen aufzunehmen. Unsere Kämpfer konnten so wenigstens ihre Taschen füllen.

Tagino hielt sein Versprechen und vermittelte. Die Friedensbeschlüsse, die der Erzbischof auf der Burg Posen aushandelte, blieben jedoch leere Worthülsen. Weder wollte Boleslaw Heinrich anerkennen, noch war Heinrich bereit, dem Polenherzog sichere Grenzen zu garantieren. Heinrichs Heer hatte zwar gesiegt, aber der Frieden war brüchig. Trotzdem feierten wir ausgelassen, als Heinrich endlich zu mir nach Merseburg kam und wir wieder vereint waren.

In den Monaten des Friedens fand die Schwester Heinrichs, Gisela, die mit dem Ungarnkönig verheiratet war, ein offenes Ohr bei Heinrich. Sie setzte sich dafür ein, dass Heinrich endlich seinen Bruder mit einem machtvollen Amt betraute: *Behandele Brun endlich, wie es sich gehört, und speise ihn nicht mit Almosen ab. Wundere dich nicht, wenn er sich gegen dich stellt! Es liegt an dir, ob du ihn zum Freund oder Feind hast. Gib ihm endlich, was ihm zusteht und in deiner Macht liegt ...*, schrieb sie an

Heinrich. Ich gab Gisela in allen Stücken recht und bat Heinrich ebenfalls, an seinem Bruder wenigstens großzügig zu handeln. Und ich schloss noch an: »Und dann ist es einer weniger, der uns in der Verdammnis verklagt.«

Ob es die weise Stimme der Schwester war, die Heinrich überzeugte, oder meine eigene Ermahnung, weiß ich nicht. Doch Heinrich söhnte sich endlich mit seinem Bruder aus. Brun konnte sich wieder im Herrschaftsgebiet aufhalten, da er Treue gelobte, aber ihm wurde noch kein größeres Gebiet übertragen. Heinrich wertete jedoch seinen Bruder auf, indem er ihn im Jahr darauf zum Bischof von Augsburg machte. Brun wurde somit zum Hüter der Gebeine des heiligen Ulrich und Heinrichs geschätzten Ziehvaters Ramwold, dessen Grabesschlüssel Heinrich bei sich trug. Da Heinrich dort seine Macht gefestigt hatte, waren die Gedenkstunden des heiligen Ulrich auch die Gedenkstunden für den neuen König Heinrich. Brun war nun nicht nur der Wächter über viele Heilige. Da in Augsburg auch die Eingeweide Ottos III. begraben waren, konnte er auch Liturgien für den verstorbenen Kaiser abhalten. Als Brun dann den Bischofsstuhl innehatte, baute er das Afra-Stift zu einem großen Kloster um. Die eifrigen Mönche dort führten eine heilsame Lebensweise und übernahmen in vollkommener Weise das Gebetsgedächtnis für alle Verstorbenen, die in ihrem Kloster beigesetzt wurden.

Heinrich und ich suchten weiter den Frieden. Wir taten alles, um Gott wohlgefällig zu handeln. Wir verbrachten wieder die Weihnachtszeit in Pöhlde, wo wir gut versorgt waren.

Zunächst erschrak ich, als wir dort ankamen, denn auch der Sohn des getöteten Landgrafen Ekkehard von Meißen war zugegen. Immer noch glaubten manche Menschen, wir hätten seinen Tod in Auftrag gegeben. Würde er nun versuchen, Rache zu üben?

Doch Heinrich zeigte, dass er der Königswürde wert war. Er ging auf den jungen Grafen zu, streckte beide Hände aus und begrüßte ihn aufs Herzlichste. In einem kurzen Gespräch ergab sich, dass der Sohn Ekkehards keinen Groll gegen uns hegte. So konnten wir uns mit dem Sohn unseres Feindes aussöhnen. Er reiste sogar am zweiten Tag des Januars mit uns weiter, und er wurde zu einem treuen Freund.

Zuerst ritten wir durch die schneebedeckte Landschaft nach Gandersheim, wo ich nicht nur meine liebste Freundin und Äbtissin Sophie wiedersah. Nein, wir hatten die unermessliche Freude, die nach einem Brand neu erbaute Stiftskirche zu weihen. Sie war zwar schon zur Jahrtausendwende fertiggestellt worden, aber die Weihe war durch einen Streit zwischen Bischof Bernward von Hildesheim und Erzbischof Willigis von Mainz verhindert worden. Heinrich löste das Problem, indem er den beiden Bischöfen befahl, sich seinem königlichen Willen zu fügen. Er sprach Bischof Bernward die diözesane Gewalt über Gandersheim zu. Im Gegenzug sollte Bernward jedoch Erzbischof Willigis einladen und an den Weihezeremonien beteiligen. Die Weihe hatten wir auf den Tag des Epiphanias-Festes anberaumt. Zwölf Bischöfe und mehr als zwanzig Große wohnten der Zeremonie bei. Zur Weihung der Stiftskirche trug Sophie eigenhändig allen voran das Heilige Kreuz in ihren Händen. Dreimal schritten wir um die Kirche: so viele Male wie die Anzahl der Nägel, die den Leib Christi durchbohrt hatten. Heinrich nahm bei den Bischöfen Platz, und ich saß an Sophies Seite.

Sophie war sich all der Schätze ihrer Kirche bewusst: die heiligen Gebeine der Päpste Anastasius und Innozenz, auf deren Altären zu jeder Zeit ein Licht brannte und für die Tag und Nacht Gesänge erschallten, die Reliquie des Täufers Johannes, der Splitter vom Kreuz Christi, an welchem das Blut des Herrn haftete, sowie das Blut des Herrn, das in einem wunderbar verzierten Kristallflakon aufbewahrt wurde. Sie konnte mit ihren Händen über das Tuch streichen, mit dem Christus die Füße der Jünger getrocknet hatte, und an Ostern das Leichentuch Jesu in einer herrlichen Prozession zeigen. Dem Märtyrer Stephanus, Johannes dem Täufer und Maria war ein Altar geweiht. Welche überreichen Schätze besaß das Stift! Die Geschichte des Klosters reichte weit zurück. Die Grabstätten der ersten Geistlichen waren zu Altären umgestaltet, und die Bürger der Stadt konnten ihre Steuern und Abgaben zu Füßen der Gründer Oda und Luidolf ablegen. Sie hatten vor vielen Jahren die ersten Reliquien aus Rom geholt. Dorthin waren sie zu Fuß gepilgert, und nur wenige Getreue hatten sie mit Schwert und Schild auf der abenteuerlichen Reise begleitet. Viele Generationen von Äbtissinnen und Nonnen waren auf die frommen Gründer gefolgt, und die Gelehrte Roswitha, die erst vor wenigen Jahren verstorben war, hatte dem Kloster ein reiches Werk an Schriften überlassen. Noch nie hatte eine Frau eigene Texte so formvollendet und zur Erbauung anderer niedergeschrieben.

Bischof Bernward, mit dem Heinrich seit Kindesbeinen befreundet war, weihte den Hauptaltar. Die anderen Altäre wurden von unterschiedlichen Bischöfen geweiht, darunter auch Bischof Brun aus Augsburg, Heinrichs Bruder. Seite an Seite standen die Brüder, ehe sich Brun erhob und zum Altar schritt. Die beiden knieten auch vereint vor dem Grab ihres Vaters, Heinrich dem Zänker, der in Gandersheim in den Armen seiner Schwester, der Äbtissin Gerberga, verstorben war.

Die Stunden, in denen die Stiftskirche geweiht wurde, waren ein einziges Gebet, Balsam für die müden Seelen, Trost aller Gebrechen.

Das anschließende Festmahl verlief maßvoll und in großer Einigkeit zwischen den Bischöfen und den weltlichen Großen. Eberhard, unser getreuer Kanzler, hatte stets ein waches Auge auf uns. Doch nicht nur auf dem Königspaar ruhten seine Augen. Er bezog den Sohn Ekkehards von Meißen in Gespräche ein, und der vaterlose Herrscher gewann seine Zuneigung. Nur wenige Tage später nahmen wir ihn in die Hofkanzlei auf, und er wurde uns ein treuer Schreiber und umsichtiger Begleiter.

Während des Festes trat ich zu Sophie: »Es machte mich froh, liebe Sophie, dich in deinem Amt zu sehen. Man sieht dir die Freude an, die du dabei hast, deinem Kloster vorzustehen.« Endlich hatte sie erreicht, was sie wollte. Sie war eine starke Herrin, deren Freude es war, das Kloster instand zu halten. Nicht nur Sophie füllte nun ihr Amt fröhlich aus. Auch meine liebste Nichte Uta hatte in Gandersheim den Schleier genommen und fügte sich tadellos in ihren Dienst.

Natürlich hatte Uta erfahren, dass ich nach Gandersheim kommen würde. Sie hatte sich jedoch an alle Vorschriften gehalten, und so lief sie mir nur zufällig über den Weg. Zuerst erkannte ich sie nicht, denn ich sah nur eine schüchterne junge Nonne, die sich vor mir verbeugte. Doch dann sah ich in die Augen, die immer noch vor Schalk blitzten, und merkte, dass dieses junge Mädchen ganz und gar nicht schüchtern war. »Meine liebe Uta!«, rief ich erfreut aus. »Wie schön, dich zu sehen!« Ich breitete meine Arme aus, denn in diesen Augenblicken waren wir in Trier und trugen beide unsere schlichten, schönen Gewänder. Als wir die Umarmung lösten, stotterte Uta: »Gute Königin, ich weiß, dass ich es dir zu verdanken habe, dass ich hier so vieles lernen darf. Ich möchte diese Gelegenheit nutzen. Ich danke dir!«

»Es wäre eine Schande gewesen, einem gescheiten Mädchen wie dir diese Bildung vorzuenthalten. Ich bin froh, dass du diese Möglichkeit hast und nutzt. Bist du auch bei guter Gesundheit?«, fragte ich besorgt und ergriff ihre Hand.

»Aber ja«, lachte sie nun geradeheraus. »Ich bin nur viel gewachsen im letzten Jahr und habe nicht mehr das Aussehen eines kleinen Mädchens.«

Sie hatte recht. Aus ihr war eine hübsche junge Frau geworden. In diesem Moment, als ich ihre Hand hielt und in ihr waches Gesicht sah, war ich glücklich.

Es fiel mir schwer, mich von Sophie, Uta und dem heiligen Ort zu trennen. Deshalb blieben Heinrich und ich noch einige Tage länger als die Geladenen. Sophie erzählte mir dann die Geschichte vom »Lautstarken Gebrüll aus Gandersheim«, denn so hatte sich die Dichterin Roswitha selbst genannt. Wir sprachen jedoch von ihr als »helle Stimme«, denn sie war die einzige Frau, die den bedeutenden Denkern und Philosophen eigene Dramen, Abhandlungen und Schauspiele entgegensetzte.

»Bist du Roswitha denn begegnet, oder war sie schon verstorben, als du kamst?«, fragte ich Sophie.

»Wie immer man es sieht. Ich war so klein, dass ich noch nicht in die Schule gehen durfte, als ich nach Gandersheim gebracht wurde. Gerberga legte großen Wert darauf, dass Kinder unter sechs Jahren noch wie die Blumen im Garten leben sollten. Wir durften die heiligen Orte nicht betreten. Wir wuchsen sozusagen in den Wohnräumen auf. Roswitha war damals für mich nicht die Dichterin und Philosophin. Davon verstand ich noch nichts. Sie war für mich meine Schutzburg, mein Versteck.«

»Was meinst du damit?«, fragte ich nach.

»Ganz einfach: Manchmal wurde ich von anderen Kindern gehänselt und angefeindet. Wenn ich es nicht mehr aushielt, huschte ich von einem Mäuerchen zum anderen, schlich mich heimlich durch die Türen, bis ich endlich im Skriptorium war und mich unter Roswithas langem Kleid verbarg. Ich durfte unentdeckt zu ihren Füßen sitzen, während sie und andere die Feder führten. So kam es, dass ich bei Roswitha, wenn ich damals auch nicht ihre Werke verstand, doch wenigstens unter ihrem Rock Zuflucht fand und manchmal auch ihre Füße als Kissen benutzte und schlief. Als sie starb, weinte ich nicht wie die anderen, weil nun der ›helle Klang‹ fehlte, sondern weil Roswitha nicht mehr da war, die alles anders machte, als es sich gehörte. Vor allem war sie es, die behauptete, wer sich mit dem Himmel beschäftigen wolle, der müsse auch den Teufel im Blick haben.«

Ich erzählte Sophie, dass ich das Gedichtswerk über die Taten Ottos I. von Roswitha gelesen hatte, und sie erwiderte: »Das Werk schrieb und überreichte sie Otto I., weil es Gerberga von ihr so wollte. Da sie einen hohen Anspruch an ihre Werke hatte, verweigerte sie erst den Auftrag, bis ihr Gerberga genug geschichtliches Material zur Verfügung gestellt hatte. Gerberga war es, die Roswitha in den Fächern Grammatik, Dialektik und Rhetorik unterrichtete. Zuvor wurde sie von Riccardis in den ersten vier freien Künsten Arithmetik, Geometrie, Astronomie und Musik der Antike unterrichtet. Roswitha widmete ihr erstes Buch Gerberga. Diese war von den geistlichen Dichtungen und Legenden begeistert. Was Roswitha jedoch wirklich ausmachte, waren ihre Dramen und Schauspiele. Sie hat es geschafft, den so faszinierenden heidnischen Schauspielen geistliche Gegenstücke entgegenzuhalten. Sie war dabei sogar so überaus mutig, dass sie in manchen Stücken die Menschen ein Bündnis mit dem Satan eingehen ließ.«

Ich war entsetzt.

Aber Sophie lachte über meinen abwertenden Gesichtsausdruck. »Das ist Kunst. Ich lernte, dass man manche Dinge so radikal beim Namen nennen muss, damit sich die Menschen darin erkennen können und von bösen Wegen abgehen.« Sophie sagte mir, dass es der Bildung und des Überblicks über die Denker der Geschichte und Zeit bedürfe. Roswitha habe als erster Christenmensch ein Zeichen gesetzt, indem sie ein Schauspiel schrieb. Roswithas Drängen sei es zu verdanken, dass sie in Gandersheim Werke von Horaz, Ovid, Vergil und Terenz vorliegen hätten. Und Sophie fügte hinzu: »Roswitha ist es gelungen, dass wir nun Schauspiele haben, die die Zuschauer genauso entsetzen und ergötzen, wie es zuvor nur die Heiden zustande brachten. In ihren Dramen zeigt sie auch auf, welchen starken Willen eine Frau hat. Das hat zuvor den Frauen niemand zugetraut. Aber Roswitha macht Mut, dem Teufel und allen Versuchungen die Stirn zu bieten. Und wir Frauen sollten sie darin bestärken.«

Sophie zeigte mir die Schriften Roswithas, und ich las drei Tage lang ihre Texte. Drei Tage und drei Nächte, denn ich konnte nicht schlafen. Gleich Pfeffer und Paprika trieben sie mir die Röte ins Gesicht, ließen mir meinen Atem stocken und entfachten in mir eine ungeheure Leidenschaft Gott gegenüber.

Das Vorwort, das sie an Gerberga geschrieben hatte, zeigte mir, wie demütig und unsicher sie trotz ihres Mutes war:

Heil dir, du glänzender Spross des Königsgeschlechtes,
Gerberga, an Sitten rein und Bildung reich.
Nimm dies Büchlein entgegen, du gütige Herrin,
das ich dir reiche, damit du die Verse verbesserst.
Ordne die ungepflegten Zeilen der Schülerin,
der du vor Zeiten selbst liebreiche Lehrerin warst.
Wenn du ermattest vom Mühsal des hohen Amtes,

lies wie zum Zeitvertreib gütigst die Verse allhier.
Suche dies arme Gedicht neu zu gestalten und formen,
dass es erglänze hell durch deiner Meisterschaft Kunst,
damit der Eifer des Zöglings das Lob der Herrin erhöhe
und der Schülerin Preis mehre der Lehrerin Ruhm.

Gerne wäre ich noch länger in Gandersheim geblieben. Eine Königin darf jedoch nicht rasten und kann sich nicht vergnügen, wenn so viele Aufgaben warten. Selbst auf unserer lang ersehnten Reise nach Bamberg hatten Heinrich und ich alle Hände voll zu tun. Wir statteten den Klöstern und Städten, an denen wir vorbeizogen, Besuche ab, hielten dort Gericht, schlichteten Streit und ordneten die Rechtsverhältnisse. Ich kann in aller Bescheidenheit sagen, dass ich meinen Aufgaben gerecht wurde und mit Gottes Hilfe gute Werke tun und Trost spenden konnte.

Bamberg wird Bistum und meine Brüder erheben sich gegen uns

Wir erreichten Bamberg. Heinrich und ich freuten uns wie Kinder über unsere schöne Stadt und die prächtige Burg. Überall sägten und hämmerten die Bauleute. Wir hatten den besten Baumeistern Aufträge erteilt, eine große Kirche mit zwei Krypten zu bauen. Auf Karren wurden riesige Brocken Steine herbeigeschafft, die von gut zwei Dutzend Steinmetzen behauen wurden. Es klopfte und hämmerte von früh bis spät, und selbst auf die reinlich abgewischten Möbel, Bücher und Papyrusbögen in den Räumen legte sich stets eine frische Staubschicht. Wie liebe ich den Geruch von frischem Holz und nassem Stein! Und welch Freudenwerk, wenn sich aus den grauen Steinbrocken himmlische Gebäude formen, die Gott gefallen! Jesus sollte bei uns wohnen, wie er einst auch in Jerusalem zu Hause war. Jerusalem, heiliges Jerusalem!

Heinrich und ich wurden nicht müde, uns täglich die Arbeiten anzuschauen. Eng umschlungen gingen wir über die schlammigen Baugruben und prüften frisch eingetroffene Waren. Dicht beieinander lagen wir auch in den Nächten. Wie andere Paare einem Kinde einen Namen geben und ihm Kleider, Nahrung und Liebe schenkten, so trugen wir mit dem gleichen Eifer und viel Freude nun in Bamberg alles zusammen, was einen heiligen Ort ausmacht. Göttliche Geheimnisse und mächtige Zeichen von Glanz und Herrlichkeit sollten aus der trutzigen Burg ein heiliges Zentrum machen.

»Nichts wird Gott mehr gefallen und nichts unserem Seelenheil und Totengedenken von größerem Nutzen sein, als Gott selbst eine Wohnstatt zu schaffen. Ein Bistum wollen wir gründen, liebste Kunigunde, unser Liebstes wollen wir der Kirche weihen.«

»Auch mich tröstet der Gedanke, hier eine Wohnstätte zu bauen, in der Christus selber unter den Heiligen wohnen kann. Heinrich, wenn wir schon keinem Sohn eine bleibende Heimat auf Erden bauen können, so tröstet es mich, unser Bestes Gott zu weihen.«

Heinrich sprach von meinem Witwensitz. Von meiner weisen Altersversorgung, die mir zustand. *Wenn wir daraus ein Bistum machen, habe ich darauf keine Ansprüche mehr geltend zu machen*, schoss es mir durch den Kopf. Das wussten wir beide. Aber ich wollte das Kleinod nicht für mich behalten! Auch ich wollte mein Liebstes dahingeben, wie es vor Jahren Heinrich an mich gegeben hatte. Ich wusste, dass ich einen Ausgleich dafür erhalten würde. Aber darum machte ich mir noch keine Sorgen. Welche Mutter würde denn ihr eigenes Leben schonen, wenn sie ein Kind zu schützen hätte? Meine ganze Fürsorge galt Bamberg, das vor Gott blühen sollte wie eine Rose.

Was in unseren Plänen so einfach schien und uns froh machte, war schwer in die Tat umzusetzen. Wenn Bamberg einen großen Einfluss haben sollte, mussten wir auch Besitzungen des Bistums Eichstätt und vor allem des Bistums Würzburg dazugewinnen. Wie konnten wir das erreichen? Die Verhandlungen mit Eichstätt verliefen rasch und für beide Seiten erbaulich. Anders war es mit Würzburg.

Als der Bischof von unserem Ansinnen hörte, wütete er und wollte uns erst nicht empfangen. Aber Heinrich ließ sich nicht abhalten und verhandelte mit ihm. Als Ausgleich für die Gebietsabtretungen an Bamberg erhielt er ein noch größeres Gebiet bei Meiningen. Doch dies allein befriedigte den Bischof nicht. Heinrich musste ihm das Versprechen geben, dass er beim Papst für ihn erwirken wollte, dass er zum Erzbischof von Würzburg erhoben würde. Heinrich versprach dem Bischof, dass er es mit allen Mitteln durchsetzen wolle. Auf dies Versprechen hin griff Bischof Heinrich von Würzburg zu seinem eigenen Bischofsstab, streckte ihn Heinrich entgegen und rief: »Nimm den Stab aus meinen Händen zum Zeichen meiner Zustimmung zu eurem guten Werk!« So verließen wir Würzburg mit dem Bischofsstab und hielten diesen in Ehren. Zwar hatten wir noch nicht die Zustimmung aller Bischöfe und Roms, aber wir waren uns unserer Sache sicher.

Am 6. Tag des Monats Mai im Jahr 1007, dem vierunddreißigsten Geburtstag meines lieben Gatten Heinrich, begehrten wir keine Geschenke für unser eigenes Wohl. Alle Schätze und heiligen Gegenstände, die wir erbitten und kaufen konnten, schenkten wir unserer heiligen Kirche zu Bamberg, deren Hauptaltäre an diesem Tag geweiht wurden.

Heinrich und ich wussten, dass wir auf einem guten Wege waren. Voller Vertrauen schickten wir Boten und Geschenke an Papst Johannes XVIII. Wir baten ihn demütig darum, unser Bamberg in den Schoß der Kirche aufzunehmen und es als Bistum auszuweisen. Wir baten ihn auch, unser Bamberg dem Bistum Würzburg zu unterstellen, da wir von ihm Ländereien erhalten hatten und es in der Macht nicht schmälern wollten. »Bischof Heinrich von Würzburg«, so schrieben wir, »hat in göttlicher Demut seinen Segen zu unserem Vorhaben erteilt. Wir bitten dich, Heiliger Vater, diese Tat anzuerkennen und durch den Zuwachs eines neuen Bistums nun Bischof Heinrich zum Erzbischof zu erklären.« Weiter flehten wir den Papst an, alle übrigen Bischöfe zu ermuntern, unser Bamberg anzuerkennen. Wir wussten sehr wohl, dass die Bischöfe um ihre eigene Macht zitterten, da Heinrich als König nur allzu oft gegen ihren Willen in ihre Geschäfte eingegriffen hatte. Wir konnten nun nur noch warten, hoffen und beten.

Die Antwort des Papstes überbrachten uns päpstliche Boten zum Ende des Monats Juni. Der Bote, der uns die schriftliche Nachricht brachte, verkündete laut: »Der Heilige Vater, Papst Johannes XVIII., hat der Bistumsgründung zu Bamberg zugestimmt. Er stellt Bamberg unter seinen besonderen Schutz.«

Wir freuten uns über die Nachricht, doch die Enttäuschung folgte auf dem Fuß: Unserem Wunsch, das Bistum Würzburg zu stärken, kam der Papst nicht nach. Er hatte unser Bamberg Mainz unterstellt. Unser Versprechen an den Bischof von Würzburg konnten wir somit nicht einhalten.

Der Papst hatte die Nachricht nicht nur an uns gesandt, die Kunde war an alle Bistümer ergangen. Wir konnten nur noch eine ruhige Nacht verbringen, dann erhielten wir die wütende Antwort des Würzburger Bischofs, der seine Zustimmung zur Bistumsgründung widerrief. Ich wusste, dass der Würzburger Bischof damit all unsere Pläne vereiteln konnte. Wir brauchten doch die Zusage aller Bischöfe! Noch hatte sich die veränderte Meinung des Bischofs jedoch nicht herumgesprochen. Nun mussten wir rasch handeln.

Heinrich versammelte im Oktober in Aachen alle weltlichen Fürsten. Diese konnte er leicht für eine Neugründung gewinnen, hatten sie doch nichts von einem Zuwachs der Kirche zu befürchten. Doch bei den Bischöfen regte sich Widerstand. Trotz unseres großen persönlichen Einsatzes konnten wir nicht alle Bischöfe hinter uns bringen. Um die Bistumsgründung vollziehen zu können, brauchten wir jedoch ein einmütiges Ergebnis. Uns nützte die Krone wenig, wenn sich die Geistlichen gegen uns stellten.

Heinrich erteilte Anweisung, dass sich das gesamte Reichsepiskopat Anfang des Monats November in Frankfurt zu versammeln hatte. Wir reisten beide dorthin.

Als wir im Verhandlungssaal eintrafen, redeten die Bischöfe wild durcheinander. Alte Feindschaften waren aufgebrochen, und der größte wunde Punkt war die Tatsache, dass Bischof Heinrich von Würzburg nicht erschienen war. Sein Verhalten zeigte deutlich, dass er mit unseren Plänen nicht einverstanden war. Er hatte seinen Kaplan Beringer geschickt, der ihn vertreten sollte. Die Bischöfe murrten, denn sie wollten ihre Gemeinschaft von niemandem, auch nicht vom König selbst, entzwei sehen.

Dass sich der Tag doch noch zu unseren Gunsten wendete, hatten wir nur Heinrich zu verdanken. In dem ganzen Tumult erhob er sich und trat nach vorne. Erzbischof Willigis, der die Verhandlungen leitete, hatte ihn zwar noch nicht gerufen, aber er hob seine Arme und gebot den Männern, sich zu setzen und Ruhe zu geben. Ich saß mit meiner Krone auf dem Kopf allein auf dem uns zugedachten Platz und sah zu, wie Heinrich für uns beide stritt.

Heinrich rief, ehe er mit seiner Rede begann, die Bischöfe einzeln auf, seiner Rede zuzuhören und ihre Herzen zu beugen. Dann begann er: »Meine liebste Gemahlin und ich werden keine Kinder und keinen Erben haben.« Ein Raunen ging durch die Menge, obwohl sie sich das doch schon längst hätten denken können! Willigis gebot Stille. »Wir haben uns jedoch Christus zum Erben gewählt«, fuhr Heinrich fort. Wieder entstand Gemurmel. Heinrich erklärte: »Alles, was unser ist, soll Christus gehören. Alles, was wir haben, wollen wir in den Schoß der Kirche legen. Bamberg, unseren liebsten Augapfel, wollen wir Gott zum Opfer bringen.« Heinrich schwieg einen kurzen Augenblick, dann sah er zu mir, streckte seine Hand aus und rief: »Dies ist nicht nur mein Wille. Ich stehe hier und spreche auch im Namen meiner anvertrauten Frau Kunigunde, eurer hochverehrten Königin, die, obwohl als Weib geboren, ein Vorbild an Tugendhaftigkeit und Heiligkeit ist. Meine Gemahlin Kunigunde und ich haben uns Christus zum Erben erwählt. Wir bitten euch untertänigst, diesen heiligen Wunsch zu unterstützen.«

»Wie kann sich ein König anmaßen, sich wie ein Bischof zu gebärden?«, wurde Heinrich die erste Frage entgegengeschleudert.

Heinrich griff zur Krone und setzte sie ab. »Ich stehe heute nicht als König vor euch, sondern als Mensch, der gottgefällig handeln möchte, und ich bitte euch, verwerft nicht die gottesfürchtige Bitte eures Dieners.«

»Und wie könnte es Frieden geben, wenn du nicht in der Lage bist, mit dem nächsten Bischof, deinem Bruder aus Würzburg, in Eintracht zu handeln?«

Nun warf sich Heinrich auf den Boden, legte sein Haupt in den Staub und sagte: »Ich werde nicht in die Geschäfte der Kirche eingreifen. Ich werde einen Bischof einsetzen, der im Namen der Kirche handelt und dessen Diener ich sein werde.«

Ich weiß nicht, wie viele Fragen Heinrich noch in größter Demut über sich ergehen ließ. Wir alle waren entsetzt und berührt, dass Heinrich dort im Staub lag. Erst jetzt merkte ich, dass, während Heinrich sich demütigte, ich mit beiden Händen nach meiner Krone gegriffen hatte und diese festhielt. Während Heinrich alles losließ, wollte ich mir meine Krone nicht nehmen lassen.

Wie meine Brüder es schon getan hatten, forderten die Bischöfe, dass Heinrich mir einen neuen, reichen Witwensitz zukommen lassen musste. Heinrich warf sich erneut nieder und beteuerte, dass ihm nichts mehr am Herzen läge, als seine geliebte Frau gut zu versorgen. Er wolle noch heute seine Vorschläge unterbreiten.

Alle waren von Heinrichs unterwürfiger Rede tief beeindruckt. Willigis ergriff das Wort und sagte, das keiner im Raum mehr den demütigen und göttlichen Wunsch abschlagen könne; deshalb wolle er anhören, was der Vertreter des Würzburger Bischofs, Kanzler Beringer, vorzubringen habe.

Beringer trat vor, und alle sahen ihn am ganzen Leibe zittern. »Ich spreche im Namen meines Bischofs. Und ich sage frei heraus: Der Bischof von Würzburg blieb dem Treffen fern, weil er den König fürchtet. Der Bischof bangt um sein Leben. Er will aber dem Willen der Kirche in keinen Stücken im Wege stehen. Sollte hier einmütig die Bistumsgründung Bambergs beschlossen werden, so wird Bischof Heinrich von Würzburg dem zustimmen.« Beringer setzte sich. Was er gesagt hatte, war nur allzu verständlich. Ich bangte, ob die Worte Beringers uns schaden würden.

Doch, Gott sei Dank, stand Tagino, unser treuer Freund, Bischof von Magdeburg, auf und rief laut: »Für mich gibt es nur eine gottgefällige Antwort auf den Wunsch unseres frommen Königs: Ich bin für die Bistumsgründung in Bamberg! Ich möchte als Erster meine Unterschrift unter die Synodalurkunde setzen.« Damit war der Durchbruch erreicht. Einer nach dem anderen folgte, und am Ende hatten alle fünfunddreißig Bischöfe unterschrieben und damit unseren Wunsch erfüllt.

Noch am selben Tag wurde unser Kanzler Eberhard von Erzbischof Willigis von Mainz zum Bischof von Bamberg erhoben, und Heinrich stellte siebenundzwanzig Urkunden für das Bistum Bamberg aus. Er übereignete große Landgüter, Klöster, Stifte und Höfe mit allen Rechten und Einkünften dem neuen Bistum. Die Güter spannten sich über die ganze Südhälfte unseres Königreiches. Die Besitzungen verstreuten sich weit und lagen doch nah genug, sodass sie nur einen Tagesritt voneinander entfernt waren. Gleichwie in sicheren Königshöfen würden sich nun die Bamberger Geistlichen in weit gestreuten eigenen Anwesen bewegen und versorgen können.

Was wir zuvor für unser Bistum geplant und bereits begonnen hatten, eine Vision nach der anderen, setzten wir jetzt in die Tat um. In Bamberg entstand eine umfangreiche Bibliothek, eine Ausbildungsstätte für geistliche und weltliche Würdenträger, eine Kunst- und Goldschmiede.

Die Mächtigen kamen bald von fern und nah, um uns reich zu beschenken, damit unser Jerusalem weithin strahle.

Die Menschen sangen Loblieder auf Gott und sein Königspaar:

Gepriesen bist du,
herrlicher Gott,
für Heinrich,
den heiligen Herrscher,
der sein Herrschen als Dienen
und Sorgen erkannte,
der selbst nur Verwalter
aus Gnade sich nannte,
dem dein Wort und Gebot
über alles galt,
der sich dir allein beugte
und deiner Gewalt.

Großes tut Gott, singt ihm Lob!
Kunigunde er erhob:
eine schwache Frau.
Machtvoll hat er sie erwählt,
sie den Starken zugezählt:
eine zarte Frau ...
Als er trug der Krone Last,
zog sie mit ihm ohne Rast:
eine starke Frau.
Mit ihm hasste sie den Krieg,
kämpfte um des Friedens Sieg:
eine weise Frau.

So wurde auch mir mit der Stiftung Bambergs viel Ehre zuteil. Meine Freude an den Menschen und Gottes Werken wurde von den Mächtigen der Welt, den Geistlichen und dem untergebenen Volk mit Freundlichkeit belohnt. Wem auch immer ich in den Gängen begegnete, ob es eine einfache Magd, der Kanzler oder Gäste waren: Sie verneigten sich nicht nur, sondern lächelten mich freundlich an, und ich wusste, dass mir ihre Herzen zugeneigt waren. Welch großes Vorrecht ich damit besaß! Sie zitterten nicht vor mir und taten doch alles, um mich zu schützen und zu stärken.

Obwohl ich eben von unseren glücklichsten Zeiten berichte ... Ich habe aufgehört zu schreiben; mein Kopf liegt in meinen Händen vergraben. Wie gerne würde ich an dieser Stelle meine Aufzeichnungen beenden. Wäre das nicht ein schönes Ende? »Sie schenkten ihr Bamberg der Kirche, und alle lobten darüber die Größe Gottes und das Königspaar.« Welch ehrenvoller Ausgang, welch glückliche Geschichte! Habe ich je früher Gott für diese Zeiten gedankt? Es war alles so selbstverständlich. Erst, als mir all diese Ehre nicht mehr zuteilwurde, begriff ich, dass Ehre und Macht nicht selbstverständlich sind. Die Zuneigung des einfachen Volkes gab mir damals den größten Trost. Denn als ich Heinrich und meine Macht verlor, weinten sie mit mir.

Es dünkt mich jedoch, dass gerade, wenn wir uns zufrieden wähnen, schon die Würmer an den Hölzern zu nagen beginnen, die Habgierigen ihre Blicke auf uns lenken und beim nächsten Gewitter eine neu geweihte Kirche in Flammen aufgeht. Die Würmer und Neider in unserer Geschichte waren auch in meiner eigenen Familie zu finden ...

Heinrich hatte mir als Ausgleich für Bamberg den Königshof Kassel als Witwensitz ausgewählt. Zusätzlich hatte ich noch mehr Besitzungen im Herzogtum Bayern erhalten. Doch das war meinen Brüdern ein Dorn im Auge. Sie wollten ihre Schwester weiter in der mächtigen, blühenden Burg Bamberg sehen und dort mein Erbe antreten. Sie zürnten mir, und sie zürnten Heinrich. Mein Bruder Friedrich, der ja schon das väterliche Erbe in Luxemburg angetreten hatte, war nun auch Graf vom Hessengau. Er war doch in der Nähe Kaufungens und meine Familie in Northeim war auch nicht allzu weit entfernt! Konnten sich meine Brüder nicht damit begnügen? Friedrich hatte ein waldreiches Gebiet nahe Kassel und Kaufungen, in dem einträgliche Glashütten standen, und der Weg nach Sachsen war offen. In der Nähe hatte auch mein Bruder, Graf Siegfried von Northeim, die Grafschaft im Rittigau zwischen Northeim und Gandersheim innegehabt. Nach dem Tod meines Bruders Siegfried im Jahr 1002 hatte sein Sohn Siegfried das Erbe angetreten. Siegfried hatte auch die Grafschaft Ringgau inne, die ebenfalls in der Nähe Kaufungens lag. Somit war ich von meinen Brüdern umgeben.

Heinrich und der Kanzler hatten jedoch mit der Überschreibung des Königshofes Kassel zu schnell gehandelt, denn beim Tod Heinrichs würde der Königshof wieder dem neuen König zustehen, und somit wäre er nicht mehr in meinem Besitz. Deswegen wählte ich als Witwensitz Kaufungen. Diesen lieblichen Ort mit dem köstlichen, heilenden Wasser. Kaufungen war zudem größer als Kassel und lag an wichtigen Handelsstraßen. Wenn ich in Kaufungen weilte, konnte ich spüren, dass hier vor vielen Jahren die irischen Mönche ihre Arbeit geleistet hatten. Auch Karl der Große hatte hier seine Spuren hinterlassen. Von den Höhen Kaufungens konnte ich weit über die Täler blicken. Mir waren die Drohungen meiner Brüder egal. Sie wollten, dass ich mir ein Machtzentrum erschüfe, von dem sie profitieren könnten. Und sie wollten später mehr Ländereien von mir erben.

Für Kaufungen gab ich Kassel gerne auf. Einzig die großen Gärten wollte ich in Kassel weiter nutzen, denn dort waren die Ebenen fruchtbarer, und die Äcker trugen kräftigere Pflanzen. Zur Versorgung unseres Hofstaates brauchte ich große Ackerflächen, die weder von Flüssen überspült wurden noch im Sommer vertrockneten. Da ich alle Ländereien behalten konnte, die zum Königshof Kassel gehörten, war für mich die Wahl, das ehrwürdige Kaufungen für meine Lebzeit zu erhalten, eine große Freude.

Wir begannen in Kaufungen, den dortigen Königshof für mich auszubauen. Die Wirtschaftsräume wurden erweitert, und Bauleute prüften die ehrwürdige Georgskapelle. Ich verfolgte alle Arbeiten mit besonderer Aufmerksamkeit. Trotzdem reiste ich von einer Stadt zur anderen, um mit Heinrich unseren Regierungsaufgaben nachzukommen. Ich kümmerte mich um unser Volk und behütete unser heiliges Bamberg. Ich blieb meinen Aufträgen treu, obwohl sich meine Brüder von mir abwandten. Sie konnten nicht verstehen, dass ich als Königin noch viel mehr bedenken musste als ihre privaten Vorteile, die sich auch noch als Bedrohung für unser Reich auswirken konnten.

Als der Erzbischof Liudolf in meiner geliebten Stadt Trier starb, begannen meine Brüder tatsächlich, einen offenen Krieg gegen uns zu führen. In Briefen beschwor ich sie:

Bedenkt, wenn Vater noch leben würde! Er hätte alle Macht einzig genützt, um den König zu unterstützen, und niemand hätte mir ein Leid antun dürfen. Ja, ich bin gewiss, dass Vater mit euch hart ins Gericht gehen würde, wenn er lebte und wüsste, dass ihr eure Macht eigennützig gegen den Willen des Königs mehren wollt!

Mir war angst und bange, als ich die Machtverhältnisse meiner Brüder unter dem Gesichtspunkt der Feindschaft sah. Sie hatten in den vergangenen Jahren ein großes, zusammenhängendes Gebiet an der Grenze zu Frankreich an sich gebracht. Als nun der Erzbischof in Trier tot war, hatte mein noch so junger und unerfahrener Bruder Adalbero leichtes Spiel und ließ sich ohne unsere Zustimmung zum neuen Erzbischof wählen. Zuvor war Adalbero lediglich Propst von St. Paulin in Trier gewesen. Mit dem eigenmächtig angeeigneten Amt des Erzbischofes stellte die Macht meiner Brüder im Westen eine Bedrohung gegen unser Königtum dar. Außerdem hatte Heinrich meiner Schwester Eva und ihrem Mann, Graf Gerhard von Nassau, das Elsass zum Lehen gegeben. Zusammen mit meinen starken Brüdern, ohne das Regulativ durch königsnahe Bischöfe, wurden sie zur Bedrohung unseres eigenen Königreiches. Obwohl ich mit offenen Augen die Gefahr sah, hing ich doch so sehr an meinen Brüdern und wollte den Glauben an sie nicht aufgeben, dass ich mich sogar dazu erniedrigte, Heinrich auf Knien anzuflehen: »Bitte stimme der Bischofsweihe Adalberos zu! Du kannst ihm doch noch fähige, reformwillige Geistliche zur Seite stellen. Vielleicht wird dann der Geist meiner Brüder dadurch wieder zur Krone hingewendet.«

Heinrich sah mich an und sagte, was folgen musste: »Nein, ein Bistumsstuhl ist Angelegenheit der Kirche und des Königs. Ich werde das eigenmächtige Handeln Adalberos nicht dulden. Dieses Exempel werden wir statuieren und daran sehen, auf welcher Seite deine Familie steht.«

Wie Heinrich es schon lange geplant hatte, bestimmte er den Dompropst und Kämmerer Willigis zum neuen Erzbischof von Trier. Als die Nachricht in Trier eintraf, rief mein Bruder Adalbero jedoch zum bewaffneten Widerstand auf. Er befestigte die Königspfalz und ließ die Palastaula zur Festung aufrüsten.

»Ich kann nicht mit dir reiten«, sagte ich zu Heinrich. »Auch wenn mich keine Kriegshandlungen mehr schrecken: Gegen meine Familie kann ich nicht selber zu Felde ziehen.« Heinrich verstand mich sehr gut. Ich blieb in Bamberg, betete und weinte.

Heinrich rief seine Getreuen zusammen und ritt nach Trier. Mein Bruder hatte sich mit dem gesamten Klerus und den Mächtigen in der Palastaula verschanzt. Ganz Trier hatte sich gegen uns verschworen! Sechzehn Wochen belagerte Heinrich mit seinem Heer die Festung – ohne Erfolg. In seiner Not bat er meinen Bruder Hezilo, im Streit zu vermitteln. Dieser ließ sich in den Palast führen und sprach mit seinem Bruder. Danach gab er Heinrich die Kunde: »Schlechte Nachrichten, Heinrich. Adalbero hat einen unbeugsamen Willen und auch die Mittel, ihn aufrechtzuerhalten. Die Basilika ist voller Waffen und Lebensmittel. Außerdem haben sie stets frisches Quellwasser. Als ich mit Adalbero zu verhandeln suchte, schworen er und seine Getreuen, bis zu ihrem Lebensende dort auszuharren, anstatt sich zu ergeben. Du mögest nur gegen die Mauern anrennen; sie würden nicht weichen.«

Heinrich bedankte sich bei Hezilo für seine Kundschaft. »Zumindest auf einen der Brüder meiner Frau ist Verlass.« Er klopfte ihm auf die Schulter. »Ich weiß, wann eine Schlacht aussichtslos ist. Außerdem ist dies nicht die einzige Schlacht, die auf mich wartet.« Heinrich sammelte also seine Getreuen und zog sich zurück. Es wurde schließlich höchste Zeit, dass er sein Heer wieder an der polnischen Grenze stationierte.

Ich ritt Heinrich entgegen, erleichtert, dass vorerst Waffenstillstand in meiner Familie herrschte. Doch dieser Friede war, noch ehe wir Bamberg erreichten, mit der Nachricht eines unserer Spitzel vorbei. Er näherte sich uns unterwürfig. Heinrich, obwohl voll Ungeduld, gestattete ihm zu sprechen. »Ich bin betrübt bis in die Seele, dir, wertem König Heinrich, die volle Wahrheit zu sagen«, begann der Spitzel seine Nachricht.

»Welche Nachricht könnte schlechter sein als alles, was ich doch schon weiß?«, fragte Heinrich zurück.

»Die Wahrheit ist, dass man euch getäuscht hat! Denn Adalbero hätte der Belagerung nicht länger standhalten können und sich wohl nach wenigen Tagen ergeben müssen. Hezilo, den ihr vertrauensvoll zu den Verhandlungen entsandt habt, hat dich belogen.«

Mir wurde übel, als ich die Worte des Spions vernahm. Wir hatten Mühe, unsere Grenzen zu sichern, und Hezilo hatte sich an den Ränkespielen beteiligt?

Heinrich wurde bitterböse und erließ das Gebot, dass Hezilo Bayern nicht mehr betreten dürfe. Damit verlor Hezilo sein Herzogtum in Bayern. Mir traten Tränen der Wut und Enttäuschung in die Augen. Aber ich war auch erleichtert, denn wir durften keine Feinde in unserer Nähe dulden, selbst wenn es sich um meine Brüder handelte.

Als Hezilo offiziell abgesetzt wurde, übertrug Heinrich mir die Verwaltung des Herzogtums Bayern. Für mich war es eine willkommene Regierung, denn ich konnte dem Volk und der Kirche dienen und zudem das Erbe Heinrichs und meines untreuen Bruders hochhalten. Wer konnte schon wissen, wozu dies noch dienen sollte?

Schon damals spürte ich, wie wichtig es ist, einer Sache treu zu sein. In den Wochen, in denen weder Hezilo noch Heinrich an meiner Seite waren, konnte ich mich mit ganzen Kräften und ganzem Verstand um die Amtsgeschäfte kümmern. Ich diktierte meinem Schreiber in der Zeit alles, was ich später Heinrich vorlegte und wobei ich als Intervenientin auftrat. Heinrich schätzte meine Bitten und meinen Rat, und nur selten schlug er mir meine Wünsche ab. Geistliche, Mächtige und Bürger wussten um meine Fürsprache bei ihrem König, denn ich war ihren Herzen näher.

Hezilo hatte sich indessen in den Ardennengau geflüchtet und rüstete mit Adalbero gegen Heinrich auf. Während sich meine Brüder also gegen Heinrich verbündeten, musste sich Heinrich wieder gegen den Polenherzog zur Wehr setzen, denn dieser hatte ohne Grund den Friedensvertrag aufgekündigt. Daraufhin plünderte Herzog Boleslaw das Gebiet um Magdeburg. Er raubte die Einwohner aus, ließ sie töten oder gefangen nehmen.

Die einzigen ruhigen Tage waren die hohen Festtage, an denen alle der Heiligen gedachten und unsere Seelen gestärkt wurden. Wieder konnten Heinrich und ich über Weihnachten in Pöhlde beieinander sein. Heinrich hatte den Kriegszug gegen Boleslaw vorerst beendet, aber die heidnischen Heere nicht entlassen. Mit ihnen zog er im Frühjahr 1009 in den Westen. Sie ritten gegen meine Brüder, gegen das Heer des Metzer und Trierer Bischofs. Ebenso hatte sich Graf Gerhard, der Mann meiner Schwester, in die Reihen unserer Gegner eingereiht. Heinrich und sein heidnisches Heer zerstörten alles, was ihnen in die Hände fiel. Sie brandschatzten die Häuser und verwüsteten die Kirchen. In Metz plünderten sie sogar die Abtei St. Martin. Ich kannte die Abtei und wusste auch, was sie nun in meiner Heimatstadt Trier in Schutt und Asche legten. In Gedanken lief ich wieder auf meinen noch jungen Beinen durch die Straßen Triers und sah jedes geliebte Gebäude vor mir. Noch einmal durchlebte ich den Tag, an dem ich Heinrich das erste Mal sah, die Gespräche, die wir damals führten. Mir blutete mein Herz. Selbst die Geistlichen rügten Heinrich. Ich litt und konnte doch keine Hilfe bringen. Fast ein Jahrzehnt sollte es dauern, bis sich Adalbero und meine Brüder wirklich unterwarfen.

In der Zwischenzeit kämpfte Heinrich also an zwei Fronten. Als Heinrich vom nächsten Polenzug heimkehrte, führte er Boleslaws Schwager Gunzelin gefangen mit sich im Zug nach Bamberg zurück. Doch nicht nur dies berichteten mir die Boten, sondern auch, dass Heinrich während des Feldzuges schwer erkrankt war. Er wurde von mehreren Bischöfen nach Hause begleitet, und ich ritt ihm entgegen. Auf dem Rückweg hielt ich in meinen Armen einen Mann, der daran dachte, zu sterben. Aber das sollten ihm die Ärzte und Geistlichen gründlich verübeln.

Ich hielt sie an, nicht zu nachsichtig mit Heinrich zu sein, damit er nicht aus Selbstmitleid einschliefe. Ich selbst ermahnte Heinrich: »Vergiss deine Pflichten nicht! Du hast noch so viel zu tun! Bei unserer Liebe und bei deiner Liebe zu unserem Volk, du wirst gebraucht! Du musst zu dir kommen und die Geschäfte wieder in die Hände nehmen.«

Als Antwort kam nur ein gequältes Stöhnen. *Ich weiß, was mit dir ist, mein Liebster,* dachte ich, während ich seine heiße Stirn streichelte. *Dich drücken nicht nur die Steine im Bauch. Dich quälen auch die Sünden, weil du in der Kirche von Metz so erbarmungslos gewütet hast.* Ebenso hatte das zurückgebliebene Heer das Land des Markgrafen Gero II. von der Lausitz verwüstet, ehe sie wie Heinrich heimzogen.

Heinrich hatte selten Zweifel an seinem Regierungsstil. Doch sobald er krank daniederlag, fühlte er nur noch die Seelenpein seiner Sünden und des Versagens. Es nützte jedoch wenig, ihn darin zu bestärken.

»So tilge, was in deinem Namen Böses geschah«, fauchte ich ihn an, als er nun zu jammern begann, und erklärte ihm, dass er sich

sehr wohl an Metz versündigt hatte, indem er den Heiden die Zerstö-
rung der Kirchen überlassen hatte. »So heile die Wunden, die du
schlugst, damit deine Seele Frieden findet!« Ich hatte es satt, dass
Heinrich in seiner Stärke tat, was er wollte, und in seiner Schwäche
nur jammerte. Tatsächlich wurde Heinrich immer dann gesund,
wenn er sich auch seinen eigenen Taten stellte. Ich bat um Träume
für ihn, denen er folgen konnte, denn was gilt schon das Wort einer
Frau, wenn ein Mann gegen Teufel kämpft? Die Heiligen ließen uns
nicht im Stich. Sie erschienen Heinrich im Traum, so erzählte er mir,
strichen Balsam auf seinen geschundenen Leib und versprachen, ihn
schützend durch das Höllenfeuer zu begleiten.

In diesen Tagen erhielt Heinrich einen langen Brief von Missionsbischof Brun von Querfurt. Dieser brannte sich mir regelrecht in mein
Gedächtnis. Ich hatte Brun bei Erzbischof Tagino in Merseburg kennengelernt. Kaum war mir eine aufrechtere, liebevollere Gestalt begegnet, als er es war. Der Missionsbischof war, bevor er Hofkaplan
bei Kaiser Otto III. geworden war, Domherr in Magdeburg gewesen.
Doch bald verließ er den Hof Ottos III. und trat in das bedeutendste
Reformkloster, S. Bonifacio e Alessio, in Rom ein. Zusammen mit Tagino wurde er im Jahr 1004 zum Missionsbischof geweiht. Anschlie-
ßend hielt er sich beim Polenherzog Boleslaw auf. Von dort reiste er
nach Kiew, da der Großherzog dort zum christlichen Glauben über-
gewechselt war. Bischof Brun predigte in entlegenen Städten weit im
Osten. Bei seiner Rückkehr weilte er erneut bei Boleslaw, der ihm von
den Kämpfen mit Heinrich erzählte. Der Missionsbischof setzte seine
Reise erst weiter fort, nachdem er einen Brief an Heinrich geschrieben
hatte. Er sollte uns zur dringenden Mahnung sein. Er schrieb über Boleslaw:

Wenn jemand gesagt haben soll, dass ich für diesen Fürsten Treue und enge
Freundschaft hege, so ist es wahr: Ich liebe ihn wie meine Seele und mehr als
mein Leben. Natürlich liebe ich Boleslaw nicht im Gegensatz zum König. Viel-
mehr will ich beide zusammenführen. Aber bei aller Achtung vor der königlichen
Gnade: Ist es recht, ein christliches Volk zu verfolgen und ein heidnisches zum

Freund zu haben? Wie kommt Christus zu Belial? Wie kann man Licht und Dunkel vergleichen? Auf welche Weise kommen der Teufel und der Anführer der Heiligen, euer und unser Mauritius, zusammen? Mit welcher Stirn schreiten die Heilige Lanze und die teuflischen Feldzeichen derer, die sich von Menschenblut nähren, nebeneinanderher? Hältst du es nicht für eine Sünde, oh König, wenn ein Christenhaupt – es ist schrecklich zu sagen – unter der Fahne des Teufels geopfert wird? Wäre es nicht besser, die Treue eines solchen Mannes zu besitzen, mit dessen Hilfe und Rat du Tribut empfangen und aus dem heidnischen Volk ein heiliges, allerchristliches machen könntest? Oh, wie sehr möchte ich den Fürsten Boleslaw nicht zum Feind, sondern zum Getreuen haben! Und wenn du sagen willst: »Ich will«, dann erweise doch Barmherzigkeit! Lass ab von der Grausamkeit! Wenn du einen Getreuen haben willst, höre mit der Verfolgung auf! Wenn du einen Vasallen haben willst, dann tu dies mit dem Guten, damit es erfreut. Sei auf der Hut, oh König, dass du nicht alles mit Gewalt machen willst und niemals mit Barmherzigkeit, welche er, der selbst das Gute ist, liebt, damit nicht etwa Jesus, der dich jetzt unterstützt, daran Ärgernis nehme.

Der Missionsbischof schrieb weiter, dass es Heinrich nicht um das Reich Christi gehe, sondern um die weltliche Ehre. Deshalb nehme er die Hilfe von Heiden in Anspruch und falle in christliche Länder ein.

Die Heiligen Polens hätten sich bereits von ihm abgewandt. Die Heiligen, die Otto III. hochgehalten und verehrt hatte.

Wenige Tage, nachdem er diesen Brief verfasst hatte, fand der Bischof mit achtzehn seiner Getreuen den Märtyrertod in Preußen. Nun hielt ich als sein Vermächtnis seinen Brief an Heinrich in Händen. Die Tinte war noch so frisch wie das Blut, das der heilige Mann vergossen hatte.

Heinrich machte der Brief wütend, und er rief aus: »Das war nun die gerechte Strafe, die ihn für diese Bosheit ereilte!« Ich aber und alle anderen aus dem Hofstaat hielten den Brief in Händen als deutliche Warnung an uns.

Erstaunlich, wie sich manche Worte in unser Gedächtnis einprägen. Hier sitze ich nun als Nonne und erinnere mich noch an beinahe jedes Wort. *Wenn du mehr Barmherzigkeit an den Tag legen würdest, müsstest du nicht, wie jetzt, an drei Stellen gleichzeitig Krieg führen*, schrieb der weise Bischof. Und die letzten Worte des Märtyrers klingen noch heute in meinen Ohren. Ich höre dabei seine Stimme, mit der er sprach, so klar und deutlich, als stünde er hier neben mir. Seine Worte klingen, als ob die letzte Posaune bliese:

Ach, weh über unsere unseligen Zeiten! Nach dem heiligen Kaiser Konstantin dem Großen, nach Karl, dem vortrefflichen Vorbild der Frömmigkeit, gibt es nun zwar jemanden, der die Christen verfolgt, aber fast niemanden, der die Heiden bekehrt. Daher, oh König: Wenn du den Christen Frieden gegeben haben wirst, indem du für das Christentum gegen die Heiden kämpfst, dann wird es dir am Jüngsten Tag wohlergehen, wenn du nach Zurücklassen aller Dinge vor dem Angesicht des Höchsten mit umso geringerem Schmerz und umso größerer Freude stehen wirst, je größer in deiner Erinnerung deine guten Taten sind.

Schon damals fuhr es mir durch Mark und Bein, als ich diese Ermahnungen hörte. Und doch zeigte mein geliebter Heinrich sich uneinsichtig, wie sehr ich ihn auch darum bat, sich die Worte zu Herzen zu nehmen ...

Wie konnte ich Heinrich dazu veranlassen, gnädiger zu sein? Heinrich schenkte großzügig und mit leichtem Herzen. Aber er konnte niemandem verzeihen, der sich gegen ihn stellte, der nicht sofort seine Anliegen teilte. Wer sich ihm in den Weg stellte, den ließ er töten oder gefangen nehmen. Das spürte der Schwager Boleslaws am eigenen Leib.

Gunzelins Kerkerhaft war eine solche Genugtuung für Heinrich. Alle, die in Bamberg waren, konnten in das ebenerdig vergitterte Loch auf den zerschundenen Leib des frommen Adeligen schauen.

An ihm sollten sie ersehen, wie es dem erging, der sich gegen Heinrich erhob. Gunzelin war nicht wie ein politischer Gefangener in sauberen Gemächern untergebracht worden, sondern wurde zu den Verbrechern gesteckt.

Mein Leben als Königin sollte weder von den Taten meiner Brüder noch von Heinrichs launischem Charakter beeinträchtigt werden. Täglich vertraute ich auf die Kraft Gottes und die Liebe Heinrichs. Mit der Königswürde und der Verantwortung für meine Untertanen war ich zu einem anderen Menschen geworden. Ich war nicht mehr das Kind meiner Familie und nicht nur die Frau Heinrichs.

Eine Frau gilt wenig in ihrer Herkunftsfamilie. Wir Frauen werden jedoch durch eine gute Heirat stark gemacht und vor allem über die Erben, die wir in die Welt setzen. Die Mütter der vorigen Könige waren stark, weil sie auch das Reich der Söhne verwalteten, so wie ich nun an Heinrichs Seite stand. Selbst die Schwestern Sophie und Adelheid partizipierten an der Macht ihres Bruders Otto III., solange er König und Kaiser war. Ich selber würde nie an der Macht meiner Kinder teilhaben können, doch jetzt hielt ich die Macht in den Händen, und darin wollte ich mich beweisen.

Hielt mich nun mein Bayern und Bamberg in Atem, so trug ich doch Sorge um mein altehrwürdiges Kaufungen. Dort fühlte ich mich den irischen Wandermönchen nahe, und die Christen hatten die heidnischen Bräuche zur Gänze abgelegt. Ich sah meine Heimstatt nicht im Kasseler Königshof, sondern in Kaufungen. Sobald sich die Gelegenheit bot, reiste ich dorthin, um nach dem Rechten zu sehen. Heinrich ließ die vorhandenen Gebäude Kaufungens prüfen. Dann bauten wir ein neues Palais, und die trutzige alte Steinkapelle, die wir dem heiligen Georg, dem Beschützer der Könige und Herzöge, widmeten, wurde neu befestigt. Die Empore der Georgskapelle erhielt eine Königsempore, auf der Heinrich und ich bei Gottesdiensten sitzen konnten. Die alte Kapelle des heiligen Benedikt, dem ehrbaren Gründer der Benediktiner, bedurfte heiliger Gegenstände und eines neuen Daches.

Es war mir nicht genug, die mitgeführten Gegenstände bei den Messen zu verwenden. Ich wollte Gott dort eine würdige Wohnstatt geben, und heilige Brüder sollten stets in Kaufungen im Gebet vereint sein. Ein Platz, an dem sich einst Heiden und Christen im Kampf begegnet waren, bedurfte des ständigen Gebetes. Die wichtigsten Handelswege führten durch Kaufungen. Der Ort war im Schnittpunkt zwischen Franken und Sachsen gelegen und strategisch wesentlich bedeutender als der Kasseler Hof.

Meine Brüder wollten nach wie vor immer mehr und mehr. Es ging ihnen nicht darum, anvertraute Güter zu verwalten und deren Nutznießer zu sein. Sie wollten selber strategisch wichtig sein und ihre Macht vergrößern.

Siegfried im nahen Northeim war bereits verstorben, aber seine Söhne, meine Neffen Siegfried und Benno, waren in meiner Nähe. Mein Bruder Friedrich, Graf vom Moselgau, hatte auch die Grafschaft im Hessengau inne. Diese beiden Brüder waren nicht in den großen Streit mit Heinrich verwickelt, denn sie hatten ihre eigenen alten Herrschaftsbereiche und waren damit zufrieden. Das bedeutete, dass ich an der Grenze zu Sachsen meine Familie um mich hatte. Außerdem verfügte ich selbst über das Gut Herleshausen, das in der Nähe Mündens und Kaufungens gelegen war. Ich wollte mir mit meinem neuen Witwensitz ein neues Zuhause schaffen und wäre doch eingebettet in meiner vertrauten Familie.

Die Zeiten, in denen Heinrich krank lag, zeigten mir deutlich, dass ich auch für meinen irdischen Leib und mein Seelenheil noch viel mehr Fürsorge treffen musste. Damals war ich noch kraftvoll und zuversichtlich. Deshalb konnte ich nie Heinrichs Ängste um sein Leben nachvollziehen, obwohl doch so viele um uns herum wegstarben. Heinrich sah in Zeiten der Krankheit die Hölle offen stehen, und erst dann erkannte er, wo er gefehlt hatte. Als Heinrich wieder krank lag, wurde die Kunde gebracht, dass in Quedlinburg Blutstropfen vom Himmel gefallen waren. Sofort streute er sich Asche auf sein Haupt und bat den Bischof persönlich, ihm die letzte Beichte abzunehmen. Wir saßen alle um sein Krankenlager und dachten, die letzte Stunde wäre angebrochen. »Lasst mich mit ihm nun allein, und geht alle auch zu Bett.« Entschlossen schickte ich alle aus der Schlafkammer. Ich wollte nicht, dass Heinrich vor allen so schwach lag.

Ich reichte Heinrich einen warmen Wermutwein, dazu streute ich ihm das Pulver des Hirschzungenfarns auf die herausgestreckte Zunge. Den Wermutwein zur Stärkung, die Prise Hirschzungenfarn gegen die Schmerzen. Irgendwann schüttelte er den Kopf. Er hatte davon genug. So bettete ich seinen Kopf an meine Brust, damit er zur Ruhe käme. Heinrich schlief ein. Ich legte mich leise neben ihn und horchte auf seinen Atem. Die ganze Nacht und den Tag danach schlief er.

Zu seiner eigenen Überraschung wurde Heinrich wieder gesund. Schon bald ging er seinen Geschäften nach wie zuvor. Dennoch hatte sich die Angst vor dem eigenen Ableben noch tiefer in sein Gemüt gebrannt. Er gab dem Kloster Reichenau den Auftrag, ein großes Bild vom Jüngsten Gericht anzufertigen, das jedem vor Augen führen sollte, dass Christus das Jüngste Gericht aus Barmherzigkeit verschoben habe, es aber jederzeit über uns hereinbrechen könne. Aus dem gleichen Grund war es Heinrich wichtig, solange er noch lebte, die Bischofsstühle neu zu besetzen.

Eine Intrige macht mich stark, wir erringen die Kaiserkrone und meine Brüder werfen sich uns zu Füßen

Mit der rechten Hand fahre ich vorsichtig über das Holzpult, an dem ich sitze. Für einen kurzen Augenblick gönne ich mir Ruhe. Ich versuche, Worte zurechtzulegen für das, was jetzt kommt. Es gelingt mir nicht. Meine Gedanken können immer noch nicht – selbst nach all den Jahren – erfassen, was damals geschehen ist. Gottes Größe bleibt ein Mysterium.

Es gibt Dinge, über die niemand gerne spricht. Meist werden Erfahrungen sogar in der Erinnerung falsch wiedergegeben. Sie werden schlimmer gemacht, als sie waren, oder es werden Wundergeschichten erzählt. Dabei gibt es doch in unser aller Leben grausame Momente und Zeiten, in denen wir auf wundersame Weise durch die große Kraft Gottes errettet werden. Mein Leben wurde von einem Augenblick auf den nächsten in diese Abgründe und in diese Höhe geworfen. Dinge, die ich nicht für möglich gehalten hätte, geschahen in meinem eigenen Leben. Misstrauen, Eifersucht, Verrat kämpften gegen Liebe und Treue.

Ich nehme die Feder zur Hand und beginne: *Wer hätte gedacht, dass ein Mann Gottes mich beinahe das Leben gekostet hätte? ...*

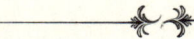

Während ich meinen Aufgaben in Bamberg nachkam, mit meinen Gedanken in Kaufungen weilte und meine Gebete um Heinrich kreisten wie um ein kleines krankes Kind, erdreistete sich ein Mönch aus dem Kloster St. Michael zu einem so bösen Streich, dass ich am liebsten gesehen hätte, wie ihm die Henker die Haut bei lebendigem Leibe abgezogen hätten. Ich war so verzweifelt wie noch nie in meinem Leben, denn diesem Judas im heiligen Bamberg gelang es, Heinrich und mich für einige Zeit zu entzweien. Alles begann wie an einem gewöhnlichen Tag: Heinrich war auf Reisen, und ich setzte alle Kräfte daran, mich würdevoll um meine Aufgaben in Bamberg zu bemühen. Des Morgens musste mich meine Dienerin mit heißem und kaltem Wasser waschen, damit ich für das Heiße und Kalte des Tages vorbereitet sei. Ich betete zum Glockenläuten und eilte zu den Mahlzeiten, da mir überall die Zeit zu kurz wurde.

In diesen für mich glücklichen, arbeitsreichen Tagen war ich schon voller Vorfreude, denn ich hatte Kunde erhalten, dass Heinrich sich auf der Rückreise befinde. Als ich mich eines Tags mitten in einer Unterredung mit unserem Kanzler befand, flog plötzlich die Tür auf, und Heinrich stand da. Meine Freude war vorbei, als ich sein Gesicht sah. Wutentbrannt und schwer atmend starrte er mich an. »Kein Wort mehr werde ich mit dir wechseln«, rief er. »Du bist nicht länger meine Frau.« Dann war er auch schon verschwunden.

Ich verstand nicht, was er meinte, und lief zum Kanzler, um zu erfahren, was geschehen war. Auch er wollte erst nicht mit mir reden, aber nach langem Drängen erfuhr ich nach und nach von ihm, was sich abgespielt hatte: »Ein Mönch aus dem Kloster St. Michael hat dem König gegenüber behauptet, hier sei in den Nächten ein schöner Jüngling ums Haus geschlichen, und du, Königin Kunigunde, hättest ihm Einlass gegeben. Ja, er habe dreimal sehr deutlich die Gestalt des Burschen mit eigenen Augen gesehen, und sobald du ihm die Türe geöffnet hättest, hättest du ihn auch gleich an dich gezogen und geherzt.«

Mir verschlug es die Sprache. Solche Lügen unterbreitete dieser Mönch Heinrich, als dieser müde zurückkehrte! Diese falsche Schlange beteuerte Heinrich gegenüber sogar, dass er lieber sein Leben ließe, als diese traurige Kunde dem geliebten König unterbreiten zu müssen! Dieser räudige Hund! Was unterstand er sich! Das Schlimmste jedoch war, dass Heinrich diesen falschen Worten Gehör schenkte. Ich musste sofort mit ihm selbst sprechen. So eilte ich also zu Heinrich und stellte ihn zur Rede: »Stand ich dir nicht immer treu zur Seite?«, fragte ich ihn.

Doch er begann zu lachen. Ich beteuerte ihm meine Unschuld und Liebe, doch je mehr ich ihn beschwor, umso verächtlicher sah er auf mich! Auf mich, seine treue Frau! Ich hätte nicht einmal seine Frau sein müssen, um ihm treu zu sein. Es genügte doch schon, um mein Amt zu wissen und um das, was sich schickte und in Gottes Geboten stand.

Als er mir keinen Glauben schenkte, packte mich ein unsäglicher Zorn. Ja, ich wünschte mir, dieser verlogene Mönch würde vom Blitz getroffen. Das Schlimmste für mich war, dass Heinrich das Schandmaul wie seinen besten Freund behandelte. Alle sahen mich nun mit schiefen Blicken an. Von einem Tag zum anderen lag Zweifel und Misstrauen in der Luft. Meine Schuld lag auf ganz Bamberg und weit darüber hinaus, obwohl ich mir doch nichts hatte zuschulden kommen lassen!

Heinrich weigerte sich, mit mir Bett und Zimmer zu teilen! Er aß nichts mehr, sondern trank nur noch den bekömmlichen Wein, den er aus Italien hatte kommen lassen. Ja, er verbot mir sogar, in seine Nähe zu kommen oder Geschäfte auszuführen.

Ich ging zum Kanzler, rief den Hofrat zusammen. Alle kamen. Heinrich blieb fern. Ich hatte mir zuvor vorgenommen, vor meinen Untergebenen nicht wie ein Bettelweib aufzutreten. Deshalb hatte ich mich geschmückt und mir die Krone auf das Haupt gesetzt. In sachlichem Ton erklärte ich: »Ihr alle habt von den bösen Anschuldigungen gegen mich gehört. Ich bin einer abscheulichen Intrige zum Opfer gefallen. Einem verlogenen Diener Gottes wird mehr Vertrauen geschenkt als eurer von Gott gegebenen treuen Königin.« Ich sah in die Runde und fuhr mit fester Stimme fort: »Ich habe keinen Fehltritt begangen. Schenkt mir Glauben, und werft diesen verlogenen Mönch in den Kerker. Ich bitte euch, auch den König von meiner Rechtschaffenheit in Kenntnis zu setzen.«

Ich hatte klare Anweisungen erteilt, aber die Herren rührten sich nicht.

»Worauf wartet ihr?«, rief ich erbost.

Sie stotterten erst herum, dann ergriff endlich einer das Wort: »Gerechte Königin, der König wird dir nicht glauben. Keiner wird dir Glauben schenken können. Jeder weiß doch, dass eine Frau der

Wahrheit nicht fähig ist. Eine Frau kann keinen Eid schwören, wenn sie angeklagt ist. Und du bist, auch im Amt der Königin, immer noch ein Weib.«

Ich schluckte schwer. So weit war also die Verschwörung gegen mich schon gediehen, dass nicht einmal die Wahrheit mehr Gehör fand? Obwohl ich Königin war, durfte jeder dahergelaufene Mann mich eines Verbrechens bezichtigen, und ich konnte mich nicht wehren.

Der Kanzler versuchte, mich zu beschwichtigen: »Hab Geduld, meine Königin. Mit der Zeit wird sich die Aufregung legen, und der König wird dich gewiss mit einem Urteil verschonen.« Ich solle nur stillhalten.

Ich soll stillhalten, wenn mich mein eifersüchtiger Mann der Untreue bezichtigt und sich dabei auf einen dahergelaufenen Mönch stützt? Nein! Wenn dieses Land eine Königin hat, dann sollen sie eine wahrlich würdevolle Königin haben. Gott allein konnte mir jetzt noch zu Hilfe eilen. Ich würde mich auf meinen gerechten Richter berufen.

»Da mich weder ein Gericht noch mein eigener Mann freisprechen wird, lasst es alle wissen, dass Königin Kunigunde das Gottesurteil fordert!«, informierte ich den Kanzler. Nach dem Recht, das jedem Verurteilten zustand, wollte ich mein Urteil durch Gott selbst vollzogen wissen.

Ich drehte mich um und ging. Mit niemandem wollte ich bis zum Tage des Urteils reden. Diese verkehrte Welt sollte solange auf ihre Königin warten, und Heinrich wollte ich kein weiteres Mal unter die Augen treten müssen. Diese Demütigungen wollte ich mir ersparen.

Am Abend bat der Kanzler jedoch darum, zu mir gelassen zu werden. Ich ließ ihn kommen und konnte mir nicht verkneifen zu sagen: »Ich hatte geglaubt, immer einen Freund in dir zu finden, aber jetzt kommst du wohl im Auftrag des Henkers.« Ich wusste, dass ihn meine bitteren Worte verletzten, aber ich fand keinen Funken Verständnis in mir.

Der Kanzler sagte mir unter Tränen, dass ich zur Prüfung über zwölf glühende Pflugscharen zu gehen hätte. »Das ist dein Tod, Kunigunde. Eine oder zwei Pflugscharen – da würden die Verbrennungen irgendwann wieder heilen. Doch mehr ist nicht auszudenken. Kein Arzt könnte den Schaden heilen.«

»Das ist es, was du mir sagen wolltest?«, fragte ich ihn knapp.

»Werte Königin, zieh das Gottesurteil zurück!«

Ich musste über den Feigling lachen und ertrug ihn nicht länger in meinem Zimmer.

Ich selbst setzte den Termin für die Gottesprüfung fest. Alle waren zur festgesetzten Stunde da: die Menge der Menschen, der Hofstaat, die Richter und Vollstrecker. Heinrich stand in der ersten Reihe und hielt sich an dem teuflischen Mönch fest, als ob er ihm helfen könne. An dem Verräter hielt er sich fest und keinen Augenblick an mir!

Ich sah auf Heinrich und die Meute, und mein Herz und jeder Muskel in mir wurde heißer als flüssiges Eisen! Dann wurden die Pflugscharen aus den Wannen mit den glühenden Kohlen gestemmt. Mit langen Stangen wurden sie hintereinander aufgereiht. Die Männer hatten dicke lederne Handschuhe an und jammerten doch, wenn sie die rot glühenden Eisen anpacken mussten. Heinrich zuckte mit jeder neu hinzukommenden Pflugschar zusammen. Der Mönch grinste und tätschelte dabei Heinrichs Hand. Dieser falsche Hund! Ich war mit solcher Wut erfüllt, dass mir die aufkommende Hitze und der Gestank egal waren. Der Richter verlas den üblichen Spruch, dass nun Gott selbst über meine Unschuld entscheiden würde. Ich konnte es kaum erwarten. Ja, ich konnte es kaum erwarten, endlich meine Füße auf die Eisen zu setzen. Lieber wollte ich sterben, als noch länger diesen Verleumdungen ausgesetzt zu sein. Und wenn Gott durch dieses Urteil spräche, so würde er mich beschützen.

Ich ging ohne Zögern los, eine Pflugschar nach der anderen bestieg ich. Kein Schmerz quälte mich. Es fühlte sich an, als ob ich meine Füße auf große Steine setzen würde. Gott beschützte meine Füße vor der Hitze. Ich hatte den Weg schon fast hinter mir, als ich aus voller Kehle die Wahrheit rief: »Ich bekenne vor Gott und aller Welt, dass ich noch Jungfrau bin. Weder Heinrich noch irgendein anderer Mann hat den Vorhang in mir zerrissen.«

Ich stieg stolz und unverletzt vom letzten glühenden Eisen, als mich unverzüglich Heinrich selbst so ohrfeigte, dass mir das Blut aus der Nase und von der geplatzten Lippe rann. Anstatt stolz auf mich zu sein und mich vor aller Augen neu in den edlen Stand zu heben, fühlte er sich durch meine Aussage so in seiner Mannesehre gekränkt, dass er mich zu der bereits zugefügten Verleumdung auch noch demütigte. Ich konnte in dem Augenblick nur wenig denken, denn mir schien meine vorher empfundene Größe nun mit einem Mal wie weggeblasen.

Doch dann hörte ich die Rufe der Richter: »Haltet den Lügner, haltet den Mönch!« Dieser hatte die Zeit, als Heinrich mich ohrfeigte, genutzt, um zu entkommen. Dieser gottlose Mönch hatte nicht damit gerechnet, dass Gott mich heil über glühende Pflugscharen führen würde. Während einige Männer zu den Pferden rannten und selbst einige Frauen ihre Röcke rafften, um den Mönch zu erwischen, vernahm ich den gerechten Richterspruch: »Unsere von Gott gesegnete und von allen geliebte Königin Kunigunde wurde zu Unrecht der Untreue bezichtigt. Gott selbst sprach unsere Königin frei und gerecht. Alle Anwesenden beugen sich demütig und voller Reue vor Ihrer Majestät und bitten um Vergebung.« Diese Worte brachten mich wieder zur Besinnung. Ich wischte mir nicht das Blut aus dem Gesicht, sondern bedeckte meinen Mund mit einem Tuch, ging aufrecht und ohne mich umzublicken von allen fort. Niemand sah mich gehen, denn alle mussten mit den Gesichtern auf dem Boden liegen. Auch Heinrich. Ich sah mich nicht nach ihm um.

In meinem Gemach schloss ich die Türen hinter mir ab, wusch mein Gesicht, legte mir ein neues, feuchtes Tuch über die Lippen und schloss die Augen. Am Abend klopfte Heinrich an meine Tür, aber ich ließ ihn nicht ein. Er weinte die ganze Nacht vor der Tür. Ebenso noch zwei weitere Nächte. Zur vierten Nacht ließ ich ihn ein. Aber auch das fiel mir schwer. Ich brauchte diese Tage, bis ich wieder zu mir fand. In der Zeit war es mir ein Trost, zu wissen, dass nun der Verräter über glühende Pflugscharen zu laufen hatte und ihm niemand mehr Herberge geben würde. In diesen Tagen sah ich in meinen Träumen die Gesichter meiner Getreuen, die sich gegen mich gewandt hatten. Mit Mühe erinnerte ich mich an den Augenblick meiner großen Freude über Gottes Hilfe: mein Sieg über die böse Verleumdung, den Heinrich mit einem Faustschlag zunichtegemacht hatte. Doch die erneute Erniedrigung durch Heinrich und alle meine Rachegedanken wurden von der Erkenntnis weggewischt, dass Gott mich aus aller Schmach gerettet hatte. Und er würde es wieder tun!

Wie ich mich nun an all das noch einmal erinnere, spüre ich den Schmerz und die Verzweiflung, als seien sie heute noch gegenwärtig. Heinrich schlug mich damals, so wie auch ich Uta mitten ins Gesicht geschlagen habe. Ich verzieh Heinrich damals, denn er schämte sich und bat mich darum. Uta hat mir auch vergeben, noch ehe ich sie um Vergebung bat. Welch trauriges Leben würden wir führen, wenn wir nicht vergeben könnten? Wie froh war Heinrich, als ich wieder mit ihm lachte, und wie glücklich bin ich doch über meine Nichte! Das werde ich Uta heute noch sagen. Und ich werde ihr ein Geschenk machen. Ein wertvolles Geschenk. Ich werde ihr mein schönstes Geschmeide geben. Sie kann den Halsschmuck behalten oder umarbeiten lassen. Er soll ihr gehören, denn wer vergeben kann, trägt Gottes Herrlichkeit in sich.

Damals hat mich Heinrich in seiner Scham und Dankbarkeit auch reich beschenkt. Er hätte es nicht tun müssen, um mich zu bezwingen. Aber glücklich machte es mich schon – und stolz. Alle sahen wieder, dass mir Heinrich zugetan war ...

Die nächste gemeinsame Reise führte uns nach Paderborn, da der Bischof dort verstorben war. Ich erinnerte mich zurück an die Zeit meiner Krönung und den Aufstand der Bauern gegen unser gefräßiges Heer. Wir hatten diesmal eine bessere Vorsorge getroffen, und die

Karren, die wir mit uns führten, sollten nicht nur uns satt machen, sondern auch die Mägen der Knechte dort füllen. Doch wichtiger als alle unsere Pläne war, dass nun wieder ein Bischofsstuhl frei wurde.

Heinrich und ich wussten beide, wen wir gerne in Paderborn sehen würden: den königstreuen Kaplan Meinwerk, Heinrichs besten Freund. Unter ihm würde Paderborn neu erblühen. Er hatte Otto III. gedient und war mit seinem Heer stets an unserer Seite gewesen. Meinwerk stammte aus dem angesehenen Hause der Immedinger, und wenn ich ihn ansah, dann stellte ich mir vor, dass sein Vorfahre, der starke Sachsenherrscher Widukind, wohl ein ebensolches Angesicht gehabt hatte.

Meinwerk hatte an unserem Hof Messen gelesen und war in allen heiligen Dingen unterwiesen. Als Heinrich die Geistlichen um ihre Zustimmung bat, sprach keiner gegen ihn. Heinrich hatte allerdings Meinwerk nicht um seine Bereitschaft gebeten.

Wie immer, wenn es Heinrich gut ging, pflegte er mit seinen ihm nahestehenden Beratern zu scherzen. So unterrichtete er Meinwerk über sein neues Amt, indem er ihm seinen Handschuh zuwarf und rief: »Nimm, Meinwerk, nimm.«

Meinwerk fing den Handschuh auf und fragte unwissend: »Was soll ich nehmen? Was soll ich mit nur einem Handschuh?«

Da lachten wir alle über Meinwerk, und Heinrich erklärte: »Nicht meinen guten Handschuh sollst du nehmen, sondern das Bistum der Paderborner Kirche.« Da begriff Meinwerk, was der König ihm zugedacht hatte, und war hocherfreut.

Erzbischof Willigis von Mainz weihte ihn in der ehrwürdigen Kirche zu Goslar zum Bischof von Paderborn. Meinwerk konnte es kaum erwarten, nach der Weihe nach Paderborn zu kommen. Dort hielt er Inventur und stürzte sich in seine Aufgaben, als ob er ein Königreich aufbauen müsse. Da Meinwerk viele Jahre mit Kaisern und Königen gezogen war, wusste er, worauf es in einem Bischofssitz ankam. In den vergangenen Jahren waren seiner Ansicht nach die Bautätigkeiten nicht schnell genug vorangetrieben worden; die Spuren, die der große Brand hinterlassen hatte, waren noch lange nicht ausgemerzt. Meinwerk sah zu, wo er gute Baumeister herbeischaffen konnte, damit sein Bischofssitz auch wirklich zur Ehre Gottes gedieh.

Uns allen war auch noch meine Krönung zu Paderborn im Sinn, als die Pfalz nicht in der Lage gewesen war, uns zu verköstigen. Ich bat Heinrich, Bischof Meinwerk mit großen Schenkungen zu versehen, damit auch wir dort immer gut versorgt seien. So schlossen wir mit Paderborn erneut einen festen Bund, und dieser hielt, solange Heinrich lebte. Ewiglich würde in Paderborn unser gedacht werden.

In Meinwerk hatten wir einen klugen geistlichen und weltlichen Berater. Das ganze Bistum diente uns durch seine Fürbitten, und wann immer wir in Paderborn weilten, fehlte es nicht an Fleisch und Wein. Mit Freuden sahen wir, dass Meinwerk sich als begabter Bauherr erwies. Er ließ von byzantinischen Baumeistern eine Kapelle errichten, die dem heiligen Bartholomäus geweiht werden sollte. Auf den Grundmauern des alten Domes entstand ein prachtvoller neuer Dom. Waren mir früher das Gold und die Edelsteine die sichtbaren Zeichen des Himmels, so erfuhr ich in unseren Städten, wie meisterlich sich aus den Steinen der Halden und Äcker Tempel zur Ehre Gottes erbauen ließen – Tempel, in denen Gott zu uns niedersteigen konnte. Freude erfüllte mich, tiefe Freude, denn wie die Gämsen in der Höhe vorsichtig einen Fuß vor den anderen setzen müssen, so ergab sich auch für mich in allem Geschehen von Anbeginn der Zeit mein Weg, der nach Kaufungen führen sollte. Die Bauleute des Bischofs Meinwerk sollten später auch die meinen werden. Das wusste ich damals noch nicht, aber eingezeichnet war es schon in Gottes Hand.

Während ich geschäftig und ausgesprochen frohgemut meiner Arbeit nachgehen konnte, starben an unserer Seite getreue Menschen, die uns stets Stütze und Rat gewesen waren. Wer hätte es sich vor der Zeit vorstellen können, dass Erzbischof Willigis von Mainz seine Augen schloss und nicht mehr seine segnenden Hände über die Bischöfe hielt? Der Schmerz war groß, als wir von ihm Abschied nahmen. Adelheid und Sophie begleiteten uns. Obwohl wir uns längere Zeit nicht gesehen hatten, war es doch wie früher, als wir uns trafen. Wir waren ein Herz und eine Seele. Ob wir es wollten oder nicht, waren wir alle auch ernster geworden und beschäftigten uns mit dem eigenen Tod und der Frage, ob wir unseren Aufgaben gerecht wurden. Sophie hatte inzwischen zwei weitere Klöster gegründet. Immer mehr wurde sie zur geistigen Mutter anderer junger Frauen, die Schutz, Rat und Erziehung brauchten. Auch in unserem Hofstaat waren inzwischen mehr und mehr junge Adelige in unseren Dienst getreten und begannen damit eine gründliche politische Ausbildung, wie sie nur an den großen Höfen erteilt wird.

Mich begleitete nun immer Gunther, Sohn des Ekkehard von Meißen. Er war mein zuverlässiger Schreiber, wenn der Erzkaplan in anderer Mission unterwegs war. So reisten wir auch im Jahre 1011 gemeinsam nach Kaufungen.

Dort erfuhr ich, dass der Mann unserer getreuen Magd Willicuma an der Tollwut verstorben war. Die letzten Tage mussten sie ihn fesseln und mit langen Löffeln füttern, damit er nicht sich und andere biss und mit in das Unglück stürzte. Seit diesen Tagen hatte sie Angst, dass sich wieder ein tollwütiges Tier in die Mauern schlich und sie oder ihre Kinder bedrohte. Ich sah die Angst im Gesicht der Frau geschrieben, und mir war klar, dass sie in eine Gegend musste, in der sich keine Wölfe, Bären oder Füchse befanden. In einem Kloster mit sicheren Mauern auf dem Lande würde sie wieder Vertrauen fassen. Da war ich mir sicher.

Und so übereigneten wir die treue Magd Willicuma an das Kloster Hersfeld. Mein getreuer Kanzler Gunther sorgte dafür, dass die Magd mit ihrer Familie und dem wenigen Hab und Gut nach Hersfeld kam. Heinrich selbst siegelte meinen Wunsch.

»Schau, ich zeige dir das Schreiben und lese dir den Beginn vor, damit du weißt, wie wichtig du für uns bist«, sagte ich zu Willicuma, als sie und ihre Kinder beim Abschied so verängstigt waren. »Im Namen der heiligen und unteilbaren Dreifaltigkeit. Heinrich, von Gottes Gnaden König. Wir wollen, dass allen unseren Getreuen bekannt sei, dass wir durch Vermittlung und Bitte unserer verehrten Hausfrau Kunigunde und unseres Getreuen, Abt Godehard von Hersfeld, ihm und seinem Kloster, das zu Ehren des heiligen Wiegbert erbaut ist, eine Leibeigene nach unserem Recht mit Namen Willicuma mit ihren Kindern und der ganzen Nachkommenschaft durch diese Urkunde unseres Befehls überlassen und schenken ...‹ Ich habe dir das beste Kloster ausgesucht. So sei nun fleißig, und achte darauf, dass deine Kinder gehorsam sind. Denn das Kloster darf selbst entscheiden, ob es euch behält oder weiterverkauft. Und nun geh in Frieden.«

Ich bat den Abt, der Magd so lange mit ihren Kindern eine Schlafkammer unter der Treppe des Wirtschaftsgebäudes zu geben, bis sie ihre Ängste überwunden habe. Erst dann sollte sie mit den anderen wieder über den Ställen schlafen. Willicuma wurde von den Mönchen und Knechten so liebevoll aufgenommen, dass ihre Ängste vergingen. Sie und ihre Nachkommen blieben im Kloster Hersfeld.

Es war nicht selbstverständlich, dass Menschen, deren Geist verwirrt war, wieder in die Welt zurückfanden. Oft wurden sie aus den Häusern vor die Tore getrieben, damit sie bei den Menschen kein Unheil mehr anrichten konnten. Dermaßen schutzlos dem Hunger und den umherziehenden Räubern ausgesetzt, war es für sie meist eine Erlösung, wenn die Wölfe ihrem Leben ein Ende setzten.

Mit geschlossenen Augen sitze ich am Schreibpult. Meine Gedanken sind bei Willicuma. Wie es ihr jetzt wohl geht? Es war mein Vorrecht als Königin, mit den Adeligen zu verkehren und doch mein Ohr vor den Sorgen des Volkes nicht zu verschließen. Manchmal bedrückte mich auch das Schicksal der Frauen und Männer, weil ich zu wenig ausrichten konnte. Aber so ist es wohl, die einen werden als Leibeigene geboren, und andere entstammen den Mächtigen. Die einen sind da, zu herrschen, die anderen, zu dienen und zu gehorchen. Am meisten war ich in die Belange des Herzogtums Bayern eingebunden. Aber nun, da ich in Kaufungen bin, kommen mir zuerst die Menschen in den Sinn, die hier leben. Nun, da ich eine einfache Nonne bin, würde ich gerne die Magd Willicuma wiedersehen. Mich interessiert, wie das Leben anderer weitergegangen ist.

Ich habe es gut, denn ich kann immer noch bei den Heiligen beten und bin nahe am Herzen Gottes. Mich schreckt kein Wolfsgeheul und plagt kein Hunger. So Gott gnädig ist, werden meine Tage friedlich zu Ende gehen. – Aber woran denke ich! Nicht die Tage von heute soll ich niederschreiben, sondern was nach dem Jahr geschah, als ich Willicuma verschenkte: *Das Jahr 1012 sollte die Tore zum Himmelszelt öffnen ...*

An Heinrichs Geburtstag, dem 6. Mai, war unser Bamberg der Herrlichkeit Jerusalems und Roms nah. Emsiger als Bienen und fleißiger als Ameisen hatten alle Bediensteten, Untergebenen und Bewohner Bambergs und weit darüber hinaus das heilige Fest vorbereitet. Der Dombau war abgeschlossen. Der Staub, der sich während der Bauzeit über die Plätze und Straßen gelegt hatte, war fortgeputzt, alles glänzte und in den Ställen warteten die schlachtreifen Sauen, Schafe und Rinder.

Alle, die wir gerufen hatten, waren gekommen. Selbst aus Rom war eine Abordnung eingetroffen, obwohl der Papst selber nicht reisen konnte, da er krank lag. Die Weihung des Domes zu Bamberg konnte stattfinden. Sophie und Adelheid repräsentierten würdevoll die kaiserliche Linie. Wir standen uns in unseren herrlichen Gewändern in nichts nach. Zur Weihe des Domes hatte ich mir aus einem wertvollen grünen Brokatstoff eine Tunika nähen lassen, die von einer seidenen Borte eingefasst war. Fünfundvierzig Bischöfe waren prachtvoll gekleidet und mit reichen Geschenken erschienen, und die Großen und Mächtigen beugten ihr Haupt vor den Toren Bambergs. In den mitgeführten Truhen lagen die Schätze, die sie dem neuen Bischofssitz Bamberg schenkten. Alle Geschenke wurden in meine Hände gelegt. So hatte es Heinrich bestimmt. »Der liebreichen Frau, der Königin und Mutter des Bistums Bamberg ...« So begann jede Rede an mich. Hunderte waren gekommen, um den Tag mit uns zu feiern.

Ich nahm die Huldigungen, Gold und Edelsteine, Reliquien und Zeremoniengeräte, Bücher und Werkzeuge entgegen. Ich ließ wie damals in Trier meine Finger über die herrlichen Gegenstände gleiten und übergab sie danach allesamt dem gewählten Bischof von Bamberg, unserem ehemaligen Kanzler Eberhard, der während des Tages mit den Weiheaufgaben des Domes und seinen vielfältigen Aufgaben beschäftigt war. Welch selige Tage! Wie viel Glanz und Herrlichkeit! Das Wichtigste jedoch war, dass wir acht Altäre im Dom geschaffen hatten. Ich kann mich nicht erinnern, dass es je ein solches Aufgebot gegeben hatte. Diese Altäre wurden nun geweiht. Heinrich und ich hatten darauf geachtet, dass sich kein Bischof benachteiligt fühlte. Trotzdem hatten wir die uns nahestehenden Bischöfe natürlich bevorzugt.

Den Hauptaltar weihte unser geliebter Bischof Eberhard zur Ehre der Apostel Petrus und Paulus und unseres heiligen Kilian von Würzburg.

Wir hatten es so bestimmt, dass die anderen Altäre von den Bischöfen geweiht wurden, in deren Himmelsrichtung der Altar ausgerichtet war. Die Weihe der beiden Seitenaltäre Richtung Westen übernahmen die Erzbischöfe Heribert von Köln und Megingaud von Trier. Sie weihten die Altäre den heiligen Päpsten Silvester und Gregor und dem heiligen Laurentius und Vitus.

Den Kreuzaltar im Mittelschiff weihte der Patriarch von Aquileia dem Heiligen Kreuz und dem Erzmärtyrer Stephanus. Im Ostchor weihte Erzbischof Erkanbald von Mainz den Altar zu Ehren der heiligen Maria, des Erzengels Michael und des heiligen Georg. Die Nebenaltäre weihten die Erzbischöfe Hartwig von Salzburg und mein geliebter Tagino von Magdeburg. Die Altäre erhoben St. Nikolaus, den Slawenmissionar Adalbert, St. Emmeram und St. Erhard von Regensburg, St. Rupert von Salzburg, St. Wenzel aus Böhmen und die Heiligen Blasius, Lambert und Stephan.

Der vor dem Ostchor gelegene Altar vor der Krypta war den Heiligen aus dem Frankenreich geweiht: Hilarius, Remigius und Vedastus.

Der Erzbischof von Ungarn lobte die Herrlichkeit Bambergs, und der Abt Poppo von Lorsch, von dessen Bibliothek wir ja durch Otto III. schon das wertvolle Arzneibuch bekommen hatten, überließ uns aus dem ehrwürdigen Kloster einen Meisterbibliothekar und drei kunstfertige Schreiber. Somit wurde unsere neue Bibliothek aufgewertet. Aber auch die Goldschmiedewerkstatt wurde zur Einweihung des Domes reich beschenkt. Einige Mächtige nahmen sich ergriffen die Ringe von den Fingern und überließen sie der Goldschmiede. Ein Abt war von unserem Bamberg so angetan, dass er es mit Jerusalem und Rom gleichstellen wollte. Er rief begeistert aus: »Hier ist das Haupt dieser Welt, die Wiege jeglichen Ruhmes.«

Heinrich überließ, was er besaß, ebenfalls dem Bistum, und fortan strömten die Menschen in den Dom, um bei den Heiligen und den Heiligtümern zu beten.

Als die Feierlichkeiten vorbei waren, herrschte in Bamberg weiter ein aufgeregtes, fröhliches Treiben. Voller Eifer machten sich Kunstschmiede, Geistliche und Bauleute daran, weiter an dem glanzvollen Bistum zu arbeiten. Die Schmach, die mir einst auf dem Hof durch die Ohrfeige Heinrichs widerfahren war, hatte sich in eine große Ehre für mich umgewandelt. Die Bischöfe hatten während der Feier davon erfahren und lobten meine Gottesfurcht. Sie sprachen nur davon, dass ich wie eine Heilige über die glühenden Pflugscharen gegangen sei. Heinrich ließ sich das Lob über seine Frau gerne gefallen, und niemand erwähnte mehr, wie es dazu gekommen war.

Während wir noch in Bamberg die Huldigungen genossen und unsere Macht im Reich stärkten, veränderten sich die Machtverhältnisse im Vatikan.

Wie es in jeder Familie zu Streit und Not kommt, so war selbst das heilige Rom nicht von Intrigen und Machtansprüchen frei. Noch im Mai starb Papst Sergius IV. und ebenso Johannes, der ihn gestürzt hatte. So setzten die Tusculaner den Grafen Benedikt VIII. auf den Thron.

Graf Benedikt war schon immer auf unserer Seite gewesen. Jetzt, da er Papst war, konnten wir von ihm Gutes erwarten, denn er war auch auf unsere Unterstützung angewiesen. Der Papst wollte mit uns zusammenarbeiten. Und um uns freundlich zu stimmen und einen mächtigen Verbündeten zu haben, schickte er uns während der Feierlichkeiten eine Botschaft, die Heinrich und mich mit großer Freude und Stolz erfüllte: Er bot uns die Kaiserkrone an.

Wie oft wird man ein neuer Mensch? Nur bei der Geburt und der Taufe als Christenmensch? Oder nach jeder Buße? Ich wurde auch mit meiner Liebe zu Heinrich ein neuer Mensch. Mein Königtum und nun der Ruf, die Kaiserkrone anzunehmen, machten wiederum einen neuen Menschen aus mir. Hand in Hand stand ich mit Heinrich und allen Heiligen, und wir beide wussten, dass wir, sobald es ginge, den langen Weg zur Kaiserkrönung in Rom auf uns nehmen würden. Hand in Hand wollten wir zusammen kämpfen und siegen.

Es war gut, dass wir durch die Feierlichkeiten in Bamberg gestärkt wurden. An den folgenden Abenden waren Heinrich und ich so müde, dass wir sofort einschliefen, wenn wir in den Betten lagen. Wir hielten uns im Schlaf an den Händen gefasst und bedurften keiner Schwüre auf Liebe und Treue.

Wir bedurften auch keiner Schwüre, als wir uns trennen mussten und beide in den Krieg zogen. Ja, Krieg. Heinrich musste das Heer aufrufen und in den Westen ziehen, weil meine Brüder und ihre Verbündeten erneut gegen uns aufgerüstet hatten. Wir konnten nicht dulden, dass sich unser eigenes Volk von uns abspaltete und uns in die Knie zwingen wollte. Wie froh war ich, dass ich nicht gegen meine eigene Heimat anreiten musste! Ich gab jedoch Heinrich meinen Segen.

Noch während Heinrich auf dem Weg in den Westen war, traf in Bamberg ein Bote ein, der aus Magdeburg geschickt worden war. »Bringt den Boten sofort zu mir«, wies ich den Kammerdiener an. Ich gab mir große Mühe, still zu sitzen. *Welche Nachricht bringt ein Bote aus Magdeburg von der Grenze zu Polen?* Wir hatten dort dem Erzbischof

Walthard die Grenzsicherung übertragen. Wir hatten ihm auch die Verhandlungsvollmacht mit Boleslaw in die Hände gelegt. Ich war unruhig, denn ein Bote, der im Galopp in die Stadt reitet, überbringt meist schlechte Nachrichten. *Wo bleibt er nur so lange?*, dachte ich voller Ungeduld. Endlich wurde die Türe wieder geöffnet, und ein schweißnasser hagerer Jüngling trat ein. Er verneigte sich bereits an der Tür und sagte: »Werte Königin ...«

»Tritt näher«, wies ich ihn an, »damit ich deine Kunde besser vernehmen kann.«

Er stellte sich endlich richtig vor mich, verbeugte sich noch einmal und begann: »Werte Königin, Mutter Bambergs und des Landes. Ich bin zwei Tage ohne Unterlass geritten, um euch zu sagen, dass unser werter Erzbischof Walthard von Magdeburg gestorben ist. Ich hatte gehofft, noch König Heinrich anzutreffen, damit er Vorsorge treffen kann.«

»Lass dich baden und neue Kleider bringen.« Ich hatte keine Zeit, länger mit dem Boten zu reden. Ich rief sofort eine Sitzung für die Berater ein. Mein einziger Gedanke war: *Die Lücke, die sich mit dem Tod des Erzbischofes auftat, könnte zur Einfallsschneise für den Polenherzog werden.*

Ich schickte sofort die schnellsten Boten, die ich aufbieten konnte, Heinrich hinterher. Heinrich antwortete prompt:

Hiermit übertrage ich meiner werten und weisen Königin Kunigunde die Statthalterschaft an der Ostfront. In ihren Händen liegt es, die Truppen zusammenzuziehen und die Grenze gegen Polen zu sichern ...

Ich zeigte das Schreiben dem Rat. Ohne meine Aufforderung kniete sich ein Mann nach dem anderen nieder und schwor, mir treu ergeben zu sein. Erst verwirrte mich ihr Handeln, war es doch eine Zeremonie, wie sie unter Männern stattfand. Doch dann begriff ich, warum die Männer ihre Häupter vor mir neigten und mir ihre Treue versicherten. Ohne ihre Treue und ihren Todesmut wäre ich verlorengewesen. Ich konnte mich auf sie verlassen. Ich hatte zuverlässige Begleiter an meiner Seite. Mein Vorteil war auch, dass mir die Orte vertraut waren. Ebenso kannte ich die Herren und Bischöfe, die über ein Heer verfügten, und ich war entschlossen, meine Aufgabe zu erfüllen. Acht Briefe schrieb ich an die Mächtigen, die über ein Heer verfügten, und berief sie in den Kriegsdienst. Meine Befehle waren Heinrichs Befehlen nun gleichgestellt.

Ich reiste unverzüglich mit meiner treuen Hofkapelle, Kanzler, Schreibern, Geistlichen, Bediensteten. Mit gut dreihundert Mannen ritt ich aus Bamberg und führte den Zug wie ein Mann. Mein Ruf eilte mir voraus. Ich war nicht nur die Königin; ich war auch die Heilige, die über glühende Pflugscharen gegangen war. Führte Heinrich die Heilige Lanze mit sich im Kampf, so beugten sich vor mir die Knie und Häupter, obwohl ich kein Schwert in den Händen führte.

Ich sammelte die Heere entlang der Grenze und sicherte ihren Proviant. Dazu musste ich oft zu Pferd weite Strecken zurücklegen und mit bescheidenen Nachtlagern vorliebnehmen. Aber das alles hinderte mich nicht, auf meine Rechte als Königin zu pochen und mir den Gehorsam zu erzwingen. Ich hoffte darauf, dass sich Gleichgesinnte besser einigen konnten. Unsere Bischöfe ließ ich mit polnischen Bischöfen verhandeln, Adelige mit Adeligen aus den angrenzenden Gebieten. Sie mussten ja schließlich die Grenzen akzeptieren und mit ihnen in Nachbarschaft leben.

Doch so einfach war es nicht. Ich konnte die Nachbarn nicht befrieden. Heinrich und Boleslaw mussten endlich die Herrschafts- und Verwaltungsgebiete klären. Ich konnte jedoch das Schlimmste verhindern und die Grenze sichern, bis Heinrich mit seinen Truppen aus dem Westen zu uns stieß. Sechs Wochen wohnte ich allein in unserem königlichen Zelt und begleitete die Verhandlungen. Oft berieten wir in den Nächten, was am anderen Tag zu machen war.

Eine Herausforderung waren auch die neuen Pferde, die größer und schneller waren als die Gäule, die ich kannte. Sie waren schwer zu lenken und schienen lieber ihre eigenen Wege zu gehen als die des Reiters. Ich saß auf einem solchen großen Tier, das sich jedoch immer so nach seinem Stall sehnte, dass ich es auf den Heimwegen kaum mehr bezwingen konnte. Am ersten Tag wusste ich noch nichts von seinen Grillen, und es raste in vollem Galopp mit mir die letzte Strecke eigenmächtig über die staubigen Wege Richtung Stallungen, sodass ich Mühe hatte, nicht abgeworfen zu werden. Es ließ sich nicht einmal im Hof zügeln, sondern rannte ohne anzuhalten durch die niedrige Stalltüre, dass ich mich flink ducken musste, damit mein Kopf nicht gegen den Türbalken schlug. Im Stall bäumte es sich auf und drückte sich gegen die Wand. Als ich abstieg, merkte ich, dass mein Bein blutig gequetscht war. Wir machten sofort Wickel mit feuchten Schwalbennestern und Arnikastängeln. Ich hatte mir jedoch nichts gebrochen. Alle rieten mir nun, von dem schnellen Hengst zu lassen. – Aber mich hatte das Verhalten des Tieres wütend gemacht. Ich verlangte Sporen und Peitsche. Nach einigen Tagen hatte ich ein gehorsames, schnelles Tier. Das beste Pferd, das zu finden war.

Wir warteten auf Heinrich. Er würde darüber staunen, dass an der Ostgrenze das gesamte Landesaufgebot versammelt war. Ich hatte alle zusammengerufen. Wir waren bestens versorgt und aufgerüstet. Als ich hörte, dass Heinrich nahte, ließ ich mich baden und meine Haare mit Duftölen einreiben. Ich zog meine herrschaftlichen Gewänder an und ging ihm stolz entgegen. Er sollte mir die Strapazen der letzten Wochen nicht anmerken, denn ich hatte mich trotz der Hilfe des Hofrates und meiner treuen Dienerinnen nicht geschont und oft über meine Kräfte gewirkt und mich dabei auch in Gefahr gebracht.

Heinrich und ich, welch müde, stolze Kämpfer wir waren. Heinrich hatte auch in den schwierigen Tagen daran gedacht, mir Geschenke mitzubringen. Er ließ mich auch vor den Heerführern aufsitzen und sprach laut und deutlich: »Unserer werten Königin Kunigunde, Mutter des Landes, gelang es, die Grenze dank unserer treuen Vasallen zu sichern. Ihr gehört die Anerkennung eines Heerführers.«

Alle jubelten, und ich wurde auf meinem schönen Schlachtross für einige Augenblicke sehr froh. Doch dann bat ich um das Wort: »Ein König zu sein, ist eine Sache. Eine Königin zu sein, eine andere.« Wieder jubelten alle. »Ich bedanke mich für euren Gehorsam und eure Treue, die ihr mir entgegengebracht habt.« Ein dankbares Raunen erscholl unter mir. »Aber nun ist es an der Zeit, endlich alles wieder in die Hand des Königs zu legen. Hoch lebe König Heinrich!«

»Hoch lebe König Heinrich!«, schallte es mir entgegen.

Ich stieg vom Pferd und führte es an den Zügeln zu meinem lieben Gatten: »Dies war mein treuester Gefährte, und der Gaul wurde für den Kampf ausgebildet. Liebster Heinrich, nun sei er der deine, denn du brauchst ihn mehr als ich.«

Es war ausgesprochen schwierig, die Lage zu befrieden. Die Monate vergingen im Streit mit dem Polenherzog und meinen Brüdern. Das Weihnachtsfest war getrübt von den Gedanken, dass wir unter diesen Umständen nicht nach Italien reisen konnten. Deshalb suchte Heinrich im Frühjahr 1013 eine neue Möglichkeit, den Frieden zu erreichen. Die Berater beschlossen, dass der Frieden durch eine Heirat gefestigt werden sollte. Hatten sich die Generationen zuvor besser verstanden, so sollte nun bei den Söhnen und Enkeln die Lösung liegen. Deshalb stimmten wir Hochzeitsverhandlungen zu.

Der Frieden sollte mit der Heirat von Boleslaws Sohn Miezko und der Enkelin Kaiser Ottos II., Richenza, besiegelt werden. Zur Hochzeit waren alle Mächtigen aus Polen und unserem Königreich geladen. Allen war eine große Anspannung anzumerken, doch die Feierlichkeiten verliefen friedlich, und mir schien, dass auch das Paar aneinander Gefallen fand. Darüber war ich am meisten getröstet. Wir überreichten dem Paar einen mit Elfenbein verzierten Tragaltar, der in Bamberg angefertigt worden war. Außerdem überreichte ich Richenza zwei mit Gold bestickte Tücher. »Werte Richenza«, sagte ich. »Als Kind musste ich lernen, zu musizieren und zu sticken. Die letzten Jahre übte ich diese Kunst nicht aus. Doch als die Hochzeit anberaumt wurde, ließ ich mir das goldene Garn kommen, um für dich diese Tücher zu fertigen. Sei gewiss, dass jeder Stich mit einem Gebet um Freundschaft und Liebe zu eurem Land getan wurde.«

Richenza sah mich aufmerksam an. »Ich danke dir, Königin Kunigunde. Ich bin erfreut darüber, dass auch du den Frieden wünschst.«

Heinrich wurde ungeduldig, während ich sprach. Doch das war

mir egal. Ich wusste, dass eine Herrscherin der Freundschaft anderer Frauen dringend bedarf. Die Jungen würden Frieden halten wollen, da war ich mir sicher. Sie würden ihre Zeit abwarten, bis sie auch dementsprechend handeln konnten. Boleslaw versprach den Frieden zwar, doch was daraus würde, konnten wir nicht wissen.

Es war ausgesprochen großherzig von Boleslaw, dass er auf der Feier Geistliche beauftragte, uns den Reisesegen für unsere Reise nach Rom zu geben. »Möge euch Gott schützen und möget ihr mit der Krone des Kaisers wieder gesund über die Alpen heimkehren.«

»Ich glaube dem Lügenmaul nicht«, gestand mir Heinrich später. »Wer weiß, ob er nicht gleichzeitig mit den Segenswünschen für uns auch einen Hinterhalt legen lässt.«

Aber wir mussten Boleslaw vertrauen, um für einige Monate unser Land zu verlassen. Er versprach auch, ein militärisches Kontingent für den Italienfeldzug zu entsenden, damit unsere Reise glücklich verliefe. Meine Brüder versprachen ebenfalls, stillzuhalten und den inneren Frieden zu wahren.

Im folgenden Herbst waren wir bereit zum Italienfeldzug. Heinrichs Bruder Brun, der Bischof von Augsburg, hatte uns angeboten, dass wir uns mit dem ganzen Hof und allen Heeren in Augsburg treffen könnten. Mir fiel sofort auf, dass Boleslaws Heer fehlte. Ein ungutes Gefühl beschlich mich, doch ich versuchte, mich auf die vielen anderen Helfer zu konzentrieren, die gekommen waren. In einer großen Zeremonie segnete Brun die Heerführer und schwenkte den Weihrauch über unseren Köpfen. Wir hatten das Aufgebot von mehreren Tausend Mannen nötig, denn Heinrich war zwar König von Italien, aber große Teile der Bevölkerung standen nicht hinter uns. Wir mussten mit einigen Aufständen rechnen, wenn wir durch Italien zogen. Zudem war es für Papst Benedikt VIII. wichtig, dass wir unsere Stärke präsentierten, damit auch er mehr gefürchtet würde.

Wir gewannen das Land mit jedem Schritt, den wir südwärts zogen. Die meisten Klöster und Städte waren auf uns vorbereitet und huldigten uns beim Einzug. Doch mancherorts musste die Vorhut erst die Aufständischen niederkämpfen und die Straßen sichern. Ich legte großen Wert darauf, beim Einzug in die Städte in meinem vollen Putz und Schmuck in der Sänfte getragen zu werden. Heinrichs Pferd trippelte neben den Trägern, und die Lanze überragte unsere Köpfe. Das war ein Schauspiel, wie es das Volk sehen wollte. Die Frauen hatten von meiner Kinderlosigkeit vernommen, und von ihnen erfuhr ich manch rührende Geste. Wir hatten Gaukler und Sänger vorausgeschickt, damit sie von uns und Bamberg singen und spielen sollten. Die Lieder und Sagen verfehlten ihr Ziel nicht. Die Menschen brachten ihre Kinder, damit wir sie segnen sollten, und wer konnte, überreichte uns Geschenke und Schmuck für heilige Werke. Den größten Erfolg für einen ruhmreichen Zug nach Rom brachten uns die Menschen, die sich dem Zug anschlossen. Adelige präsentierten sich an unserer Seite. Sie zogen samt ihren Heeren mit uns. Die Geistlichen schwenkten Weihrauchgefäße und trugen heilige Kreuze und Altäre mit sich. Zudem zogen Hunderte Bürger hinter uns her. Sie verstanden es, sich all die Wochen selber zu versorgen. Ich ließ in Rom ausrichten, für diese frommen Leute eine große Herberge und Speisung einzurichten. Sie wollten in die heilige Stadt, den Heiligen Vater sehen und mit dem neuen Kaiserpaar wieder in ihre Heimatstädte zurückkehren. Ich drängte Heinrich dazu, den gleichen Rückweg zu nehmen, damit sie nicht enttäuscht würden.

An manchen Tagen blieb ich zurück und besuchte die Pilger. Da ergab es sich, dass, als ich abgestiegen war, eine Frau zu mir kam und sich vor mir niederwarf. Ich ließ fragen, was ihr Begehr sei. Da gab sie mir ein Kleiderbündel, das sie in Händen gehalten hatte. Mein Begleiter nahm das Paket entgegen und öffnete die Tücher. Darin lag ein neugeborenes Kind! Ein gesunder kleiner Junge zappelte mit den Ärmchen, als wir hineinsahen. Ich erschrak bis ins Innerste. Was sollte dies bedeuten?

Die Frau ließ mir ausrichten: »Dieses Kind ist mir das Liebste, das ich habe. Ich will es der guten Königin schenken.«

Mich rührte der Wunsch der Frau bis in mein innerstes Mark. Für einen Augenblick, in dem ich das Kind ansah und an mich drückte, war es mir, als ob mir nun ein Kind geschenkt sei. Doch mir war bewusst, dass dies ein Traum bleiben musste. So herzlich es die Frau mit mir meinte, Gottes Pläne waren andere. Ich küsste das Kind, und meine Tränen fielen auf das kleine Geschöpf. Dann reichte ich das Kind seiner Mutter zurück und sagte bestimmt: »Es ist nur einer, der uns Kinder schenkt, und dieses Kind brachten dir die heiligen Engel. Sie erhörten dein Gebet und segneten dich. Es ist dein Kind und soll deines bleiben. Für immer und in Ewigkeit.«

Mein Begleiter übersetzte meine Worte, und ich sah das ungläubige Staunen im Gesicht der Mutter.

Tapfer setzte ich hinzu: »Ich sah schon so viele Menschen sterben. Hilf deinem Kind zum Leben, und beschützt euch gegenseitig.« Dann wandte ich mich ab und ging benommen zu meinem Pferd zurück. Ich konnte nicht verstehen, was geschehen war. Da war eine Frau, die mit Schmerzen ein Kind geboren hatte, um es mir, der Kinderlosen, zu schenken.

Und da war ich, die wusste, dass ich ein solches Geschenk nicht annehmen durfte. Noch lange erinnerte ich mich an den ungläubigen Blick der Frau, als ich ihr das Kind zurückgab. Doch dann drückte sie den Knaben an sich, und ein großes Glück breitete sich in ihrem Gesicht aus. So konnte ich, die Kinderlose, einer Mutter ein Kind schenken.

Ich lege die Feder aus der Hand und schaue zum Fenster hinaus. Oft denke ich an diese Begegnung zurück, und sie lehrt mich, in der Liebe das rechte Maß zu halten. Ich würde keiner Mutter ihr Kind nehmen wollen, das sie liebt.

Trotzdem: Wie sehr hat mich diese Frau beeindruckt. Und ich glaube nun, auch wir Menschen tragen dazu bei, dass Wunder geschehen ...

Als ich Heinrich von der Begegnung erzählte, meinte er, ich solle mich vom Volk lieber fernhalten, denn sie verstünden nichts von den Aufgaben der Könige und ihrem Schutzbedürfnis. Ich dachte lange darüber nach. Gewiss hatte Heinrich recht, denn manchmal begegneten wir auch verwirrten Menschen, die uns gefährlich werden konnten. Für mich waren jedoch die Begegnungen mit den Menschen und ihren persönlichen Schicksalen immer auch die Herausforderung, sie nicht zu vergessen. Nicht nur für Gott, auch für die anvertrauten Menschen sollte ich mein Bestes tun. Mich ehrte ihr Vertrauen, das sie in mich setzten, mehr als ihre Unterwürfigkeit und Angst.

Wir ritten an einem Sonntag, es war der Tag des heiligen Valentin im Jahre 1014, in Rom ein. Papst Benedikt VIII. empfing uns mit offenen Armen. Mit ihm waren der gesamte Klerus und die Mächtigen Roms versammelt. Sie hatten alles vorbereitet, selbst für das Volk hatten sie Lagerplätze und Kochstellen geschaffen.

Der Papst war davon überzeugt, dass wir ihn in seiner Politik stärkten. Er hatte sich auf uns gefreut, als ob wir alte Freunde seien. So fühlten wir uns sicher und fürchteten keinen Hinterhalt. Alles lief nach Plan. Wir mussten uns sofort umziehen und unsere neuen Kleider anlegen.

Als ich den Gürtel über der goldgewirkten Tunika schloss, wurde mir bewusst, dass mir nun als Frau die höchste Auszeichnung zukam. Neben der Königskrone würde ich nun die Kaiserkrone tragen. Unser Reich würde um ein Vielfaches wachsen. Welche Macht und welch große Verantwortung das für Heinrich bedeutete! Ich sah ihm an, dass er bewegt war. Ihm gelang nun, was seinem Vater nicht gelungen war.

Wie gut, dass man mir nicht ansah, dass ich innerlich zitterte. Äußerlich ruhig sprach ich zu Heinrich: »Werter König, bist du bereit, die Kaiserwürde zu empfangen?«

Heinrich atmete tief durch. »Möge uns Gott gnädig sein und uns selber krönen.«

Ich legte meinen Arm in seine Armbeuge, dann schauten wir uns ein letztes Mal glücklich lächelnd an und gingen gemäßigten Schrittes zum Dom. Noch am selben Tag krönte uns der Papst und salbte unsere Häupter.

Ich fühle noch heute, wie das Öl über meinen Kopf rann und in den Nacken tröpfelte. Ich schließe meine Augen und denke an das wunderbare Gefühl. So wurden die Könige des Alten Testamentes gesalbt. Ich kann nicht anders: Ich löse meine Haube vom Kopf, nehme den Schleier ab. Hier im Skriptorium. Inmitten der anderen Frauen, die alle ihren Schleier tragen. Es ist mir egal. Ich halte meine Augen geschlossen. Haube und Schleier auf dem Schoß, taste ich nach meinen Haaren. Mit den Fingern streiche ich durch mein Haar, nach hinten, die Seiten entlang, über Stirn und Schläfen. Ja, so war es, so fühlte es sich an. Jetzt spüre ich noch einmal den offenen Himmel, der über meinen Körper rinnt.

Wie lange sitze ich nun schon mit gelöstem Haar und lächelnd auf meinem harten Stuhl? Ich besinne mich, öffne meine Augen und fasse nach meinem Schleier.

»Ehe du dich wieder verhüllst, liebste Tante, lass auch mich durch deine Haare streichen.« Und nun streichelt und küsst Uta auch noch ihre närrische Tante!

Ich fasse nach der lieben Hand und küsse diese und den kostbaren Ring, den sie als Äbtissin tragen darf. Uta hilft mir, den Schleier zu richten, und befestigt ihn vorsichtig mit der Haube, damit mich nichts drückt. So außergewöhnlich unsere Tat ist, alle Schwestern schauen mit Wohlwollen dem Schauspiel zu. Jetzt sitzt alles wieder so, wie es sein soll. Aber nicht nur das, Utas Hände bewirkten, dass mich der Schleier nun wärmt wie ein wollenes Tuch im Winter, und wenn die Sonne brennt, so ist er der wohltuende Vorhang, der Schatten spendet. Vielleicht drückt mich der raue Schleier niemals mehr? ...

Es war für mich damals ungewöhnlich, vor allen im Dom meine ehrwürdige Königskrone und den kostbaren Spitzenschleier abzunehmen. Aber so musste es sein. Meine Haare sprangen auf bis zur Taille, und da die Italiener keine goldfarbenen Haare kennen, ging ein Raunen durch die Reihen. Erst wurde Heinrich gesalbt, und dann wandte sich der Papst mir zu. Aus einem kleinen Kristallgefäß goss er das Öl auf meinen Kopf. Es roch nach Lorbeer und Weihrauch. Er hatte gewiss einen halben Krug des wertvollen Öles ausgegossen. Es netzte nicht nur meine Haare, sondern tropfte auch auf meine Tunika und den Fußboden. Ich atmete den Duft von vielerlei Kräutern ein. Es war derselbe Geruch, den auch die langen Bärte der Priester ausströmten.

Der Papst war von zwölf Priestern umgeben, die während der gesamten Zeremonie um ihn waren. Sechs Priester waren glatt rasiert, und die anderen sechs hatten wallende Bärte und lange Haare. Ich musste immerzu auf die Bärte schauen, denn sie trieften von dem Öl. Ab und zu fielen sogar einige Tropfen nieder.

Heinrich bekam die mit Perlen und Edelsteinen verzierte goldene Kaiserkrone auf sein Haupt gesetzt. Papst Benedikt VIII. gab ihm zudem eine goldene Weltkugel, die mit einem verzierten Goldkreuz geschmückt war. »Zum Zeichen deiner weltumspannenden göttlichen Herrschaft, die du nun als Kaiser innehast, überreiche ich dir dieses Zeichen aus reinem Gold«, sagte Benedikt VIII. Heinrich wurde mit der Krönung nicht nur Kaiser des Heiligen Römischen Reiches, der Reichsapfel symbolisierte auch seinen Anspruch auf eine weltumspannende Politik. Ich konnte sehen, dass Heinrich nicht damit gerechnet hatte, wie schwer die Kugel war. Er hielt das Zeichen seiner Weltherrschaft in beiden Händen und hob den goldenen Apfel, aus dem ein goldenes Kreuz ragte, über seinen Kopf. Alle jubelten. Dann reichte er mir das Kleinod weiter. Ich küsste das Kreuz und hielt es in die Höhe. Wieder erhob sich Jubel und Beifall. Den goldenen Reichsapfel führten wir mit den anderen Reichsinsignien danach ständig mit uns. Sie stärkten unsere Macht und Herrlichkeit.

Heinrich schenkte seine Königskrone der Kirche. Dazu kniete er sich demütig vor den Papst und sprach: »Diese meine Königskrone soll nun die Krone Petrus' sein, dem dieser Dom geweiht ist.«

Am Abend gab es ein feierliches Krönungsmahl, zu dem alle Köstlichkeiten Italiens aufgefahren wurden. Die Lämmer waren mit exotischen Kräutern gewürzt und die Wachteln mit Trauben, Orangen und Pinien gefüllt. Heinrich und ich saßen mit Papst Benedikt VIII. am Kopfende der Tafel, die so lang war, dass wir nicht erkennen konnten, wer uns gegenübersaß. Es war ein großer Tag.

Als wir in unserer Kammer endlich die Kronen vom Haupt nehmen konnten, schmerzten unsere Schläfen noch lange von dem ungewohnten Druck. Danach ließen wir uns gegenseitig unsere Finger durch die duftenden Haare gleiten, küssten uns lange und lachten über all das, was uns befremdlich vorgekommen war.

Wir waren mit vielen Annehmlichkeiten untergebracht, und unser Heer wurde nach all den Strapazen so gut versorgt, dass wir noch lange in Rom blieben. Wir präsentierten uns dem Volk und den Mächtigen.

Mit den Kaiserkronen auf unseren Häuptern zogen wir im folgenden Sommer in Regensburg ein. Unser Kaisersiegel verkündete mit jedem Dokument, dass wir die neuen Herren über den Klerus und die Starken waren.

Durch die Kaiserwürde bestärkt, setzte Heinrich vermehrt reiche befreundete Adelige in hohe Kirchenämter. Sie mussten dafür große Schenkungen an Heinrich oder Bamberg leisten. Die Klöster, die vom Kaiser zu einem armen, gottgefälligen Leben gezwungen wurden, begannen zu rebellieren. Heinrich griff hart durch. Er ersetzte die Äbte und hieß jeden gehen, der unter den neuen Bedingungen nicht bleiben wollte. Unwillen breitete sich aus. Es gab jedoch immer genug andere, die uns unterstützten.

Meine Brüder begriffen, dass sie sich nun nicht mehr gegen uns stellen konnten. Wie mächtig sie auch waren, gegen unsere Herrschaft konnten sie nicht mehr anrennen. Sie schickten Boten, welche in ihrem Namen um Verzeihung baten. Sie schickten kostbare Geschenke, die Heinrich und ich sehr wohl mit Freuden entgegennahmen. Aber unser Vertrauen gewannen sie damit nicht. Was wenn wir uns mit ihnen gutstellten und sie sich daraufhin mit noch mehr Mächtigen heimlich gegen uns verbündeten? Was wenn ihre eigenmächtige Bischofswahl Schule machen würde? Meine Brüder kamen nicht umhin, den vorgeschriebenen demütigenden Ritus in Kauf zu nehmen, wenn sie überhaupt wieder mit Reichsaufgaben und Vertrauen belohnt werden wollten. Nur ihre öffentliche Unterwerfung konnte als Vorbild für all die anderen dienen. Die Monate vergingen, bis sie sich endlich vor Heinrich demütigten.

Heinrich hatte die Demütigungszeremonie zu Ostern des Jahres 1015 angeordnet. Auf dem Hoftag in Merseburg mussten sie sich vor allen Versammelten auf den Boden werfen. Heinrich hatte zu dem Ereignis den Polenherzog Boleslaw eingeladen. Dieser wollte jedoch dem Schauspiel nicht beiwohnen und schickte einen Abgesandten. Ich war dankbar und froh, dass meine Brüder sich der Schmach unterzogen und barfuß im Büßergewand, ohne einen Begleiter an der Seite, vor uns traten und sich auf den Boden warfen. Ich bangte lange, ob meine Brüder in der Lage wären, überhaupt echte Tränen zu weinen, denn ohne Tränen zeigten sie keine echte Reue; so verlangte es der Brauch. Gott sei Dank weinten sie. Mit ihren Tränen fielen mir große Lasten von den Schultern. Wer könnte es nicht verstehen, dass ich meine Brüder am liebsten gleich in die Höhe gezogen und schön gekleidet gesehen hätte. Doch ich hielt an mich, denn sie mussten sich noch vor dem Rat verantworten.

Adalbero musste versprechen, dass er kein geistliches Amt mehr innehaben würde. Da es der Brauch verlangte, dass nun ein dauerhafter Frieden angestrebt wurde, schenkte Heinrich Adalbero große Ländereien und Besitz, damit er ein gutes Leben haben konnte. Mein Bruder Hezilo hatte natürlich darauf gehofft, dass ihn Heinrich wieder in sein Amt als Herzog von Bayern einsetzen würde, aber damit hatte er gefehlt. »An deine friedlichen Absichten will ich glauben und daran festhalten«, verkündete Heinrich, »doch an meinem Kleinod Bayern, das die Wiege meiner Kindheit ist, hast du dich nicht getreu erwiesen.

Mit meinem Willen erkläre ich, dass deine Schwester, meine geliebte Gemahlin, das Herzogtum Bayern in Vertretung weiterhin verwalten wird.« Meinem Bruder schmeckte die Nachricht nicht. Eine bessere Verwalterin als mich hätte er sich jedoch nicht wünschen können. Ich verwaltete das Herzogtum sowohl für Heinrich als auch für meinen Bruder. Ich wünschte mir, es würde die Zeit kommen, dass ich es wieder in die Hände meines Bruders legen könnte. Mit noch mehr Sorgfalt und dem Einsatz all meiner Kräfte hütete ich deshalb von nun an Bayern. Ich stand Gerichtsverhandlungen vor und regierte dort, wie es zuvor die Herzöge getan hatten.

Da auch ich die Kirche weiter festigen wollte, sorgte ich dafür, dass nach und nach kleine Kapellen zu Kirchen und gesegnete Orte mit festen Gebäuden versehen wurden. Die Schuld meiner Brüder wollte ich nicht einfach wegwischen, als ob nichts geschehen sei. Sie sollten lernen, die Interessen ihrer Schwester zu achten und zu unterstützen. So machte mein Bruder, Bischof Theoderich von Metz, uns aus Dankbarkeit ein großartiges Geschenk.

Unser Bamberger Bischof Eberhard hatte auf Anordnung Heinrichs auf dem nördlichen Hügel ein Benediktinerkloster bauen lassen. Dieses wurde fertig, als meine Brüder zu ihrem Büßergang nach Merseburg kamen. Das Kloster wurde dem Erzengel Michael geweiht. Er sollte fortan mit seinen himmlischen Kräften Bamberg beschützen und alles Böse abwehren. Ich erinnerte Theoderich daran, dass er viel Unheil über mich gebracht hatte, und sagte ihm, mir läge das Kanoniker-Stift am Herzen, dessen Bau ich auf dem südlichen Hügel heranwachsen gesehen und dessen Aufsicht ich übernommen hatte. Es war den Märtyrern geweiht. Sie sollten für alle Sünden einstehen und ganz Bamberg zum Frieden verhelfen. Ich drückte mich meinem Bruder gegenüber ganz offen aus: »Theoderich, du hast eine Kathedrale zu Ehren Stephans bauen lassen. Ich weiß um die Heiligtümer und Reliquien, die du dafür angesammelt hast. Damit nun hier, wo das Herz deiner Schwester und Kaiserin schlägt, ein ewiger Segen über dem Stift liegt, möchte ich von dir das Wertvollste, das du von Stephan, dem edlen Märtyrer, hast. Und denke nicht, dass ich nicht wüsste, was du als Bischof alles an dich gebracht hast!«

Theoderich staunte nicht schlecht, als ich so mit ihm sprach. Doch ich wollte die Forderungen nicht nur Heinrich überlassen. Vor mir stand mein Bruder, und er war mir eine Genugtuung schuldig. Am liebsten wäre ich nach Metz gefahren und hätte mit meinem Finger auf all das gezeigt, was ich zur Gründung von St. Stephan benötigte. Ich wollte mir nichts mit Gewalt aneignen, denn wenn mir mein Bruder aus freien Stücken etwas überließ, hingen sein Herzblut und sein Stolz daran. Das bedeutete, er würde das Bistum Bamberg achten und schützen.

Ich behielt mit meiner schwesterlichen Bitte und Strategie recht: Mein Bruder Theoderich überließ mir die heiligste aller Stephansreliquien, den Arm des heiligen Märtyrers Stephan! Und so wertvoll die Reliquie auch gefasst war, wir versahen sie mit noch mehr Gold und Edelsteinen.

Wir bestellten die wertvollsten Prachthandschriften für die Liturgie und ließen diese in noch prächtigere Einbände fassen. Unsere Bücher blieben nicht in verzierten Leder- und Holzeinbänden. Wir ließen sie in kostbare goldene Buchdeckel fassen, die mit Edelsteinen und Mosaiken verziert waren. Viele Bücher versahen wir mit aufwendigen Schnitzereien aus Elfenbein. Dazu hatten wir uns in Byzanz Elfenbeintafeln anfertigen lassen, die nun in die Holzdeckel eingelassen wurden. Es gab keine Frau, die ein ähnlich wertvolles Gebetbuch besaß wie ich.

Heute liegt das wertvolle Buch mit anderen Kleinoden in Kaufungen, denke ich lächelnd. Damals wollte ich nicht nur für mich die Liturgie in einem kostbaren Einband besitzen, auch die Kirchen sollten zur Herrlichkeit Gottes mit vielen Kleinoden beschenkt werden.

Es galt, neben dem geistlichen Leben auch die geistigen Wissenschaften voranzutreiben. Wir holten für unsere Kathedralschule am

Bamberger Dom die besten Gelehrten, und heute sprechen alle von der besten Ausbildungsstätte des Reiches. Auch wenn ich nicht mehr Kaiserin bin, Bamberg lebt in unserem Sinne weiter. Die Saat ging auf.

Wenn ich daran denke, wie viel Schmuck und Edelsteine wir für unser Bamberg bekamen! Davon kann kein Kind und keine Königin träumen! Der Papst schickte uns sogar den Halsschmuck der Emir-Gemahlin. Als er über den arabischen Emir in Sardinien endlich siegte, sah er es als seine Pflicht an, Heinrich diese Trophäe zu senden. Wie unaussprechlich reich ich war! Die Geschenke nahmen kein Ende ...

Alle Herrscher um unser Reich beugten ebenfalls ihre Knie und zeigten uns ihre Unterwürfigkeit. Selbst König Robert von Burgund wollte uns mit 100 Pferden, jedes mit Helm und Panzer versehen, beschenken. Dazu überreichte er silberne und goldene Kunstgegenstände und Reliquien. König Robert wollte die umliegenden Herrscher mit seinen Geschenken übertrumpfen, aber meine Brüder wären wohl gekränkt gewesen, wenn wir alles angenommen hätten. Wir bedankten uns damals für seine Güte, nahmen aber nur wenig, da wir einen dauerhaften Frieden mit ihm haben wollten. Heinrich suchte sich ein Reliquiar mit einem Zahn des heiligen Vincentius und ein Evangelienbuch aus. Ich wählte einige Goldstücke, die ich für Kaufungen benötigte, denn in Kaufungen wollte ich die Reliquien auch in würdigen Behältnissen sehen.

Kaufungen benötigte nicht den Glanz Bambergs. Aber ein Kleinod sollte es mir sein, ein Kleinod in den Wäldern an den Grenzen zu Sachsen. Wir bedachten auch unsere Freunde und beschenkten die Abteien und Klöster. Wie zu den Zeiten, als ich in den Trierer Werkstätten ein- und ausging, konnte ich nun den Künstlern in Bamberg zusehen, wie sie arbeiteten. Ich war zufrieden. Hochzufrieden.

Wir beauftragten das Kloster in Seeon, Handschriften für uns anzufertigen. Das Kloster hatte auch für uns die Ordensregeln verfasst. Der Abt selber hatte darin ein Widmungsgedicht für Heinrich geschrieben. Die Buchstaben waren wunderschön gemalt, und jede Zeile begann mit einem goldenen Buchstaben. Ich sehe diese goldenen Buchstaben in meinem Kopfe noch in der Sonne glänzen. Der Abt spricht darin zu Heinrich, meinem geliebten Mann:

Gebieter, so liebenswert deinen Untertanen, frommer König, Heinrich,
strahlender Edelstein des Reiches, Blüte der gesamten irdischen Welt,
glänzend durch die Gabe Gottes, Lenker in den höchsten Würden,
dessen Wink es nur bedarf, damit unser Leben sicher ist,
nimm dieses Buch, das geschrieben ist, wie du es befohlen hast.
Die Höhen des Bamberger Domes waren zu beschenken,
dessen Erbauer, Gönner und Stifter du genannt wirst.
Jetzt, da du mit Macht szeptertragenden Zügel führest,
gedeiht, oh Vater, der Berg der Mutterkirche herrlich.

Als Abt Gerhard von Seeon bei uns in Bamberg zu Gast war, schrieb er danach über Bamberg:

Hier leuchtet die Fülle des Silbers mit Bergen von Gold um die Wette, die schönsten Edelsteine liegen neben schimmernden Seidenstoffen.

So hatte, was wir in Kummer und Angst erbauten, weil wir keine Nachkommen hatten, reiche Früchte getragen. Nun würden wir nach unserem Tode nicht mehr vergessen werden! Die Zeiten unseres größten Kummers und unserer Not verwandelten sich in Herrlichkeiten, die wir nicht für möglich gehalten hätten. Auch Kaufungen, mein Kleinod, in dem sich später klösterliches Leben regen sollte, entstand, als ich in meiner vermeintlichen Todesstunde daniederlag. Die Hoffnung auf Gott ist es, die dem menschlichen Elend eine große Herrlichkeit entgegensetzt.

Das Kloster Kaufungen erblüht, Hezilo wird wieder Bayernherzog, Sehnsucht nach Frieden

Ach, nun sitze ich hier und schreibe, als ob wir zu der Zeit in himmlischen Sphären gelebt hätten! Dem war aber nicht so. Ich glaube, ich muss mir nun Luft machen. Ja, ich brauche frische Luft, denn im Moment stürzt alles auf mich ein, was zuvor wie auf einer Schnur erschien. Ich hatte damals einfach nicht die Zeit nachzudenken. Aber jetzt bedrängen mich die Erinnerungen mit Gewalt. Ich lege die in Wasser gereinigte Feder neben den Papyrus und gehe zu Uta. »Liebste Mutter, kann ich etwas umhergehen und ein Fenster öffnen?«

»Tu, was dir guttut, liebe Tante.«

Ich atme auf und gehe durch den Raum. Dann öffne ich das Fenster zum Garten hin. Einige dicke Fleischfliegen, die sich in der Fensterbrüstung sonnten, fliegen auf. Ich entdecke auch in den Ecken der Fensterbrüstung Marienkäfer, die sich träge fortbewegen. Mich können die Tiere nicht von meinen schweren Gedanken abhalten: *Wir wollten den Himmel auf Erden errichten und steckten doch bis zum Hals in Schwierigkeiten. Angefangen bei Heinrichs immer schlimmer werdenden Leibschmerzen, die ihn oft für Tage ans Bett fesselten. Wenn er trotzdem regieren oder gar reisen musste, so tobte er wie ein tollwütiges Tier, sobald die Tageslast von ihm fiel. Wenn er in dem Zustand Verhandlungen führte, war er erbarmungslos und oft auch ungerecht, als ob die anderen Schuld an seinem erbärmlichen Zustand hätten. Es gelang mir nicht, all das wiedergutzumachen, was er in wenigen Minuten niederriss. Ich gebe zu, manchmal sehnte ich mich danach, eine ruhige Nacht ohne Heinrich zu verbringen und wieder eine Zeit alleine die Geschäfte zu führen. Aber solch schwache Stunden hielten nur kurze Zeit an ...*

Als wir zur Kaiserkrönung nach Rom gezogen waren, dachten wir, dass wir nie wieder Krieg gegen Polen führen müssten. Schließlich hatten wir alles getan, um Frieden zu stiften. Vor allen Versammelten hatte Boleslaw nach der Hochzeit versprochen, ein Heer bereitzustellen, das er zu unserer Verstärkung nach Italien senden würde. Dieses Versprechen, zu dem er seinem König und Kaiser verpflichtet war, hatte er gebrochen. Er hatte uns jedoch nicht nur das Heer verweigert, er hatte auch dem Papst ausrichten lassen, dass er keine Abgaben an die Kirche zahlen könne, weil ihm der Kaiser, das heißt Heinrich, dauernd nachstelle, ihn ausplündere und sein ganzes Volk schwäche.

Anstatt uns auf die kaiserlichen Aufgaben besinnen zu können, waren wir nun gezwungen, Boleslaw gewaltsam zur Einhaltung seiner Pflichten zu bringen.

Die Tage in Bamberg waren geprägt von strategischen Treffen. Mit drei großen Heeren wollte Heinrich nach Polen ziehen. Ein Heer sollte von Süden, Heinrich in der Mitte und ein Heer von Norden aus nach Polen eindringen. Im Zentrum Polens sollten sie sich vereinigen und den endgültigen Sieg ausrufen. Von allen Heerführern fand sich jedoch nur Heinrich bereit, die Heiden in seinen Haufen aufzunehmen. Überall hatte sich herumgesprochen, dass Boleslaw ein vorbildlicher christlicher Herzog sei, mit vollkommen strengen christlichen Gesetzen. Wenn sie schon gegen ein christliches Land kämpfen würden, so sollten die Christen nicht durch Heiden fallen. Diese deutlichen Worte gefielen Heinrich nicht. Und so plante er zwei starke Heere im Norden und Süden, während sein eigenes Heer von gut ausgebildeten Heiden strotzte, die eine bessere Ausrüstung mit sich brachten, als wir sie hatten.

Ich hätte mir für mein Regieren bessere Zeiten gewünscht. Doch ich regierte mit klarem Verstand, während Heinrich im Kampf war.

Dann kehrten die Heere wieder zurück, und die Verluste waren so zahlreich, dass ich am liebsten eine Zeit der Trauer und des Gebetes ausgerufen hätte. Aber niemand sollte von der Schwäche unserer Truppen erfahren. Beim Eindringen der Heere waren mehrere Tausend Gegner getötet oder in Gefangenschaft genommen worden. Darunter Frauen und Kinder. Unserer Streitmacht war es nicht gelungen, sich wie geplant zu vereinen. Jedes Heer hatte sich eigenständig zurückziehen müssen. Dabei war Heinrich bei einer Rast auf dem Weg nach Merseburg in einen Hinterhalt geraten. Die Nachhut unter Gero II. wurde ausgeplündert und die gut zweihundert vortrefflichen Männer erschlagen. Ich dankte Gott, dass Heinrich entkommen konnte.

Als ich Heinrich endlich traf, war er wie ein wildes Tier, und alle mussten ihn ermahnen, nicht zu fluchen und sich nicht zu versündigen. Vier Tage dauerte es, bis Heinrich sich wieder in der Hand hatte und als Kaiser in Ruhe seine Geschäfte führte. Ich dachte bei mir: *Heinrich hat noch Glück gehabt. Er hat die Angriffe überlebt, und während der gesamten Kriegshandlungen und in der Zeit seiner Heimkehr haben keine Steine in seinen Gedärmen gewütet.*

Wieder muss ich die Feder aus der Hand legen und reibe mir die Schläfen. Krieg – was würde ich darum geben, all diese Erinnerungen zu vergessen! Doch die Bilder lassen mich nicht mehr los. Ich habe am eigenen Leibe erlebt, was der Krieg mit einem Menschen macht. Und ich kann keinen Stab brechen über denen, die im Krieg ihren Verstand und ihre Seele verlieren.

Ach, wie spät, wie spät und viel zu spät habe ich erst erkannt, dass nicht die Gewalt den Frieden bringen kann, sondern einzig der Glaube an Gottes Vorsehung und unsere guten Taten. Dazu musste ich jedoch am eigenen Leib erfahren, was ich zuvor aus sicherem Abstand erlebt hatte ...

Im Jahr 1017 mussten wir wieder gegen Polen ziehen. Ich wollte weder in Bamberg noch in Kaufungen bleiben, sondern von Merseburg aus hilfreich die Heere und die Friedensverhandlungen unterstützen. Ich hatte die Hoffnung nicht aufgegeben, dass ich an Heinrichs Seite zum Sieg beitragen würde. Wir waren ein Heer, das mit Kaiser und Kaiserin zum Sieg auszog.

Wir erreichten die Burg Glogau, in der sich Boleslaw verschanzt hatte. Wir wichen jedoch den Gefechten aus und zogen weiter, wo wir ohne Boleslaw leichtes Spiel hatten. Aber neben den Kriegshandlungen nahm ich wahr, was auch alle anderen sahen: Die Polen waren ein gottesfürchtiges Volk. Obwohl unser waffenstrotzendes Heer durch die Dörfer zog, gingen die Menschen zum Beten in die Kirchen. Wenn die Glocken läuteten, senkten alle ihre Köpfe zum demütigen Gebet. Welche Lehren, die mir von Gott dadurch erteilt wurden!

Auf einem leeren Marktplatz fanden wir an Pfähle gebundene Kinder und Erwachsene vor. »Wer sind diese Leute, warum sind sie schon seit Tagen festgebunden?«, erkundigte ich mich.

»Bei den Kindern handelt es sich meist um Diebe, die Männer und Frauen haben jedoch die Ehe gebrochen oder die Fastengesetze nicht eingehalten.«

»Und was geschieht nun mit ihnen?«

»Der Bischof selbst wird an ihnen demonstrieren, wie es einem Sünder im Fegefeuer ergeht. Jedem, der dem Exempel beiwohnt, wird es danach ein Bedürfnis sein, die christlichen Gebote mit Freuden einzuhalten.« Hochmütig schaute mich der Befragte an, denn die Polen waren stolz darauf, härtere Strafen zu verhängen als wir.

Wir wohnten den grausamen Gerichtsurteilen bei. Die Männer in unseren Heeren wurden der vorbildlichen christlichen Strenge gewahr. Sie fielen entsetzt auf die Knie und beteten.

Diese harten Strafen hatten aus den Polen ein ehrbares Volk gemacht. Doch nun, im Krieg, wurde gemordet, geplündert und den Frauen und Kindern in aller Form Gewalt angetan, ohne schlechtes Gewissen. Der Krieg machte Tiere aus Menschen, oder er raubte ihnen den Verstand.

Unser Heer wurde wohl wegen der vielen Sünden von einer anderen Strafe getroffen: Einer nach dem anderen wurde krank. Es ging ein Husten um, der die Männer Blut spucken ließ. Ich besuchte die Kranken, um sie zu trösten, und wich doch schnell zurück, wenn sie zu husten begannen. Andere rannten oft zum Abort und behielten weder Essen noch Trinken bei sich. Sie starben auf dem Weg, auf der

Lagerstatt, in den Latrinen. Vor niemandem wollten diese Teufel weichen. Sie nahmen sich die Söldner und den Adel gleichermaßen. Selbst die Geistlichkeit, die zuvor noch tröstend zu Hilfe geeilt war, lag bald krank danieder.

Obwohl wir geschwächt waren, kämpften wir weiter und belagerten zuletzt die Burg Niemcza an der Lohe. Doch wir hatten kein Glück. Mit unseren Fahnen und den heiligen Geräten an der Spitze zogen wir uns über Böhmen nach Merseburg zurück, wo wir endlich wieder eine Heimat hatten. Wir reisten weiter bis Frankfurt. Dann wurden die Heere entlassen.

Ich reiste mit einem kleinen Gefolge allein weiter, denn ich musste im Königshof Kassel und in Kaufungen nach dem Rechten sehen. Wir hatten in Kaufungen die Georgskapelle ausbauen lassen, und ich konnte den Messen auf der neuen Kaiserempore beiwohnen. Wie gerne war ich dort, wenn ich an Heinrichs Seite saß. Doch das war mir in diesem Jahr nicht vergönnt. Stattdessen wollte ich umso mehr die Dinge in Kaufungen vorantreiben.

Erst, als ich einige Tage in Kaufungen war, merkte ich, dass mit mir etwas nicht stimmte. Meine Haut fühlte sich heiß an, und mein Schweiß roch seltsam. Innerhalb weniger Tage wollte ich nicht mehr essen und trinken, und der Gürtel rutschte mir von der Hüfte. Ach, ich brauchte ja bald keinen Gürtel mehr, da ich so kraftlos geworden war, dass ich mich, sobald ich stand, wieder setzen wollte. Saß ich, wollte ich mich legen. Bald darauf ertönten mit jedem Atemzug, den ich tat, seltsame Geräusche. Und dann begann der Husten. Der gleiche Husten, der die Männer geschüttelt hatte, ehe sie daran erstickten.

Keiner hatte mir gesagt, dass jeder Hustenanfall bis auf die Knochen schmerzte und es sich anfühlte, als ob einem die Lungen herausgerissen würden. Doch die Lungen blieben, wo sie waren. Sie bluteten weiter und schmerzten bei jedem Schnaufer und der kleinsten Bewegung. Die Lungen wollten nicht mehr atmen, wo ich sie doch so dringend brauchte! Ich konnte weder richtig einatmen noch hilfreich husten, und bald fehlte mir die Kraft zu sprechen. Wenn ich ein wenig meine Hand hob, um mir zum Trost das Kreuz in meinen Händen oder meine schönen Ringe anzuschauen, so sah ich eine weiße, knochige Hand, die mir aus dem Totenreich zuwinkte. Ich wusste, was nun geschehen würde. Ein paar Stunden noch? Vielleicht noch zwei Tage?

»Wir schicken nach den besten Ärzten und nach dem Kaiser«, sagte mein Kanzler.

Ich wehrte ab und sagte: »Die besten Ärzte sind bereits an meinem Bett, und ehe Heinrich bei mir ist, werde ich schon im Totenreich sein.« Ich wusste, wie es um mich stand. Ich kannte diese Krankheit. Nur wenige hatten sie überlebt. Ich kannte nur vier Menschen, die, obwohl sie Blut gespuckt hatten, wieder gesund geworden waren. Dagegen hatte ich in den letzten Wochen Hunderte daran sterben sehen. Unter ihnen waren auch die Stärksten und Frömmsten gewesen. Ich machte mir nichts vor, meine Stunde war gekommen. Die Teufel zogen mir schon die Decke beiseite, damit sie mich besser in die Tiefe stürzen konnten.

Warum wollte einzig mein Schreiber nicht wahrhaben, was doch schon im Buch des Lebens eingetragen war? Gunther verfügte über einen großen Glauben, obwohl er keine geistliche Laufbahn eingeschlagen hatte. »Du wirst leben, das sagte mir in der Nacht der Erzengel Michael. Er erschien mir im Traum.« Mein liebster Schreiber sagte dies so überzeugt und freute sich schon darüber, dass ich lachen musste, obwohl mir wirklich überhaupt nicht nach Scherzen zumute war.

»Lieber Gunther«, sagte ich. »So wahr ich hier zum Tode liege und nicht daran glaube, je wieder aufzustehen, so will ich jedoch vor dir und aller Welt versichern, dass diese meine Pfalz Kaufungen ein Nonnenkloster werden soll, wenn ich meine Füße wieder auf die Erde setzen kann.« Ich wollte, dass dieses Gelübde niedergeschrieben wurde. Nichts wollte ich mehr, als in Frieden zu sterben oder bald zu gesunden. Wenn ich leben würde, wäre es einzig der Verdienst des barmherzigen Gottes. Ich dachte, dass dies meine letzten Worte sein würden, und verlangte nach dem letzten Segen.

Doch niemand wollte mir einen letzten Segen erteilen, da Gunther behauptete, meine Krankheit würde nicht zum Tode führen, sondern diene einzig der Herrlichkeit Gottes und meiner Läuterung. Die Ärzte ließen sich von Gunthers Worten anstecken. Sie standen um mich herum und beschlossen, mir einen Trunk zu geben, nach dem ich lange schlafen sollte. Dazu sollte mein Leib mit feuchten Wolltüchern umwickelt werden, damit die Lungen nicht auseinanderbrächen. Das türkische Minzöl müsse stets meine Schläfen und Ohren röten, und meine Füße sollten in warme Öltücher gewickelt werden. Die Minze machte, dass ich nicht mehr zu atmen vermochte. Ich wollte schreien: »Erstickt mich nicht!«, aber meine Ohren hörten nur ein schwaches Röcheln aus meinem Mund. Niemand kam, um mich aus dem Zustand zu retten.

Drei Tage soll ich bewusstlos gelegen haben und weitere zwei Wochen konnte ich mich nicht bewegen, ehe ich das erste Mal wieder meine Augen aufschlug. Ich dachte, nun sei auch Heinrich verstorben, denn ich sah in sein ausgezehrtes Gesicht und seine rot geränderten Augen. *So hat auch er das Leben ausgehaucht, und wir sitzen nun gemeinsam in den Vorhöfen der Hölle,* dachte ich.

Ich vernahm die Stimme meines geliebten Mannes: »Sie schlägt die Augen auf! Mein geliebtes Weib ist bei Sinnen!« Ich fühlte, wie meine leblose Hand gehalten und an Heinrichs Lippen gedrückt wurde. Dann spürte ich den Herzschlag Heinrichs, weil er meine Hand wohl gegen seine Brust drückte. Und das sollte die Hölle sein?

»Wo, wo bin ich?«

»Bei mir, Geliebte, bei mir, deinem treuen Gatten Heinrich.«

»Wo?«, wiederholte ich.

»Im Gemach des Königshofes zu Kaufungen, das du dir zum Erbe erwählt hast.«

Ich war also noch nicht im Reich des Todes. Mir wurde noch ein Aufschub gewährt. *Es ist mir vergönnt, in den Armen meines geliebten Mannes zu sterben!* Eine unendliche Dankbarkeit durchströmte meinen Körper. Die Gebete Heinrichs und seine Liebe würden mich ins Jenseits begleiten!

Stunde um Stunde vertraute ich mich den Heiligen an und folgte Christus ans Kreuz und ins Grab. Doch der Essig, der mir in den Stunden gereicht wurde, und das Salböl, mit dem liebevolle Hände meinen Körper einrieben, gereichten mir zum Leben. Aus dem Gemurmel um mich herum vernahm ich nach einigen Tagen deutliche Stimmen. Was vor meinen Augen so verschwommen gewesen war, nahm Gestalt an. Heinrich, die Ärzte, Dienerinnen, all die Getreuen! Kräutersuppen, Heiltees und Kümmelwein sah ich in den Schalen, und sie wurden mir liebevoll in den Mund gelöffelt. Heinrich hatte aus dem ganzen Reich die Hirnschalen der Heiligen bringen lassen; darin wurden mir die Getränke und Speisen gereicht. Mein Gemach roch nach Weihrauch, und das Zimmer war mit den ersten Blütenzweigen des Frühlings geschmückt. In einer Vase standen wilde Narzissen und Traubenhyazinthen.

Obwohl mir alle versicherten, dass ich in Kaufungen sei, dachte ich doch, ich wäre in einem Vorhof zum Himmel, denn wie konnte es sein, dass draußen die Vögel sangen und die wilden Kirschen blühten?

»Aber du liegst doch schon sechs Wochen danieder!«, erklärte mir Heinrich.

Die Vorstellung, dass ich seit sechs Wochen unnütz im Bett lag, weckte mich auf. Es gab doch so viel zu tun! Wie konnte ich nur so säumig meinen Pflichten nachgehen! »Ich stehe auf«, sagte ich meiner Dienerin. »Hilf mir auf!«, wies ich sie an.

Doch die Frau lachte nur und ging mit den alten Bettlaken von meiner Bettstatt fort. *Das wollen wir ja wohl sehen*, dachte ich, drehte mich zur Seite, setzte mich auf, stand auf und fiel kopfüber zwischen zwei Stühle, die vor meinem Bett standen. Die blauen Flecken und meine schmerzende Schulter, die mir der Sturz einbrachte, waren mir gerade recht. Sie sagten mir, dass ich schon viel zu lange im Bett gelegen hatte. Stück für Stück forderte ich mir meine Kräfte zurück. Ab sofort wollte ich des Tags im Bett nur noch sitzen und alle Notdurft allein auf dem Abort verrichten. Ich konnte zwar einige Tage nur von zwei Männern gestützt gehen, aber auch das besserte sich. Irgendwann war die Schwäche gänzlich verschwunden, und ich war gesund und stark. So stark wie nie zuvor!

Nun galt es, meine Kräfte für mein Gelübde einzusetzen. Ich hatte ja in meiner vermeintlichen Todesstunde gelobt, in Kaufungen ein Benediktinerinnenkloster einzurichten, falls ich genesen sollte. Da ich entgegen meinem eigenen Glauben gesund geworden war, hatte ich die Pflicht, Gott mein Versprechen einzulösen. Ich war über mein wiedergefundenes Leben voller Dankbarkeit und Tatendrang.

Meine ersten Schritte aus meinem Gemach durch das Palais, den Wirtschaftshof, die Gärten und hin zur Georgskapelle verband ich mit den Gedanken an das zu gründende Kloster. Das Palais konnte zum Dormitorium umgestaltet werden, aber wir brauchten eine richtige Kirche, einen Kreuzgang und noch mehr Wirtschaftsflächen, um die Nonnen zu versorgen. Es musste eine große Kirche gebaut werden, zu der die Nonnen einen direkten Zugang hätten. Sie müsste genug Platz für den abgetrennten Nonnenchor und die Hochaltäre bieten. Zuletzt, das war mir ebenso wichtig, sollte die Kirche mächtig gegründet werden und so hoch gebaut, dass sie von Gottes Größe erzählte und Platz hatte für eine große Kaiserempore. Ja, meine Seele würde Frieden finden, wenn ich mit Heinrich der Einweihung der Kirche beiwohnen würde.

Heinrich und ich machten keine Kompromisse, wenn es um Gottes Reich und unser Seelenheil ging. Uns stand noch vor Augen, wie schnell unser Leben enden konnte. Wir reisten nach Paderborn, wo wir, ich als erste Frau, in die dortige Gebetsverbrüderung aufgenommen worden waren. Auch hier hatten wir Mitstreiter gefunden, die für unsere Seelen beten würden, sobald wir nicht mehr lebten. Ich war den Männern nun eine ernst zu nehmende geistliche Schwester geworden.

Die Bauleute hatten in Paderborn in den vergangenen Jahren gute Arbeit geleistet, und die meisten Arbeiten waren abgeschlossen. So fügte es Gott, dass auf kaiserlichen Befehl und Auftrag die Bauleute von dort ihr Quartier in Kaufungen nahmen und dort die große Kirche planten und bauten. Ich trieb die Bauleute an, verschaffte ihnen noch mehr Helfer und ließ für sie einen Wirtschaftshof einrichten, damit sie gut versorgt seien. Die Äcker Kaufungens konnten jedoch unmöglich all die hungrigen Mäuler stopfen. Wir rodeten und bebauten noch mehr Land, und mein getreuester Gemahl Heinrich schenkte dem Kloster das Königsgut Hedemünden. Ab sofort sollte Hedemünden ein Meierhof des Klosters sein, der uns mit Lebensmitteln, Holz, Knechten und Mägden bereicherte. So wunderbar schrieb Heinrich in der Urkunde:

Im Besonderen sind wir gehalten, derjenigen Beistand zu leisten, dass sie ihre begonnenen Werke vollenden möge, mit der wir mit Leib und Seele eins sind.

Darum soll die Gesamtheit aller Christusgläubigen ... zur Kenntnis nehmen, dass unsere geliebte Gefährtin, Kaiserin Kunigunde, ein Kloster gestiftet hat, in dem sie Jungfrauen unter die Regel des heiligen Benedikt eingesetzt hat.

Da wir nun in allen Dingen der Liebe zu unserer treuen Gemahlin willfahren, verleihen und schenken wir zum Heil unserer Seele sowie der ihren und zur Tilgung aller unserer Schuld einen uns rechtmäßig zustehenden Hof ... mit allem seinem Zubehör – Äckern, Grund und Boden, Gebäuden, genutzter und ungenutzter Erde, Wäldern, Jagden, stehenden und fließenden Gewässern, Fischfang, Mühlen, Wiesen, Ausgang und Eingang, Einkünften und Schulden, Hörigen beiderlei Geschlechtes und allen Nutzungen, die zum Hof gehören ...

Ich beende die Abschrift der wertvollen Urkunde und nehme sie vorsichtig in die Hände. Wie lieb ist mir Heinrichs Unterschrift, wie wunderbar das Siegel und die Namen all der getreuen Verwalter und Schreiber! Noch mehr als ein Dutzend Orte folgten Hedemünden später. Das Kloster verfügte bald über genug Besitz, um alle abzusichern. Die nahen Besitzungen sichern bis heute die alltäglichen Bedürfnisse und verschaffen dem Kloster Macht und Schutz. Die Besitzungen an Mosel und Main bringen uns den nötigen Wein. Selbst wenn die Äbtissin immer wieder den Amtmann ausschicken muss, weil die anderen Klöster, die in der Nähe der Weinberge liegen, uns die Rechte streitig machen wollen: Wir haben die Rechte an den Weinbergen behalten.

Es hat uns in Kaufungen noch nie an Wein gemangelt. Weder zu heiligen Handlungen noch zur Erfrischung unserer Körper.

Welch glücklicher Tag, welch fröhliche, gottselige Stunde, als ich in Kaufungen dann meine liebste Nichte Uta als Äbtissin einsetzen konnte! ...

Sophie hatte mir bei der Errichtung des Klosters mit vielen Ratschlägen treulich zur Seite gestanden. Als sie dann auch noch meinem Wunsch nachkam und Uta für Kaufungen freigab, war ich fröhlicher Dinge. Uta war überrascht, dass ich sie als Äbtissin einsetzen wollte. »Ich habe doch viel zu wenig Erfahrung«, wehrte sie ab. »Ich kenne andere Frauen, die sich besser eignen.«

Sophie machte ihren Zweifeln ein Ende, indem sie sagte: »Möchtest du lieber in Kaufungen Äbtissin werden, wo dich auch deine Tante wünscht, oder soll ich dich in einem anderen Kloster als Leiterin einsetzen?«

Da sagte Uta endlich frei heraus: »Kaufungen, das würde mir wirklich gefallen!«

In der großen Stunde wurde Uta zur Äbtissin von Kaufungen geweiht. Der Erzbischof selbst nahm das Versprechen von ihr entgegen. Mit zwölf Nonnen begann sie die geistliche Arbeit.

Sophie musste sich schwergetan haben, sich von Uta zu verabschieden, trotzdem gab sie ihr noch drei Nonnen von Gandersheim mit. »Ich habe dir die Nonnen ausgesucht, die dir in den vergangenen Jahren ans Herz wuchsen. Nun hast du so viele Töchter Gottes um dich, wie Jesus Jünger hatte. Und wie er manche Jünger besonders liebte, sollst auch du auf deine Freundinnen nicht verzichten. Doch bedenke, du wirst auch Judasse und Thomasse in deinem Chor haben. Gott gebe dir in allen Stücken eine ordnende Hand.«

Am 22. April des Jahres 1019 überreichten wir Uta das Gründungsdokument, das Kaufungen alle Rechte verlieh, zum angesehenen und geschützten Frauenkloster zu werden. Ich legte es, weil ich die Stifterin des Klosters war, nach den großen Feierlichkeiten Uta selber in die Hände. »Ich weiß, du wirst deiner neuen Aufgabe mehr als gerecht werden, meine liebe Uta«, sagte ich stolz zu ihr. Wir umarmten und küssten uns. Dann legte Uta das Dokument in einen wohlbewachten, abschließbaren Schrank, dessen Schlüssel der Äbtissin vorbehalten war. Zwar standen von der zu errichtenden Kirche erst die Grundmauern, aber seit der Gründung des Klosters kündigte die kleine Glocke der Georgskapelle die heiligen Zeiten an. Wie im ganzen Reich erklang nun auch in Kaufungen die Glocke und rief des Nachts zur Vigilie, vor Sonnenaufgang zu den Laudes, zur Prim, meinem geliebten Morgengebet. Am Vormittag läutete sie zur Terz, erinnerte zur Mittagszeit an die Sext, und die Non beendete die Nachmittagsruhe. Vor Sonnenuntergang wurde zur Vesper gerufen, und die Nonnen gedachten des Sterbens Christi und des vergänglichen Lebens. Beim Klang zur Komplet dankten alle Gottes guter Vorsehung. Was am Tag gewesen war, sollte gänzlich losgelassen werden und würde mit dem kommenden Morgen christusgleich in neuer Kraft erstehen.

Diese acht Gebetszeiten bestimmten fortan das heilige Leben des Klosters. Die Glocke rief jedoch an den Sonn- und Feiertagen auch die Menschen in die Kirche und erinnerte sie drei Mal am Tag an Gottes Herrlichkeit und Christi Güte und Vergebung. Kaufungen wurde nun zu meinem Schatzkästchen. Was ich ausfindig machen und erübrigen konnte, legte ich in Utas getreue Hände: Altargeschirr, Schüsseln, Tücher, silberne und goldene Abendmahlskelche, Gewänder und Schleier. Von anderen Klöstern erbat ich Reliquien für die Kirche.

Uta hatte mit ihrer Weihe zur Äbtissin die oberste Aufsicht. Sie selbst durfte den Amtmann wählen, der das Kloster vertrat. Uta war klug. Sie führte die Bücher, beaufsichtigte alle Erträge und Ausgaben und zog die Untergebenen zur Rechenschaft. Zusammen mit dem Amtmann und dem Vogt forderte sie von den Ländereien und den Gebieten mit Pachtverträgen die Güter ein. Die Vertreterin Utas hatte die Schlüssel inne und konnte teilweise die Abtissin vertreten. Ebenso hatte die Küsterin Zugang zu allen Räumen. Sie war es auch, die die Glocken läutete. Wir richteten ebenfalls, wie es üblich war, eine Schule ein, in der alle Frauen, die zu uns kamen, in Lesen, Singen, Latein, Notenschrift, Grammatik und Kirchengeschichte unterrichtet wurden. Wenn sie alles beherrschten, stimmten die Äbtissin und die Stiftsdamen ab, wer zur Probe für ein Jahr aufgenommen wurde.

Ich hatte mit meinem Kanzler genau ausgerechnet, wie vieler Güter und Einkünfte das Kloster bedurfte, damit die Nonnen keine Not zu leiden hätten. Die Nonnen von Kaufungen sollten denjenigen anderer Klöster nicht nachstehen. Sie sollten reichlich Nahrungsmittel zur Verfügung haben und auch ihre Gäste speisen können. Jede sollte wöchentlich vierzehn Weizenbrote, dazu noch Brote zum Verteilen an die Armen bekommen. Dazu sechs Pfund frisches Fleisch über die Woche verteilt. Am Freitag sollte es reichlich Fisch und alle drei Wochen ein Fass Bier geben. Kuh- und Schafskäse, Eier und Salz sollten für alle reichlich zur Verfügung stehen. Ebenso sollte es an Wein nicht fehlen. Um sich für die Fastenzeit zu stärken, gab es zwölf köstliche Würste, deren Farce aus gemischten Fleischsorten, Fisch, Speck, Eiern und salzhaltigen Kräutern gemacht wurde. Zusätzlich gab es noch zwölf Leberwürste, drei Pfund Blut, um Blutwurst herzustellen, und ein Huhn. Für alle zusammen noch zwölf Schweinsköpfe und sechsunddreißig Schweinsfüße. Wenn zu Aschermittwoch die Fastenzeit begann, bekam jede Frau zwei Tonnen Erbsen, vierzig Heringe und freitags zusätzlich frischen Fisch.

Der Klosterhof, der auf dem Gelände lag, wurde ebenfalls ausgebaut, damit die Handwerker für alle nötigen Verrichtungen dort ihren Platz fanden. Der ganze Klosterhof war dadurch mit fleißigem Lärmen und Treiben erfüllt. Nicht nur die Bauleute arbeiteten, im Klosterhof wurde auch Bier gebraut, geschlachtet, gebacken und es wurden Wagenräder hergestellt. Bäcker, Förster, Köche – sie gingen ein und aus, und die Knechte und Mägde verdingten sich für ihren Unterhalt im Kloster. Seit das obere und untere Dorf Kaufungens zum Kloster gehörten, standen die Tore des Klosterhofes von Sonnenaufgang bis Sonnenuntergang offen.

Damals hatte ich meine geliebte heilige Wohnstatt noch in Bamberg inmitten der Gelehrten und Geistlichen. Wollten Heinrich und ich die Weihnachtstage in Abgeschiedenheit verbringen, so hatten wir bisher unsere Reiseroute immer über die Königspfalz in Pöhlde gelegt. In dem Jahr, als ich vermeintlich zum Tode lag, war jedoch die gesamte Pfalz abgebrannt. Wodurch das Feuer ausgelöst worden war, konnte keiner ermitteln. Doch nach dem verheerenden Unglück gab es keinen Holzpfosten mehr, der aus der Erde ragte. Die Dachschindeln lagen weit um die Pfalz verstreut. Die Feuersbrunst musste sie sogar noch durch die Luft getragen haben!

Während meines ganzen Lebens konnte ich mich nicht an diese zerstörenden Kräfte gewöhnen. Ich war bei jedem Brand voller Schrecken und musste an all die Menschen und Tiere denken, die dabei ihr Leben gelassen hatten.

Wir erteilten den Auftrag, dass alles wieder hergerichtet werden sollte. Für Kaufungen wünschte ich mir das Gleiche, das auch für Bamberg galt: Die wichtigsten Gebäude sollten aus Stein erbaut werden. Was nützte die beste Architektur, was die schönsten Verzierungen, wenn sie in einer Stunde vom Feuer verschlungen werden konnten? All das hatte mich doch schon meine Heimatstadt Trier gelehrt. Stein überlebt das Holz. Knochen überleben das Fleisch. Unsere Seelen überdauern unser Leben.

Mit Kaufungen, das ich mir zu meinem letzten Wohnort wählte, wollte ich meinen vergänglichen Machtverhältnissen eine ruhige Wohnstatt entgegensetzen. Eine ruhige Wohnstatt auch im Angesicht dessen, dass ich dort nur sein würde, wenn ich Heinrich nicht mehr an meiner Seite hatte.

Leise lächelnd lese ich noch einmal, was ich eben geschrieben habe. Heute, in den Tagen voller Schwächen und Anfechtungen, weiß ich nicht mehr, wie ich damals die Kraft und Freude für den Weg aufbringen konnte. Heute lege ich mich vertrauensvoll in die Hände der jungen, hoffnungsvollen Kaiserin Kunigunde, die ich gewesen bin. Ja, ich bin dankbar, dass diese tatkräftige Frau für mich Sorge getragen hat. Sie hat schon den Weg gewiesen, den ich nach Heinrichs Tod dann wie eine Träumende gehen konnte. Der Weg war vorgezeichnet. Gott muss wohl wissen, dass es im Alter schwer ist, Vertrauen und Freude an neuen Wegen zu finden. Nun, da ich alt bin, spüre ich nicht nur meine derzeitigen Schwächen, sondern erkenne auch ehrlicher mein Fehlverhalten als früher, als ich jung war. Aber damals verfügte ich auch über eine ungeheure körperliche Kraft und einen leidenschaftlichen Glauben, die mir als junge Frau so selbstverständlich waren. Wie gut, dass ich zwei Jahre nach meiner Krankheit und dem Gelöbnis, ein Nonnenkloster zu errichten, alle nötigen Voraussetzungen für das Kloster erreicht hatte. Ich weiß nun: Die Stunden, als ich dem Tod als junge Frau nah war, lehrten mich mehr über das Leben als die vielen Jahre, in denen ich stolz und zuversichtlich war. Damals legte ich den Grundstein für ein Leben nach dem Ruhm.

Ich erhebe mich von meinem Schreibplatz, die tintennasse Feder halte ich aufrecht, damit sie nicht tropft. Uta kommt mir schon entgegen. Ich frage aufgeregt: »Werte Uta, darf ich einen Blick auf die Gründungsdokumente des Klosters werfen?«

Uta hört sich meine Bitte an und sagt: »Selbstverständlich überlasse ich dir das Dokument.« Und schelmisch fügt sie hinzu: »Heinrich hätte wohl gerne noch viel öfter von der geliebten Gemahlin geredet und davon, dass ihr ein Fleisch seid, aber die tüchtigen Schreiber hatten zum Glück alles, was uns vonnöten war, im Blick.«

Ich werde rot, denn jetzt erst, im Kloster, wird mir bewusst, dass es etwas Besonderes ist, einen liebenden Mann an der Seite zu haben. Uta gibt mir das Dokument. Es sieht aus, als ob es frisch geschrieben worden sei und das Siegel noch immer eine neue Botschaft verkündete. Wie nah ist mir nun Heinrich, wenn ich die Zeilen lese! Und wie umsichtig wurden die Rechte des Klosters formuliert. Welch starker Schutz ist das geschriebene Gesetz gegen die Willkür der Mächtigen! Ich halte die Urkunde vorsichtig in Händen und lese:

Im Namen der heiligen und unteilbaren Dreifaltigkeit.

Heinrich, von Gottes wohlwollender Gnade erhabener Kaiser der Römer.

Ohne Zweifel wissen wir, dass es für unsere kaiserliche Würde geziemend und notwendig ist, dass wir zum Lobe und zur Ehre Gottes auf Vollendung hin handeln und unsere Macht für andere, die etwas beginnen, einsetzen sollen, damit sie zur Wirkung gelangen.

Wenn wir dies also gerechtermaßen allen erweisen müssen, so sind wir doch ganz besonders gehalten, derjenigen behilflich zu sein, mit der wir ein Fleisch und eine Seele sind, damit sie das Gute, das sie begonnen hat, zu Ende führe.

Ebenso dürfte die Gesamtheit aller Getreuen, der jetzigen selbstverständlich und auch künftigen, davon Kenntnis haben, dass unsere geliebte Gemahlin Kunigunde, die erhabene Kaiserin, zu Ehren des Erlösers der Welt, des lebendig machenden Kreuzes und zugleich aller Heiligen an dem Ort, der Cohfunga[1] genannt wird, für unser wie für ihr Seelenheil ein Kloster errichtet hat, das hinsichtlich des ererbten Grundbesitzes von allen unseren Schulden ganz gewiss frei ist. In diesem hat sie Jungfrauen unter der Regel des heiligen Benedikt geweiht.

Und nachdem sich diese so in Christo zusammengefunden hatten, haben sie, dem Kirchenrecht entsprechend, als erste Äbtissin Oda[2] ausgewählt. Hierbei hat unsere besonders fromme und gewissenhafte Gemahlin das Zugeständnis gemacht, dass sie von unserer kaiserlichen Autorität eingesetzt werden muss und dass nach uns immer alle Äbtissinnen von den Kaisern des Römischen Reiches einzusetzen sind – ohne jedes Verlangen nach Dienstbarkeit, frei aufgrund unseres Privilegs.

Wir verordnen auch, dass den zuvor genannten Jungfrauen keine Äbtissin als Vorgesetzte gegeben werde, wenn sie diese nicht inter se super se[3] ausgewählt haben.

---

1 Kaufungen
2 Uta
3 Lateinisch für: unter sich, über sich

Wenn sie aber vielleicht anders leben wollte und deswegen abwesend ist, soll von den Schwestern bis zu viermal versucht werden, sie zum Kommen zu bewegen; und wenn sie sich nicht gebessert hat, sollen die Schwestern den Bischof des Sitzes in Mainz, in dessen Diözese sie sind, einladen, und sie soll fallen gelassen und eine andere, die würdig ist, ausgewählt werden.

Wir bestimmen, dass die Lehen der Ministerialen mit Blick auf die festgesetzte Pfründe der Äbtissinnen nicht vermehrt werden und dass nicht das, was diese zu Recht besitzt, verkleinert werde.

Ferner werden die Äbtissinnen zu geeigneter Zeit die Schuld hinsichtlich ihres eigenen Rechtsanspruches eidlich versichern.

Es soll durch gemeinsamen Beschluss ein Verwalter bestellt werden, der für den Konvent und alle Nichtgeistlichen[4] geeignet ist.

Die Nonnen sollen eine Kellermeisterin in ihren Reihen haben, die einen zuverlässigen Mann unter sich haben soll, der ihr diene.

Indem wir auch die künftige Tyrannei der Vögte im Auge haben, damit sie die familia des Klosters nicht stärker belasten, verordnen wir, dass kein zweiter Vogt eingesetzt werde und dass sie nur zu drei Gerichtsverhandlungen auf Geheiß zusammenkommen sollen.

Wenn dem Vogt »Haut und Haar«[5] durch Gerichtsurteil genehmigt worden sind, soll sich der Angeklagte, wer auch immer er sei, mit 5 solidi[6] freikaufen können.

Und damit diese feste Vorschrift unserer Macht zu aller Zeit bleibe, bekräftigen wir jene mit eigener Hand und befehlen, dass sie mit dem Abdruck des Siegels kenntlich gemacht werde.

Wenn jemand dies alles, was wir festgesetzt haben, zu brechen versuchen sollte, soll er eines dauernden Todes sterben, nicht nur körperlich, sondern auch mit der Seele.

Im Himmel sollen die Nonnen den allmächtigen Gott als Fürsorger, auf Erden

---

4 Der hier ursprünglich verwendete Begriff familia umfasst alle im Kloster beschäftigten weltlichen Personen, z. B. Verwalter, Handwerker, Gesinde.
5 Prügel und Scheren des Kopfes als Strafe.
6 Ein solidus war eine wertvolle Münze, deren Wert regional und im Laufe der Zeit stark schwankte. Daher stammt auch unser heutiger Ausdruck »Sold«.

den Vogt des römischen Hauses als Beschützer, in geistlichen Dingen den Bischof von Mainz als Sachverwalter haben. ...

Es tut mir gut zu lesen, mit wie viel Sorgfalt und Vernunft das Dokument verfasst wurde. Jeden Artikels bedarf es, damit sich das Kloster in der rauen Welt behaupten kann und die Frauen geschützt werden.

Gunther von Meißen, mein geschätzter Schreiber, der damals an meine Genesung geglaubt hat, hat das Schreiben aufgesetzt.

Heinrich sicherte nicht nur das Kloster ab, er förderte ebenfalls Kaufungen als Handelsplatz, und die erhaltenen Marktrechte stärken den Ort. Diese bringen uns bis heute nicht nur allerlei Waren zum Tauschen und Handeln vor unsere Türen, sie veranlassen auch, dass Geistliche und Herren die sicheren Straßen nutzen und wir auf dem neuesten Stand der Nachrichten bleiben.

Ach, es waren wunderbare Jahre, als die Kaufunger Basilika mit dem hohen Mittelschiff und den beiden Seitenschiffen Stein für Stein in die Höhe wuchs. Die Kirche erhielt ein östliches Querhaus, einen rechteckigen Vorchor und eine halbkreisförmige Apsis. Der mächtige Westturm sollte allem Bösen wehren und bekam zu beiden Seiten einen Treppenturm. Es geschah alles, wie es Heinrich befohlen hatte – befohlen und angewiesen nach meinen Wünschen.

Wenn schon kein Sieg, dann wenigstens Frieden. Der Papst besucht Bamberg, und Heinrichs Kräfte lassen nach

Ich schreibe nun von Kaufungen, als ob es damals nichts anderes für mich gegeben hätte. Aber das stimmt nicht. So wie Heinrich in steter Sorge um das Reich war und an allen Orten für Recht und Ordnung sorgte, so verwaltete ich Bayern. Heinrich hatte mich beauftragt, das Herzogtum zu verwalten, und ich wollte mich darin als verantwortungsvolle Regentin beweisen. Mir lag jedoch nicht daran, dass der Streit mit meiner Familie weiter bestand.

Ich beginne ein neues Kapitel: *Wenn schon kein Sieg, dann wenigstens Frieden ...*

Ich sprach mit den Adelsfamilien und verhandelte mit Heinrich, unter welchen Bedingungen er meinen Bruder Hezilo wieder als Herzog akzeptieren könne.

»Vertrauen habe ich einzig in dich, Kunigunde, und nicht in deinen wankelmütigen Bruder«, vertraute mir Heinrich an.

Da wusste ich, was zu tun war: Ich nahm zu Hezilo Kontakt auf und befragte ihn zu den Städten, Dörfern, Adeligen und Klöstern Bayerns. »Wie steht es mit deiner Fürsorge um das Land, Bruder? Was hast du in den Jahren zuvor Gutes bewirkt?«, fragte ich ihn. Es wurde mir schnell klar, dass Hezilo es sich zu einfach gemacht hatte. Ohne Vertrauen zu schaffen und seine tatkräftige Hilfe für das Herzogtum Bayern konnte er die Menschen nicht hinter sich bringen. Ich zwang meinen Bruder, mich für vier Wochen durch Bayern zu begleiten. Er sollte sich bei den Großen entschuldigen und sich ihre Sorgen anhören.

Heinrich war mit meinem Plan einverstanden. Und ich erreichte, was ich wollte. An meiner Seite fassten die Bayern neues Vertrauen in meinen Bruder. Hezilo musste dazu zwar oft genug Entscheidungen treffen, die ihm nicht behagten, aber er trug doch seinen Sieg davon. Als Heinrich und die Adeligen merkten, dass Hezilo ein umgänglicher, vertrauenswürdiger Mann war, bat ich Heinrich, zu unserer Entlastung doch wieder Hezilo als Herzog von Bayern einzusetzen.

Heinrich stöhnte auf. »Habe ich nicht genug Sorge zu tragen? Soll ich mich dazu noch um einen verräterischen Herzog sorgen müssen? Ach, Kunigunde, ich bin doch zufrieden mit dir. Deine schwachen Weiberworte und deine klugen Befehle vermögen mehr zum Guten zu wenden, als es deinem Bruder gelingt. Schau, ich bin dir immer zur Seite, wann du mich brauchst. Ich bestellte für dich ebenso kundige Berater, wie ich sie habe. Sind wir zwei nicht genug? Ist es für dich nicht eine würdige Aufgabe, die herzoglichen Angelegenheiten in meinem geliebten Bayern zu übernehmen?«

»Nein«, antwortete ich. »Ich bin nicht genug, denn ich kann dem Recht nicht mit militärischen Kräften nachhelfen. Außerdem widersprechen viele kaiserliche Aufgaben den Sorgen eines Herzogs. Wir brauchen einen starken Mann, der all seine Kräfte und ganz Bayern in die Dienste des Kaisers stellt.« Ich wartete eine Weile. Als Heinrich nichts erwiderte, sprach ich weiter: »Es ist inzwischen so weit. Hezilo hat das Vertrauen der Bayern gewonnen. Er hört auf meinen Rat. Wenn er wieder als Herzog eingesetzt würde, könnte ich einige Wochen an seiner Seite sein und vermitteln. Hezilo hat dazugelernt. Heinrich, er ist nicht mehr der alte Querkopf, der er einmal war! Im Grunde ist er doch schon ein alter Mann, der des Streitens müde ist.«

Heinrich sah mich an und sagte: »So hat das schwache Weib einen Weg gefunden, den ich mir nicht wünschte. Was alles wird noch kommen mit dir an meiner Seite?« Heinrich ließ den Rat zusammenrufen, damit er mit Hezilo in Verhandlungen trete. Mein Gatte beauftragte mich, an seiner statt Hezilo als Herzog von Bayern einzusetzen.

Ich ordnete an, dass alle Glocken Bambergs an diesem Abend läuten sollten und jeder im Gebet des Bayernherzogs gedenken sollte. Ich reiste mit Hezilo nach Regensburg und setzte ihn auf den Stuhl, der für den Bayernherzog gemacht war. Nun war für alle ersichtlich, wer die Regierung innehatte. Alle Adeligen und Mächtigen Bayerns mussten die Knie vor ihm beugen. Ich machte mit meinem Bruder einen Umritt in Bayern. Drei Wochen waren wir unterwegs, dann überließ ich das Regieren meinem Bruder, der mich jedoch noch oft um meine Unterstützung und Begleitung bat.

In dieser Zeit war ich manchmal sehr nachdenklich. Mir fielen die Unterschiede in meinem Denken und Handeln auf, wenn ich mit Heinrich zusammen war und wenn ich die Zeit mit eigenen Gedanken oder Gesprächen mit anderen verbrachte. Heinrich war immer so überzeugt von seinem Tun, dass ich damit beschäftigt war, ihm zuzuhören, ihn zu unterstützen oder zu schützen. In den Zeiten, in denen ich jedoch auf mich gestellt war, fand ich zu einer tiefen inneren Ruhe auch angesichts großer Herausforderungen und ungeklärter Sachlagen. Ich liebte es, mir viele Meinungen anzuhören, unterschiedliche Überzeugungen konnten geäußert werden, und dann bedachte ich alles mit Gottes Hilfe und dem Rat der Weisen. Deshalb wohnte ich gerne Gerichtsverhandlungen bei und hatte am liebsten den Vorsitz, was mir durch die Kraft meines Amtes in Abwesenheit Heinrichs auch zustand. Ich lernte dabei, dass es im Grunde ein Gesetz geben muss, an das sich alle zu halten haben. Den Anspruch, immer recht zu haben, können nur wenige erfüllen. Ist es nicht so, dass alle denken, im Recht zu sein? Jeder findet seine Gründe. Sobald ein Streit entbrennt, kämpft jeder für die rechte Sache und meint damit seine Sache.

Ich fragte einen alten Kanzler aus unserem Hofstaat, der auch Otto III. gedient hatte, ob er das Geheimnis ergründet habe, wie es geschehen könne, dass nicht Recht gegen Recht stünde, sondern selbstverständlich ein Recht für alle gelte.

Er sah mich an und sprach aus, was ich auch an mir bemerkt hatte: »Ist Kaiser Heinrich fern, so ergründest du die Ursachen, die hinter den Dingen liegen.«

Er beschämte mich. Aber er hatte die Wahrheit erkannt. Obgleich ich bemüht war, eine aufrichtige, fromme Kaiserin zu sein, allen Messen beiwohnte und mich für das Wohl meiner Untertanen einsetzte, die Zeit verlangte so schnelle Entscheidungen, dass ich gewiss vieles nicht bedachte. Schweren Herzens gab ich es zu: »Ja, wenn Heinrich fern ist, denke ich über alles nach und forsche weiter, auch wenn es keine Wege gibt. Manchmal wird mir dabei mein Herz schwer, weil ich keine Lösungen finde.«

»Liebste Kaiserin«, tröstete mich der Kanzler. »Wie viel Wert haben die Gedanken einer Frau gegen die Kraft eines Heeres?«

Doch diese Frage wollte ich nicht beantwortet haben, denn ich hatte meine eigenen Wege gefunden, das, was mir wichtig war, auch umzusetzen. »Was sind die Gedanken einer Frau gegen die Macht des Heeres ...« *Wozu das eine mit dem anderen vergleichen, wenn ich kein Heer befehligen kann, sondern höchstens meinen Mann – und damit ein Heer beeinflussen kann?* »Es geht mir nicht um mich, werter Kanzler. Ich möchte deine Erfahrungen nutzen und frage dich: Wie kann vermieden werden, dass Recht gegen Recht steht und der Kampf entbrennt?« Und ich setzte nach: »Ich will keine gefällige Antwort. Ich will die Wahrheit von dir wissen.«

»Mir fällt darauf nichts ein.« An seinem erschrockenen Gesicht und der Demut, mit der er gesprochen hatte, erkannte ich, dass er aufrichtig geantwortet hatte.

Ich wollte mich aber damit nicht zufriedengeben und befahl ihm deutlich: »In zwei Tagen erwarte ich dich, und dann wirst du mir nicht nur eine Antwort, sondern auch ein passendes Beispiel dafür geben. Ich müsste mich in dir sehr täuschen, wenn das nicht möglich wäre. Gib mir drei allgemeingültige Sätze zu meiner Frage, und ziehe Beispiele aus unseren Auseinandersetzungen mit Polen hinzu.« Ich hatte keine Lust auf eine weitere Unterhaltung. Für Geplänkel hatte ich keine Zeit.

Ich wollte keine Ratschläge zur Kriegsführung, sondern seine weisen Erkenntnisse zum Frieden.

Wie schwer es doch allen Männern fiel, über etwas nachzudenken, ohne gleich daran zu denken, als Stärkerer hervorzugehen! Sie wollten gottgefällig leben, handelten jedoch eigenwillig und als seien sie gottgleich.

Ich war gespannt auf das Gespräch. Ich wollte endlich eine Antwort auf meine drängendste Frage, wie kriegerische Auseinandersetzungen verhindert werden könnten.

Mein geschätzter Kanzler kam, und an seiner Haltung und seinen Worten spürte ich, dass er aufrichtig um eine Antwort gerungen hatte. »Werte Königin Kunigunde, Kaiserin, Herrscherin über unser Reich. Deine Fragen haben auch mich in meinem Fleisch und Gebein ergriffen und meinen Geist beschäftigt. Ich fand jedoch kein Wundermittel als einzig die Bescheidenheit, uns in unserem gottgegebenen Alltag als treue Christenmenschen zu beweisen. Und dies sind meine Erkenntnisse: Sei zufrieden mit dem, was du hast. Achte das Leben und den Besitz des anderen. Seht auf ein gemeinsames Ziel.«

Die Sätze waren einleuchtend. Die Ziele, die jedes Amt mit sich brachte, widersprachen jedoch meist dem Herrschaftsanspruch. »Nun erkläre mir, wie sich diese klugen, aber von der Durchsetzung her unmöglichen Sätze in der Polenpolitik verwirklichen lassen.«

Der Kanzler sagte unumwunden: »Wir waren dem Frieden mit Polen durch Otto III. sehr nah. Ich war dabei, als sich Boleslaw und Otto III. im März des Jahres 1000 in Gnesen trafen. Beide hatten damals ein Ziel, auf das sie sahen: Sie schlossen bei den Gebeinen des heiligen Märtyrers Adalbert ein Christenbündnis. Ich sah, werte Kaiserin, wie sich die beiden Herrscher am Altar wie Brüder auf den Mund küssten. Der Kaiser überreichte zum Zeichen der Anerkennung dem Polenherzog die Kopie der Heiligen Lanze. Doch nicht nur das: Kaiser Otto III. nahm seine eigene Krone vom Kopf und setzte sie Boleslaw zum Zeichen des Bundes auf sein Haupt.« Der Kanzler machte eine Pause. »Unter Otto III. hätte es keine Kriege mehr gegeben, denn der Kaiser und Boleslaw achteten sich gegenseitig. Sie hatten ein Ziel. Oft denke ich, dass unter Otto III. die Grenzfragen gewiss schon geklärt wären.« Der Kanzler entschuldigte sich wegen seiner direkten Worte.

Ich bedankte mich jedoch bei ihm. Wir wussten beide, dass wir gut miteinander reden konnten, zumal Heinrich nicht zugegen war. Otto III. hätte keine Mühe damit gehabt, einen ebenbürtigen Verbündeten an der Seite zu haben. Heinrich hingegen wollte keinen gleichwertigen Partner, sondern einen weiteren Untergebenen. Somit wurden beide unzufrieden. Boleslaw wollte, wie Heinrich, sein Volk anführen und gleichsam im himmlischen Auftrag seinem Polen vorstehen.

Ich konnte nicht umhin, obwohl ich nach Frieden gefragt hatte, Heinrich zu verteidigen: »Du musst jedoch wissen, dass die Verbindungen, die Heinrich pflegt, ja, selbst die Unterstützung durch die Heiden, die er genießt, Tradition haben.«

»Was bedeuten die Tradition und alte Ansprüche, wenn es um das Reich Gottes geht?«, fragte mich der Kanzler zurück. »Ich kenne keinen Herrscher, der die Verletzungen christlicher Gebote schärfer ahndet als Boleslaw.«

»Ich weiß, ich weiß«, winkte ich ab. »Ich habe ja selber den Gerichten beigewohnt, bei denen die Ehebrecher an ihren Hoden festgenagelt wurden und man ihnen einzig ein Messer in die Hand gab, um sich zu befreien.«

»Nicht nur der Ehebruch wird stark bestraft. Die Kirche macht dort keine halbherzigen Fastengebote. Jedem, der in den Fastenmonaten Fleisch isst, werden sämtliche Zähne herausgeschlagen.«

Mir waren solch drastische Gebote zuwider, und ich sagte zu dem begeisterten Kanzler: »Ich liebe Gesetze, die in aller Härte noch von der Güte Gottes erzählen.«

»Darin, liebste Kaiserin, unterscheidest du dich von deinem Mann. Und deshalb bist du für Große und Kleine die Fürsprecherin. Gleich wie wir Maria um Vermittlung bitten, so kommen viele vor dich, um ein gutes Wort oder einen liebenden Blick zu erbitten. Das, geliebte Kaiserin, ist ein Segen für unser Reich.«

Ich freute mich über die Worte des Kanzlers. So war es für ihn doch nicht so schwer gewesen, mit mir von Herz zu Herz zu sprechen.

Der Kanzler tröstete mich jedoch auch über all meine Fragen, indem er mir sagte, dass es immer schwer sei, Frieden zu halten, wenn der Gegner selber nicht auf Frieden setze. Boleslaw wolle mehr, als er hatte, und das dürfe Heinrich auch nicht dulden. Aber dann das gemeinsame christliche Ziel aus den Augen zu verlieren, das bringe die bösen Mächte ins Spiel. »Gewiss hätten wir schon Frieden, wenn wir uns nicht mit den Heiden eingelassen hätten! Werte Kaiserin, ich sah mit eigenen Augen, was den Heiden wichtig ist. Als ich nach Greifswald reiste, war ich auch in der Hauptburg Riedegost, dem kultischen Tempel der Heiden. Die Burg ist als abscheuliches Dreieck gebaut und hat drei Tore. Das Fundament wurde auf den Gehörnen unterschiedlichster Tiere gebaut, die Außenwände sind mit Götzenbildern geschmückt, und im Innern ist alles voller Figuren von Göttern und Göttinnen, deren Namen darunter eingeritzt sind. Sie tragen furchterregende Panzer und Helme. Die Priester verlangen immer noch Menschen- und Tieropfer. Vor jedem Kriegszug kamen die besten Tiere und hoffnungsvolle Knaben ums Leben! Ich sah ihr Blut die Altäre netzen und auf dem Boden in steinernen Rinnen bis in die Gassen laufen. Liebste Kaiserin, ich musste einmal einer solchen Zeremonie beiwohnen. Es sollte zu meiner Ehre geschehen, aber mir war, als ob Christus neu ans Kreuz geschlagen wurde. Ich stand dabei und habe nichts dagegen unternommen!«

Voller Kummer erzählte er weiter: »Seit dem Zeitpunkt weiß ich, dass wir Seite an Seite mit dem Teufel kämpfen. Was ist, wenn die Heiden sich ausbreiten? Mit jedem Sieg füttern wir doch auch die heidnischen Altäre!«

Nun verstand ich, wie sehr unser Kanzler all die Jahre gelitten hatte. Er, der schon den Frieden zum Greifen nah erlebt hatte.

Ich sagte ihm, dass auch mir die Begegnung mit den Heiden meine schwere Krankheit ausgelöst hatte. »Nur der Glaube meines Schreibers hat mir geholfen. Und nun stehe ich hier und bin gesund. Und so wahr uns Gott hilft, werden wir zwischen Heinrich und den Polen Frieden machen. Hilf mir dabei!«

Der Kanzler sah mich an. Gewiss wollte jeder von uns, dass endlich Frieden herrschte. Nun wussten wir es voneinander, und das machte uns stark.

Ich änderte meine Anweisungen an die Bischöfe. Nicht mehr für den Sieg über Polen sollten sie beten, sondern für den Frieden. Wenn uns nicht der Sieg gelingen wollte, so wenigstens der Frieden!

Ich wusste nicht, ob es die Gebete waren oder ob sich Heinrich einen Vorteil bei seinem neuen Polenzug ausrechnete: Nach acht Jahren Kerkerhaft entließ er endlich Gunzelin, den Schwager Boleslaws. All die Jahre hatte er in Bamberg eingesessen, und als er freigelassen wurde, war er so schwach, dass er nicht in der Lage war, die Treppen des Kerkers hochzusteigen. Ich verlangte daraufhin, dass er in der Krankenstation gepflegt werde und ihm anständige Kleider gegeben würden. Wenn er schon frei war, so sollte er durch seinen erbarmungswürdigen Zustand bei seiner Familie keinen neuen Hass auf uns erzeugen können. Ich stritt mich mit Heinrich über das Vorhaben, denn er setzte auf Abschreckung. Heinrich hätte es lieber gesehen, wenn Gunzelin frei gewesen und auf dem Weg in seine Heimat verstorben wäre. Ich dachte jedoch an Gunzelins Frau. Sie hatte genug Schmerzen erlitten, und alles Land war ihr genommen. Der Anblick, den ihr Gunzelin nach der Haft geboten hätte, hätte sie mit Gewissheit umgebracht. Als Gunzelin Wochen später mit einer stattlichen Eskorte vom Hof ritt, war Heinrich jedoch sehr zufrieden und rühmte sich seiner Barmherzigkeit. Mir war dies recht.

Neue Auseinandersetzungen mit Polen folgten. Boleslaw wollte sich nicht unterwerfen und demütigen lassen. Verwüstungen überzogen das Land, ohne den Sieg für uns zu bringen. *Es ist höchste Zeit, dass ich mit Heinrich spreche*, sagte ich mir.

»Ich habe eine große Bitte an dich«, begann ich vorsichtig.

Heinrich, der es gerne sah, wenn ich mich mit einer Bitte an ihn wandte, ermutigte mich: »Sag, was dich bedrückt, geliebte Kunigunde.«

»Mich bedrückt, dass es keinen Frieden gibt zwischen Boleslaw und dir.«

»Was soll ich denn tun, wenn er sich nicht vor seinem König und Kaiser beugt?«

»Vielleicht gelingt ein Frieden, wenn jeder dem anderen Respekt zollt? Polen gehört ja nicht zu unserem Regierungsgebiet. All die Jahre tobt der Kampf zwischen euch, und keiner gewinnt die Oberhand.

Wird es nicht Zeit, dass wir eine neue Lösung suchen? Nicht Unterwerfung, sondern Frieden?«

Heinrich musterte mich erst scharf. Dann wurde sein Blick weicher. »Welchen Plan hast du dir ausgedacht, Kunigunde? Ich sehe doch, dass du mich nicht unvorbereitet auf Boleslaw ansprichst.«

»Es ist wahr, dass mich der Konflikt mit Polen ebenso stark beschäftigt wie dich – und auch, dass ich mit unserem Kanzler ausführlich darüber beraten habe«, gab ich zu. »Er hat viel Erfahrung. Du solltest ihn anhören. Er hat es selbst miterlebt, wie der Frieden mit Boleslaw unter Otto III. schon beinahe erreicht war. Eine friedliche Einigung mit dem Polenherzog würde deine Macht nicht schmälern. Aber sie würde ein Zeichen setzen, dass zwei Christenfürsten von Feinden zu Brüdern werden können.«

Heinrich antwortete nicht, sondern saß in Gedanken versunken da. Ich wusste, wann ich genug gesagt hatte, und verließ leise den Raum. Kurze Zeit später hörte ich ihn nach dem Kanzler rufen.

Bald darauf war es so weit: Heinrich sandte nun endlich seine Räte, Kanzler und Geistlichen, um einen Friedensschluss auszuhandeln.

Er selbst reiste nicht mit nach Bautzen, wo sich die Kontrahenten trafen. Zu viele Zugeständnisse hatte er schon machen müssen. Ich denke, mit Heinrich in der Runde wäre ein friedliches Treffen nie möglich gewesen.

Unsere letzten Versuche, Frieden zu schließen, hatten mit der Hochzeit des Sohnes Boleslaws geendet. Auch dieses Mal setzten wir auf einen dauerhaften Frieden durch eine persönliche Verbindung. Aber nun sollte Boleslaw selbst heiraten. Unser Kanzler schlug dem Polenfürst respektvoll vor: »Gern erklären wir uns bereit, Verhandlungen über eine eheliche Verbindung mit Oda, der Schwester des Markgrafen Hermann von Meißen, zu führen, wenn dies dem Fürsten gefällt.« Der Kanzler wartete gespannt auf eine Reaktion.

Der Polenherzog starrte unbewegt vor sich hin. Der gute Kanzler fürchtete bereits das Scheitern unseres Planes, als Boleslaw kurz angebunden sagte: »So sei es.«

Als mir Heinrich von der Verlobung berichtete, hegte ich eine leise

Hoffnung, dass es sich zum Besseren wendete, denn ich wusste, dass sich die Sachsen und Polen schon immer nahestanden. Ich kannte auch Oda und wusste um ihre Freundschaft zu Adelheid.

Heinrich sah mich jedoch misstrauisch an: »Wer weiß, ob sich dieses vermeintliche Glück nicht noch einmal gegen uns wendet. Schau dir deine Brüder an. Der Zuwachs an Macht und Ehre hat sie übermütig gemacht. Wer weiß, was noch geschieht. Ich bin einfach müde, Kunigunde, ich bin so müde vom Kämpfen.«

»Heinrich, auch ich bin froh, weil wir nicht mehr mit den Heiden gemeinsame Sache machen müssen, und die Sachsen müssten sich nicht mehr zwischen dem Kaiser und dem Polenherzog entscheiden, um Frieden in ihre Ländereien zu bekommen.«

Heinrich und ich waren zur Hochzeit von Oda und Boleslaw nicht anwesend, die nur wenige Tage nach dem Friedensschluss zu Bautzen angesetzt war. Ich übersandte dem Paar jedoch reichliche Gaben und bat Oda, uns doch einmal in Quedlinburg zu treffen. Adelheid, so wusste ich, würde uns beide einander näherbringen.

Und so war es auch. Als Oda und ich uns trafen, gingen wir respektvoll miteinander um. Wir sprachen nicht über die Geschäfte unserer starken Männer, die noch vor Kurzem Erzrivalen gewesen waren. Wir stärkten uns gegenseitig in der Verantwortung, die wir trugen. Oda tröstete mich, weil mein Bruder Friedrich kürzlich verstorben war, und ich wünschte ihr von ganzem Herzen Kinder. Kinder, die mir versagt geblieben waren. Vielleicht sind es solche Gespräche, die Kriege und Streit unmöglich machen. Über die Frauenklöster blieben wir in Verbindung und tauschten uns später regelmäßig aus.

Heinrich hingegen verlor sein Interesse an Polen, als er einsehen musste, dass er an der Ostgrenze sein Reich nicht ausdehnen konnte. Er wollte sich nicht weiter damit beschäftigen und nichts mehr davon hören. So war nach so vielen Jahren der Frieden mit Polen doch noch gekommen!

Es war schwierig, die Sachsen auf unserer Seite zu halten. Am liebsten regierten sie immer noch eigenmächtig; manche gingen auch Bündnisse mit Boleslaw ein. Einzig über die Bischöfe und die Macht der Reliquien konnten wir unsere Herrschaft in den Grenzgebieten stärken. Magdeburg und Merseburg waren die wichtigsten Pfeiler unserer Präsenz in einem Gebiet, das gerne auf König und Kaiser verzichtet hätte. Heinrich verstand es jedoch, trotz aller Anspannung die Zeichen der Zeit zu erkennen und Gegenmaßnahmen zu ergreifen.

Ehe der sächsisch-billungische Herzog es uns unmöglich machte, die Königspfalz Werla ungestört zu nutzen, ließ Heinrich Goslar erblühen. Er ließ eine Kirche erbauen und schuf eine prächtige Königspfalz. Ich war oft mit ihm an den Ort gereist und hatte die Bautätigkeiten bewundert. Im Jahr der Klosterweihe in Kaufungen konnten wir auch die Kirche zu Goslar weihen lassen. Ich reiste mit Heinrich später zur Synode dorthin und begutachtete dabei auch den Silberabbau, der im Harz betrieben wurde und dessen Rechte wir uns gesichert hatten.

Bei der Synode in Goslar gelang es Heinrich, einen wichtigen Beschluss der Reformbewegung von Gorze-Cluny in Gesetzesform für unser Reich zu fassen: Damit die Frauen und Kinder der Geistlichen nicht in den Besitz von Kirchengütern gelangten oder durch Versorgungsansprüche der Kirche zur Last fielen, sollten die Kleriker ab der Diakonatsweihe in frei gewählter Ehelosigkeit leben. Das Kirchengut, das oft aus dem Reichsgut des Königs gegeben wurde, sollte auch nach dem Tod des geistlichen Würdenträgers im Besitz der Kirche verbleiben. Ab sofort galt auch, dass die Witwen und Töchter der geistlichen Würdenträger nach deren Tod nicht mehr aus deren Besitz versorgt würden. Der frühere, weltliche Vater des Geistlichen sollte für die Witwe und ihre Kinder aufkommen. Die Reform bestimmte weiter, dass alle klösterlich Lebenden von nun an ehelos bleiben sollten, damit die Güter der Kirche vermehrt würden und nicht wieder in den Besitz des Adels zurückgelangen sollten. Als Kleriker ein »rechtes Leben« zu führen, verlangte nun von den Geistlichen mehr, als sie und ihre Familien tragen konnten. So folgerichtig die Gedanken auch waren, ich konnte mir nicht vorstellen, dass dies umgesetzt würde. Immer konnte sich ein Bischof ein Weib nehmen und noch mit anderen Frauen Kinder zeugen. Was würde aus all den Kindern werden, die nun niemanden mehr hatten, der sie versorgte? Zuvor hatten die Frauen gerne mit einem Geistlichen das Bett geteilt, weil er ihnen auch Brot und Land für die Kinder einbrachte. Aber nun? Welcher Geistliche würde denn wirklich keusch leben? Ich kannte keinen. Sie hatten ja all die Jahre gelernt, sich zu nehmen, was sie wollten, und vergaben dabei ihre eigenen Sünden als Erstes.

Als wir von Goslar zurückreisten, beschwor ich Heinrich, dass er Kommissionen einrichten solle, an die sich die Priester in der Übergangszeit wenden könnten. Heinrich war überzeugt, dass sich so etwas von allein regeln würde, schließlich seien die Männer alt genug, um Vorsorge zu treffen.

»Was nicht zum Heil der Kinder gereicht, geschieht auch nicht zur Ehre Gottes!«, beschwor ich Heinrich. Ich würde tun, was ich konnte, damit nicht die Frauen und Kinder aus den Klöstern und Dörfern gejagt werden würden. Noch mehr musste man darauf achten, dass die Kinder in gute Hände gegeben und erzogen werden würden.

Heinrich wartete mit vielen Entscheidungen nicht mehr auf eine Antwort des Papstes. War ihm nicht das allgemeine Priestertum zugedacht, und hatte er nicht in Bamberg ein zweites, neues Rom erschaffen? Als der Papst sich in Italien in kriegerische Auseinandersetzungen verstrickte und sich einige Adelige aus Angst vor den Angriffen der Griechen an unseren Hof flüchteten, rief auch der Papst Heinrich um Hilfe. Die Byzantiner hatten sich in Süditalien stark gemacht, und er wurde ihrer nicht mehr Herr. Heinrich ließ ihm sagen, dass er sich freuen würde, wenn der ehrwürdige Papst nach Bamberg pilgern und dort sein Anliegen vortragen würde.

Und tatsächlich: Der bedrängte Papst machte sich unterwürfig auf den Weg, und wir bereiteten ihm einen großen Empfang. Am Gründonnerstag im Jahre 1020 begrüßten wir das geistliche Oberhaupt. Gut vierzig Bischöfe waren dazu aus allen Ländern angereist. Monatelang hatten wir auf dieses Ereignis hingearbeitet. Für das Gefolge des Papstes waren feste Gebäude errichtet und die Vorräte sorgsam eingeteilt worden. In vier Chören empfingen wir den Papst: zu beiden Seiten der Regnitzbrücke, vor dem Tor der Domburg und im Atrium der Domkirche. Wir feierten gemeinsam das Osterfest, bei dem Papst Benedikt VIII. alle heiligen Handlungen vornahm. Die Erzbischöfe aus dem ganzen Reich assistierten ihm bei all seinen Zeremonien. Heinrich war glücklich, dass nun der Heilige Vater selbst in unser geliebtes Bistum Bamberg gekommen war.

Mit ihm war auch der mächtige italienische Fürst Melus gereist, der von den Griechen so bedrängt worden war, dass er aus seinem Land hatte fliehen müssen. Heinrich bestimmte ihn jedoch gegen den Willen der italienischen Machtverhältnisse wieder zum Herzog von Apulien. Melus überreichte Heinrich bei seiner Ankunft einen azurblauen Mantel, in den mit goldenen Fäden alle Sternbilder des Himmels eingearbeitet waren. Im untersten Saum waren folgende Worte eingestickt: *Oh Zierde Europas, Kaiser Heinrich, selig bist du, deine Herrschaft mehre dir der König, der herrscht in alle Ewigkeit.* Sosehr wir es Fürst Melus gegönnt hätten, sein Land wieder einzunehmen, er war schon so alt und schwach, als er in Bamberg einzog, dass er neun Tage nach seiner Ankunft starb. Wir und alle anwesenden Geistliche bestatteten seine Gebeine mit großen Ehren zu Füßen des Altars der heiligen Maria Magdalena. Für mich blieb Melus jedoch in seinem Geschenk an Heinrich ewig lebendig.

Als Heinrich den Sternenmantel das erste Mal trug, bekam ich eine Gänsehaut, so prachtvoll sah er aus. Der Himmel breitete sich um ihn, wenn er den Mantel überwarf. Sobald er ging, läuteten die kleinen Glöckchen, die am Saum angenäht waren. Zwölf goldene Glöckchen hatte der Mantel, wie auch die Gewänder der Hohepriester mit zwölf Glöckchen umsäumt waren. Wenn Heinrich auch noch die Krone aufsetzte, übertraf er den Glanz des Papstes bei Weitem. Doch auch ich trug an diesen Tagen die prachtvollsten Gewänder von allen Frauen. Wie die Sonne im Zenit, so standen Heinrich und ich damals vor aller Welt Augen als Gesegnete unter ihnen. Zum Zeichen unserer Dankbarkeit und Demut spendete Heinrich jedoch bald den Sternenmantel an das Bistum Bamberg. Dieses Kleinod sollte das Ansehen des Bistums mehren und unseren rechten Weg allen vor Augen führen. Heinrich ließ zu seinem Mantel eine Inschrift anbringen. Darin stand:

Dem höchsten Wesen sei dieses Geschenk des Kaisers genehm.

Auch ich legte noch Schmuck und Seidentücher hinzu. Und immer, wenn wir der Kirche unser Liebstes schenkten, liebten Heinrich und ich uns umso mehr. Im Schmerz um den Verlust war mir Heinrich der größte Trost. Sein Fleisch, seine Liebkosungen, all die irdischen Freuden machten die Opfer an die Kirche süß. Ja, ich liebte Heinrich in dem Maß, wie er der Kirche gedachte und sich für sein Volk hingab.

Der Papst blieb einige Zeit bei uns. Er traf sich mit dem Klerus und weihte die neu erbaute Stiftskirche St. Stephan in Bamberg. Auch die Thomaskapelle in der Bamberger Pfalz wurde von Benedikt VIII. geweiht. Als die Sonne ihre volle Wärme entfaltete, reiste der Papst froh und reich beschenkt nach Rom zurück. Heinrich hatte versprochen, sein Heer zusammenzuziehen und ihm zu Hilfe zu kommen.

Wie froh war ich, dass Heinrich nicht gleich mit dem Papst abreiste! Wir brauchten die Zeit, um das Heer zu organisieren, und vor dem Italienfeldzug wollten wir noch die Großen des Reiches und die Klöster besuchen.

Seite an Seite und in großer Eintracht bereisten Heinrich und ich unser Land. Wir reisten in den Norden und konnten die neu erbaute Stiftskirche in Quedlinburg einweihen. Dazu hatten wir auch Geistliche aus Polen geladen, und ich war sehr vergnügt, weil sogar Oda, die Frau des Polenherzogs, erschienen war. Ich nahm es ihr auch nicht übel, dass sie einen eigenen Mundschenk mitbrachte und sich nur mit ihren eigenen Dienstboten und Beratern umgab. Im Gebet und bei den Feierlichkeiten waren wir uns zugetan. Ich schenkte ihr eine wertvolle Handschrift, und sie gab mir ein goldenes Kreuz. Heinrich mochte es nicht, dass ich darüber so vergnügt war, aber das störte mich nicht. Waren wir nicht dazu da, Gutes zu tun, solange uns die Hände gefüllt waren?

Ich lachte Heinrich aus, wenn er so kleinmütig war, und ich lachte so lange, bis sich sein Gesicht wieder erhellte. Dann sagte ich zu ihm: »Noch nicht genug gegeben.«

»Warum noch nicht genug gegeben? Willst du etwa unseren Erzfeind Boleslaw groß machen?«

»Nein, Liebster, meine Freundin Sophie in Gandersheim will ich groß machen, denn sie plant, noch ein Schwesternkloster zu gründen.«

Heinrich war erleichtert. Und ich war frohen Mutes, denn ich wusste, dass Heinrich bei unserem Besuch in Gandersheim dem Kloster eine große Schenkung machen würde, denn je mehr Land und Reliquien, umso wirksamer war das Kloster.

Und tatsächlich, Heinrich beschenkte das Kloster reichlich. Im Spaß nannte ich Sophie immer »liebste Gräfin«, da Heinrich dem Kloster so viel Land zugestand, dass seine Besitztümer einer Grafschaft gleichkam.

Nonnen und Äbtissinnen waren im Gegensatz zu Priestern und Äbten stets unverheiratet. Ihr gesamtes Vermögen ging nach ihrem Tod selbstverständlich in den Schoß der Kirche über. Das reichte jedoch als Einnahmequelle nicht aus. Nun hatte das Kloster aus dem königlichen Erbe Land gewonnen, das sie nicht wieder zurückgeben mussten.

Wir besuchten die Bistümer, und Heinrich weihte in Bayern Kirchen und bat bei den Gebeinen der Heiligen um Beistand für den bevorstehenden Kriegszug im Namen des Papstes. Was Heinrich jedoch noch wichtig war: Er besetzte die zwei wichtigsten deutschen Bischofsstühle mit bayerischen Klerikern. Aribo setzte er in Mainz ein, und Pilgrim sollte in Köln an vorderster Stelle stehen. Nun war er sich sicher, dass auch in seiner Abwesenheit die Unterstützung für seine Vorhaben nicht ausblieb.

Ich reiste noch mit ihm über Augsburg, Reichenau, Stein am Rhein, St. Gallen und Einsiedeln. Immer größer wurde das Heer. Die Geistlichen ritten mit den heiligen Zeichen voran, die Kämpfer folgten auf ihren starken Pferden, und die Dienerschaft schob die Wagen mit Hausrat und Zelten hinterher. Zum Schutz der Dienerschaft, der Lebensmittel und der Handwerker flankierten berittene Kämpfer die Reisenden.

Heinrich war in seinem Kopf schon jenseits der Alpen, als ich mich von ihm verabschiedete. Ein Mann im Kampf ist kein umgänglicher Ehemann mehr. So ging es allen, die in den Krieg zogen, egal, wie hoffnungsvoll sie auch waren.

Ich blieb zurück in meinem geliebten Bayern, mit Landkarten und Plänen umgeben, anhand derer ich den Italienfeldzug mitverfolgte. Einzig die Boten brachten mir in den nächsten Monaten Berichte, wie sich die Mission verhielt. Gleich einem Strategen zeichnete ich in die Karte all die Wege, die Heinrich abging, auf welche Heere er traf, welches Kloster er aufsuchte und wo er überall Gericht hielt. Akribisch schrieb ich alles auf, als ob ich dadurch irgendetwas beeinflussen könnte. Ich betete jedoch auch ohne Unterlass, dass im Süden unseres Kaiserreiches endlich Frieden einkehren möge. Heinrich hatte großen Wert darauf gelegt, in Italien an allen Orten Gericht zu halten, damit ein gleiches Gesetz herrsche und alle Abtrünnigen bestraft würden.

Ich betete, dass Heinrich nicht nur als gerechter, sondern auch als barmherziger Richter seine Aufgaben verrichten konnte. Meine Gebete wurden erhört; er richtete in vielem milder, als er hätte urteilen können.

So wandelte er die Todesstrafe für den Adeligen Pandulf in eine harte Kerkerstrafe um. Aber auch das gab Grund zur Missbilligung, denn während die Ottonen regierten, waren Adelige noch nie in Ketten verbannt worden.

Ich betete, dass die Griechen und Byzantiner, die gemeinsame Sache machten, nicht mit einem großen Aufgebot gegen Heinrich anrennen würden. Und tatsächlich taten sie das nicht. Sie zogen sich zurück und überließen Heinrich das Feld. Dass sie nach Heinrichs Abreise versuchten, die alten Verhältnisse wiederherzustellen, und es ihnen zum großen Teil gelang, beschäftigte mich damals nicht.

Ich betete, Heinrich möge körperlich von allen Beschwerden frei gehalten werden. Ja, täglich betete ich und nannte dabei alles, was mir an Heinrich lieb war, beim Namen. Seinen Kopf mit Augen, Nase, Mund, seine starken Arme, sein Herz, die Lungen, Nieren, Lenden, seine Beine und flinken Füße ...

Er blieb auch lange verschont. Als er dann jedoch in Montecassino war, überfielen ihn solch starke Bauchschmerzen, dass er nicht mehr gehen konnte. Heinrich erfuhr die beste Behandlung durch die kundigen Mönche, aber er konnte nicht mehr Wasser lassen und wurde von Tag zu Tag schwächer. In der dritten Woche bat ihn deshalb der Abt eindringlich: »Werter Kaiser Heinrich, auch wenn es mir nur schwer über die Lippen kommt, du liegst zum Tode. Du musst die letzte heilige Ölung an dir vornehmen lassen.«

»Ich will und werde nicht sterben. Nicht heute und nicht morgen!«, beharrte Heinrich.

»Dann beweise es mir doch, dass es besser mit dir ist, indem du morgen aufstehst«, beharrte der Abt.

»Ich werde es dir schon zeigen, dir Schandmaul.«

In der darauffolgenden Nacht hatte Heinrich eine Erscheinung, die er mir erzählte: »Wie ich so dalag und selbst die Nachtwache an meinem Bett eingeschlafen war, dachte ich, so liege ich nun in meinem Jammer wie Christus in Gethsemane. Ich leide Höllenqualen, und keiner wacht mit mir. Doch wie ich dieses denke, teilt sich die Wand zu meiner rechten Seite, und der heilige Benedikt selbst tritt hindurch und stellt sich vor mein Lager. Er verliert kein einziges Wort, greift durch die Betttücher in das Innere meines Leibes, und wie mich der Schmerz durchfährt, zieht er seine Hand wieder zurück und streckt mir seine offene Hand hin. In dieser lagen acht Steine. Ich wollte mich bedanken, aber da verschwand er auch schon, wie er gekommen war. Ich sah mir mein Laken an, befühlte meinen Bauch, hustete und wendete mich hin und her ... Wahrlich, da war nichts mehr, was mich drückte.«

Am nächsten Morgen konnte Heinrich wieder aufstehen und essen und trinken. Auch so erhörte Gott mein Gebet.

Ich betete, Heinrich möge an seiner Seele keinen Schaden nehmen, sondern auch in Italien die Kirche reformieren. Auch das geschah. Er vertrieb die griechischen Mönche und den Abt aus Montecassino und setzte einen reformgläubigen italienischen Abt ein. Der vertriebene Abt starb auf der Flucht. Keiner konnte erkennen, wer ihn getötet hatte. Er wurde mit gebrochenem Hals zwischen hohen Felsen gefunden. Das Kloster beschenkte Heinrich reichlich, und auch Heinrich spendete dem Kloster wertvolle Güter, hatte er diesem Ort doch die Begegnung mit dem heiligen Benedikt zu verdanken.

Was hätte ich mehr tun können als beten? Aber mein Beten war nur dann von Nutzen, wenn ich dabei auch meine Gärten bestellte und in den mir anvertrauten Klöstern und Orten für Recht und Ordnung sorgte. Ich tat, was ich konnte, denn Heinrich sollte ein wohlbestelltes Land vorfinden. Meine Schreiber hatten ebenfalls viel zu tun, denn ich hatte die Wünsche meiner Untertanen gesammelt und stellte Urkunden und Bittbriefe aus. Heinrich musste bald wiederkommen – schon um alles zu siegeln, was mir am Herzen lag!

Auf dem Heimweg trennte sich Heinrich vom Heer. In Pavia hielt er mit Papst Benedikt VIII. eine wichtige Synode ab, in der sie allen Klerikern, vom Subdiakon bis zum Bischof, das Zusammenleben mit Frauen untersagten. Alle Kinder unfreier Kleriker sollten in den Besitz der Kirche übergehen. Dieses Gesetz galt ab dem Tag, da es verkündet wurde.

Heute sind jedoch wieder die alten Herrschenden in Pavia. Sie nutzten jede Schwäche des Papstes und die Abreise des Kaisers, um zu den

alten Gesetzen und Machtverhältnissen zurückzukehren. Die Griechen beharrten darauf, dass auch ein Kleriker eine Familie haben dürfe. Und andere wollten sich weiter durch die Kirche bereichern. Doch damals schien es Heinrich ganz einfach. Er dachte, was er beschlossen hatte, würde auch gelten, wenn er den Klerikern den Rücken kehrte. Doch was nützen alle Gesetze, wenn sie nicht im Herzen der Menschen verankert sind und sie selber danach streben. Ach, Heinrich hat sich so sehr bemüht. Gewiss hat er schon bei seiner Heimreise erfahren, dass die Italiener ein schwankendes Volk sind, das sich jedem niederwirft, der ihm Gutes verspricht. Ich verfolge nun die Geschehnisse aus einem großen Abstand und bete auch für Italien und all die Klöster und Herrscher. Möge ihnen gelingen, was uns nicht gelang ...

Von Pavia aus ließ mir Heinrich eine Botschaft zukommen, dass er über Cluny zu mir eilen würde.

Ich machte mich auf zur südlichen Grenze Bayerns, wo bereits die heimkehrenden Heere über die Alpen kamen. Mit den Nonnen und Mönchen ritten wir den matten Kriegern entgegen. So manchen band ich auf mein Pferd und führte ihn ins sichere Kloster. Ach, es war das große Elend, wie es immer stattfand: Auf dem Heimweg schrumpften die geschwächten Heere durch Angriffe aus dem Hinterhalt und grassierende Krankheiten. »Wir verloren mehr Kämpfer auf dem Weg zurück als im Kampf«, berichteten die Führer. Mit jedem Kranken, dem ich Linderung verschaffen wollte, eilte mein Herz zu Heinrich. Ich musste arbeiten bei Tag und bei Nacht, um den Gedanken zu vertreiben, dass auch Heinrich bei seiner Ankunft so bleich und lebensmüde in meinen Armen liegen könnte. Ich zischte jeden unfreundlich an, der mir weismachen wollte, dass ich nichts bei den Kranken zu suchen hätte.

Ich war eine Frau unter anderen, die darum zitterte, ob ihr Mann gesund und arbeitsfähig wiederkehren würde. Wenn wir unsere Männer verlören, würden auch wir in ein ungewisses Schicksal gehen. Da machte es keinen Unterschied, ob es eine Bauersfrau, die Frau eines Handwerkers oder eine Kaiserin betraf. Gewiss war jedes Schicksal anders, und ich durfte mich nicht erdreisten, mich mit einem noch schlimmeren Schicksal zu vergleichen. Gelang es mir jedoch, das Leben eines Mannes zu retten – wer wusste, ob an anderer Stelle eine Hand das Leben meines Mannes dafür schützte?

Endlich erreichte mich die Nachricht, dass bald des Kaisers Gefolge eintreffen würde. Ich war so erleichtert! Ich freute mich so sehr, dass ich auf die Knie sank und Gott dankte. Mit Tränen in den Augen erzählte ich die Nachricht allen, die mir über den Weg kamen. Ich vergaß meine königliche Haltung, und meine Zofen waren es, die mich an saubere Kleidung und meine Haltung erinnern mussten, damit ich Heinrich würdig entgegenreiten konnte. Mit Mühe gelang es mir, meiner selbst Herr zu werden. Sofort befahl ich, neue Kleidung, einen Arzt und Decken für Heinrich zu besorgen, damit ich ihm nicht mit leeren Händen entgegengehen musste.

Vom Pferd aus hielt ich Ausschau. Da! War er das? Dort auf der Bahre? Mein Herz pochte plötzlich wie wild. Was wäre, wenn er schwer verletzt wäre oder immer noch krank? Doch nein, das auf der Bahre war er nicht. Mein Blick irrte weiter, bis er ihn endlich fand. Dort ritt mein geliebter Gatte! Ich drückte meinem Pferd die Hacken in die Seiten.

Auf den ersten Blick erkannte ich: Heinrich war nicht mehr derselbe Mensch, der er beim Abschied gewesen war. Die Wochen, in denen er sterbenskrank in Montecassino gelegen hatte, und die Härte, mit der er seine Vorstellungen hatte durchsetzen müssen, hatten Spuren bei ihm hinterlassen. Wortlos nahm ich seine Hand, und er drückte die meine. Ich gab mir große Mühe, nicht zu weinen. Ich ritt einfach neben ihm her und betrachtete ihn von der Seite. Die silbernen Fäden in seinem Bart und seine geschwollenen Fingergelenke sagten mir, dass bei Heinrich die Säfte des Körpers nicht richtig flossen.

Als wir für die Nachtruhe anhielten und wir das erste Mal alleine waren, flehte ich ihn an, er möge über dreißig Tage eine Heilkur an seinem Körper durchführen lassen und sich mit seiner Seele gleich Christus in die Wüste begeben, um neu von Gott beseelt zu werden. Ich empfahl ihm unsere besten Klöster, um Kraft zu schöpfen.

»Ich brauche nur dich«, antwortete Heinrich. Er beschwor mich: »Tag und Nacht sollst du um mich sein, und ich werde gleich einem verwundeten Löwen bis zum letzten Atemzug kämpfen und nicht müde werden.«

»Heinrich, du bist müde! Müde wie ein Knecht am Abend«, antwortete ich ihm.

Doch er hörte nicht auf mich. Anstatt sich zu erholen und wieder zu Kräften zu kommen, war ich es, die immer kraftloser wurde, weil ich Tag und Nacht um ihn sein musste und er mir bald wie einer Dienstmagd seine Befehle erteilte.

Als er mich einmal mitten in der Nacht anfuhr, weil ich ihm nicht schnell genug ein Glas Wasser und Wein gereicht hatte, platzte mir der Kragen: »Welches Land hat eine Kaiserin, mit der der Kaiser umspringt, als ob sie eine Dienerin wäre? Wo ist deine Liebe, die um mich besorgt war? Wo, Heinrich, ist dein Respekt vor deiner Kaiserin geblieben? Vergiss nicht: Auch ich bin durch Gottes Hand mehr als eine Magd, eine Frau, eine Herzogin!«

Ich wollte es gewiss nicht tun, trotzdem schmiss ich den Krug, den ich in Händen gehalten hatte, mit aller Kraft auf den steinernen Boden. Das Bersten des Tones klang in meinen Ohren jedoch wie Musik. Es war, als ob sich endlich der Riegel einer Gefängniszelle aufschob und ich meine Freiheit wiederfand. So erleichtert war ich über meine Untat. Dann schritt ich zur Türe, öffnete diese und schloss sie leise wieder hinter mir. Endlich, endlich konnte ich mich wieder in Frieden in mein Gemach legen. Ich wusste, dass Heinrich schon so viel Wein getrunken hatte, dass er sich nicht die Mühe machen würde, nach mir zu suchen.

In dieser Nacht beschloss ich, eine wirkliche Kaiserin zu sein. Ich würde niemandem mehr selbst ein Glas Wasser reichen oder Wunden verbinden. Niemandem. Weder einem Freund noch einem Feind. Weder einem Kind noch einem Kaiser. Anweisungen würde ich erteilen. Mehr nicht. Ich stellte zusätzlich drei neue Kammerfrauen für Heinrich und mich ein. Und für Heinrich zwei Kammerdiener, die sich des Nachts in der Wache abwechseln mussten.

Ohne diesen Entschluss hätte ich wohl all das, was noch kommen sollte, nicht gemeistert. Eine Kaiserin muss am Morgen ausgeschlafen sein und in aller Demut der ersten Messe beiwohnen. So kann sie allen, die ihr am Tag begegnen, die richtigen Befehle erteilen und ein Segen sein.

Wenn Heinrich nun jammerte, erinnerte ich ihn daran, dass auch Karl der Große schlimme Schmerzen gehabt hatte, da er von der Gicht geplagt worden war. Trotzdem hatte er nur das Seelenheil der Kirche vor Augen gehabt. Ich tröstete Heinrich: »So, wie für Kaiser Karl die Emporen mit zwei Aufgängen gebaut wurden, so habe ich auch unsere Kaiserempore in Kaufungen geplant. Heinrich, das wird ein Tag sein, an dem wir beide Seite an Seite der Messe in Kaufungen beiwohnen werden!«

Da wurde Heinrich mild und sagte: »Ich werde mein Grab hier zu Bamberg finden. Hier ist alles bereitet. Ja, ich freue mich darauf, wenn meine Seele endlich zur Ruhe kommt.«

»Deine Seele soll allezeit, im Leben und im Tod, zur Ruhe finden«, ermunterte ich Heinrich.

Wir beschlossen, unser Weihnachtsfest in Paderborn zu feiern, wo wir unsere Gebetsverbrüderung erneuerten. Es tat uns beiden gut, dass wir uns im Kreise unserer Liebsten aufhielten, und wir schöpften neue Kraft. Wir reisten auch nach Kaufungen, und ich zeigte Heinrich stolz, was in der Zeit seiner Abwesenheit alles geschehen war. In diesem Jahr war ich es, die Heinrich ermunterte zu reisen, Synoden abzuhalten und Recht zu sprechen. Es fiel Heinrich sehr schwer, längere Strecken zu laufen oder sich ohne Hilfe auf das Pferd zu setzen. Trotz bester Salben und ermunternder Gesänge am Morgen wäre Heinrich am liebsten nicht von seiner Bettstatt aufgestanden. War er erst einmal aufgestanden, ließ er sich jedoch seine Schwäche nicht anmerken. Die besten Helfer in der Not waren für ihn die feinen, gestrickten wollenen Unterkleider. Die Wärme vermochte, dass er seine Gelenke besser bewegen konnte.

So hätten gewiss noch einige Jahre ins Land gehen können, weil Heinrich seinen Pflichten nachkommen konnte. Ich stand ihm stets zur Seite und war ihm doch auch meist ein Stück voraus, weil er meine Ermunterung brauchte. Wir hatten ein wunderbares Weihnachtsfest, und uns schien, als wollten alle Gebrechen von Heinrich noch einmal abfallen. Ja, trotz der Kälte konnte er im hohen Schnee noch mit zur Jagd aufsitzen und mit ruhiger Hand den Bogen führen. Ich war darüber von Herzen glücklich, weil ich Heinrich endlich auch lachen sah. Wir hatten so viel vor mit Bamberg und planten das neue Jahr mit großer Hoffnung.

Doch dann meldete sich der Erzfeind Heinrichs wieder, den doch der heilige Benedikt im Montecassino bezwungen hatte! Drei Monate lag Heinrich zu Bamberg danieder. Oft konnte er tagelang kein Wasser lassen, dann erbrach er vor Schmerzen alle Speisen. Mir blutete mein Herz über dieses Elend. So gut es ging, empfing ich die Gäste, ordnete die Geschäfte, auch wenn ich mit jeder Stunde, die ich nicht bei Heinrich sein konnte, befürchtete, er wäre von mir gegangen. Als es mit Heinrich besser wurde, war er trotzdem nicht dazu zu bewegen, Bamberg zu verlassen, denn er wollte am liebsten dort sterben, wo er begraben werden wollte. Der Rat und ich versprachen Heinrich, dass, wo immer er in Christi Armen sterben würde, wir um ihn sein und ihn mit der größten Würde nach Bamberg geleiten würden.

So machten wir uns auf, um in Magdeburg das Osterfest zu feiern. Schwach und am ganzen Körper abgemagert, konnte Heinrich doch allen Pflichten nachkommen, und seine kaiserliche Würde stärkte alle Anwesenden. Wir hatten vor, noch die östlichen und nördlichen Gebiete zu bereisen, aber als sich Heinrich drei Tage hintereinander erbrach und wieder kein Wasser lassen konnte, zogen wir uns nach Goslar zurück.

Wochenlang lag Heinrich und war kaum mehr in der Lage, seine Bettstatt zu verlassen. Da wurde ich voll des Kummers, weil ich Heinrich überredet hatte, nach Magdeburg zu reisen. Er wäre doch viel lieber in Bamberg geblieben! Er wollte nicht in Goslar sterben.

Anfang Juli zwang sich Heinrich zum Aufbruch nach Bamberg. Er wurde in einer Sänfte getragen. Wenige Tage später, als wir die Königspfalz in Grone erreicht hatten, spürte Heinrich, dass seine Kräfte nicht länger ausreichten. Doch er jammerte nicht wie ein Kind, und er war auch nicht zornig, wie es in Zeiten großer Schwäche seine Art war.

Er befahl die Würdenträger an sein Bett, wies auf mich und sagte: »So wahr ich nun mein Leben in Gottes Hände lege, achtet mir auf meine liebste Kunigunde, eure hohe Kaiserin, die an meiner Seite zu Gottes Ehren eine Jungfrau geblieben ist. Wie Bruder und Schwester lebten wir zusammen. Wahrlich, unsere Ehe war wie die von Maria und Josef, als sie nach Bethlehem reisten.«

Ein Murmeln erfüllte den Raum, und ich wurde rot, weil Heinrich doch unser Geheimnis immer verborgen hatte. Nun, da mir unsere Schwäche zur Ehre gereichen konnte, zeigte er sich in seiner Schwachheit. Ich wollte Heinrich zuliebe widersprechen, aber kein Wort drang über meine Lippen.

Danach befahl Heinrich, ihm alle Reichsinsignien zu bringen. Er ließ sich die Krone auf sein Haupt setzen und befahl den Dienern, ihn in der Bettstatt aufzurichten. »Diese Zeichen der königlichen Macht übergebe ich meiner treuesten und klugen Gemahlin, unserer werten Kaiserin Kunigunde.« Und an mich gewandt sprach er: »Es ist in mir kein Zweifel, dass du die Zeichen der Macht in würdige Hände legst.«

Ich fasste nach Heinrichs Händen und sagte allen Anwesenden, dass sie uns nun alleine lassen sollten. Als sie sich entfernt hatten, küsste ich die Hände Heinrichs und wollte die letzten lieben Worte an ihn richten. Aber da durchlief schon der Todesschauer seinen Körper, und seine Hände lagen bald schlaff in den meinen. So entfernte sich der Geist Heinrichs, ohne dass ich ihn noch einmal anhalten konnte. Auf den Flügeln der Engel wurde Heinrich ins Totenreich getragen.

Es war mir nicht vergönnt, diese heiligen Minuten in Andacht zu verbringen. Als ich sah, dass alles Leben aus Heinrich gewichen war, schrie ich laut. Ich wollte ihn nicht lassen und rief: »Heinrich, Heinrich, erbarme dich! Schlag deine Augen noch einmal auf! Nur einmal!«

Es war vergebens. Er ließ mich auf dieser Erde nun ganz allein.

Die anderen waren wegen meines Geschreis herbeigeeilt. Wie im Traum sah ich, dass sie Heinrich versorgten. Gebete wurden gesprochen, es wurde Weihrauch geschwenkt, Lieder erklangen, die mir mein Herz aus dem Leib reißen wollten.

Nach Heinrichs Tod: Ich lege die Krone ab und nehme den Schleier

Ich hatte die Stunde kommen sehen und mich doch vor ihr gefürchtet. Ich konnte mich nur kurze Zeit meinem Schmerz hingeben, denn der Frieden des Reiches lag nun auf meinen Schultern, schreibe ich auf den Papyrus.

Das Schlimmste war damals, dass Heinrich so seelenlos und stumm und kalt dalag. Ich hatte immer geglaubt, nichts könne uns auseinanderreißen. Aber wenn jemand keine Antwort mehr gibt, wenn die Seele fortgegangen ist, dann erst versteht man, dass der Tod auch ein Paar trennt, wie der Henker den Kopf vom Rumpf haut. Erst später, als ich mich wie beiläufig an Heinrich erinnern konnte, da war er mir wieder nah. Und jetzt denke ich sogar manchmal, er sei da, und wir könnten miteinander sprechen, so innig wie nie zuvor ...

War beim Tod Kaiser Ottos III. gleich Heinrich herbeigeeilt, um seinen Leichnam in höchsten Ehren zu bestatten, so waren es nun unsere Freunde, die Heinrich das Geleit von Grone bis Bamberg gaben. Ich selber konnte es nur schwer ertragen, dass Heinrichs Leib nun die Eingeweide entnommen wurden. Sein Körper wurde jedoch sorgsam aufbereitet, in seidene Tücher gehüllt und auf einen Karren gebettet. Zeitweise trugen die Bischöfe und Kanzler den Leichnam Heinrichs auch auf ihren Schultern. So zog unser Trauerzug nach Bamberg.

Zwölf Tage waren wir unterwegs. Mit jedem Schritt, den ich hinter Heinrich herging, wurde mein Kopf klarer, und mein Verstand sagte mir, was unbedingt zu tun war. Als wir in Bamberg ankamen, überließ ich mich zuerst den Badefrauen, zog meine prächtigen Gewänder an und besprach mich mit den Großen des Reiches. Die wichtigsten Berater waren mir in diesen Tagen meine Brüder, Hezilo, Herzog von Bayern, und Theoderich, der von Metz zu mir geeilt war. Erzbischof

Aribo von Mainz, mit dem ich auch in den Jahren davor eine rege Korrespondenz unterhalten hatte, war an meiner Seite, und ich wusste, dass er sowohl um mich als auch um eine friedliche Königswahl bemüht war.

Es war nun an mir, für Frieden zu sorgen und die Geschäfte streng in der Hand zu halten, bis ein neuer König gewählt war. Alle Kaiserinnen vor mir hatten genauso umsichtig gehandelt. Jede nach ihrer Bestimmung. Heinrich und ich hatten keinen Erben, deshalb würde nun die Königswürde an den Vornehmsten der Geschlechter gehen. Ach, hätte ich einen Sohn gehabt! Wie gerne hätte ich die Krone auf seinem Haupt gesehen.

Mit der Ankunft in Bamberg hatte ich strikte Sicherheitsvorkehrungen, sowohl für mich als auch für die Reichsinsignien, getroffen. Ich ging tagsüber mit vier bewaffneten Männern an meiner Seite, und des Nachts lagen mehrere Wachleute vor meiner Zimmertür. Jede Speise hatte mein Mundschenk zu kosten, und meine Kammerfrauen kontrollierten auch meine Kleider, damit alles Verdächtige sofort auffiele.

Wie gut es mir tat, als Heinrichs Gebeine an dem Ort, den er sich wünschte, zur Ruhe gebettet wurden. In der Nähe seiner geliebten Heiligen konnte er nun für alle Zeiten ruhen. Die Gesänge gaben mir Trost, und ich war zufrieden mit den reichen Gaben, die Bamberg noch an dem Tag erhielt und die zu Heinrichs Seelenfrieden gereichten. So wurde Heinrich nicht nur im Dom zur letzten Ruhe gebettet, sondern seine Seele konnte gleichsam Gnade vor den Augen Gottes finden.

Wer immer auch König werden würde, ich wollte die Besitzungen und Klöster, die mir Heinrich in Bayern übertragen oder geschenkt hatte, nicht verlieren. Ich besprach meine Situation ausführlich mit Hezilo und Erzbischof Aribo. Solange mein Bruder Hezilo lebte und als Herzog von Bayern seine Hand auf meinen Gütern hielt, brauchte ich nichts Schlimmes zu befürchten. Ich wollte für meinen Besitz neue Urkunden erstellen, die mir die Rechte bis zu meinem Tod sicherten.

Danach sollten sie jedoch weder dem Herzog von Bayern noch dem neuen König zufallen. Heinrich hatte dafür gesorgt, dass ich in Bayern nicht vergessen werden sollte und eine gute Altersversorgung hatte. Kaufungen und die Güter um Kaufungen sollten nicht mein einziges Gut zu Lebzeiten sein.

Wie lieb waren mir die Orte Bayerns geworden! Reichenhall, Ostermiething, Feldkirchen, Ranshofen, Burghausen, Altötting, Ampfing, Ecknach, Burgrain, Gars, Stadel, Au, Dorfen, dazu die Klöster Isen und Tegernbach. Ich kannte die Bewohner, die Geistlichen und die Adeligen. Dem getreuen Erzbischof von Salzburg sowie dem mir zugewandten Bischof von Freising überschrieb ich meine Güter, und sie sicherten mir die Nutzung der Landflächen bis an mein Lebensende zu. Doch das waren längst nicht alle Gebiete und Klöster, die mir Heinrich überlassen hatte. Er hatte mich in seiner Güte wie eine Herzogin ausgestattet. In neuen Verträgen würde ich meine Getreuen mit meinen Gütern beschenken. Jetzt oder nach meinem Ableben sollten sie über die Güter verfügen oder nach meinem Willen übereignen und an niemanden mehr Abgaben zahlen müssen, weil sie ihre eigenen Herren wären.

Der große Königshof in Todtenwies im Lechtal sollte nach meinem Tod an das Kloster St. Ulrich und Afra in Augsburg fallen. Ich hatte Heinrich nach seinem Ableben selbst den Schlüssel zum Grab des heiligen Ulrich, der in der Afrakirche begraben war, aus dem Gewand genommen und hatte ihn so sicher wie die Reichsinsignien verwahrt. Nur dem getreuen, gottgefälligen Abt würde ich den Schlüssel, den Heinrich zeitlebens mit sich trug, übergeben.

Ich wollte jedoch nicht nur die Klöster stärken. Auch meine Nichten und Tanten sollten in ihrer Macht und ihrem Ansehen wachsen, und ich übertrug ihnen reichen Besitz. Die Güter an den wichtigsten Handelsstraßen, den alten Römerstraßen von Augsburg nach Salzburg sowie die wichtigsten Wege über den Brenner und die Alpen sollten für meine Verwandtschaft gesichert werden. Sehr wohl war mir bewusst, dass ich keine Königsgüter verschenken konnte. Was ich jedoch zu meinen Zeiten den Klöstern übereignete, blieb in kirchlichem Besitz. Ebenso konnte ich mein Eigentum in getreue Hände legen. Ich gab laut und für jedermann öffentlich kund, dass all diese Vorkehrungen nötig seien, damit das Seelenheil für den verstorbenen Kaiser Heinrich II. gesichert wäre und auch meine Sünden abgewaschen werden würden.

In den Urkunden sicherte ich mich ab, da ich die Selbstherrlichkeit der Herrschenden kannte, und ließ dazuschreiben und siegeln:

Wenn aber, was ferne sei, der Fall eintreten sollte, dass durch Grausamkeit oder durch anmaßende Gewalt irgendeines Kaisers oder Königs oder Herzogs oder Bischofs dieser Prekariumsvertrag in diesem oder jenem Punkt aufgelöst oder gebrochen wird, so soll jeder das, was er eingebracht hat, wieder zurücknehmen und wieder umgestalten zu seinem Nutzen und Besitz, wie er es vorher hatte.

Als der Thronanwärter Konrad II. eine Versammlung abhielt, um die bayerischen Grafen auf seine Seite zu ziehen, nutzte ich die Zeit nach seiner Abreise, um den bayerischen Grafen meine Vorschläge zu unterbreiten. Und meine Vorschläge waren bei Weitem angenehmer als alle Versprechungen, die Konrad II. machen konnte. Es war kein Adeliger und kein Geistlicher unter ihnen, der nicht erfreut war, meine Vorschläge anzuhören und zu akzeptieren. Sie wussten, dass sie aus meiner Hand später ihre Freiheit erlangen und ich ihnen nie zur Last werden würde. Würde sich jedoch der neue König meine Besitzungen einverleiben, wären sie auf lange Zeit wieder geknechtet.

Mir kam auch in den Sinn, dass Konrad II. mich auch als zweite Frau hätte nehmen können. Und es gab Stunden, in denen ich mir ausmalte, wie wunderbar es wäre, weiterzuregieren. Er hätte daraus Vorteile ziehen können, denn ich hatte über die Jahre bereits das Vertrauen der Bevölkerung und der Einflussreichen gewonnen. Seine reiche, kluge Frau Gisela hätte ohne Weiteres an seiner Seite bleiben können, denn sie hatte aus ihren ersten zwei Ehen reichen Besitz eingefahren und war wie Konrad II. eine Nachfahrin Karls des Großen. Wenn es nach den neuen Gesetzen der engen Verwandtschaft ging, so war die

Ehe von Gisela und Konrad II. jedoch zu verabscheuen, denn Gisela war nur in vierter Generation von den gemeinsamen Vorfahren zu Konrad II. entfernt. Eine zweite Ehe mit mir hätte Konrad II. gut angestanden. Doch das Paar hatte Kinder und die starke Gisela ganz andere Pläne, als ich sie hatte. Spätestens mit der Königswürde Konrads II. würden sie Gesetze nach ihrem Willen erlassen können; dann würde niemand mehr an der engen Blutsverwandtschaft Anstoß nehmen.

Die Ehe Konrads war im Grunde genauso umstritten wie die der Familie Hammerstein. Über fünf Jahre hatte sich der Streit um die Rechtmäßigkeit ihrer Ehe hingezogen – und das, obwohl sie schon Kinder hatten und sich selbst nichts zuschulden hatten kommen lassen. Die schlimme Situation, in der sie waren, bestand in der Rechtsunsicherheit, in welchem Grad ein Paar miteinander verwandt sein durfte. Nach einigen Jahren Ehe war Heinrich gewahr geworden, dass die beiden nach kanonischem Recht im vierten Grad blutsverwandt waren. Dies war nach der bestehenden Kirchenordnung verboten. Als der Graf von Hammerstein den mehrmaligen Vorladungen vor das geistliche Gericht in Nimwegen nicht Folge leistete, wurde er exkommuniziert. Der Graf sagte sich zwar von seiner Frau los, war aber so rasend vor Liebe und blinder Wut, dass er mit Waffengewalt beim Mainzer Erzbischof Erkanbald eindrang und ihn zwingen wollte, die Ehe für gültig zu erklären. Heinrich musste daraufhin den Rasenden bestrafen, indem er dessen Burg Hammerstein am Rhein schleifte. Heinrichs Truppen zerschlugen alles, was der Graf und seine Frau besaßen. Einzig mit ihren Kleidern am Leib flohen sie und versteckten sich. Sie lebten in Armut zusammen und dachten, wenigstens nun den Widersachern ihrer Ehe entkommen zu sein. Doch der neue Erzbischof von Mainz, Aribo, forderte das Paar im Jahre 1023 wiederholt auf, sich zu trennen, und erneuerte deren Exkommunikation. Der Graf sah sich und seine Familie dadurch so vielen Repressalien ausgesetzt, dass er bereit war, sich von seiner Frau zu trennen. Doch er hatte nicht mit der Entschlossenheit seiner Frau Irmingard gerechnet, die daraufhin ein Bündel schnürte und sich auf den Weg nach Rom zum Papst machte. Dieser hatte Erbarmen mit Irmingard und versprach ihr, sie vom Bann zu lösen. Die frohe Hoffnung Irmingards reichte jedoch lediglich bis zu den Grenzen Italiens. In unserem Königreich traute sich kein Geistlicher, meinem Gatten, König Heinrich, zu widersprechen.

So ging mit Heinrich die Herrscherzeit der Ottonen zu Ende. Die Salier waren stark und übten nun ihren Einfluss auf alle Adeligen und Geistlichen aus. Und so war es nicht verwunderlich, dass sieben Wochen nach dem Tod meines geliebten Heinrich in Kamba bei Oppenheim Konrad II. gewählt wurde.

Als Gegenkandidat hatte sich auch Konrad der Jüngere aufgestellt, der jedoch nicht die große Mehrheit hinter sich bringen konnte. Aribo hielt Konrad II. für den geeigneteren Kandidaten, da er schon einen Sohn hatte und seine Rechtschaffenheit und Tüchtigkeit unter Beweis gestellt hatte.

Erzbischof Pilgrim und die Lothringer wollten jedoch Konrad II. nicht zustimmen und verließen den Ort, damit eine Entscheidung herbeigeführt werden konnte.

Der Chronist schrieb an jenem Tag in das Geschichtsbuch:

Die genannte Kaiserin Kunigunde übergab Konrad II. gerne die königlichen Insignien, die ihr Kaiser Heinrich II. hinterlassen hatte, und stärkte ihn dadurch in der Herrschaft, soweit ihr Geschlecht dazu ermächtigt war.

Wer weiß schon, wie es mir an jenem Tage ging! So kann es nur einer Frau ergehen. Bei der Übergabe der Insignien befürchtete ich, in eine Ohnmacht zu fallen, so schwach fühlte ich mich. Gott allein gab mir eine kräftige Stimme und die schmerzliche Demut, vor dem neuen König niederzuknien. Schon die Tage zuvor hatte ich starke Schmerzen in meinem Unterleib verspürt, und als gerade an dem Tag die Blutung nach der Frauen Weise erfolgte, blutete ich so heftig, drei Tage und drei Nächte, dass ich meinte, bald selbst mein Leben auszuhauchen und neben Heinrich endlich meinen Frieden zu finden. Einzig unsere Kinderlosigkeit hatte dazu geführt, dass wir die Krone aus der Hand geben mussten! Mein Blut schrie meine unendlichen Schmerzen zum Himmel, und alles Leben wollte aus mir strömen.

Andere waren mit Kindern reich gesegnet. Konrad II. hatte bereits Söhne, die einmal die Krone aufsetzen würden.

Ich war zwischen all den Mächtigen, kannte ihre Namen und ihre Geschichte. Doch aus Furcht beugte niemand mehr sein Haupt vor mir, und wer mit mir sprechen wollte, vereinbarte lieber einen geheimen Ort und eine andere Zeit. Dann sah ich unter all den Anwesenden das Grafenehepaar Hammerstein. Arm in Arm standen sie da, als Beweis einer tiefen Liebe, gegen alle Mächte der Welt. Ja, vielleicht auch noch gegen die Mächte der Hölle und des Himmels? War so das Wesen der Liebe? Eine Ehe, die sich so absolut hingibt, dass niemand die Liebenden zu irritieren und zu trennen vermag? Heinrich und mich vermochte nichts zu trennen. Das neue Königspaar war nicht zu irritieren – aber der Graf und die Gräfin Hammerstein waren miteinander durch die Hölle gegangen und hatten gesiegt. Nun, da der Papst tot war und Heinrich ebenfalls keine Justiz mehr ausüben konnte, gingen sie im Frieden und Schutze des neuen Königs und ihres Vetters, Herzog Hermann II., mit ihren Kindern einher, als ob sie stets unter dem Segen der Kirche gestanden hätte.

An dem Tag, als ich die Reichsinsignien übergab und die beiden wiedersah, wusste ich, dass es immer die Mächtigsten sein werden, die das geltende Recht machen und verkünden. Mit dem neuen König war das Recht aufseiten des streitbaren Paares. Ich wusste, dass ihnen nun eine glückliche Ehe vergönnt war. König Konrad II. hielt jetzt seine Hand über die Familie Hammerstein. Sie erhielten neuen Besitz, Ehre und für all ihre Kinder genügend Land.

In diesen Tagen waren jedoch die Geistlichen noch vorsichtig. Sie wussten, dass Konrad II. und seine Frau Gisela ebenfalls im vierten Grad blutsverwandt waren. Deshalb einigten sich alle darauf, nur Konrad II. zu krönen, seine Frau Gisela aber nicht zur Königin zu salben.

Als Konrad II. zur Krönung in den Mainzer Dom einzog, wurden ihm auf dem Weg dahin öffentliche Nachweise seiner Fähigkeit zur

Milde, Barmherzigkeit und Gerechtigkeit abverlangt. Er musste einem Gegner verzeihen, sich eines Armen erbarmen und ließ einer Witwe und einer Waise Gerechtigkeit zukommen. Dies alles waren neue Riten, weil die Anwesenden fürchteten, der neue König wäre so unnachgiebig und hart, wie es Heinrich oft gewesen war.

Da Erzbischof Aribo von Mainz Konrad II. bei seiner Wahl unterstützt hatte und ihm die Krone aufsetzte, ernannte der neue König Aribo zum italienischen Erzkanzler. Somit war er nicht nur der Leiter der deutschen Kanzlei, sondern zugleich der oberste Vorsteher der italienischen Urkundenbehörde. Da Aribo jedoch nicht willens war, Gisela zu krönen, kam sein Widersacher Erzbischof Pilgrim zum Zuge. Dieser war bereit, Gisela am 21. September 1024 in der Kathedrale zu Köln zur Königin zu machen.

So begierig das Königspaar gewesen war, die Reichsinsignien aus meinen Händen zu erhalten, so unwichtig und lästig musste ich ihnen nach der vollzogenen Krönung geworden sein. Selbst Adelheid und Sophie, die sich starke Klöster und damit auch wichtige Königsresidenzen geschaffen hatten, galten nicht mehr viel im Leben der neuen Mächtigen. Wie schnell, wie schnell wurden die Ottonen vergessen, deren letzter großer Herrscher mein geliebter Heinrich gewesen war.

Als ich die Wirkstätten der Mächtigen verlassen hatte, weinten sie mir keine Träne nach. Die Gesetze schrieben sie um zum Wohle ihrer Familie und ihrer Macht. Alles, alles, was ich zu Recht besaß, machten sie mir streitig. Wenn ich meine Landstriche in Bayern besuchte, freuten sich die Menschen, aber ich spürte auch ihre Furcht, weil sie nicht wussten, wem sie ihre Steuern und Abgaben zahlen sollten. Ich konnte sie nur schützen, wenn ich keine Ansprüche stellte. Das zu begreifen, schmerzte mich tief.

Ich hatte geglaubt, eine vermögende Frau zu bleiben, aber die Hände Konrads II. griffen nach allem, was mir lieb und heilig war. Gott sei es gedankt, dass ich mein Kaufungen noch hatte, von dem mich niemand vertreiben konnte. Wie nur Frauen spüren konnten, was in einer anderen Frau vorgeht, so konnte ich Gisela nicht trauen. Hatten

Heinrich und ich Bamberg groß gemacht, so wollte sie das Gedenken nicht in dem Maße aufrechterhalten, wie es gesiegelt war.

Ich hatte darauf gehofft, in Bamberg weiter zu residieren und meine Beziehungen und Besitztümer zum Wohl der neuen Regierung, meiner liebsten Freunde und Gottes Ehre einzubringen. Doch daran war niemandem gelegen. Ich lernte in diesen Wochen die bitterste Lektion meines Lebens. Schlimmer als der Tod eines geliebten Menschen ist es, die eigene Ehre zu verlieren.

Und doch konnte ich aller Feinde spotten! Ich hatte immer noch genug Macht und Einfluss, um die Kirche in Kaufungen zu vollenden. Es verlangte mich nicht danach, dem Kloster als Äbtissin vorzustehen. Dazu hatte ich ja bereits meine Nichte erwählt. Nein, wenn die Menschen zur Rechten und Linken untreu werden, so liegt es einzig im Menschen selbst, getreu und stark zu sein. Ich blieb Heinrich treu und meinem liebsten Gott, der seine Macht nicht nur in den großen Dingen des Lebens und Sterbens zeigt, sondern in täglichen Liebesbeweisen unsere Herzen erreicht und tröstet.

Den ersten Todestag meines geliebten Heinrich erwählte ich für einen Schritt, der mich viele schlaflose Nächte gekostet hatte. Doch dann stand mein Entschluss unumstößlich fest: Meinem Gelübde, in Kaufungen ein Kloster zu gründen, sollte ein weiteres folgen. Ich wollte als einfache Nonne in den Konvent aufgenommen werden.

Als ich Uta und Sophie davon unterrichtete, konnten sie es nicht glauben: Warum sollte ich als einfache Nonne in ein Kloster eintreten, wenn sie mich doch auch als Äbtissin in einem großen Kloster einsetzen könnten? Und ob ich nicht noch viel lieber als Adelige ein prachtvolles Leben führen wollte? Ich könnte sogar in Kaufungen prunkvoll leben, wenn ich wollte.

Doch ich wollte nichts von alledem. Ich hatte genug regiert, war genug gereist. Meine Zeit zu herrschen war vorbei. Ich hatte doch auch keine Kinder, für die es sich lohnte das Erbe zu verwalten, außerdem konnte ich mir nicht vorstellen ein Kloster zu leiten. Ich wollte meinem himmlischen Vater nahe sein – noch ehe der Tod mich zu ihm befahl. Die Gemeinschaft der Mitschwestern würde mir genügen. Ein letztes Mal plante ich ein großes Ereignis: meine Aufnahme in den Konvent. Am selben Tag würden die Bischöfe die Kirche weihen. Ein prachtvolles Fest sollte sich mehrere Tage anschließen und alle erfreuen.

Mit dem 13. Juli des Jahres 1025 kam der Tag, an dem ich meine herrschaftlichen Gewänder ablegte und in die schlichten Nonnengewänder stieg. Mein Schleier war nicht mehr mit Perlen und Spitzen verziert, sondern einzig dazu gemacht, meine Haare und ein Großteil meines Gesichtes zu verdecken. Ich lag zu Füßen Utas, zu Füßen des Erzbischofs Aribo von Mainz, zu Füßen Christi und der Kirche. Ich hatte alle Großen des Reiches geladen, und die Bischöfe säumten den Weg zum heiligen Kreuzaltar, wo mir Erzbischof Aribo von Mainz die Weihe verlieh. Mehrten früher die Adeligen und Bischöfe mein Ansehen und meine Macht, so waren sie heute zugegen, um Zeugen meines einfachen Lebens zu werden. Ich weiß noch die Worte, die ich sprach, als Aribo mich geweiht hatte:

Nimm mich auf, Herr, nach deinem Wort, und ich werde leben, und lass meine Hoffnung nicht zuschanden werden.

Wie oft wiederholte ich diese Worte in den Tagen danach! Ich konnte noch nicht recht begreifen, was sie bedeuteten. Für andere wusste ich genau, was sich dann ändern sollte und welches Leben sie zu führen hatten. Aber mir war das Leben als Nonne wenig vertraut, und ich meinte, es liege auch nicht in meiner Natur. Sehr oft musste ich die Bitte im Laufe des Tages in meinen Gebeten nachsprechen, bis sie langsam in mir, gleich der Saat des Weizens, zu keimen begann. Mehrmals täglich sprach ich die Worte, weil ich mich doch mit meinem ganzen Herzen dafür entschieden hatte. An meinen Mitschwestern schaute ich mir ab, was sie darunter verstanden.

Seit dem Tag der Einsegnung war ich einzig auf Gottes Liebe und Barmherzigkeit angewiesen. Meine Blicke hingen an dem Holzsplitter des Kreuzes Christi, das ein Aribo der Kirche gestiftet hatte. Ich hatte den heiligen Partikel in ein wunderbar verziertes Kästchen fassen lassen und an einer goldenen Kette über den Altar gehängt.

Am Tag der Einsegnung war ich nicht von dieser Welt. Die Welt war mir fremd geworden, aber Christus leuchtete aus jedem heiligen Wort, das gesprochen wurde. Als die Gäste abgereist waren und ein normaler Alltag begann, nagten dennoch Zweifel an mir, und mich überkam oft eine große Traurigkeit.

Wenn wir jedoch zur Kirchweihe das heilige Zeichen vor uns hertrugen und alles Volk herbeiströmte, dann spürte ich die Kraft des Kreuzes aufs Neue. Mir war, als ob Christus selbst vor uns ginge und wir dicht an ihm hingen. Alles andere wurde unwichtig.

Ausklang
Kaufungen 1029:
Ich will die Zeit als Nonne nützen ...

Irgendetwas hat sich verändert. Ich sitze an meinem gewohnten Platz. Ich will wie gewohnt weiterschreiben. Aber es gibt nicht mehr viel zu berichten. Trotzdem will ich nun alles zu einem würdevollen Abschluss bringen.

Seit meiner Einsegnung als Nonne sind nun fünf Jahre vergangen. Es ist geschehen, was ich befürchtet hatte: Konrad II. brachte, sobald es ging, viele meiner Güter an sich. Als mein lieber Bruder Hezilo vor drei Jahren starb, übergab Konrad II. das Herzogtum Bayern an seinen eigenen Sohn.

Dies bedeutete das Ende meines Einflusses auf meine bayerischen Güter.

Auch wenn ich nun hier in Kaufungen bin: In meinem Herzen ist die liebliche Landschaft Bayerns lebendig, die Straßen, die Menschen, die Kirchen. In meinen Gebeten und Liedern sind mir die lieblichen Wohnstätten nah.

Ich denke täglich an das Land, für das ich einst Sorge trug. Auch wenn ich heute eine Nonnenkutte trage, so trage ich in meinem Herzen das gesamte Kaiserreich und lege es in täglicher Fürbitte vor Gottes Füße. Lieb sind mir die Orte meiner ehemaligen Herrschaftsbereiche, so lieb, dass ich sie in die himmlischen Wohnungen tragen und in den Schoß Gottes legen möchte.

Ich schließe auch unser neues Königspaar in meine Gebete ein. Schon früh am Morgen, wenn ich Heinrich den Engeln anbefehle, gedenke ich des neuen Königspaares und bitte um Gottes Schutz und Segen für sie. Dies fällt mir nicht schwer. Meine eigene Macht und Herrlichkeit nimmt von Tag zu Tag ab. Vielleicht wird man mich einmal vergessen, selbst wenn ich mich bemühte, viel Gutes zu tun? Vielleicht wird man auch eine Kaiserin vergessen und ihrer nicht mehr gedenken?

Ich horche in mich hinein. Wo ist meine alte Angst geblieben? Wo ist die Angst, dass ich vergessen werde und dass meine Seele dem ewigen Fegefeuer anheimfällt?

Ich finde die Angst nicht mehr!

Bin ich denn schon so sehr zu einer Nonne geworden, die in solch großer Bescheidenheit von der Güte Gottes lebt? Reicht es mir, hier in Kaufungen unter der Anleitung und Liebe Utas, unserer viel zu fröhlichen Äbtissin, meine Arbeit zu verrichten und später hier meine letzte Ruhestätte zu finden? Was gibt mir die Gewissheit, dass Gott mich nicht vergisst?

Ich weiß nicht, was ich noch aus meinem Leben aufschreiben soll. Ich möchte auch morgens nicht mehr im Skriptorium sitzen müssen. Ich würde so gerne wieder über den Markt gehen. Ich möchte junge Frauen unterrichten und erziehen, wie ich es früher als junge Frau in Trier tat. Ich möchte mein reiches Wissen weitergeben, damit andere Frauen auf ihren Weg ins Leben vorbereitet werden. Die Kinder meiner Verwandten möchte ich begleiten und ihnen ein gesittetes Benehmen und einen gottgefälligen Wandel beibringen! Sophie schrieb mir, dass ihre Nichten, die ihr zur Erziehung übergeben wurden, einfach weggelaufen seien. Ob ich sie vielleicht hier in Kaufungen erziehen kann? Ob sie mir ihre Nichten anvertraut?

Ich werde Uta sagen, dass ich meine Erinnerungen abgeschlossen habe. Nun kann ich in Kaufungen endlich mehr tun. Mir kribbelt es schon in Händen und Füßen, und meine Gedanken wiegen sich wie die Samen der Grashalme im Sonnenlicht. Warm fällt das Licht der Sonne Gottes wie Gold und Edelsteine in meinen Sinn und in mein weites Herz. Ich lege die Feder aus der Hand.

Neben meinem Tisch steht bereits eine beschlagene Holzkiste, die mir Uta still überreicht hat, als ob sie gespürt hätte, dass sich meine Aufzeichnungen dem Ende näherten. Der Kreis schließt sich. Jetzt liegt es an mir. Ich packe mit Hanfschnüren aus dem hohen Stapel Papyrus mehrere dicke Bündel. Diese umschlinge ich mit einem seidenen Tuch, knote die Enden fest und hebe das bunte Paket in die Kiste.

Mit der schweren Kiste in beiden Armen betrete ich vorsichtig die Kirche. Niemand beobachtet mich dabei. Das Innere der Kirche ist ebenfalls menschenleer. Ich weiß schon lange, wohin ich die Aufzeichnungen legen will. *Ob sie je gefunden werden?*, frage ich mich, während ich die Steine wieder vor das Versteck schiebe.

Nachwort der Autorin

Stellen Sie sich vor, wir schrieben das Jahr 3000. Wie würden die Menschen dann leben? Welche Ländergrenzen gäbe es in den Atlanten? Wie würden religiöse Werte gelebt?

Und wie würden unsere Nachkommen rückblickend über uns sprechen? Wären wir in ihren Augen Barbaren, die den Kranken die Bäuche aufschnitten, während sie längst andere Heilverfahren hätten? Würden sie über uns sagen, wir hätten Irrlehren angehangen und seien sozial ungerecht gewesen?

Was wir heute mit aufrichtigem Herzen und all unserem Verstand verrichten, kann später nur allzu vorschnell abgewertet werden. Wenn wir jedoch aufhören zu werten, können wir mitfühlen und beginnen zu verstehen. Gefühle, Mut und Glaubensstärke sind zu allen Zeiten gleich. Stets treffen wir auf Schwestern und auf Brüder, die mit Ängsten leben und sich wünschen, geliebt und nicht vergessen zu werden.

Die Geschichte in diesem Roman liegt rund 1000 Jahre zurück. Ich habe so intensiv in die Zeit hineingehorcht, dass trotz des großen geschichtlichen Zeitsprungs und der veränderten Weltanschauung Kunigunde für mich Hände und Füße bekam und ich ohne Besserwisserei von ihr selbst die Lebensgeschichte hören wollte.

Zum besseren Verständnis sei jedoch noch auf einiges hingewiesen:
- Als im Jahr 1000 das neue Millennium begann, glaubten die Menschen, dass die Welt unterginge. Sie wandten planerisch dieselbe Sorgfalt an, wie es die Politiker und die Wirtschaft heute bei Öl- und Bankenkrisen tun. Kunigunde musste bereits als junge Machthaberin eine solche Krise meistern.
- Zur Zeit Kaiserin Kunigundes waren die Landesgrenzen anders als heute. Sprach man z. B. von den »Sachsen«, so war im Kern das heutige Niedersachsen gemeint. Und diese Sachsen waren retrospektiv betrachtet ein barbarisches Volk.

- Was uns heute grausam erscheint, diente damals zur Aufrecht-erhaltung der Stammesordnung, der Sitten und der Moral.
- Wer zum Landesherrn, König oder Kaiser erhoben wurde, dem wurde es zur Pflicht, seine Macht durch Härte und Schrecken zu festigen. Selbst wenn jemand in seinem Herzen feinfühlig war, die Ämter und die herzustellende Ordnung beruhten immer auch auf Stärke und Gewalt.
- So ist auch die blutige Vergangenheit der Kirchengeschichte zu er-klären: Staat und Kirche waren über lange Zeit nicht getrennt. Die bischöflichen Kirchenführer hatten gleich den weltlichen Adeligen dem König Kriegsheere zu stellen. Von den kirchlichen Heeren hing der Sieg über »die Feinde« ab. Lange Zeit lebten Christen noch so kämpferisch, wie wir es aus dem Alten Testament kennen. Die Umsetzung der christlichen Lehre, wie sie uns in der Bergpre-digt gezeigt wird, war und ist ein langer Prozess, der meist nicht von den Machthabern ausging.
- Heilige und vor allem Reliquien spielen für uns heute nicht mehr die Rolle, die sie jahrhundertelang innehatten. Sie wurden jedoch damals sorgsamer gehütet und mehr geschätzt als alles, was wir heute in den besten Museen finden können. Gerade für Menschen, die nicht lesen und schreiben konnten (diese Fähigkeit war über viele Jahrhunderte den Klerikern vorbehalten), spielten Bilder oder Reliquien eine wichtige und stärkende Rolle. Gleich der Vergäng-lichkeit der Natur, die wir als ästhetisch und tröstend empfinden, wurden Knochen, Haare etc. bedeutender Menschen zur Erinne-rung aufbewahrt. Heute sehen wir im Film und auf Fotos die schönsten Menschen, hören auf Tonträgern die unverwechselbaren Stimmen der Sänger – und das auch angesichts ihres Alters, des Todes. Die moderne Technik macht es möglich, die »Glanzzeiten« eines Menschen zu konservieren. Ob dies für die Lebenden hilfrei-cher ist, sei dahingestellt.
- Eine adelige Abstammung, Reliquien, Gold und Edelsteine spiegel-ten vor tausend Jahren die Gottesnähe, den Wert und die Macht ei-nes Menschen wider.

– Die historische Karte, die Sie auf der letzten Seite finden, stellt das Römische Reich unter der Herrschaft Ottos des Großen im Jahre 973 dar, also unmittelbar bevor Kunigunde geboren wurde. Befestigte Grenzen gab es nicht. Aus diesem Grund mussten Kaiser und Könige auf Umritten ihre Macht immer neu festigen. Anhand der Karte können Sie mitverfolgen, wie stark das Herrschaftsgebiet von Kunigunde während ihrer Regentschaft variierte.

In diesem Kontext wurde Kunigunde geboren. Sie wurde damit konfrontiert, dass sie und Heinrich, falls sie kinderlos bleiben sollten, mit einer Gottesstrafe leben mussten. Ihnen fehlte das Wichtigste, das ein Herrscherpaar brauchte: ein Erbe. Ohne Nachkommen würden sie die Krone nicht weitergeben können und für immer im Fegefeuer bleiben, weil niemand bei den Heiligen um ihre Seelen beten würde. Von dieser Angst getrieben, gründeten sie das Bistum Bamberg und bildeten Gebetsverbrüderungen, damit auch sie Fürsprecher vor Gott hätten.

Kunigunde und Heinrich setzten alles daran, gute Regenten und Christen zu sein, auf ihre Weise, zu ihrer Zeit.

Es gelang ihnen tatsächlich, dass die Menschen bis heute, also über 1000 Jahre später, ihrer gedenken. In Bamberg z. B. werden sie auf vielfältige Weise hochgehalten, und viele Heiligenlegenden entstanden nach ihrem Tod.

Zwei dieser Heiligenlegenden habe ich in das historisch genaue Buch eingebaut. Eine entstand in Kaufungen, die andere in Bamberg. Ob Sie diese entdeckt haben?

Eleonore Dehnerdt

Leseempfehlungen

Wunderschöne, reich bebilderte Biografie:
- Karin Dengler-Schreiber. Kunigunde + Heinrich: Ein Herrscherpaar. Bamberg: Heinrichs-Verlag, 2008.

Wissenschaftlich und sozial gut aufgearbeitetes Lebensbild:
- Ingrid Baumgärtner (Hrsg.). Kunigunde: Eine Kaiserin an der Jahrtausendwende. Kassel: Furore-Verlag, ²2002.

Politik und Geschichte Kunigundes und Heinrichs:
- Klaus Guth. Die Heiligen Heinrich und Kunigunde. Bamberg: Heinrichs-Verlag, 1986.
- Manfred Höfer. Heinrich der II. Esslingen/München: Bechtle, 2002.
- Stefan Weinfurter. Heinrich II. (1002-1024): Herrscher am Ende der Zeiten. Pustet: Regensburg, ³2002.

Zur Zeitgeschichte der Frauen:
- Edith Ennen. Frauen im Mittelalter. München: C.H. Beck ⁶1999.
- Jürgen Kaiser. Herrinnen der Welt: Kaiserinnen des Hochmittelalters. Regensburg: Pustet, 2010.

Heinrichs Ahnentafel in Auszügen

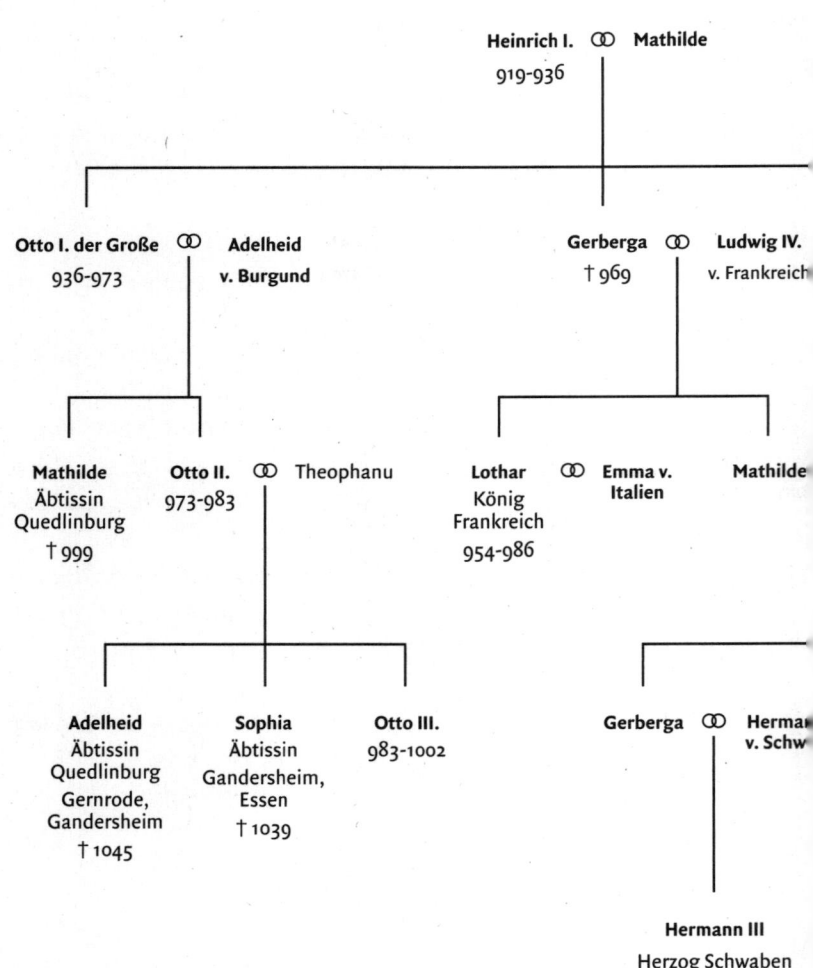

Heinrich I. ⚭ **Mathilde**
919–936

Otto I. der Große ⚭ **Adelheid**
936–973   **v. Burgund**

Gerberga ⚭ **Ludwig IV.**
† 969   v. Frankreich

Mathilde
Äbtissin
Quedlinburg
† 999

Otto II. ⚭ Theophanu
973–983

Lothar ⚭ **Emma v.**   **Mathilde**
König   **Italien**
Frankreich
954–986

Adelheid
Äbtissin
Quedlinburg
Gernrode,
Gandersheim
† 1045

Sophia
Äbtissin
Gandersheim,
Essen
† 1039

Otto III.
983–1002

Gerberga ⚭ **Herma**
     v. Schw

Hermann III
Herzog Schwaben
† 1012

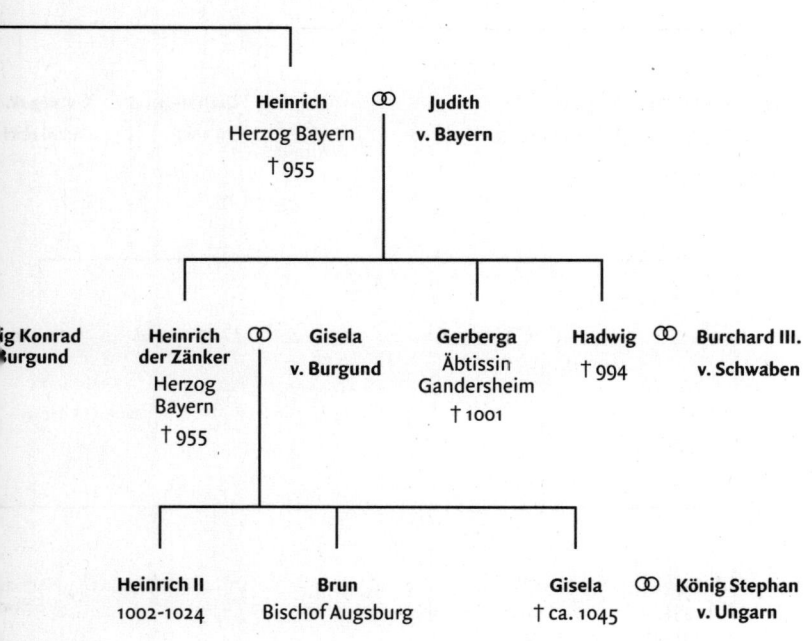

Herzog Konrad
v. Burgund

Heinrich
Herzog Bayern
† 955

⚭

Judith
v. Bayern

Heinrich
der Zänker
Herzog
Bayern
† 955

⚭

Gisela
v. Burgund

Gerberga
Äbtissin
Gandersheim
† 1001

Hadwig
† 994

⚭

Burchard III.
v. Schwaben

Heinrich II
1002-1024

Brun
Bischof Augsburg

Gisela
† ca. 1045

⚭

König Stephan
v. Ungarn

Kunigundes Ahnentafel in Auszügen

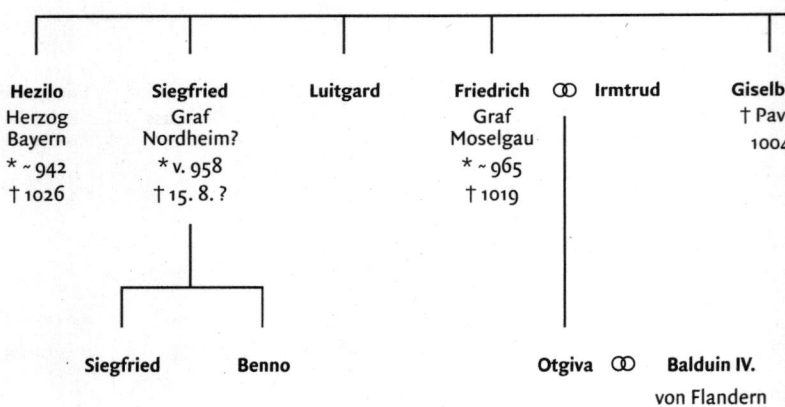

Hezilo	Siegfried	Luitgard	Friedrich	⚭	Irmtrud	Giselb.
Herzog	Graf		Graf			† Pavi
Bayern	Nordheim?		Moselgau			1004
* ~ 942	* v. 958		* ~ 965			
† 1026	† 15. 8. ?		† 1019			

Siegfried   Benno   Otgiva ⚭ Balduin IV.
von Flandern

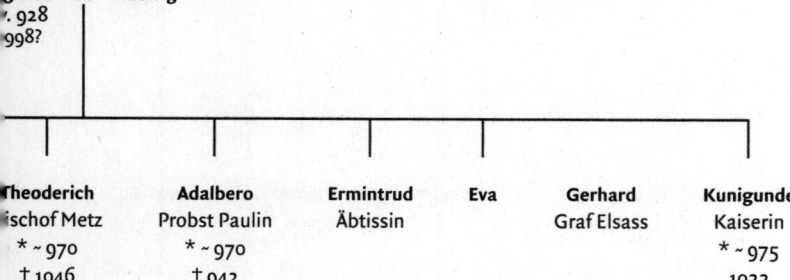

gfried ⚭ **Hadwig**
* 928
998?

Theoderich
ischof Metz
* ~ 970
† 1046

Adalbero
Probst Paulin
* ~ 970
† 942

Ermintrud
Äbtissin

Eva

Gerhard
Graf Elsass

Kunigunde
Kaiserin
* ~ 975
1033

Anmerkungen

S. 45   Die deutschen Kaiser: Heinrich I. und Otto der Große. Wiki-
         source. 2006. 28. Feb. 2011. http://de.wikisource.org/wiki/
         Die_deutschen_Kaiser_Heinrich_I._und_Otto_der_Gro%C3
         %9Fe.

S. 46   Ebd.

S. 47   Ebd.

S. 57   Matthäus 24,36

S. 80   Benediktinerabtei Ettal. Die Regel Benedikts. 2011. 20. März
         2013. http://abtei.kloster-ettal.de/orden-spiritualitaet/die-re-
         gel-benedikts/prolog/?L=1.

S. 81   Benediktinerabtei Ettal. Die Regel Benedikts. 2011. 20. März
         2013. http://abtei.kloster-ettal.de/orden-spiritualitaet/die-re-
         gel-benedikts/16-der-gottesdienst-am-tage/?L=1.

S. 96   Zitiert nach: Thangmar. Vita Bernwardi, cap. 24. Lebens-
         beschreibungen einiger Bischöfe des 10.–12. Jahrhunderts,
         übers. von Hatto Kallfelz (Ausgewählte Quellen zur deut-
         schen Geschichte des Mittelalters. Freiherr-vom-Stein-Ge-
         dächtnisausgabe 22). Darmstadt: Wissenschaftliche Buchge-
         sellschaft, 1973, S. 318-319.

S. 98   1 Hufe = 30 Morgen. 1 Morgen = 2 500 m². Damit sind 100
         Hufen 7 500 000 m² oder 750 ha bzw. 7,5 km².

S. 107   Die deutschen Kaiser: Heinrich I. und Otto der Große. Wiki-
         source. 2006. 28. Feb. 2011. http://de.wikisource.org/wiki/
         Die_deutschen_Kaiser_Heinrich_I._und_Otto_der_Gro%C3
         %9Fe.

S. 131   Matthias Wemhoff (Hrg.). Kunigunde – empfange die Krone.
         Im Auftrag des Landschaftsverbandes Westfalen-Lippe. Pa-
         derborn: Bonifatius Druckerei, 2002, S. 52 ff.

S. 132   Ebd.

S. 133   Ebd.

S. 136 Widukind von Corvey
Res gestae Saxonicae (Die Sachsengeschichte). Lat./dt. Überetzung und herausgegeben von Ekkehart Rotter und Bernd Schneidmüller. Stuttgart: Reclam, 1981, S. 105-109.

S. 140 Leo von Vercelli, Versus de Ottone et Heinrico, in: Monumenta Germaniae Historica. Poetae latini 5/1-2, hrsg. von Karl Strecker, Leipzig/Berlin 1937-39, S. 482.
Teilübersetzung von Stefan Weinfurter. Heinrich II: Herrscher am Ende der Zeiten. Regensburg 2000 (2. Auflage), S. 55.

S. 150 Heimat- und Kulturverein Lorsch im Auftrag der Stadt Lorsch (Hrg.) Das Lorscher Arzneibuch
Klostermedizin in der Karolingerzeit, ausgewählte Texte und Beiträge. Lorsch: Laurissa, 2002.

S. 173 Aus einem Vortrag von Barbara Kirchhoff, Bad Gandersheim, März 2009.

S. 181 Diözesanproprium zum Stundenbuch. Für das Erzbistum Bamberg, Freiburg im Breisgau 1980.

S. 190 Brun von Querfurt. Epistola ad Henricum regem, S. 101-103.

S. 191 Ebd.

S. 236 Roques von Hermann. Urkundenbuch des Klosters Kaufungen in Hessen VI (1900). Im Auftrag des Historischen Vereines der dioecese Fulda. Urkundenteil. Whitefish: Kessinger Pub Co., 2010, S. 7.

S. 243 Übersetzt von Christoph von Wedemeyer, 2011

Bilder aus dem Leben
der hl. Kunigunde

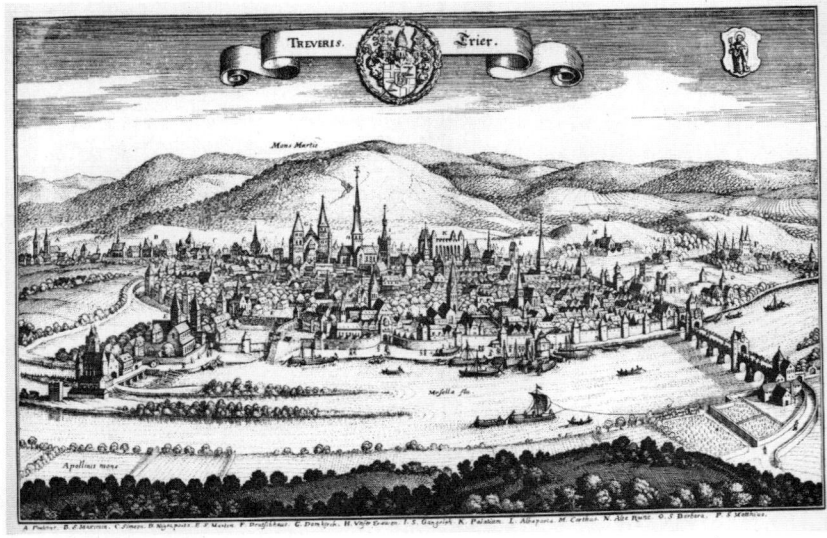

1) Stadtansicht Trier, Stich um 1646

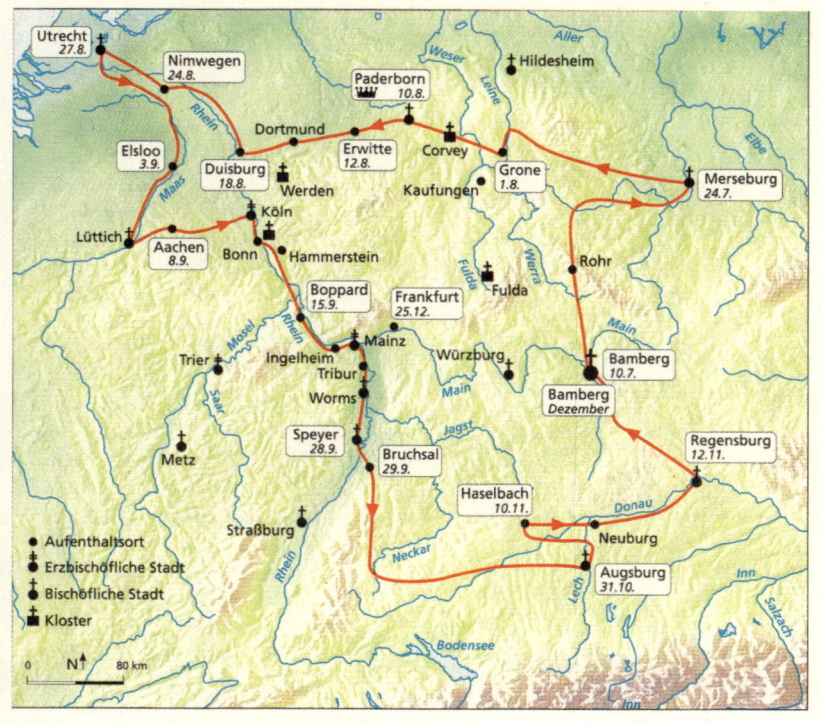

Utrecht
27.8.

Nimwegen
24.8.

Paderborn
10.8.

† Hildesheim

Elsloo
3.9.

Dortmund

Erwitte
12.8.

Corvey

Grone
1.8.

Merseburg
24.7.

Duisburg
18.8.

Werden

Kaufungen

Köln

Lüttich

Aachen
8.9.

Bonn

Hammerstein

Rohr

Boppard
15.9.

Frankfurt
25.12.

Fulda

Trier

Ingelheim

Mainz

Würzburg

Bamberg
10.7.

Tribur

Bamberg
Dezember

Worms

Metz

Speyer
28.9.

Bruchsal
29.9.

Haselbach
10.11.

Regensburg
12.11.

Straßburg

Neuburg

Augsburg
31.10.

Bodensee

● Aufenthaltsort
† Erzbischöfliche Stadt
† Bischöfliche Stadt
■ Kloster

0   N↑   80 km

2) Die Reiseroute Heinrichs und Kunigundes nach der Königskrö-
nung Heinrichs in Mainz. Sie starteten gemeinsam am 10. Juli 1002
in Bamberg und beendeten die Reise in Frankfurt, um dort mit dem
gesamten Hof Weihnachten zu feiern.

3) Heinrich II. und Kunigunde mit dem Bamberger Dom und
dem Wappen des Fürstbischofs Georg III. Schenk von Limpurg,
aus dem gedruckten Bamberger Missale von 1507

4) Legende vom gerechten Lohn, Holzschnitt,
vermutlich Bamberger Meister, 1511

5) Krönung des Kaiserpaars durch Christus (oben), Huldigung der unterworfenen Nationen (unten), Perikopenbuch Heinrichs II. Reichenau, zwischen 1007 und 1012

6) Eintritt der Kaiserin ins Kloster, Holzschnitt,
vermutlich Bamberger Meister, 1511

7) Ehenheim-Epitaph mit Kunigunde und Heinrich,
um 1438, St. Lorenz, Nürnberg